O INVERNO DA NOSSA DESESPERANÇA

Livros do autor na Coleção **L&PM** POCKET:

Ratos e homens
O inverno da nossa desesperança

John Steinbeck

O INVERNO DA NOSSA DESESPERANÇA

Tradução de ANA BAN

www.lpm.com.br

L&PM POCKET

Coleção **L&PM** POCKET, vol. 517

Texto de acordo com a nova ortografia
Título original: *The Winter of Our Discontent*

Primeira edição na Coleção **L&PM** POCKET: 2006
Esta reimpressão: outubro de 2022

Tradução: Ana Ban
Capa: Marco Cena
Revisão: Jó Saldanha e L&PM Editores

CIP-Brasil Catalogação na publicação
Sindicato Nacional dos Editores de Livros, RJ

S834i

    Steinbeck, John, 1902-1968
      O inverno da nossa desesperança / John Steinbeck; tradução Ana Ban. – Porto Alegre [RS] : L&PM, 2022.
    336 p. ; 18 cm.   (Coleção L&PM POCKET ; 517)

    Tradução de: *The Winter of Our Discontent*
    ISBN 978-85-254-1490-8

    1. Ficção americana. I. Ban, Ana. II. Título. III. Série.

22-80409   CDD: 813
                      CDU: 82-31(73)

Meri Gleice Rodrigues de Souza - Bibliotecária - CRB-7/6439

© Espólio de Elaine A. Steinbeck, 2006
Este livro foi publicado primeiramente em folhetim na revista *McCall's*

Todos os direitos desta edição reservados a L&PM Editores
Rua Comendador Coruja, 314, loja 9 – Floresta – 90.220-180
Porto Alegre – RS – Brasil / Fone: 51.3225.5777

Pedidos & Depto. comercial: vendas@lpm.com.br
Fale conosco: info@lpm.com.br
www.lpm.com.br

Impresso no Brasil
Primavera de 2022

JOHN STEINBECK
(1902-1968)

JOHN STEINBECK nasceu em Salinas, no estado da Califórnia, nos Estados Unidos, em 1902. De uma família de classe baixa, embora não pobre, Steinbeck presenciava a vida dos trabalhadores da cidade de Salinas e do fértil Vale de Salinas, centros agrícolas a cerca de vinte quilômetros do oceano Pacífico (tanto o vale quanto a costa marítima californiana seriam pano de fundo de grande parte da sua ficção).

Em 1919, ingressou na Universidade de Stanford, onde assistiu a aulas de vários cursos, entre eles Inglês e Literatura, até abandonar a universidade, em 1925, antes da obtenção de um diploma. Resolveu, então, lançar-se em uma carreira de escritor freelance em Nova York. Nesse período inicial da sua carreira, trabalhou em uma série de bicos, como zelador de uma propriedade no lago Tahoe, técnico de laboratório, pedreiro na construção do Madison Square Garden e repórter diário de um periódico nova-iorquino. Durante a estada em Nova York, escreveu seu primeiro romance, *Cup of Gold* (publicado no Brasil como *Tempos passados*), de 1929.

Retornou à Califórnia no final da década de 1930, continuando sempre a escrever. Casou-se com Carol Henning, mudou-se para a cidade de Pacific Grove, na área de Monterey, onde a família Steinbeck tinha uma propriedade, depois para Los Angeles e novamente para a área de Monterey. No início da conturbada década de 30, publicou ainda dois trabalhos de ficção passados na Califórnia, *The Pastures of Heaven* (*Pastagens do céu*), de 1932, e *To a God Unknown* (*Ao deus desconhecido*), de 1933, além de trabalhar nos contos mais tarde recolhidos no volume *The Long Valley* (*O vale sem fim*), de 1938. Seus três primeiros romances foram publicados por três editores diferentes, e não se beneficiaram nem um pouco da depressão econômica disparada nos Estados Unidos pelo *crash* da bolsa de Nova York, que aconteceu apenas dois meses depois da publicação de *Cup of Gold*. Os três editores faliram, e Steinbeck viu-se sem editor. O sucesso e a segurança financeira vieram apenas em 1935, com a publicação do romance *Tortilla Flat* (*Boêmios errantes*), publicado pela firma Covici-Friede. As histórias bem-humoradas sobre a vida de *paisanos* (descendentes de espanhóis com mexicanos, índios e caucasianos) que viviam na chamada Planície Tortilla de Monterey, próximo à fronteira mexicana, mostraram-se um alento para os americanos oprimidos pela crise. Durante a depressão, literatura e cinema serviam de escape para muitos. Escape da pobreza, da preocupação sobre como pagar o aluguel, da procura de emprego ou mesmo da preocupação sobre onde conseguir dinheiro para pagar a conta do armazém. Experimentador incansável, Steinbeck mudou os rumos da sua literatura várias vezes. Entretanto, já nessas suas primeiras obras via-se o fio condutor que permearia toda a sua literatura: observação social, de cunho realista, das camadas de trabalhadores de classe baixa, às vezes miseráveis, mantidos no limbo do sistema econômico. Mas, se a preocupação literária de Steinbeck voltava-se especificamente para grupos de trabalhadores de algumas regiões norte-americanas, faz-se necessário dizer que seus personagens recebiam tratamento tal que, mais do que as agruras de um tipo de homem localizado especificamente no tempo e no espaço, Steinbeck fazia tais personagens exemplares dos mais universais sentimentos humanos: a luta pela dignidade humana, a dificuldade das relações de afeto frente à crueldade do mundo e da vida, e a solidão, na sua acepção mais ampla e passível de ser compartilhada por todos os homens.

Ainda na década de 30, sendo Steinbeck já um autor famoso, seguiram-se outros livros, que confirmaram a promessa literária (assim foi ele encarado quando da publicação de *Tortilla Flat*): *In Dubious Battle* (*Luta incerta*), publicado em 1936, sobre colhedores de frutas na Califórnia, *Of Mice and Men* (*Ratos e homens*), publicado em 1937, e aquele que é considerado seu melhor romance, *The Grapes of Wrath* (*As vinhas da ira*), de 1939, sobre agricultores do estado americano de Oklahoma que, por não conseguirem sobreviver da terra, mudam-se para a Califórnia, onde passam a trabalhar sazonalmente em fazendas alheias. O romance foi premiado com o importante Prêmio Pulitzer de Literatura.

Na década de 1940, Steinbeck, como tantos outros autores americanos de sucesso, fez uma incursão por Hollywood, com o roteiro *The Forgotten Village* (1941). Publicou, ainda, *Sea of Cortez* (1941), *Bombs Away* (1942), sobre a guerra, a controversa peça *The Moon is Down* (*A longa noite sem lua*), de 1942, os romances *Cannery Row* (*A rua das ilusões perdidas*), de 1945, *The Wayward Bus* (*O destino viaja de ônibus*) e *The Pearl* (*A pérola*), de 1947, o relato de viagem *A Russian Journal* (*Um diário russo*), de 1948, e mais uma peça, *Burning Bright* (1950). No início da década de 50, Steinbeck apresentou ao público o monumental romance *East of Eden* (*A leste do Éden*), de 1952, a saga sobre uma família do Vale de Salinas com toques autobiográficos.

As últimas décadas da sua vida foram passadas em Nova York e Sag Harbor com a sua terceira esposa, com quem viajou muito. Outros livros seus são: *Sweet Thursday* (*Doce quinta-feira*), de 1954, *The Short Reign of Pippin IV: A Fabrication* (*O breve reinado de Pepino IV*), de 1957, *Once There Was a War* (1958), *The Winter of Our Discontent* (*O inverno da nossa desesperança*), de 1961, *Travels with Charley: In Search of America* (*Viajando com Charley*), de 1962 — este último sobre uma viagem que Steinbeck fez pelos Estados Unidos –, *America and Americans* (*A América e os americanos*), de 1966, e os póstumos *Journal of a Novel: The East of Eden Letters* (1969), *Viva Zapata!* (1975), *The Acts of King Arthur and His Noble Knights* (1976) e *Working Days: The Journals of The Grapes of Wrath* (1989). Ele recebeu o prêmio Nobel de Literatura em 1962, com a seguinte declaração da Academia de Letras sueca: "[Steinbeck] não era talhado para fazer meramente entretenimento. Ao contrário, os assuntos por ele escolhidos são sérios e denunciativos, como as experiências amargas nas plantações de frutas e algodão da Califórnia".

Grande parte das obras ficcionais de Steinbeck tem inspirações bíblicas. No caso de *A leste do Éden*, críticos costumam identificar traços da história de Caim e Abel.

Vários dos seus livros foram levados às telas de cinema, como *As vinhas da ira*, em produção de 1940, de John Ford, e *Ratos e homens*, filmado em 1939 por Lewis Milestone e em 1992 por Gary Sinise.

A preocupação social de Steinbeck ia além da escolha dos assuntos de suas ficções: ele registrou literariamente, nos diálogos dos seus personagens, também a peculiaridade da linguagem dos diversos grupos de trabalhadores por ele retratados. Faleceu no dia 20 de dezembro de 1968 em Nova York.

O INVERNO DA NOSSA DESESPERANÇA

*Para Beth, minha irmã,
cuja luz brilha forte*

Os leitores que buscarem identificar as pessoas e os locais fictícios aqui apresentados devem, em vez disso, procurá-los dentro de sua própria comunidade e de seu coração, porque este livro diz respeito a muito do que acontece nos Estados Unidos de hoje.

PARTE UM

1

Quando a manhã clara e dourada de abril despertou Mary Hawley do sono, ela se virou para o marido e o viu puxando a boca com os dedos mindinhos, fazendo cara de sapo para ela.

– Você é um tonto, Ethan – ela disse. – Você se acha mesmo muito engraçado.

– Ah, vamos lá, senhorita Ratinha, quer se casar comigo?

– Você acordou bobo?

– O ano está no dia. O dia está na manhã.

– Parece que sim. Está lembrado de que hoje é Sexta-Feira Santa?

Ele disse, sem emoção:

– Aqueles romanos imundos estão se preparando para seguir em formação até o Calvário.

– Não cometa um sacrilégio. Será que o Marullo vai deixar você fechar o mercado às onze?

– Minha querida flor de abóbora... o Marullo, além de católico, é um folgado. Provavelmente nem vai aparecer. Vou fechar ao meio-dia, até que a execução termine.

– Isso parece conversa de peregrino. Não é nada educado.

– Quanta bobagem, joaninha. Isso vem do lado da minha mãe. É conversa de pirata. Foi *mesmo* uma execução, você sabe.

– Eles não eram piratas. Foi você mesmo quem disse, baleeiros, e disse que eles tinham cartas de sei lá o quê do Congresso Continental.

– Os navios contra os quais eles atiravam achavam que eles eram piratas, sim. E aqueles soldados romanos achavam que era uma execução.

– Agora você ficou bravo. Prefiro quando está bobo.

— Eu sou bobo. E todo mundo sabe disso.

— Você sempre me deixa confusa. Mas tem todo o direito de se sentir orgulhoso... pais peregrinos e capitães baleeiros, tudo na mesma família.

— Será que eles se sentiriam assim?

— Como?

— Será que os meus ancestrais tão importantes sentiriam orgulho ao saber que produziram um desgraçado de um balconista em uma porcaria de um mercado de um imigrante na cidade que já foi inteiramente deles?

— Você não é nada disso. É mais como um gerente, cuida dos registros, deposita o dinheiro e encomenda os produtos.

— Claro. E varro o chão e carrego o lixo e faço mesuras para o Marullo, e se eu fosse a porcaria de um gato, correria atrás dos ratos do Marullo.

Ela colocou os braços em volta dele.

— Vamos ser bobos – disse. – Por favor, não fique falando palavras grosseiras na Sexta-Feira Santa. Eu te amo, de verdade.

— Certo – ele respondeu, depois de uma pausa. – É o que todo mundo diz. Mas não ache que por isso você pode ficar completamente nua na cama com um homem casado.

— Eu ia contar uma coisa sobre as crianças.

— Estão na cadeia?

— Agora você ficou bobo de novo. Talvez seja melhor eles mesmos falarem para você.

— Então, por que você não...

— A Margie Young-Hunt vai fazer uma leitura para mim de novo hoje.

— Tipo um livro? Quem é Margie Young-Hunt, o que ela faz, e todos os pretendentes...

— Sabe, se eu fosse ciumenta... Quer dizer, quando um homem finge não notar uma moça bonita, é que...

— Ah, aquela. Moça? Ela já teve dois maridos.

— O segundo morreu.

— Quero meu café da manhã. Você acredita nessas coisas?

– Bom, a Margie viu algo sobre um irmão nas cartas. Alguém próximo e querido, foi o que ela disse.

– Alguém próximo e querido por mim vai levar um chute no traseiro se não começar a se mexer logo...

– Já estou indo... ovos?

– Acho que sim. Por que é que chamam de Sexta-Feira Santa? O que há de santo nela?

– Ah! Mas que coisa! – ela disse. – Você vive fazendo piada.

O café estava pronto e os ovos, em uma tigela com torrada ao lado, quando Ethan Allen Hawley escorregou para a mesa da copa perto da janela.

– Estou me sentindo bem – ele disse. – Por que é que chamam este dia de Sexta-Feira Santa?

– Primavera – ela disse do fogão.

– Sexta-Feira de primavera?

– Febre da primavera. As crianças levantaram?

– Até parece. São mesmo uns canalhinhas folgados. Vamos pegá-los e dar-lhes umas chicotadas.

– Você fala coisas horríveis quando se faz de tonto. Você vai ficar em casa do meio-dia até as três?

– Não.

– Por que não?

– Mulheres. Elas vão vir me visitar às escondidas. Quem sabe até a tal de Margie.

– Ah, Ethan, não diga coisas assim. Margie é minha amiga. Ela tiraria a camisa do corpo para ajudar você.

– Ah, é? E onde foi que ela arrumou a camisa?

– Lá vem você com essa conversa de peregrino puritano de novo.

– Aposto o quanto você quiser que somos parentes. Ela tem sangue de pirata.

– Ah! Mas você ficou tonto de novo. Aqui está a lista. – Enfiou o pedaço de papel no bolso interno do paletó dele. – Parece muita coisa. Mas não se esqueça de que é o fim de semana de Páscoa... e duas dúzias de ovos, não esqueça. Você vai se atrasar.

— Eu sei. Talvez perca uma pequena venda para o Marullo. Por que duas dúzias?

— Para pintar. O Allen e a Mary Ellen fizeram esse pedido especial. É melhor você ir andando.

— Certo, florzinha... mas será que não dá para eu ir lá dar uma surra no Allen e na Mary Ellen?

— Você mima esses dois demais, Eth. Você sabe que sim.

— Adeus, meu belo galeão – ele disse, bateu a porta de tela atrás de si e saiu para a manhã verde-dourada.

Ele olhou para trás, para a bela casa antiga, a casa de seu pai e de seu avô, feita de ripas de madeira sobrepostas e pintada de branco com uma janelinha em forma de meia-lua na porta de entrada, com decoração neoclássica e um terraço no telhado. Afundava-se no jardim verdejante, entre lilases de cem anos de idade, grossos como um pulso, inchados de tantos botões. A copa dos olmos da Elm Street se unia no alto e amarelava para receber as folhas novas. O sol tinha acabado de deixar o prédio do banco e fazia brilhar a torre de gás prateada, dispersando o cheiro de algas e de sal do porto antigo.

Só havia uma pessoa àquela hora da manhã na Elm Street, o setter ruivo do sr. Baker, o cachorro do banqueiro, Red Baker, que se movimentava com dignidade vagarosa, parando ocasionalmente para cheirar a lista de passageiros no tronco dos olmos.

— Bom dia, meu senhor. Eu me chamo Ethan Allen Hawley. Já nos encontramos enquanto mijávamos.

Red Baker parou e respondeu ao cumprimento com um abano lento do rabo peludo.

Ethan disse:

— Eu estava observando a minha casa. Naquele tempo, sabiam mesmo construir casas.

Red deixou a cabeça pender e esticou uma pata traseira para coçar as costelas sem cerimônia.

— E por que não saberiam? Tinham dinheiro. Óleo de baleia dos sete mares e espermacete. Você sabe o que é espermacete?

Red ganiu um suspiro.

– Estou vendo que não sabe. É um óleo claro, com um cheiro adorável de rosas, tirado da cavidade da cabeça da baleia cachalote. Vá ler *Moby Dick*, cachorro. É o que aconselho.

O setter ergueu a pata para o poste de ferro batido de amarrar animais na sarjeta.

Quando se virou para ir embora, Ethan disse por cima do ombro:

– E faça um resumo. Quem sabe você ensina o meu filho. Ele nem sabe soletrar espermacete, nem... nem qualquer outra coisa.

A Elm Street faz esquina com a High Street, a dois quarteirões da antiga casa de Ethan Allen Hawley. Na metade do primeiro quarteirão, um bando de pardais delinquentes lutava sobre o gramado recém-brotado da casa dos Elgar; não estavam brincando, mas sim rolando e ciscando e atacando os olhos uns dos outros com tal ferocidade e com tanto barulho que nem perceberam a aproximação de Ethan. Ele parou para assistir à batalha.

– Os passarinhos em seus ninhos sempre concordam uns com os outros – disse. – Então, por que nós não conseguimos fazer a mesma coisa? E agora tem um monte de esterco de cavalo para vocês. Por que não conseguem se entender nem em uma manhã linda como esta? E vocês são os canalhas que atraíram a simpatia de São Francisco. Que se dane! – correu na direção deles, chutando, e os pardais levantaram voo com um farfalhar de asas, reclamando com amargor, com vozes estridentes de porta empenada. – Vou dizer uma coisa – Ethan exclamou atrás deles –, ao meio-dia, o sol vai escurecer e a noite vai cair sobre a terra e vocês vão ficar com medo. – Voltou para a calçada e continuou seu caminho.

A antiga casa dos Phillips, no segundo quarteirão, agora é uma pensão. Joey Morphy, caixa do banco First National, saiu pela porta da frente. Ele palitou os dentes, ajeitou a jaqueta xadrez e deu um oi a Ethan.

– Eu estava mesmo indo lhe fazer uma visita, sr. Hawley – disse.

– Por que é que chamam este dia de Sexta-Feira Santa?
– Vem do latim – respondeu Joey. – Sanctus, sancta, sanctum, significa repugnante.

Joey tinha cara de cavalo e sorria como um cavalo, arreganhando o lábio superior comprido para revelar dentões quadrados. Joseph Patrick Morphy, Joey Morphy, Joey-boy, "o Morph", ele já era mesmo muito popular na cidade, apesar de estar em New Baytown havia poucos anos. Um piadista que contava seus chistes com o olhar velado, como um jogador de pôquer, e que relinchava das piadas dos outros, tivesse ele as ouvido ou não. Sujeito esperto, o Morph, estava sempre a par de tudo o que acontecia (e do que todo mundo fazia, da máfia ao governador-geral da Índia, Mountbatten), mas despejava as informações erguendo o tom da voz, como se fosse uma pergunta. Aquilo tirava da informação o tom privilegiado, fazia com que o ouvinte tivesse a impressão de que fazia parte daquilo, de modo que podia passar a notícia adiante como se ele mesmo a tivesse descoberto. Joey era um matuto fascinante: apostador que ninguém jamais vira fazer uma aposta, bom escriturário e ótimo caixa de banco. O sr. Baker, presidente do First National, confiava tanto em Joey que o deixava fazer quase todo o trabalho. O Morph conhecia todo mundo na intimidade e nunca chamava ninguém pelo primeiro nome. Ethan era o sr. Hawley. Margie Young-Hunt era a sra. Young-Hunt para Joey, apesar dos boatos de que estivesse indo para cama com ela. Ele não tinha família nem conexões, morava em dois cômodos com banheiro privativo na antiga casa dos Phillips, fazia a maior parte de suas refeições no Foremaster Grill e Bar. Seu passado no mercado financeiro era conhecido pelo sr. Baker e pela empresa de títulos, e era imaculado, mas Joey-boy tinha um jeito de contar coisas que tinham acontecido com outras pessoas dando a impressão de que tinham acontecido com ele e, se assim fosse, seria mesmo um sujeito rodado. O fato de não se vangloriar fazia com que as pessoas gostassem ainda mais dele. Mantinha as unhas sempre bem limpas, vestia-se bem e com elegância, sempre de camisa limpa e sapatos brilhantes.

Os dois homens caminharam juntos pela Elm Street em direção à High Street.

– Faz tempo que quero perguntar. Você é parente do almirante Hawley?

– Não seria o almirante Halsey? – Ethan perguntou. – Na nossa família há muitos capitães, mas nunca ouvi falar de um almirante.

– Ouvi dizer que o seu avô era capitão baleeiro. Isso meio que se conectou na minha cabeça com o almirante, acho.

– Uma cidadezinha como esta é cheia de mitos – disse Ethan. – Por exemplo, dizem que o pessoal do lado do meu pai praticava pirataria, e que a família da minha mãe chegou aqui a bordo do *Mayflower*.

– Ethan Allen – disse Joey. – Meu Deus... você também é parente dele?

– Posso ser. Devo ser – respondeu Ethan. – Que dia... já viu algum mais bonito? Por que mesmo queria falar comigo?

– Ah, sim. Eu imagino que você vá fechar o mercado do meio-dia às três. Será que pode preparar uns dois sanduíches para mim por volta das onze e meia? Dou uma passada lá para pegar. E uma garrafa de leite.

– O banco não vai fechar?

– O banco vai. Eu, não. O pequeno Joey estará bem ali, acorrentado aos registros. Em um fim de semana prolongado como este, todo mundo, além de seus cachorros, resolve descontar cheques.

– Nunca tinha pensado nisso – refletiu Ethan.

– Ah, mas é claro. Páscoa, Dia da Independência, Dia do Trabalho... qualquer fim de semana prolongado. Se eu quisesse assaltar um banco, faria isso no dia anterior a um fim de semana prolongado. Fica tudo lá arrumadinho, só esperando.

– Já foi assaltado, Joey?

– Não. Mas um amigo meu foi, duas vezes.

– Ele disse como foi?

– Disse que ficou apavorado. Só cumpriu as ordens. Deitou no chão e deixou fazerem o que quisessem. Disse que o dinheiro estava mais garantido do que ele.

21

— Levo os sanduíches quando eu fechar. Eu bato na porta dos fundos. De que tipo você quer?

— Não se preocupe, sr. Hawley. Eu dou uma saidinha... um de presunto e um de queijo no pão integral, alface e maionese, e talvez uma garrafa de leite e uma Coca para mais tarde.

— Temos um ótimo salame... o Marullo é assim.

— Não, obrigada. Como vai a nossa máfia-de-um-homem-só?

— Vai bem, acho.

— Bom, mesmo sem gostar de carcamanos, é preciso admirar um sujeito que passou de uma carrocinha para tudo que ele tem hoje. Ele é muito esperto. Ninguém sabe o quanto ele tem guardado. Acho que eu não devia dizer isso. Quem trabalha em banco não deve passar esse tipo de informação.

— Você não passou informação nenhuma.

Tinham chegado à esquina, onde a Elm Street se encontra com a High Street. Automaticamente, pararam e se viraram para olhar para a confusão de tijolos rosados e reboco que era o antigo hotel Bay, que estava sendo demolido para abrir espaço ao novo supermercado Woolworth. A escavadeira pintada de amarelo e o enorme guindaste que sacudia a bola de demolição estavam em silêncio, como predadores em compasso de espera no início da manhã.

— Eu sempre quis fazer isso – disse Joey. – Deve ser emocionante sacudir aquela bola de aço e ver uma parede ruir.

— Eu vi coisas demais ruírem na França – Ethan respondeu.

— Claro! O seu nome está no monumento perto da praia.

— Pegaram os ladrões que assaltaram o seu amigo? – Ethan tinha certeza de que o amigo era o próprio Joey. Qualquer pessoa pensaria o mesmo.

— Ah, claro. Pegaram os sujeitos como se fossem ratinhos. É uma sorte o fato de os ladrões não serem inteligentes. Se o Joey-boy aqui escrevesse um livro sobre como assaltar um banco, os policiais nunca pegariam ninguém.

— E como seria esse livro?

– Tenho meus informantes, sr. Hawley. Simplesmente leio jornal. E eu tinha um conhecido que era policial. Quer ouvir a palestra de dois dólares?

– Vai ter que ser só a de alguns centavos. Preciso abrir o mercado.

– Senhoras e senhores – disse Joey –, estou aqui nesta manhã... não, olhe! Como pegar ladrões de banco? Número um: têm ficha policial, já foram pegos antes. Número dois: começam a brigar por causa da divisão e alguém coloca tudo a perder. Número três: mulheres. Não conseguem deixar as mulheres em paz, e isso implica o número quatro: precisam gastar todo aquele dinheiro. Observe quem começa a gastar muito de repente e pronto.

– Então, qual é o seu método, professor?

– É muito simples. Faça tudo ao contrário. Nunca assalte um banco se você já foi preso ou multado por causa de qualquer outra coisa. Não arrume parceiros... faça tudo sozinho e não conte para ninguém, absolutamente ninguém. Esqueça as mulheres. E não gaste. Guarde, talvez durante uns anos. Então, quando tiver desculpa para ter um pouco de dinheiro, vá tirando aos pouquinhos e invista. Não gaste.

– E se o ladrão for reconhecido?

– Se ele cobrir o rosto e não falar, quem é que vai reconhecê-lo? Você já leu descrições de testemunhas oculares? São todas loucas. Meu amigo policial disse que, às vezes, quando o colocam nas filas de reconhecimento, ele é escolhido. As pessoas juram por Deus que ele fez uma coisa qualquer. Pode me pagar alguns centavos, por favor.

Ethan enfiou a mão no bolso.

– Vou ter que ficar devendo.

– Eu aceito em sanduíche – disse Joey.

Os dois atravessaram a High Street e entraram no beco que saía da rua. Joey entrou pela porta dos fundos do banco First National, do lado dele, e Ethan destrancou a porta do beco do Mercado de Frutas e Guloseimas Marullo, do seu.

– Presunto e queijo? – gritou.

– No pão integral... com alface e maionese.

Um pouco de luz, tingida de cinza pela janela empoeirada com grades de ferro, entrava no depósito, vinda do beco estreito. Ethan fez uma pausa naquele lugar crepuscular com prateleiras até o teto, cheio de pilhas de caixas de papelão e caixotes de madeira com latas de frutas, legumes, peixes, carnes industrializadas e queijos. Cheirou o ar em busca de ratos entre os aromas seminais de farinha e feijões e ervilhas desidratadas, do papel e da tinta dos cereais em caixa, da acidez encorpada e prolífera dos queijos e das linguiças, do odor dos presuntos e do bacon, da fermentação dos restos de repolho, alface e beterraba nas latas de lixo prateadas ao lado da porta dos fundos. Não detectou o cheiro de mofo e ferrugem típico dos ratos, então abriu novamente a porta do beco e rolou as latas de lixo tampadas para fora. Um gato cinzento disparou para tentar entrar, mas ele o enxotou.

– Não, nada disso – observou para o gato. – Ratos são para os gatos, mas você gosta mesmo de comer linguiça. Xô! Você ouviu bem: xô! – o gato sentado lambia uma pata rosada e encolhida, mas, no segundo "xô", saiu em disparada e escalou a cerca de tábuas atrás do banco. – Esta deve ser uma palavra mágica – disse Ethan em voz alta. Voltou para dentro do depósito e fechou a porta atrás de si.

Em seguida, atravessou o espaço empoeirado até a porta de vaivém do mercado; no cubículo do banheiro, escutou o sussurro de um vazamento. Abriu a porta de compensado, acendeu a luz e deu descarga. Então escancarou a porta coberta de vidro e arame trançado e ajeitou o calço de madeira com o pé, bem firme, para que permanecesse aberta.

O mercado estava todo esverdeado por causa das persianas fechadas por sobre as vitrines da frente. Mais uma vez, prateleiras até o teto, arrumadas com cuidado, reluzindo de latas e potes de vidro com alimentos: uma biblioteca para o estômago. De um lado, balcão, caixa registradora, sacos, barbante e aquela glória em aço inoxidável e esmalte branco, o compartimento refrigerado, onde o compressor suspirava para si mesmo. Ethan ligou um interruptor e inundou os embutidos, queijos, linguiças, costeletas, bifes e peixes com um brilho de neon azulado frio. A iluminação refletida encheu o mercado, uma luz de catedral difusa, como a de Chartres. Ethan fez uma pausa para admirá-la, o órgão de foles de tomates enlatados, os altares de mostardas e azeitonas, os cem túmulos ovais de sardinhas.

– *Unimum et unimorum* – entoou em tom litúrgico nasalado. – *Uni unimouse quod unibug in omnem unim, domine...* aaaaamém – cantou.

E podia ouvir sua mulher comentando:

– Isto é uma bobagem, e ainda pode ofender alguém. Você não pode sair por aí ofendendo as pessoas.

Funcionário de um mercado (o mercado de Marullo), homem com mulher e dois filhos adoráveis. Quando é que ele tinha oportunidade de ficar sozinho? Quando é que conseguiria ficar sozinho? Clientes durante o dia, mulher e filhos à noite; mulher de madrugada, clientes de dia, mulher e filhos à noite.

– Quando estou no banheiro, só nessa hora – Ethan disse em voz alta. – E neste momento, antes de abrir a barragem. Ah! Este momento enevoado, mofado, fedido, abobado... este momento adorável. Então, quem é que eu posso ofender, docinho? – disse para a sua mulher. – Aqui não tem ninguém, nem os sentimentos de ninguém. Só eu e o meu *unimum unimorum* até... até eu abrir a maldita porta da frente.

De uma gaveta de trás do balcão, ao lado da caixa registradora, tirou um avental limpo, desdobrou-o e esticou as tiras, deu a volta na cintura, cruzou-as e passou-as para trás. Colocou as mãos nas costas e deu um laço.

O avental era comprido, chegava na metade de suas canelas. Ergueu a mão direita, meio em concha, com a palma para cima, e declamou:

– Ouçam o que tenho a dizer, caras ervilhas enlatadas, estimados picles e prezadas conservas. "Assim que o dia se fez, os anciões, os principais sacerdotes e os escribas se reuniram e O conduziram a seu Conselho" ...*assim que se fez dia*. Os desgraçados começavam a trabalhar cedo, não é mesmo? Não perdiam tempo. Vejamos. "E foi por volta da sexta hora", deve ser mais ou menos ao meio-dia, "que uma escuridão se instalou por sobre toda a terra e se estendeu até a nona hora. E o sol escureceu." Agora, como é que eu me lembro disso? Meu Deus, Ele demorou mesmo muito tempo para morrer... tempo demais, é assombroso. – Deixou a mão cair e ficou fitando as prateleiras cheias com olhar de interrogação, como se elas pudessem responder. – Agora você não quer falar comigo, Mary, minha almôndega? Você é uma das filhas de Jerusalém? "Não chorem por mim", Ele disse. "Chorem por vocês mesmos e por seus filhos... porque se fazem essas coisas com uma árvore verde, o que poderão fazer com uma árvore seca?" Isso ainda acaba comigo. A tia Deborah inventava melhor do que pensava. Ainda não chegou a sexta hora... ainda não.

Ergueu as persianas verdes das vitrines, dizendo:

– Entre, dia!

Então destrancou as portas de entrada.

– Entre, mundo.

Abriu as portas com grades de ferro e as prendeu. E o sol da manhã esparramou-se sobre o piso como deveria, porque em abril o sol nascia bem onde a High Street se encontrava com a baía. Ethan voltou até o banheiro para pegar uma vassoura e varrer a calçada.

Um dia, um dia em sua totalidade, não é uma coisa, mas muitas. Ele se transforma não somente de acordo com a luz que vai crescendo e caminhando em direção ao zênite e entra em declínio mais uma vez, mas na textura e no humor, no tom e significado, envolto em milhares de fatores relativos à estação, ao calor ou ao frio, a ventos parados ou múltiplos, retorcido por odores, sabores e as tramas de gelo ou de grama, de botão ou de folha ou de galhos nus pretejados. E, à medida que o dia se transforma, o mesmo acontece com seus súditos, insetos e pássaros, gatos, cães, borboletas e pessoas.

O dia quieto, obscuro e introspectivo de Ethan Allen Hawley tinha chegado ao fim. O homem que varria a calçada matutina com golpes metronômicos não era o homem que podia fazer sermão para alimentos enlatados, não era um homem de *unimum unimorum*, nem mesmo um homem abobado. Ia juntando pontas de cigarro e embalagens de chiclete, cascas de botões das árvores polinizadas e poeira simples com cada golpe de sua vassoura e transferia o montículo de restos para a sarjeta, para esperar pelos varredores municipais com seu caminhão prateado.

O sr. Baker traçou o caminho decente e calculado desde sua casa na Maple Street, contornando a basílica de tijolos do banco First National. Os passos dele não eram regulares, mas quem poderia adivinhar que ele guardava o antigo hábito infantil de caminhar sem pisar nas riscas da calçada, para evitar "quebrar as costas da mãe", como diziam as crianças?

– Bom dia, sr. Baker – disse Ethan, interrompendo a limpeza para não jogar poeira nas calças de sarja bem passadas do banqueiro.

– Bom dia, Ethan. Que bela manhã.

– Está mesmo – respondeu Ethan. – A primavera chegou, sr. Baker. A marmota estava certa de novo.

– Estava sim, estava sim. – O sr. Baker fez uma pausa. – Ando querendo falar com você, Ethan. Sabe aquele dinheiro que a sua mulher herdou do irmão? Mais de cinco mil... não é mesmo?

– Seis mil e quinhentos, descontados os impostos – Ethan respondeu.

– Bom, ele está lá parado no banco. Precisa ser investido. Queria conversar com você a respeito disto. O seu dinheiro precisa trabalhar para você.

– Seis mil e quinhentos dólares não podem render lá muita coisa, senhor. Só servem como reserva para alguma emergência.

– Não acredito em dinheiro parado, Ethan.

– Bom, para mim está bom: melhor ele ficar lá paradinho, só esperando.

A voz do banqueiro ficou gélida.

– Não consigo entender. – A inflexão mostrava que ele entendia sim, mas que achava aquilo uma estupidez, e o tom fez despertar um amargor dentro de Ethan, e o amargor propiciou uma mentira.

A vassoura traçou uma linha delicada na calçada.

– O negócio é o seguinte, senhor: aquele dinheiro é uma garantia temporária para Mary, caso algo aconteça comigo.

– Então, você deveria usar parte dele para fazer um seguro de vida.

– Mas é só uma coisa temporária, senhor. O dinheiro foi herança do irmão de Mary. A mãe dela ainda está viva. E ainda pode continuar viva durante muitos anos.

– Compreendo. Pessoas de idade podem mesmo ser um fardo.

– E também podem ficar sentadas em cima do dinheiro que têm. – Ethan observou de relance o rosto do sr. Baker enquanto contava sua mentira e viu um vestígio de rubor se elevar do colarinho do banqueiro. – Sabe, senhor, se eu investir o dinheiro da Mary, pode ser que perca tudo, como perdi o meu, como o meu pai perdeu a fortuna dele.

– São águas passadas, Ethan... águas passadas. Eu sei que você é gato escaldado. Mas os tempos são outros, há novas oportunidades se abrindo.

– Eu já tive a minha oportunidade, sr. Baker, mais oportunidade do que bom senso. Não se esqueça de que eu era dono deste mercado aqui depois da guerra. Precisei vender meio quarteirão de imóveis para fazer estoque... eram nossos últimos imóveis comerciais.

– Eu sei, Ethan. Sou seu banqueiro. Conheço seus negócios como o seu médico conhece a sua pressão.

– Claro que conhece. Em menos de dois anos, quase fui à falência. Tive que vender tudo, menos a casa, para pagar as dívidas.

– Você não pode se culpar por conta disso. Tinha acabado de sair do exército... não tinha experiência com negócios. E não se esqueça de que você caiu bem no meio de uma depressão, só que na época a gente chamava de recessão. Alguns comerciantes bem experientes também se deram mal.

– Eu me dei mal mesmo. É a primeira vez na história que um Hawley precisa trabalhar como funcionário de um mercado de um carcamano.

– É isso que eu não entendo, Ethan. Qualquer pessoa pode falir. O que não entendo é como você continua falido, um homem com a família, o histórico e a educação que você tem. O que foi que o derrubou, Ethan? O que foi que não permitiu que você se reerguesse?

Ethan se preparou para uma resposta cheia de raiva: "Claro que o senhor não entende; nunca aconteceu com o senhor", e então usou a vassoura para transformar um pequeno círculo de embalagens de chiclete e de pontas de cigarro em uma pirâmide e empurrou a forma geométrica para a sarjeta.

– Ninguém pode ser derrubado; quer dizer, a gente consegue lutar contra coisas grandes. O que mata é a erosão; é isso que nos enterra na falência. Aos poucos, vamos ficando com medo. Eu tenho medo. Pode ser que a Companhia Elétrica de Long Island desligue a minha luz. Minha mulher precisa de roupas. Meus filhos, de sapatos e de diversão. E imagine só se eles não puderem estudar? E as contas do mês, do médico, do dentista, da extração das amídalas, e, além do mais, imagine se eu ficar doente e não puder mais varrer esta porcaria de calçada? Claro que o senhor não entende. É um processo lento. Que vai corroendo as entranhas. Não consigo pensar além da prestação da geladeira do mês que vem. Detesto o meu emprego e tenho medo de perdê-lo. Como é que o senhor pode entender a situação?

– E a mãe de Mary?

– Eu já disse. Ela não abre a mão. Vai morrer sentada em cima de todo aquele dinheiro.

– Eu não sabia. Achava que a família de Mary era pobre. Mas eu sei que, quando a gente fica doente, acaba precisando de remédio, quem sabe de uma operação, quem sabe de um choque. Nosso povo foi formado por homens corajosos. Você sabe disso. E eles não se deixavam ir definhando até a morte. E agora os tempos estão mudando. Existem oportunidades com que os nossos ancestrais nem sonharam. E elas estão sendo aproveitadas pelos estrangeiros. Os estrangeiros estão tomando conta de nós. Acorde, Ethan.

– Mas, e a geladeira?

– Fique sem ela se for preciso.
– E Mary, e as crianças?
– Esqueça-se delas só por um instante. Vão gostar mais de você se conseguir sair deste buraco. Você não está ajudando em nada com tanta preocupação.
– E o dinheiro de Mary?
– Você pode perdê-lo, mas precisa arriscar. Com cuidado e bom aconselhamento, não precisa perder nada. Arriscar não é perder. Nosso povo sempre soube calcular bem os seus riscos e não perdia nada. Vou ser duro com você, Ethan. Está desrespeitando a memória do velho capitão Hawley. Você está em dívida com a memória dele. Ora, ele e o meu pai eram sócios no *Belle-Adair*, um dos últimos baleeiros a serem construídos, e um dos mais refinados. Mexa esse traseiro, Ethan. Você deve mais coragem ao *Belle-Adair*.

Com a ponta da vassoura, Ethan obrigou um pedaço relutante de celofane a ir para a sarjeta. Disse, baixinho:

– O *Belle-Adair* queimou todo até a linha de flutuação, senhor.
– Eu sei muito bem, mas por acaso isso fez com que desistíssemos? Não fez.
– O barco tinha seguro.
– Claro que tinha.
– Bom, eu não tinha. Salvei a casa e nada mais.
– Vai ter que se esquecer dessa história. Está se lamentando por algo que já passou. Precisa de um pouco de coragem, um pouco de ousadia. É por isso que o aconselho a investir o dinheiro de Mary. Estou tentando ajudar, Ethan.
– Obrigado, senhor.
– Vamos tirar esse avental da sua cintura. Você deve isso ao velho capitão Hawley. Ele não ia acreditar.
– Acho que não ia mesmo.
– É assim que se fala. Vamos dispensar esse avental.
– Se não fossem Mary e as crianças...
– Esqueça delas por um instante, estou dizendo... para seu próprio bem. Muita coisa interessante vai acontecer aqui em New Baytown. Você pode fazer parte disso.

– Obrigado, senhor.

– Deixe-me apenas pensar um pouco a respeito do assunto.

– O sr. Morphy disse que vai continuar trabalhando quando o banco fechar ao meio-dia. Vou preparar alguns sanduíches para ele. O senhor também quer?

– Não, obrigado. Vou deixar o Joey cuidar do serviço. Ele é um bom homem. Preciso dar uma olhada em algumas propriedades. No escritório dos Registros de Imóveis do Condado, quer dizer. Vou ter uma reunião agradável e privativa lá, do meio-dia às três. Quem sabe encontro alguma coisa para você. Em breve nos falamos. Até mais. – Deu o primeiro passo bem comprido para evitar pisar em uma rachadura e cruzou a entrada do beco para chegar à porta da frente do banco First National, e Ethan sorriu para as costas que se afastavam.

Terminou de varrer bem rápido, já que as pessoas estavam começando a passar apressadas para ir para o trabalho. Ajeitou as gôndolas de frutas frescas na entrada do mercado. Assegurou-se de que ninguém estava passando e removeu três latas de comida de cachorro de uma prateleira, esticou a mão até o fundo e tirou dali um saquinho encardido de dinheiro, ajeitou de novo a comida de cachorro, bateu no botão para abrir a gaveta da caixa registradora e distribuiu as notas de vinte, dez, cinco e um dólar em seu lugar, sob as presilhas. Nas divisões de carvalho da parte da frente da gaveta da caixa registradora, separou as moedas de cinquenta, vinte e cinco, dez, cinco e um centavos e fechou a gaveta. Apareceram apenas alguns clientes, alguma criança mandada para comprar um pão ou uma caixa de leite ou meio quilo de café que estava faltando, menininhas com o cabelo desgrenhado de quem acabou de sair da cama.

Margie Young-Hunt entrou, com os peitos empinados sob um suéter de cor salmão. A saia de tweed se moldava perfeitamente a suas coxas e entrava um pouco por baixo de suas nádegas orgulhosas, mas era nos olhos dela, naqueles olhos castanhos míopes, que Ethan enxergava o que sua mulher nunca veria, simplesmente porque aquilo não existia quando havia esposas por perto. Aquela era uma predadora, uma caçadora, uma Ártemis de calças. O velho capitão Hawley chamava aquilo de "olho bobo". Também aparecia na voz dela um sussurro rouco que se transformava em um tom meigo e estridente, cheio de confiança, na frente das esposas.

– Bom dia, Eth – Margie disse. – Que belo dia para um piquenique!

– Bom dia. Quer apostar que você ficou sem café?

– Se você adivinhar que fiquei sem Alka-Seltzer, vou começar a evitá-lo.

– A noite foi boa?

– Até que sim. Foi um negócio com um representante de vendas. A segurança de qualquer mulher divorciada. Tem uma pasta cheia de amostras grátis. Acho que é um daqueles sujeitos que vai atrás de novos negócios. Talvez você o conheça. O sobrenome dele é Bigger ou Bogger, trabalha para a B.B.D.&D. Mencionei o fato porque ele disse que ia passar aqui para falar com você.

– Nós costumamos fazer compras pela Waylands.

– Bom, talvez o sr. Bugger só queira mesmo arrumar novos clientes, isso se estiver se sentindo melhor do que eu nesta manhã. Será que você pode me dar um copo d'água? Vou tomar algumas destas pastilhas efervescentes agora mesmo.

Ethan foi até o depósito e trouxe um copo descartável com água da torneira. Ela largou dentro do líquido três pastilhas achatadas e deixou que efervescessem.

– É para o meu próprio bem – disse, e virou toda a mistura. – Façam logo efeito, seus demônios.

– Ouvi dizer que você vai ler a sorte de Mary hoje.

– Ai meu Deus! Quase esqueci. Eu devia fazer isso por dinheiro. Ia poder definir a minha própria sorte.

– Mary adora isso. Você é boa?

– Não tem nada para ser boa nesse negócio. É só deixar as pessoas... quer dizer, as mulheres... falarem delas mesmas; depois repito tudo e pronto, elas ficam achando que eu tenho um sexto sentido.

– E os estranhos altos e morenos?

– Ah, é claro que também tem isso. Se eu fosse capaz de decifrar os homens, não ficaria com os mentirosos que arranjo. Nossa! Eu errei mesmo feio no julgamento que fiz de alguns deles.

– Mas o seu primeiro marido não morreu?

– Não, foi o segundo, que suas cinzas descansem em paz, o filho da... Não, deixa pra lá. Que suas cinzas descansem em paz.

Ethan cumprimentou todo prestativo a sra. Ezyzinski, uma mulher já de idade que ia entrando, demorou-se para separar meio quilo de manteiga e até proferiu uma ou duas palavras de elogio ao tempo, mas Margie Young-Hunt, à vontade e sorridente, ficou inspecionando as latas de patê de *foie gras* com tampa dourada e os minúsculos estojinhos de caviar atrás do balcão, perto da caixa registradora.

– Então – disse Margie, quando a senhora saiu com seus passos hesitantes do mercado, resmungando para si mesma em polonês.

– Então... o quê?

– Eu só estava aqui pensando... Se eu compreendesse tanto os homens como compreendo as mulheres, ia fazer um bom pé-de-meia. Por que você não me orienta a respeito dos homens, Ethan?

– Você já sabe o bastante. Talvez até demais.

– Ora, vamos! Você não tem nem um pingo de senso de humor?

– Quer começar agora?

– Quem sabe uma noite dessas.

– Que beleza – ele disse. – Um grupo. Mary, você e as duas crianças. Assunto: homens; suas fraquezas, suas idiotices e como usá-los.

Margie ignorou o tom dele.

– Você nunca trabalha até tarde... fazendo o balanço do começo do mês ou algo assim?

– Claro que sim. Levo o serviço para casa.

Ergueu os braços por sobre a cabeça e começou a remexer no cabelo com os dedos.

– Por quê? – perguntou.

– Por que é que os gatos cuidam dos gatinhos?

– Está vendo só o que poderia me ensinar se quisesse? Ethan disse:

– "E, depois que o escarneceram, tiraram-lhe o manto, revestiram-no com seus vestidos e levaram-no para o crucificarem. E, ao sair, encontraram um homem de Cirene, chamado Simão; e obrigaram-no a levar a cruz de Jesus. E chegaram ao lugar, chamado Gólgota, isto é, lugar do crânio..."

– Ah, pelo amor de Deus!

– Sim... isso mesmo... está certo...

– Sabia que você é o maior filho da puta?

– Sei, ó filha de Jerusalém.

De repente, ela sorriu.

– Sabe o que eu vou fazer? Vou ler um diabo de uma sorte e tanto hoje de manhã. Você vai se transformar em um homem de grande sucesso, tudo que você tocar vai se transformar em ouro... será um líder para os outros homens. – Ela caminhou com rapidez até a porta e então se voltou, sorrindo. – Estou desafiando você a realizar a minha previsão, e a não realizá-la! Até mais ver, Salvador!

Como era estranho o barulho de saltos contra a calçada, batendo no chão cheios de raiva.

Às dez horas, tudo mudou. As grandes portas de vidro do banco se abriram e um rio de pessoas correu para dentro do estabelecimento em busca de dinheiro que levariam para o mercado de Marullo, onde adquiririam os alimentos refinados que a Páscoa exige. Ethan ficou ocupado como um gafanhoto até o badalar da sexta hora.

O alarme de incêndio nervoso soou de sua cúpula na prefeitura à sexta hora. Os clientes se afastaram com suas sacolas cheias de carne. Ethan guardou as gôndolas de frutas e fechou as portas da frente. Então, por razão nenhuma além de a escuridão ter se abatido sobre o mundo e sobre ele, baixou as grossas persianas verdes e a penumbra tomou conta do mercado. Apenas o neon do balcão refrigerado emitia seu azul fantasmagórico.

Atrás do balcão, cortou quatro fatias grossas de pão integral e passou manteiga à vontade nelas. Fez a porta do compartimento refrigerado deslizar e tirou dali duas fatias de queijo suíço processado e três fatias de presunto.

– Alface e queijo – disse. – Alface e queijo. Quando a gente se casa, passa a viver em árvores.

Passou maionese de um pote sobre as fatias do pão e pressionou-as contra os sanduíches, aparou as pontas da alface e da gordura do presunto das bordas. Então, uma caixinha de leite e um quadrado de papel encerado para embalar. Estava dobrando as pontas do papel com esmero quando uma chave agitou-se na fechadura e Marullo entrou, largo como um urso e com o peito estufado, de modo que os braços pareciam curtos, destacados do corpo. O chapéu estava inclinado para trás, de modo que a franja cinzenta e compacta parecia uma boina. Os olhos de Marullo estavam úmidos, inchados e sonolentos, mas as jaquetas de ouro dos dentes da frente brilhavam com a iluminação do balcão. Os dois botões superiores das calças estavam abertos, revelando a roupa de baixo cinzenta e pesada. Enfiou os polegares pequenos e roliços nos passantes da calça sob a barriga e piscou naquela semiescuridão.

– Bom dia, sr. Marullo. Acho que é boa tarde.

– Olá, rapaz. Você fechou tudo bem rápido mesmo.

– A cidade inteira fechou. Achei que o senhor estaria na missa.

– Hoje não tem missa. É o único dia do ano que não tem missa.

– É mesmo? Eu não sabia. Posso ajudar em alguma coisa?

Os braços curtos e roliços se esticaram e balançaram de trás para frente, dos cotovelos para baixo.

– Meus braços estão doendo, rapaz. Artrite... só faz piorar.

– Não há nada a fazer?

– Já fiz de tudo: compressas quentes, óleo de tubarão, pílulas... e continua doendo. Está tudo bem arrumado e fechado.

Quem sabe podemos conversar um pouco, hein, rapaz? – Os dentes dele reluziram.

– Algum problema?

– Problema. Que problema?

– Bom, se o senhor puder esperar um minuto, só vou levar esses sanduíches até o banco. Foi o sr. Morphy quem encomendou.

– Você é mesmo um rapaz esperto. Oferece serviço. Muito bem.

Ethan atravessou o depósito, foi até o outro lado do beco e bateu na porta dos fundos do banco. Entregou o leite e os sanduíches para Joey.

– Obrigado. Não precisava trazer.

– É um bom serviço. Foi o que o Marullo disse.

– Deixe umas duas Cocas no gelo, certo? Estou com a boca cheia de zeros ressecados.

Quando Ethan voltou, encontrou Marullo olhando para dentro de uma lata de lixo.

– Onde o senhor quer conversar, sr. Marullo?

– Comecemos por aqui, rapaz. – Pegou algumas folhas de couve-flor do lixo. – Você está limpando demais.

– É só para ficar bonito.

– A gente vende couve-flor por quilo. Você está jogando dinheiro no lixo. Conheço um grego esperto que tem uns vinte restaurantes, por aí. Ele diz que o grande segredo é olhar dentro das latas de lixo. O que a gente joga fora é o que não vende. É um sujeito inteligente.

– Sim, sr. Marullo. – Ethan dirigiu-se irrequieto para a frente do mercado com Marullo atrás de si, dobrando os cotovelos para frente e para trás.

– Está molhando bem as verduras, como eu mandei?

– Claro.

O patrão ergueu um pé de alface.

– Parece seco.

– Bom, caramba, Marullo, não vou deixar tudo encharcado... assim, já estão com um terço do peso em água.

— Fica tudo verdinho, bonito e fresco. Acha que eu não sei do que estou falando? Comecei com uma carrocinha... só uma. Eu sei. A gente precisa aprender os truques, rapaz, ou então vai à falência. Então, a carne... você está pagando demais.

— Bom, a gente anuncia que vende carne de primeira.

— Primeira, segunda, terceira... quem é que vai saber? Está no cartaz, não está? Bom, precisamos ter uma boa conversa. Estamos com muita gente que tem conta no mercado e não paga. Quem não acertar até o dia quinze... não vai poder levar mais nada fiado.

— Não podemos fazer isso. Algumas dessas pessoas compram aqui há mais de vinte anos.

— Olhe aqui, rapaz. Os mercados de cadeia não fazem nem dez centavos fiados para um milionário igual ao John D. Rockefeller.

— Está certo, mas essas pessoas, na maior parte, são de confiança.

— E de que adianta serem de confiança? Estão segurando o meu dinheiro. Os mercados de cadeia compram carregamentos inteiros. Nós não podemos fazer isso. Você precisa aprender, rapaz. Claro... são pessoas simpáticas! Dinheiro também é muito simpático. Tem pedaços de carne demais na caixa de restos.

— Era só gordura e nervo.

— Tudo bem, se você pesar antes de limpar. É preciso cuidar do número um. Se você não cuidar, quem é que vai? Você precisa aprender, rapaz. – Agora os dentes dourados não brilhavam mais, porque os lábios estavam apertados.

A raiva tomou conta de Ethan sem que ele se desse conta, e aquilo o deixou surpreso.

— Não sou picareta, Marullo.

— Quem é picareta? Esse aqui é um bom negócio, e esse é o único tipo de negócio que permanece aberto. Você acha que o sr. Baker distribui amostras grátis, rapaz?

Ethan explodiu com estrondo.

– Ouça bem – gritou. – A família Hawley vive aqui desde meados do século XVIII. Você é estrangeiro. Não entende nada. A gente se dá bem com os vizinhos e sempre age com decência. Se você acha que vai vir da Sicília para nos invadir e mudar tudo isso, está errado. Se quer ficar com o meu emprego, então fique... agora mesmo, aqui mesmo. E não me chame de rapaz, ou vou te dar um soco na cara...

Todos os dentes de Marullo reluziram.

– Muito bem, muito bem. Não precisa ficar bravo. Só estou tentando ajudar.

– Não me chame de rapaz. Minha família está aqui há duzentos anos. – Aquilo lhe soou infantil, e a raiva cedeu.

– Não falo inglês muito bem. Você acha que Marullo é um nome carcamano, um nome sem tradição, vagabundo. Meus *genitori*, meu nome, deve ter uns dois, três mil anos. Marullus vem da Roma Antiga, Valério Máximo escreveu sobre isso. O que são duzentos anos?

– Você não é daqui.

– Há duzentos anos você também não era.

Agora que toda a raiva de Ethan tinha se esvaído, ele enxergou aquilo que faz um homem duvidar da constância das realidades além de si mesmo. Viu o imigrante, o carcamano, o refugiado se transformar diante de seus olhos, viu a curva da testa, o nariz pontudo forte, os músculos rijos e potentes, viu um orgulho tão profundo que podia fazer as vezes de humildade. Foi aquele tipo de descoberta chocante que obriga um homem a perguntar a si mesmo: se até agora eu não tinha percebido isto, o que mais deixei passar?

– Não precisa vir com esse papo de carcamano para cima de mim – disse com suavidade.

– Bons negócios. Só ensino como fazer bons negócios. Sessenta e oito anos, é a minha idade. A esposa já morreu. Artrite! Sinto dor. Tento mostrar um bom negócio para você. Talvez você não aprenda. A maior parte das pessoas não aprende. Vai à falência.

– Não precisa esfregar na minha cara que eu fui à falência.

– Não. Você entendeu errado. Estou tentando ensinar como fazer bons negócios, para você não ir à falência de novo.

– Vai ser bem difícil. Eu não tenho negócio nenhum.

– Você ainda é muito novo.

Ethan respondeu:

– Olha bem aqui, Marullo. Eu praticamente cuido deste mercado para você. Faço o balanço, deposito o dinheiro, encomendo as mercadorias. Mantenho os clientes. Eles voltam. Isso não é fazer bom negócio?

– Claro... você já aprendeu alguma coisa. Não é mais um rapaz. Mas fica bravo quando eu o chamo de rapaz. Como é que eu posso chamá-lo? Chamo todo mundo de rapaz.

– Que tal usar o meu nome?

– Não me parece simpático. Rapaz é simpático.

– Não é digno.

– Digno não é simpático.

Ethan riu.

– Quando a gente é balconista do mercado de um carcamano, a gente precisa de dignidade... pela mulher, pelos filhos. Entende?

– É uma falsidade.

– Claro que é. Se eu tivesse alguma dignidade de verdade, nem ia pensar no assunto. Quase me esqueci de uma coisa que o meu velho pai disse pouco antes de morrer. Afirmou que o alcance de um insulto tem relação direta com a inteligência e a segurança. Disse que as palavras "filho da puta" só são insulto para um homem que não se sente muito seguro a respeito da mãe, então, como é que a gente ia fazer para insultar o Albert Einstein? Ele era vivo naquela época. Assim, pode continuar me chamando de rapaz, se quiser.

– Está vendo só, rapaz? É mais simpático.

– Então está certo. O que mesmo você queria me falar sobre os negócios, que eu não estou fazendo?

– Negócio é dinheiro. O dinheiro não é simpático. Rapaz, acho que você é muito simpático... muito bonzinho. O dinheiro não é bonzinho. O dinheiro não tem nenhum amigo além de mais dinheiro.

– Isso é bobagem, Marullo. Conheço muitos comerciantes simpáticos, bonzinhos e honestos.

– Quando não estão fazendo negócios, rapaz, são mesmo. Você vai descobrir. Quando descobrir, já vai ser tarde demais. Você cuida bem do mercado, rapaz, mas se fosse o seu mercado, talvez falisse com toda a simpatia. Estou lhe dando uma aula de verdade, como se estivesse na escola. Até mais, rapaz.

Marullo flexionou os braços e saiu ligeiro pela porta da frente, deixando-a bater atrás de si, e Ethan sentiu a escuridão se abater sobre o mundo.

Ouviu batidinhas rápidas e metálicas na porta da frente. Puxou a cortina para o lado e avisou:

– O mercado está fechado até as três.

– Deixe eu entrar. Quero falar com o senhor.

O desconhecido entrou: um homem magriço, um desses homens com aparência sempre jovem que nunca foram de fato jovens, bem-vestido, o ralo cabelo brilhando sobre a cabeça, os olhos alegres e irrequietos.

– Desculpe incomodar. Mas preciso cair fora desta cidade. Precisava falar com o senhor a sós. Achei que o velho nunca mais ia embora.

– O Marullo?

– É. Eu estava do outro lado da rua.

Ethan olhou para as mãos imaculadas. No dedo médio da mão esquerda, avistou um grande berilo incrustado em um anel de ouro.

O desconhecido percebeu o movimento de seus olhos.

– Não é um assalto – avisou. – Conheci uma amiga sua ontem à noite.

– É mesmo?

– A sra. Young-Hunt. Margie Young-Hunt.

– Ah?

Ethan sentia a inquietação se debatendo dentro da cabeça do desconhecido, buscando uma abertura, uma chance de formar algum tipo de associação.

— Uma moça agradável. Falou mesmo muito bem do senhor. Foi por isso que pensei... O meu nome é Biggers. Eu cubro esta área para a B.B.D.&D.

— Nós fazemos nossas compras na Waylands.

— Sei que fazem. E é por isso que estou aqui. Achei que talvez quisesse ampliar um pouco seu leque de fornecedores. Estamos entrando agora neste distrito. Queremos crescer rápido. Precisamos fazer algumas concessões para conseguir entrar no mercado. Posso pagá-lo se estiver disposto a aproveitar a oportunidade.

— O senhor deve falar com o sr. Marullo a esse respeito. Ele sempre fez negócio com a Waylands.

A voz não baixou, mas o tom dele se tornou confidencial.

— É o senhor quem faz as encomendas?

— Bom, é sim. Sabe, Marullo tem artrite e, além do mais, tem outros interesses.

— Podemos baixar um pouco os preços.

— Acho que Marullo já paga o mínimo possível. É melhor falar direto com ele.

— É exatamente o que eu não queria. Quero falar com o homem que faz as encomendas, e este é o senhor.

— Eu sou só balconista.

— É o senhor quem faz as encomendas, sr. Hawley. Posso oferecer-lhe cinco por cento.

— Acho que talvez Marullo aceite esse desconto, se a qualidade for a mesma.

— O senhor não está entendendo. Não quero falar com Marullo. Esses cinco por cento podem ser em dinheiro... nada de cheques, nada de registros, nada de problemas com os rapazes da Receita, só um repolhinho verde e limpinho da minha mão para o seu bolso.

— Por que Marullo não pode ficar com o desconto?

— Acordos de preço.

— Muito bem. Suponhamos que eu aceite os cinco por cento e os repasse para Marullo?

— Acho que o senhor não conhece esse tipo de gente

41

como eu. Se entregar para ele, vai ficar se perguntando quanto mais está segurando. É totalmente natural.

Ethan baixou a voz.

– O senhor quer que eu trapaceie o homem para quem trabalho?

– Quem é que vai trapacear? Ele não vai perder nada, e o senhor ganha um troco. Todo mundo tem o direito de ganhar um pouco. Margie bem me disse que o senhor é um homem esperto.

– O dia está escuro – Ethan disse.

– Não, não está, o senhor é que fechou as persianas. – A mente astuta pressentiu perigo... um rato confuso entre o cheiro do metal da ratoeira e o aroma do queijo. – Vou lhe dizer uma coisa – Biggers prosseguiu. – Dê uma pensada sobre o assunto. Veja se quer fazer algumas compras conosco. Passo aqui para conversarmos quando estiver na área novamente. Passarei por aqui a cada duas semanas. Fique com o meu cartão.

A mão de Ethan não se afastou da lateral de seu corpo. Biggers colocou o cartão em cima do balcão refrigerado.

– E aqui está uma lembrancinha que sempre deixamos para os novos amigos. – Tirou do bolso lateral uma bela carteira de couro de foca. Colocou-a ao lado do cartão, por sobre a porcelana branca. – É uma coisa muito útil. Tem lugar para a carteira de motorista, para cartões.

Ethan não respondeu.

– Volto daqui a umas duas semanas – Biggers disse. – Pense sobre o assunto. Passarei por aqui com toda certeza. Marquei com Margie. É uma garota e tanto.

Como não obteve resposta, disse:

– Não precisa me acompanhar até a porta. Até logo. – Então, de repente, aproximou-se de Ethan. – Não seja tolo. Todo mundo faz isso – disse. – Todo mundo! – Então saiu ligeiro pela porta e a fechou sem fazer barulho atrás de si.

Naquele silêncio escuro, Ethan ficou escutando o murmúrio baixo do transformador das lâmpadas de neon no balcão refrigerado. Voltou-se lentamente para seu público empilhado e separado pelas prateleiras.

— Achei que vocês eram meus amigos! Nem ergueram uma mão para me ajudar! Ostras, picles, mistura para bolo, vocês só ficam do meu lado quando tudo vai bem. Chega de *unimus* para vocês. Imagine só o que São Francisco diria se um cachorro o mordesse, ou se um passarinho cagasse em cima dele. Será que diria: "Obrigado, sr. Cachorro, *grazie tanto, signora* Passarinho"?

Virou a cabeça ao ouvir o barulho de batidas que vinha da porta dos fundos, atravessou o depósito com passos rápidos, resmungando:

— Tem mais cliente do que se o mercado estivesse aberto.

Joe Morphy entrou cambaleando, apertando a garganta.

— Pelo amor de Deus – esganiçou. – Preciso de socorro... ou pelo menos de uma Pepsi-Cola, porque estou definhando de sede. Por que está tão escuro aqui dentro? Será que meus olhos também estão se esvaindo?

— Fechei as persianas. Estou tentando afastar bancários sedentos.

Passou para a parte da frente, foi até o balcão refrigerado e pegou de lá uma garrafa coberta de gelo, tirou a tampa com um abridor e pegou outra.

— Acho que vou tomar uma também.

Joey-boy recostou-se na vitrine iluminada e virou meia garrafa antes de afastá-la da boca.

— Ei! – disse. – Alguém perdeu a Casa da Moeda. – Pegou a carteira.

— Essa foi uma lembrancinha do representante da B.B.D.&D. Está tentando abocanhar uma fatia dos nossos negócios.

— Bom, não deve estar querendo pouca coisa. Isto aqui é um item de alta qualidade, meu filho. Tem até as suas iniciais. Em ouro.

— Tem mesmo?

— Como assim, não tinha reparado?

— Ele deixou aí há apenas alguns minutos.

Joey abriu o couro dobrado e folheou os envelopes de plástico.

— É melhor colocar logo alguma coisa aqui dentro — disse. Examinou o compartimento do dinheiro. — Ah, isto sim é o que eu chamo de uma bela lembrança. — Entre o polegar e o indicador, extraiu uma nota novinha em folha de vinte dólares. — Sabia que eles queriam tomar terreno, mas não que vinham com tanques. Esta sim é uma recordação de que vale a pena se lembrar.

— Isso estava aí dentro?

— Você acha que eu coloquei?

— Joey, quero conversar com você. O sujeito me ofereceu cinco por cento de todos os negócios que eu arranjar para a empresa dele.

— Bom, mas que beleza! Prosperidade, finalmente. E não foi uma promessa vazia. Acho que você devia pagar esta rodada de Coca. Este é o seu dia.

— Você está dizendo que eu devo aceitar?

— Por que não, se o custo não vai aumentar? Quem é que vai sair perdendo?

— Ele disse que não devo dizer a Marullo, ou ele vai achar que estou ganhando mais por fora.

— Vai mesmo. Qual é o seu problema, Hawley? Está louco? Acho que é essa luz. Você está parecendo esverdeado. Eu estou parecendo esverdeado? Você não está pensando em recusar, está?

— Já tive que me segurar para não dar um chute no traseiro dele.

— Ah! Então é assim... você e os dinossauros.

— Ele disse que todo mundo faz isso.

— Nem todo mundo consegue um acordo desses. Você deu sorte.

— Não é honesto.

— Por que não? Quem é que vai sair prejudicado? Por acaso é contra a lei?

— Você está dizendo que aceitaria?

— Aceitaria? Eu me sentaria nas patas traseiras e imploraria. No meu ramo, todas as brechas estão fechadas. Praticamente tudo que se pode fazer em um banco é contra a lei... a menos que você seja o presidente. Não estou entendendo. Do que é que você está se lamentando? Se você estivesse tirando dinheiro daquele tal de Alfio, eu diria que não seria muito correto... mas não está. Você faz um favor a eles, eles fazem um favor para você... um favor bonito e verdinho. Não seja louco. Você precisa pensar na sua mulher e nos seus filhos. Educar essas crianças não vai ser barato.

– Acho que é melhor você ir embora agora.

Joey Morphy bateu a garrafa vazia contra o balcão.

– Sr. Hawley... não, sr. Ethan Allen Hawley – disse com frieza. – Se o senhor acha que eu faria algo desonesto ou sugeriria que o senhor o fizesse... bom, então o senhor pode se danar.

Joey saiu batendo os pés na direção do depósito.

– Não foi isso que eu quis dizer. Não foi nada disso. Juro por Deus que não, Joey. É que hoje eu já passei por alguns choques e, além disso, este é um feriado pavoroso... pavoroso.

Morphy fez uma pausa.

– Como assim? Ah! Sim, já sei. Claro que sei. Você acredita que eu sei?

– E todo ano, desde que sou criança, a coisa só piora porque... porque talvez eu compreenda melhor o que isso significa, ouço aquelas palavras solitárias: *lama sabach thani*.

– Eu sei, Ethan, eu sei. Já está quase no fim... agora já está quase acabando, Ethan. Esqueça que eu saí pisando firme, por favor.

E o alarme de incêndio de ferro soou: um único toque.

– Terminou – disse Joey-boy. – Já acabou... e só volta daqui um ano. – Esgueirou-se em silêncio pelo depósito e saiu pela porta dos fundos.

Ethan ergueu as persianas e voltou a abrir o mercado, mas não recebeu muitos clientes: vendeu algumas garrafas de leite e alguns pães para crianças, uma pequena costeleta de ovelha e uma lata de ervilhas para a sra. Borcher para o jantar que ela prepararia na chapa, à mesa. Simplesmente não havia ninguém circulando pela rua. Durante a meia hora que precedeu as seis horas, quando Ethan estava organizando tudo para fechar o mercado, nenhuma alma entrou. Ele já tinha trancado tudo e tomado o caminho de casa quando se lembrou de que não tinha pegado os mantimentos que a mulher encomendara: precisou retornar, juntar tudo em duas sacolas grandes e trancar tudo de novo. Sua vontade era dar um passeio pela baía e ficar observando as ondas cinzentas entre os pilares do cais e sentir o cheiro da água do mar e conversar com uma gaivota que voava em direção a uma boia. Lembrou-se de um poema feminino escrito havia muito tempo por alguém que entrara em frenesi ao presenciar o voo em espiral de uma gaivota. O poema começava assim: "Ah! Ave feliz – o que tanto a anima?". E a poetisa nunca descobrira, e provavelmente nem quisera saber.

As sacolas pesadas de mantimentos para o feriado fizeram com que desistisse do passeio. Ethan se deslocou exausto pela High Street e tomou lentamente o caminho ao longo da Elm Street, até a antiga casa da família Hawley.

2

Mary saiu de perto do fogão e tomou as grandes sacolas de mantimentos das mãos dele.

– Tenho tanta coisa para contar que nem posso esperar.

Ele a beijou e ela sentiu a textura de seus lábios.

– Qual é o problema? – ela perguntou.

– Estou um pouco cansado.

– Mas o mercado ficou fechado durante três horas.

– Tinha muita coisa para fazer.

– Espero que você não esteja triste.

– Hoje é um dia triste.

– O dia foi ótimo. Espere até saber de tudo.

– Cadê as crianças?

– Estão lá em cima com o rádio. Elas também têm uma coisa para contar.

– Problemas?

– Ah, mas por que é que você está dizendo isso?

– Sei lá.

– Você não está bem.

– Mas que diabos, estou bem sim.

– Quanta coisa boa... Vou esperar até depois do jantar para contar a minha parte. Vai ficar surpreso.

Allen e Mary Ellen desceram as escadas em carreira desabalada e irromperam na cozinha.

– Ele chegou – disseram.

– Pai, tem Peeks no mercado?

– Você está falando daquele cereal? Claro que tem, Allen.

– Eu queria que você trouxesse para casa. É aquele que tem uma máscara de rato na caixa, que a gente recorta.

– Você não está meio grande para usar uma máscara de rato?

Ellen completou:

– A gente manda a parte de cima da caixa com dez centavos e recebe um negócio de ventriloquia com instruções. Acabamos de ouvir no rádio.

Mary disse:

– Digam ao seu pai o que vocês querem fazer.

– Bom, nós vamos nos inscrever no Concurso Eu Amo os Estados Unidos. O primeiro prêmio é uma viagem para Washington, para conhecer o presidente, *com* os pais, e vários outros prêmios.

– Ótimo – disse Ethan. – Que concurso é esse? O que precisa fazer?

– É do grupo de jornais Hearst – Ellen gritou. – Para o país inteiro. É só fazer uma redação dizendo por que você ama os Estados Unidos. Todos os ganhadores vão aparecer na televisão.

– É uma beleza – disse Allen. – Que tal ir para Washington, ficar no hotel, ir a shows, conhecer o presidente e tudo o mais? Não é mesmo uma beleza?

– E os estudos?

– É para este verão. Eles vão anunciar os vencedores no Dia da Independência, 4 de julho.

– Bom, então acho que tudo bem. Vocês amam mesmo os Estados Unidos ou só amam os prêmios?

– Ah, pai – disse Mary. – Não estrague o prazer deles.

– Eu só queria separar o cereal da máscara de rato. Eles misturam tudo.

– Pai, onde você acha que a gente pode pesquisar?

– Pesquisar?

– Claro, o que outros já disseram...

– O seu bisavô tinha uns livros muito bons. Estão no sótão.

– Que livros?

– Ah, com os discursos de Lincoln e os de Daniel Webster e de Henry Clay. Vocês também podem dar uma olhada nas obras de Thoreau ou de Walt Whitman ou de Emerson... Mark Twain também. Está tudo lá no sótão.

– Você leu esses livros, pai?

– Ele era meu avô. Às vezes, lia para mim.

– Quem sabe você ajuda a gente com a redação?

– Mas daí não ia ser da autoria de vocês.

– Está certo – disse Allen. – Você vai lembrar de trazer Peeks para casa? Tem um monte de ferro e essas coisas.

– Vou tentar.

– Podemos ir ao cinema?

Mary disse:

– Achei que vocês iam pintar ovos de Páscoa. Vou cozinhá-los agora. Depois do jantar, vocês podem levar para a varanda.

– A gente pode ir até o sótão dar uma olhada nos livros?

– Só não esqueçam de apagar a luz quando saírem. Outro dia, ficou acesa durante uma semana. Você deixou acesa, Ethan.

Quando as crianças saíram, Mary disse:

– Você não acha bom eles participarem desse concurso?

– Claro, se fizerem direitinho.

– Não aguento mais esperar para contar... Margie leu meu futuro nas cartas hoje, três vezes, porque disse nunca ter visto nada assim antes. Três vezes! Eu vi com meus próprios olhos as cartas saindo.

– Ai, meu Deus!

– Você não vai ficar tão desconfiado assim quando escutar o que eu tenho a dizer. Você sempre fica fazendo piada com os estranhos morenos e altos. Não vai nunca adivinhar do que ela falou. Bom... quer tentar?

Ele disse:

– Mary, preciso avisá-la sobre uma coisa.

– Avisar? Ah, mas você nem sabe o que é. É *você* quem vai me trazer sorte no futuro.

Ele soltou uma palavra ríspida e desagradável por entre os dentes.

– O que foi que você disse?

– Eu disse: "Não passa de um truque".

– Pode ser a sua opinião, mas não é o que as cartas pensam. Ela tirou três vezes.

– As cartas pensam?

– Elas sabem – respondeu Mary. – Ela leu as cartas para mim e elas só falavam de você. Você vai se transformar em um dos homens mais importantes desta cidade... foi isso mesmo que eu disse: *um dos mais* importantes. E nem vai demorar muito. Vai ser bem rápido. Cada carta que ela tirava mostrava mais e mais dinheiro. Você vai ficar rico.

– Querida – ele disse –, por favor, permita que eu lhe dê um aviso, por favor!

– Você vai fazer um investimento.

– Com o quê?

– Bom, eu estava pensando no dinheiro do meu irmão.

– Não – ele exclamou. – Não vou tocar nele. É todo seu. E vai continuar sendo. Foi você quem teve essa ideia ou ela...

– Ela nem tocou nesse assunto. As cartas também não. Você vai investir em julho e, a partir daí, vai ser uma coisa atrás da outra... uma logo depois da outra. Mas não parece ótimo? Foi assim que ela disse: "O seu futuro está no Ethan. Ele vai ser um homem muito rico, quem sabe o homem mais importante desta cidade".

– Mas que diabos! Ela não tem o direito de fazer isso.

– Ethan!

– Sabe o que ela está fazendo? Sabe o que você está fazendo?

– Eu sei que sou boa esposa e que ela é uma boa amiga. E não quero brigar para as crianças escutarem. Margie Young é a melhor amiga que eu tenho. Sei que você não gosta dela. Mas acho que está é com ciúme das minhas amigas, é isso. Minha tarde foi alegre e agora você vem estragar tudo. Não é nada justo da sua parte.

O rosto de Mary ficou desfigurado de decepção, cheio de raiva e vontade de se vingar do obstáculo que se colocava entre ela e seus devaneios.

– Você só fica aí sentado, sr. Espertalhão, acabando com os outros. Você acha que a Margie inventou tudo. Não inventou, porque fui eu quem cortou as cartas, três vezes... mas, mesmo que tivesse inventado, por que outra razão teria feito isso a não ser para ser simpática, gentil e ajudar um pouco a gente? Responda, sr. Espertalhão! Dê alguma razão mal-intencionada para isso.

– Bem que eu gostaria de saber por quê – ele disse. – Pode ser maldade pura e simples. Ela não tem marido nem emprego. Pode ser maldade.

Mary baixou a voz e falou cheia de desdém.

– Você fica aí falando de maldade... não ia reconhecer a maldade nem que ela desse um tapa na sua cara. Você não sabe as coisas por que Margie passa. Ah, tem homem que vem até aqui só para ir atrás dela, o tempo todo. Homens importantes, homens casados, sussurrando e implorando... um nojo. Às vezes, ela não sabe a quem recorrer. É por isso que precisa de mim, uma amiga. Ah, ela me conta as coisas... alguns homens são inacreditáveis. Nossa, alguns até fingem que não gostam dela em público e depois vão escondidos para a casa dela ou ficam ligando para tentar convencê-la a sair com eles... homens que se dizem corretos, que vivem pregando a moral e os bons costumes, e depois fazem essas coisas. E você vem me falar de maldade.

– Ela disse que homens eram esses?

– Não, não disse, e isso só é mais uma prova. Margie não quer magoar ninguém, mesmo que alguém a tenha magoado. Mas ela disse que tem um que eu não ia acreditar. Que eu ia ficar de cabelo branco se soubesse.

Ethan respirou fundo, segurou o ar e soltou um enorme suspiro.

– Fico aqui me perguntando quem seria – Mary disse. – Do jeito que ela falou, parecia que era alguém que conhecemos muito bem, e que seria inacreditável.

– Mas ela diria quem era sob certas circunstâncias – Ethan disse baixinho.

– Só se fosse forçada. Foi ela mesma quem disse. Só se fosse para defender a honra dela, ou para não manchar o nome dela, algo assim... Quem você acha que pode ser?

– Acho que eu sei.

– Sabe? Quem?

– Eu.

Ela ficou boquiaberta.

– Ah, seu tonto – disse. – Se eu não presto atenção, você me prega peças o tempo todo. Bom, melhor isso do que o seu mau humor.

– Uma bela encenação. O marido confessa cometer pecados da carne com a melhor amiga da esposa. Chega a ser tão desprezível que dá vontade de rir.

– Isso que você está dizendo não é nada agradável.

– Talvez o marido devesse ter negado. Então, no mínimo, a esposa o teria honrado com uma certa suspeita. Querida, juro por tudo que é sagrado que nunca, em palavras ou ações, nunca flertei com Margie Young-Hunt. Será que agora você acredita que eu sou culpado?

– Você!

– Você não acha que eu sou bom o bastante, desejável o bastante; em outras palavras, acha que ela é demais para mim?

– Eu gosto de piadas. Você sabe muito bem disso... mas esse assunto não tem graça nenhuma. Espero que as crianças não tenham mexido nos baús lá em cima. Elas nunca colocam nada de volta no lugar.

— Tentarei mais uma vez, minha esposa, mulher tão justa. Uma certa mulher, que tem as iniciais M.Y.H., colocou armadilhas ao meu redor, por motivos que só ela conhece. Estou correndo grave perigo de cair em uma ou em várias dessas armadilhas.

— Por que você não pensa na sua fortuna? As cartas disseram julho, e disseram três vezes... eu vi. Você vai ganhar dinheiro, muito dinheiro. É melhor pensar nisso.

— Você gosta tanto assim de dinheiro, chuchuzinho?

— Se eu gosto de dinheiro? Como assim?

— Você quer tanto ter dinheiro que até necromancia, taumaturgia, macumba ou qualquer outra prática nefasta se justifica?

— Foi você quem disse! Você quem começou. Não vou deixar que se esconda atrás das suas palavras. Se eu amo o dinheiro? Não, eu não amo o dinheiro. Mas também não adoro viver preocupada. Gostaria de poder andar de cabeça erguida nesta cidade. Não gosto do fato de as crianças terem que andar por aí humilhadas porque não se vestem tão bem... tão bem quanto outras. Gostaria de poder andar de cabeça erguida.

— E dinheiro ia servir para levantar a sua cabeça?

— Ia acabar com aquele ar de desprezo dos seus sagrados concidadãos.

— Ninguém olha para um Hawley com desprezo.

— Só porque você quer. Você é que não enxerga.

— Vai ver que é porque eu não fico procurando.

— Você está jogando seus sagrados Hawley para cima de mim?

— Não, querida. Isso já não é uma arma assim tão potente.

— Bom, fico feliz por você ter chegado a essa conclusão. Nesta cidade ou em qualquer outra, um balconista de sobrenome Hawley continua sendo um balconista.

— Você me culpa por ter ido à falência?

— Não. É claro que não. Mas eu o culpo por ter engolido tudo sem tomar nenhuma atitude. Você poderia ter saído daquela situação, se não fossem as suas ideias refinadas e retrógradas. Um grande cavalheiro sem dinheiro é a mesma coisa que um mendigo. – A palavra explodiu na cabeça dela, e ela ficou em silêncio, envergonhada.

– Desculpe – Ethan disse. – Você me ensinou uma coisa... talvez três coisas, minha patinha de coelho. Três coisas em que ninguém nunca vai acreditar: a verdade, o provável e o lógico. Agora eu sei onde arrumar dinheiro para dar início à minha fortuna.

– Onde?

– Vou ter que assaltar um banco.

A campainha do *timer* do fogão soou.

Mary disse:

– Vá chamar as crianças. O cozido está pronto. Diga para apagarem a luz.

Ficou ouvindo os pés dele se arrastarem.

3

Minha mulher, minha Mary, pega no sono como quem fecha a porta de um armário. Quantas vezes eu a observei com inveja. O corpo dela se contorce um instante, como se estivesse se ajeitando em um casulo. Ela suspira uma vez e, no final do processo, seus olhos se fecham e seus lábios, inabaláveis, assumem o contorno daquele sorriso sábio e remoto dos antigos deuses gregos. Ela sorri a noite toda enquanto dorme, sua respiração ronrona na garganta: não é um ronco, é o ronronar de um gatinho. Por um instante, a temperatura dela sobe, de modo que posso sentir seu irradiar ao meu lado, na cama; depois cai de novo e pronto, ela já se foi. Não sei para onde. Ela diz que não sonha. Deve sonhar, claro. Isso significa simplesmente que os sonhos dela não a incomodam, ou incomodam tanto que ela se esquece deles antes de acordar. Ela adora dormir, e o sono a recebe de braços abertos. Gostaria que comigo fosse igual. Eu luto contra o sono, ao mesmo tempo em que anseio por ele.

Andei pensando que a diferença pode estar no fato de a minha Mary saber que vai viver para sempre, que vai passar para outra vida com a mesma facilidade que passa do sono ao despertar. O corpo todo dela sabe disso, de maneira tão completa que ela nem pensa mais no assunto, da mesma forma que não precisa pensar para respirar. Portanto, tem tempo para dormir, para descansar, para deixar de existir por um breve período.

Por outro lado, sinto do fundo dos meus ossos e da minha carne que eu vou, um dia, cedo ou tarde, deixar de viver, e é por isso que luto contra o sono, imploro por ele, às vezes até mesmo o engano para que venha. Meu momento de sono é um grande desgaste, uma agonia. Sei disso porque acabei de acordar neste segundo e ainda sinto a pancada esmagadora. E, uma vez que durmo, fico muito atribulado. Sonho com os problemas do dia elevados ao absurdo, um pouco parecidos com homenzinhos dançando, usando chifres e máscaras de animais.

Durmo muito menos do que Mary em número de horas. Ela diz que precisa dormir bastante e eu concordo que preciso de menos tempo do que ela, mas estou longe de acreditar nisso. Só existe uma certa quantidade de energia armazenada em um corpo, que aumenta, é claro, com a ingestão de alimentos. Ela pode ser gasta com rapidez, da maneira como algumas crianças engolem doces, ou ser desembalada lentamente. Sempre tem uma menininha que guarda parte do doce para ser comida muito tempo depois de os gulosos já terem ficado sem nada. Acho que a minha Mary vai viver muito mais tempo do que eu. Ela deve estar guardando um pouco da vida dela para depois. Pensando bem, a maior parte das mulheres vive mais do que os homens.

A Sexta-Feira Santa sempre me incomodou. Até quando era criança, eu me sentia completamente tomado pelo pesar, não causado pela agonia da crucificação, mas por causa da tremenda sensação de solidão do Crucificado. E nunca perdi esse pesar, plantado por Mateus, e lido para mim com o sotaque pesado e entrecortado da minha tia-avó da Nova Inglaterra, Deborah.

Talvez neste ano tenha sido pior. A gente toma a história para si e se identifica com ela. Hoje Marullo me deu instruções, de modo que, pela primeira vez, eu a compreendi na esfera da natureza dos negócios. Pouco depois, recebi minha primeira oferta de suborno. É uma coisa estranha de se dizer na minha idade, mas não me lembro de nenhuma outra. Preciso pensar a respeito de Margie Young-Hunt. Será que ela é maligna? Qual é o objetivo dela? Eu sei que ela me prometeu algo e me ameaçou caso eu não aceite. Será que um homem tem direito de pensar além de sua vida ou só deve ir empurrando com a barriga?

Quantas noites passei acordado, apenas escutando o ronronar da minha Mary ao meu lado. Quando a gente fica olhando fixo para a escuridão, pontos vermelhos começam a nadar pelos olhos, e o tempo custa a passar. Mary adora tanto o seu sono que tenho procurado protegê-la enquanto dorme, até mesmo quando o desejo elétrico queima na minha pele. Se eu saio da cama, ela acorda. Fica preocupada. Porque só experimentou a insônia quando estava doente, fica achando que eu estou passando mal.

Nessa noite, precisei me levantar e sair. A respiração dela ronronava com suavidade e dava para ver aquele sorriso arcaico em seus lábios. Talvez estivesse sonhando com a sorte grande, com o dinheiro que eu em breve ganharia. Mary quer ter orgulho.

É estranha a maneira como os homens acham que conseguem pensar melhor em um lugar especial. Eu tenho um lugar assim, sempre tive, mas sei que não vou lá para pensar, mas para sentir e experimentar e lembrar. É um lugar seguro... todo mundo precisa de um lugar assim, apesar de nunca ter ouvido homem nenhum falar disso. Um movimento secreto e silencioso sempre acorda alguém que está dormindo, apesar de uma ação deliberada e normal não o fazer. Também estou convencido de que mentes adormecidas vagueiam pelos pensamentos de outras pessoas. Forcei em mim mesmo a necessidade de ir ao banheiro e, quando ela se concretizou, levantei-me e fui. Depois, desci as escadas sem fazer barulho, carregando minhas roupas, e me troquei na cozinha.

Mary diz que eu compartilho problemas dos outros que não existem. Talvez seja verdade, mas de fato eu vi uma pequena cena se desenrolar na cozinha mal iluminada: Mary se levanta e sai à minha procura pela casa, com o rosto preocupado. Deixei então um recado no bloco da lista de compras, dizendo: "Querida, estou inquieto. Saí para dar uma caminhada. Volto logo". Acho que coloquei bem no meio da mesa da cozinha, de modo que, se ela acendesse a luz usando o interruptor da parede, seria a primeira coisa que veria.

Então abri a porta dos fundos e saboreei o ar. Estava frio, cheirava a uma cobertura de geada branca. Agasalhei-me com um casaco pesado e ajeitei um gorro de marinheiro de lã por cima das orelhas. O relógio elétrico da cozinha rosnava. Marcava quinze para as três. Eu tinha ficado na cama observando os pontos vermelhos na escuridão desde as onze.

A nossa cidadezinha, New Baytown, é uma cidade bonita, uma cidade antiga, uma das primeiras cidades surgidas de modo claro e definido nos Estados Unidos. Seus primeiros ocupantes, e meus ancestrais, acredita-se, eram filhos daqueles aventureiros marítimos inquietos, traiçoeiros, briguentos e avaros que só causavam dor de cabeça para a Europa de Elizabeth, que tomaram as Índias Ocidentais para si sob Cromwell e finalmente foram se empoleirar no litoral norte da América, trazendo nas mãos cartas de concessão assinadas por Charles Stuart. Conseguiram combinar com êxito pirataria e puritanismo, que, no fundo, não são coisas assim tão diferentes. Ambos nutriam desprezo intenso pela oposição e ambos viviam de olho na propriedade alheia. Quando as duas coisas se combinaram, produziram um bando de macacos sobreviventes, resistentes a tudo. Eu sei disso porque o meu pai me ensinou. Ele era daquele tipo que nutre amor intenso pelos ancestrais, e eu sempre reparei que pessoas assim geralmente não exibem as qualidades daqueles que tanto admiram. Meu pai era um tolo bondoso, bem-informado, mal-aconselhado e, às vezes, brilhante. Sem a ajuda de ninguém, perdeu as propriedades, o dinheiro, o prestígio e o futuro; aliás, perdeu quase tudo que a família Allen e a família Hawley tinham acumulado ao longo de vários séculos, perdeu tudo menos os sobrenomes. E, na verdade, essa era a única coisa por que o meu pai se interessava. Ele costumava me dar "aulas de herança cultural", como dizia. É por isso que sei tanto sobre os rapazes do passado. Talvez seja por isso também que sou balconista em um mercado siciliano em um quarteirão que já foi inteiro dos Hawley. Gostaria de não sentir tanto ressentimento em relação a isso. Não foi a depressão nem as dificuldades que nos deixaram sem nada.

Tudo isso porque eu comecei a dizer que New Baytown é uma cidadezinha charmosa. Na Elm Street, virei à direita em vez de dobrar à esquerda e caminhei rapidamente até a Porlock Street, que traça um paralelo torto com a High Street. Wee Willie, nosso policial gordo, estaria cochilando em sua viatura na High Street, e eu não queria passar a madrugada com ele. "O que você está fazendo acordado a esta hora, Eth? Está com algum problema?" Wee Willie se sente solitário e adora conversar, e depois conversa com os outros sobre o que conversou. Uns bons escândalos, pequenos porém chocantes, nasceram da solidão de Willie. O delegado que trabalha de dia é Stonewall Jackson Smith. Não é apelido. O nome de batismo dele é Stonewall Jackson, e isso o diferencia de todos os outros Smith. Não sei por que os policiais das cidadezinhas sempre têm que ser um o oposto do outro, mas geralmente são. Stoney Smith é o tipo de homem que não daria a informação sobre que dia é hoje a não ser que estivesse no banco das testemunhas, sob juramento. O delegado Smith controla o trabalho da polícia na cidade e é um homem dedicado, estuda os métodos de investigação mais recentes e passou pelo treinamento do FBI em Washington. Acho que não dá para encontrar policial melhor do que ele, alto e reservado e com olhos de brilho metálico. Se sua ideia fosse cometer um crime, seria melhor que evitasse o delegado.

Tudo isso porque eu comecei a contar que tinha seguido pela Porlock Street para evitar a conversa com Wee Willie. É na Porlock que ficam as casas mais bonitas de New Baytown. Sabe, no início do século XIX, tínhamos mais de cem navios baleeiros. Quando as embarcações voltavam depois de um ou dois anos percorrendo distâncias tão longínquas quanto até a Antártica ou o mar da China, chegavam cheias de óleo e riquezas. Mas quando aportavam em águas estrangeiras, além de objetos, colhiam também ideias. É por isso que se veem tantas coisas chinesas nas casas da Porlock Street. Alguns daqueles antigos capitães donos de barco também tinham bom gosto. Com todo o dinheiro de que dispunham, mandavam trazer arquitetos ingleses para construir suas casas. É por isso que vemos tanta influência neoclássica na arquitetura da Porlock Street. As casas foram construídas no período em que os arquitetos Robert e James Adam faziam sucesso na Inglaterra. Mas, apesar das janelinhas em forma de meia-lua e das colunas estriadas e dos arcos gregos, nunca deixaram de acrescentar um terraço no telhado. A ideia era que as esposas fiéis e caseiras pudessem subir lá em cima para observar o retorno das embarcações, e pode ser que algumas delas de fato o fizessem. A minha família, os Hawley, e a dos Phillips e a dos Elgar e a dos Baker eram as mais antigas e permaneceram firmes na Elm Street, e as casas dessas pessoas foram construídas de acordo com o estilo conhecido por "Early American*", com pontas no telhado e laterais de ripas de madeira sobrepostas. É por isso que a minha casa, a antiga casa dos Hawley, existe. E os olmos gigantescos são tão antigos quanto as casas.

A Porlock Street guardou suas instalações de iluminação a gás, só que agora globos elétricos brilham nos postes. No verão, turistas vêm apreciar a arquitetura e o que chamam de "o charme de antigamente" da nossa cidade. Por que é que o charme tem que ser de antigamente?

Esqueci como os Allen, de Vermont, se misturaram aos Hawley. Aconteceu logo depois da Revolução. Eu poderia

---

* *Early American*: refere-se ao estilo arquitetônico das primeiras construções edificadas nos Estados Unidos. (N.T.)

descobrir, claro. Deve haver um registro disso em algum lugar do sótão. Quando meu pai morreu, Mary já estava bem farta da história da família Hawley, então sugeriu que eu guardasse tudo no sótão. Compreendi como ela se sentia. Dá para ficar bem cansado da história da família dos outros. Mary nem nasceu em New Baytown. A família dela tem ascendência irlandesa, mas não católica. Ela sempre faz questão de ressaltar esse fato. Uma família de Ulster, é como ela diz. Ela veio de Boston.

Não, não veio coisa nenhuma. Eu é que fui buscar. Sou capaz de ver nós dois, talvez com mais clareza agora do que na ocasião: o segundo-tenente Hawley, nervoso e amedrontado, com um passe livre de fim de semana, e aquela garota suave, com bochechas de pétala de rosa, cheiro doce e querida, e três vezes tudo isso por causa da guerra e dos livros didáticos. Como levamos aquilo a sério, com a maior seriedade possível! Eu seria morto e ela estava pronta a dedicar sua vida à minha memória heroica. Era um entre um milhão de sonhos idênticos de um milhão de uniformes cor de oliva e de um milhão de vestidos de chita. E poderia muito bem ter terminado tudo com uma carta tradicional, do tipo que começa com "Caro John", mas dedicou a vida a seu guerreiro. As cartas dela, doces e infalíveis, me seguiram por todo lugar, a caligrafia arredondada e clara em tinta azul-escura sobre papel azul-claro, de modo que toda a minha companhia reconhecia as cartas dela, e todos os meus companheiros se sentiam curiosos e contentes por mim. Mesmo que eu não quisesse me casar com Mary, sua constância acabaria por me obrigar a fazê-lo, para perpetuar o sonho universal das mulheres justas e fiéis.

Ela não hesitou ao ser transplantada de uma casa de cômodos irlandesa para a antiga casa dos Hawley na Elm Street. E nunca hesitou perante o lento desespero do meu negócio falido, perante o nascimento dos nossos filhos, nem perante a paralisia de meu longo período como balconista. Ela é daquelas que espera: agora consigo enxergar isso. E acho que afinal, depois de muito tempo, ela finalmente cansou de esperar. A firmeza de seus desejos jamais se revelara antes, porque minha Mary não é do tipo que zomba dos outros; o desprezo não é um de seus recursos. Ela tem andado muito ocupada tentando solucionar o melhor possível inúmeras situações difíceis. Só me pareceu notável o fato de o veneno ter vindo à tona, porque isso nunca tinha acontecido antes. As imagens iam se formando com rapidez surpreendente contra o som dos passos que esmagavam a geada na rua do meio da madrugada.

Não há razão para se sentir furtivo ao caminhar no meio da madrugada por New Baytown. Wee Willie faz piadinhas sobre isso, mas a maior parte das pessoas que me visse caminhando na direção da baía às três da manhã ia achar que eu estava indo pescar e não pensaria mais no assunto. Nosso povo tem todo tipo de teoria a respeito da pesca, algumas delas são tão secretas quanto receitas de família, e coisas assim são respeitadas e respeitáveis.

A iluminação da rua fazia com que a geada branca nos gramados e na calçada brilhasse como milhões de diamantes minúsculos. Geada assim deixa pegadas à mostra, e não havia nenhuma a frente. Desde criança, sempre senti uma curiosa animação ao caminhar sobre neve ou geada recente, imaculada. É como ser o primeiro a chegar a um novo mundo, dá uma noção profunda e agradável de descobrir algo limpo e novo, sem uso, sem ter sido contaminado. As criaturas que normalmente andam pela madrugada, os gatos, não gostam de caminhar sobre a geada. Lembro-me de uma vez em que fui desafiado a caminhar descalço por um caminho coberto de geada e parecia que meus pés estavam queimando. Mas agora, de galochas e meias grossas, eu deixava as primeiras cicatrizes naquele terreno novo e reluzente.

No ponto em que a Porlock Street cruza com a Torquay Street, onde fica a fábrica de bicicletas, logo depois da Hicks Street, a geada limpa estava marcada por longos rastros de pés arrastados. Danny Taylor, um fantasma inquieto e instável, sempre tinha vontade de estar em outro lugar e, quando se arrastava até lá, já queria estar em outro diferente. Danny, o bêbado da cidade. Acho que cada cidade tem o seu. Danny

Taylor (muitas cabeças sacudiam lentamente de um lado para o outro à menção desse nome) era de boa família, uma família antiga, o último da linhagem, tinha boa educação. Não foi ele que teve um problema na Academia? Por que ele não toma jeito? Está se matando com a bebida, e isso está errado porque Danny é um cavalheiro. É uma vergonha ficar mendigando para comprar bebida. É reconfortante saber que seus pais não estão vivos para ver isso. Eles morreriam... só que já estão mortos. Mas isso é papo de New Baytown.

Para mim, Danny é uma ferida aberta e, fora isso, uma culpa. Eu deveria ser capaz de ajudá-lo. Já tentei, mas ele não permite. Danny é a coisa mais próxima de um irmão que eu já tive, temos a mesma idade e, quando éramos crianças, tínhamos o mesmo peso e a mesma força. Talvez eu sinta tanta culpa porque sou o guardião do meu irmão e não o salvei. Com um sentimento assim tão profundo, desculpas, até mesmo as válidas, não trazem alívio. A família dos Taylor é tão antiga quanto a dos Hawley ou a dos Baker ou qualquer uma das outras. Quando criança, não consigo me lembrar de nenhum piquenique, de nenhum circo, de nenhuma competição, de nenhum Natal sem Danny ao meu lado, tão próximo quanto meu braço direito. Talvez, se tivéssemos ido para a faculdade juntos, nada disso tivesse acontecido. Eu estudei em Harvard: me refestelei em línguas, mergulhei nas ciências humanas, alojei-me em tudo que é antigo, belo, obscuro; entreguei-me a um conhecimento completamente inútil para a função de gerenciar um mercado, como se revelou mais tarde. E sempre desejei que Danny tivesse estado comigo durante aquela peregrinação brilhante e emocionante. Mas Danny foi criado para o mar. Sua indicação à Academia Naval foi planejada, verificada e acertada quando ainda éramos pequenos. O pai dele confirmava a indicação cada vez que tínhamos um novo congressista.

Três anos com mérito e depois expulso. Aquilo acabou com os pais dele, dizem, e acabou com boa parte de Danny. Só sobrou aquela aflição que se arrasta por aí... aquela aflição que perambula pela noite implorando por moedas para comprar um copo para entorpecer a mente. Acho que os ingleses diriam: "Ele deixou o barco virar", e isso sempre prejudica mais o marinheiro do que o barco. Agora Danny é um andarilho, um homem da madrugada, uma coisa solitária que se arrasta por aí. Quando pede uma moeda para comprar bebida, seus olhos imploram para que o perdoemos, porque ele mesmo não consegue se perdoar. Dorme em uma cabana atrás das oficinas de barcos onde ficava o estaleiro dos Wilbur. Dei uma passada pela casa dele para ver se tinha saído, ou se estava em casa. Pelas marcas da geada, tinha saído e poderia encontrá-lo em qualquer lugar. Wee Willie não o prenderia. Por que o faria?

Não havia dúvidas quanto ao local para onde eu me dirigia. Antes mesmo de levantar da cama, eu já tinha visto, sentido e cheirado o lugar. O Porto Antigo já quase não existe. Foi sumindo desde que o quebra-mar novo desapareceu e o píer municipal, a areia e os sedimentos tomaram o lugar e deixaram raso o antigo grande ancoradouro protegido pelas reentrâncias irregulares do recife de Whitsun. Ali, no passado, havia armações de cascos de navios e abrigos para a confecção de cordas e galpões e famílias inteiras de tanoeiros para produzir os barris de óleo de baleia; e também píeres, sobre os quais se projetava o gurupés dos baleeiros com seu eixo de corrente e carranca. As mais comuns eram as embarcações de três mastros, de velas quadradas; o mastro intermediário trazia velas quadradas além de velas menores, de retranca e de mezena: eram embarcações de casco fundo, construídas para resistir anos no mar, sob qualquer clima. A giba era uma verga independente, e o pau do pica-peixe também servia de mezena de cevadeira.

Tenho uma gravura de aço do Porto Antigo coalhado de barcos, e algumas fotografias desbotadas em estanho, mas, na verdade, não preciso delas. Conheço o porto e conheço os barcos. Meu avô o reconstruiu para mim com sua bengala feita com um chifre de narval e me fez aprender a nomenclatura, batendo com a bengala em um pilar lavado pela maré que já sustentara o píer dos Hawley, marcando o ritmo dos termos:

era um velho orgulhoso, com o rosto coberto pela barba branca por fazer. Eu o amava tanto que até doía.

– Certo – ele dizia, com uma voz que não necessitava de megafone para dar ordens do tombadilho –, pode recitar todo o velame, e fale alto. Odeio sussurros.

E eu recitava em voz alta, e ele batia no pilar com sua bengala de chifre de narval a cada termo:

– Giba – eu entoava – (zás!), bujarrona externa (zás), bujarrona interna, bujarrona (zás! zás!).

– Fale alto! Você está sussurrando.

– Sobrinho de proa, verga do sobrejoanete de proa, verga superior da vela do joanete de proa, verga superior da vela do joanete de proa, verga inferior da vela do joanete de proa – e cada termo era seguido de uma bengalada no pilar.

– Os principais! Fale alto.

– Vela mestra – zás.

Mas às vezes, à medida que foi ficando mais velho, ele se cansava daquilo.

– Pode pular os principais – ordenava. – Comece pela mezena. Fale agora.

– Sim, senhor. Vela de estai do grande sobrejoanete, vela de estai da mezena, vela de estai do mastaréu da mezena, vela de estai do joanete da mezena, vela seca...

– E?

– Mezena.

– Como é o velame?

– De retranca e de mezena, senhor.

Zás, zás, zás: o chifre de narval contra a madeira encharcada.

À medida que sua audição foi ficando prejudicada, ele acusava cada vez mais a gente de sussurrar.

– Se uma coisa é verdade, ou mesmo que não seja, mas você quiser falar, erga a voz – exclamava.

Os ouvidos do velho capitão podem ter falhado mais para o fim da vida, mas o mesmo não aconteceu com sua memória. Parecia ser capaz de recitar a tonelagem e o percurso de cada embarcação que zarpara daquela baía, e o que trouxera de volta e como a mercadoria foi dividida, e o mais estranho de tudo é que a grande era dos baleeiros já estava quase no fim quando ele se tornou mestre. Chamavam querosene de "óleo de gambá", e lampiões a querosene eram "vasos fedidos". Quando a iluminação elétrica chegou, ele não deu muita importância para ela, ou talvez gostasse mesmo de lembrar do passado. A morte dele não me surpreendeu. O velho me instruíra a respeito de sua morte como fizera com os barcos. Eu sabia o que fazer, por dentro de mim e por fora.

Na extremidade do Porto Antigo cheio de areia e sedimentos, bem no lugar onde ficava o píer dos Hawley, a fundação de pedra continua lá. Ela aparece inteira quando a maré está baixa, e, na maré alta, as ondas dão a volta em seu formato quadrado. A três metros do final há uma pequena passagem de um metro e vinte de largura por um metro e vinte de altura e um metro e meio de profundidade. Talvez tenha servido como escoadouro no passado, mas a entrada do lado da terra firme estava cimentada com areia e lascas de pedra. Aquele é o meu lugar, o lugar de que todo mundo precisa. Se você estiver lá dentro, ninguém o enxerga, a não ser que esteja no mar. Hoje não há nada no Porto Antigo além de barracas de catadores de mariscos. São umas estruturas capengas, que ficam quase vazias no inverno, mas, de todo modo, catadores de mariscos são pessoas reservadas. Mal falam durante o dia todo e andam de cabeça abaixada e ombros recurvados.

Era para lá que eu estava indo. Antes de servir o exército, passei toda a noite ali, e fiz o mesmo na noite anterior ao casamento com Mary e parte da noite em que Ellen nasceu, o que a deixou mesmo muito magoada. Às vezes eu simplesmente sentia a necessidade de ir até lá e me sentar lá dentro e ficar ouvindo as ondinhas batendo na pedra e olhar para as escarpas dos rochedos de Whitsun. Foi esse lugar que eu vi, deitado na cama, observando a dança dos pontos vermelhos, e compreendi que precisava ir até lá. São grandes mudanças que me atraem até esse lugar... grandes mudanças.

A estrada South Devon passa ao longo da praia, e há luzes direcionadas para a areia, colocadas ali por pessoas bem-intencionadas, para impedir que os amantes se metessem em problemas. Precisam ir para algum outro lugar. Uma determinação municipal dita que Wee Willie precisa patrulhar o local a cada hora. Não havia vivalma na praia... ninguém mesmo, o que era estranho, porque sempre tinha alguém indo pescar, pescando ou voltando para casa. Baixei o corpo pela beirada, encontrei a pedra saliente e me enrolei para dentro da caverninha. E mal tinha me acomodado quando ouvi o carro de Wee Willie passar. Foi a segunda vez que eu escapei de ter que passar a madrugada conversando com ele.

    Parece desconfortável e tolo ficar sentado de pernas cruzadas em um nicho, como um Buda de olhos semicerrados, mas de alguma maneira aquela pedra encaixa bem em mim, ou sou eu quem me encaixo nela. Talvez eu vá lá há tanto tempo que o meu traseiro tenha assumido o formato das pedras. Se é uma bobagem ou não, para mim não faz diferença. Às vezes é muito divertido dar uma de tonto, como crianças que brincam de estátua e morrem de rir. E, às vezes, dar uma de tonto quebra um ritmo contínuo e permite que se comece tudo de novo. Quando estou preocupado me faço de tonto, para que a minha querida não perceba que estou cheio de preocupação. Ela ainda não descobriu meu truque ou, se descobriu, eu nunca vou saber. Tem tantas coisas que eu não sei sobre a minha Mary, e entre elas, o quanto ela sabe sobre mim. Acho que ela não sabe a respeito do Lugar. Como é que ia saber? Nunca contei isso para ninguém. Não tem nome na minha mente além de Lugar: não envolve ritual nem fórmula nem nada. É um local para refletir a respeito das coisas. Nenhum homem conhece de fato os outros seres humanos. O máximo que pode fazer é supor que são como eles mesmos. Ali, sentado no Lugar, protegido do vento, observando a maré negra por causa do céu escuro se esgueirar por sob a iluminação das boias, fiquei imaginando se todos os homens tinham um Lugar, ou se precisam de um Lugar, ou se desejam ter um e não têm. Por vezes, enxerguei um brilho nos olhos de outros, um olhar de animal acossado, de quem precisa de um lugar calmo e secreto onde as aflições da alma podem se abrandar, onde o homem se sente inteiro e é capaz de fazer um levantamento. Claro que eu conheço as teorias de retorno ao útero e de autodestruição, e acho que podem ser verdadeiras para alguns homens, mas não acho que sejam para mim: não passam de uma maneira fácil de dizer uma coisa difícil. Eu chamo tudo que acontece no Lugar de "fazer um levantamento". Algumas pessoas podem chamar de oração, e talvez seja a mesma coisa. Mas eu não acho que seja. Se eu desejasse criar uma imagem disso para mim mesmo, seria um lençol úmido dando cambalhotas devido a um vento agradável que o seca e o deixa de um branco dos mais doces. O que acontece é o certo para mim, seja bom ou não.

Havia muitas questões a considerar e elas pulavam e agitavam as mãos para chamar a atenção, como crianças de escola. Então ouvi o ruído lento de um motor de barco, de um cilindro, uma embarcação de pesca. A luz do mastro se movia para o sul, para além dos rochedos Whitsun. Tive que deixar tudo de lado até que ela acendesse suas luzes vermelhas e verdes em segurança no canal: um barco local, para ter encontrado a entrada com tanta facilidade. Ancorou no raso e dois homens desembarcaram usando o bote. Marulhos varreram a praia, e as gaivotas desalojadas demoraram a se empoleirar novamente nas boias.

Item: Precisava pensar em Mary, a minha querida, adormecida com aquele sorriso de mistério nos lábios. Torcia para que ela não acordasse e saísse à minha procura. Mas, se saísse, será que algum dia me contaria? Duvido. Acho que, apesar de parecer que Mary me conta tudo, na verdade me conta muito pouco. Precisava considerar a fortuna. Será que Mary queria a fortuna para si ou para mim? O fato de aquela fortuna ser falsa, inventada por Margie Young-Hunt por razões que desconheço, não fazia a menor diferença. Uma fortuna falsa era tão boa quanto qualquer outra, e é possível que todas as fortunas sejam um pouco falsas. Qualquer homem de inteligência razoável pode ganhar dinheiro se assim desejar. Na maior parte das vezes, o que quer na realidade são mulheres ou roupas ou admiração, e isso o desvia de seu objetivo. Os grandes artistas das finanças como Morgan e Rockefeller não se desviavam de seu rumo. Queriam dinheiro e o conseguiram, apenas dinheiro. O que faziam com ele depois é outra história. Sempre achei que eles ficaram com medo do fantasma que criaram e tentaram suborná-lo.

Item: Quando disse dinheiro, Mary estava falando de cortinas novas, educação garantida para as crianças, andar com a cabeça um pouco mais erguida e, convenhamos, sentir orgulho de mim, em vez de uma certa vergonha. Tinha dito isso no meio de um acesso de raiva, mas era verdade.

Item: Eu quero dinheiro? Bom, não. Alguma coisa dentro de mim detestava ser balconista de mercado. No exército, consegui chegar a capitão, mas sei o que me colocou nessa posição. Foi a minha família e as minhas conexões. Não fui escolhido por meus belos olhos, mas fui um bom comandante, um comandante muito bom. Mas se tivesse mesmo gostado de dar ordens, impondo o meu desejo sobre os outros e vendo-os pular ao meu comando, eu poderia ter ficado no exército e, a essa altura, seria coronel. Mas não quis. Desejei acabar com tudo. Dizem que um bom soldado luta uma batalha, nunca uma guerra. Isso é para civis.

Item: Marullo estava me falando a verdade a respeito dos negócios, tendo em conta que negócio é o processo de ganhar dinheiro. E Joey Morphy dizia a mesma coisa sem rodeios, e o sr. Baker e o representante de vendas. Todos falavam aquilo sem rodeios. Por que isso me deixava revoltado, com gosto de ovo podre na boca? Será que sou mesmo tão bom, ou tão gentil, ou tão justo assim? Acho que não. Será que sou tão orgulhoso? Bom, acho que um pouco. Será que sou preguiçoso, preguiçoso demais para me envolver? Existe uma quantidade imensa de gentileza inativa que não passa de preguiça, de vontade de evitar problemas, confusão ou esforço.

Muito antes de chegar a luz, fica no ar um cheiro e uma sensação de amanhecer. Estava ali agora, uma alteração no vento; uma estrela ou um planeta novo que aparecia no horizonte na direção do leste. Eu devia saber que estrela ou planeta era, mas não sei. O vento refresca ou para quando ocorre esse amanhecer falso. De verdade. E eu precisaria voltar logo. Aquela estrela estava atrasada demais para permanecer brilhante muito tempo, antes do amanhecer. Como é mesmo o ditado? "As estrelas indicam, não dão ordens"? Bom, já ouvi especialistas financeiros sérios demais para ir a um astrólogo em busca de orientação para compra de ações. Será que as estrelas indicam um mercado em alta? Será que a empresa de telefonia AT&T se influencia pelas estrelas? Não há nada tão doce e remoto no meu futuro quanto uma estrela. Um baralho de tarô surrado nas mãos de uma mulher desocupada e maldosa, e ela tinha marcado as cartas. Será que as cartas indicam, mas não dão ordens? Bom, as cartas me indicaram que precisava sair no meio da madrugada e ir para o Lugar, e me levaram a pensar mais do que eu queria sobre um assunto que detesto. Eis aí uma boa dose de indicadores. Será que elas poderiam me indicar como obter a inteligência para os negócios que eu nunca tive, a capacidade de adquirir as coisas que eu nunca possuí? Será que eu poderia ser conduzido a fazer o que não queria? Existem aqueles que comem e aqueles que são comidos. Como ponto de partida, essa é uma boa regra. Será que os que comem são mais imorais do que os que são comidos? No final das contas, todos são comidos, todos mesmo, engolidos pela terra, até mesmo os mais ferozes e os mais astutos.

Já fazia um bom tempo que os galos da colina Clam estavam cacarejando, e eu os ouvia sem escutar. Gostaria de poder ficar no Lugar para ver o sol se erguer dali.

Eu disse que não havia um ritual relativo ao Lugar, mas não é inteiramente verdade. Em algum ponto de cada visita, eu reconstruía o Porto Antigo para satisfazer a minha mente: o cais, os galpões, as florestas de mastros e a vegetação rasteira de cordames e de velas. E os meus ancestrais, o meu sangue: os pequenos no convés, os adultos trepados nos mastros, os mais de idade no tombadilho. Nada de bobagens como pensar no refinamento da Madison Avenue, em Nova York, ou de cortar demais as folhas da couve-flor. Naquele tempo os homens tinham certa dignidade, tinham estatura. Conseguiam respirar.

Aquilo era o papo do meu pai, o tolo. O velho capitão se lembrava das brigas a respeito da partilha, dos subterfúgios das casas comerciais, das suspeitas relativas a cada tábua e a cada quilha, dos processos, ah, e dos assassinatos... por causa de mulheres, glória, aventura? De jeito nenhum. Por causa de dinheiro. Era raro que uma parceria, ele dizia, durasse mais de uma viagem, e aquilo continuava a causar rixas explosivas mesmo muito depois de a causa da disputa já ter sido esquecida.

Havia um amargor que o velho capitão Hawley nunca esquecia, um crime que não era capaz de perdoar. Deve ter me falado disso muitas vezes, em pé ou sentado na beirada do Porto Antigo. Passávamos muito tempo ali, ele e eu. Lembro que ele apontava com sua bengala de narval.

– Olhe para a terceira pedra do recife de Whitsun – dizia. – Viu? Agora, trace uma linha dela até a extremidade de Porty Point, quando a maré estiver alta. Está vendo? Então... a meio cabo de distância dessa linha é onde ele está, ou, pelo menos, sua quilha.

– O *Belle-Adair*?

– O *Belle-Adair*.

– O nosso barco.

– Meio nosso, era uma sociedade. Ele pegou fogo quando estava ancorado. Queimou todo, até a linha de flutuação. Nunca acreditei que tivesse sido acidente.

– O senhor acha que botaram fogo nele?

– Acho.

– Mas... mas isso não se faz.

– Eu não faria.

– Quem fez?

– Não sei.

– Por quê?

– O seguro.

– Então agora não é diferente.

– Não tem diferença.

– Tem que ter alguma diferença.

– Só em um homem, individualmente... só em um homem, individualmente. É a única força que existe: um homem, sozinho. Não dá para depender de nada mais.

Ele nunca mais falou com o capitão Baker, meu pai disse, mas não transferiu a desavença para o filho dele, o sr. banqueiro Baker. Ele não faria isso, da mesma maneira que não incendiaria um barco.

Meu Deus, preciso voltar para casa. E voltei. Quase correndo, e subi a High Street sem pensar. Ainda estava bem escuro, mas um anel de claridade contornava o mar e coloria as ondas de cinza-ferro. Dei a volta pelo memorial de guerra e passei pelo correio. Danny Taylor estava parado em um batente de porta, como eu sabia que estaria, com as mãos nos bolsos, a gola do casaco puído virada para cima, e seu boné de caçador com as abas para baixo. Seu rosto estava cinza-azulado devido ao frio e à saúde frágil.

– Eth – ele disse –, desculpa incomodar. Desculpa. Mas eu preciso beber um copo para entorpecer a mente. Você sabe que eu não pediria se não precisasse.

– Eu sei. Quer dizer, não sei, mas acredito em você. – Dei-lhe uma nota de um dólar. – Isso basta?

Os lábios dele tremiam como os de uma criança prestes a chorar.

– Obrigado, Eth – disse. – É... acho que isso basta para me deixar fora do ar o dia inteiro e talvez a noite toda também. – Sua aparência pareceu melhorar só de pensar naquilo.

– Danny... você precisa parar com isto. Acha que eu esqueci? Você era o meu irmão, Danny. Ainda é. Eu faço tudo que for possível para ajudar.

Um pouco de cor subiu às bochechas magras. Ele olhou para o dinheiro na mão e foi como se já tivesse tomado seu primeiro gole. Então olhou para mim com olhos duros e frios.

– Para começo de conversa, não é da conta de ninguém. E, em segundo lugar, você não tem nem um tostão, Eth. Você é tão cego quanto eu, só que o tipo de cegueira é diferente.

– Ouça o que eu digo, Danny.

— Para quê? Ah, mas eu estou melhor do que você. Tenho a minha carta na manga. Lembra do nosso sítio?

— Onde a casa queimou? Onde a gente costumava brincar no buraco do porão?

— Você lembra sim. É meu.

— Danny, você podia vender e recomeçar tudo do zero.

— Não vou vender, o condado vai me tirando um pedacinho dele todo ano, para os impostos. Mas o terreno grande da campina ainda é meu.

— Por que você não quer vender?

— Porque aquilo sou eu. É Daniel Taylor. Enquanto for meu, nenhum cristão filho da puta vai poder mandar em mim nem me internar para o meu próprio bem. Entende?

— Olha, Danny...

— Não vou olhar nada. Você acha que este dólar lhe dá o direito de vir me dar sermão... toma! Pega de volta.

— Fique com ele.

— Vou ficar sim. Você não sabe do que está falando, você nunca foi... bêbado. Eu não fico falando para você como é que se vende bacon, fico? Agora, se você tomar o seu rumo, eu vou bater em alguma janela para conseguir um pouco de bebida. E não esqueça... eu estou melhor de vida do que você. Não sou balconista. – Virou-se para trás e enfiou a cabeça no batente da porta fechada igual a uma criança que suprime o mundo ao deixar de olhar para ele. E ficou assim até eu desistir e me afastar.

Wee Willie, estacionado na frente do hotel, despertou de seu cochilo e abaixou o vidro do Chevrolet.

— Bom dia, Ethan – disse. – Você acordou cedo ou está indo dormir tarde?

— Os dois.

— Deve ter achado alguma coisinha muito bonitinha por aí.

— Claro que sim, Willie, peguei uma gostosa.

— Ah, Eth, não me diga que você se envolveu com uma mulher de rua.

— Juro.

— Não dá para acreditar em mais nada. Aposto que estava pescando. A patroa vai bem?

— Está dormindo.

— É o que eu vou fazer quando terminar o meu turno.

Fui embora sem lembrá-lo de que era exatamente o que ele estivera fazendo.

Retracei meus passos em silêncio e acendi a luz da cozinha. Meu recado estava na mesa, um pouco deslocado para a esquerda em relação ao centro. Podia jurar que tinha deixado bem no meio.

Coloquei o café no fogo e fiquei esperando ferver; tinha acabado de começar a borbulhar quando Mary desceu. A minha querida se parece com uma menininha quando acorda. Não dá para imaginar que é mãe de dois pirralhos crescidos. E a pele dela tem um cheiro adorável, de grama recém-cortada, o cheiro mais aconchegante e reconfortante que eu conheço.

— O que você está fazendo de pé assim tão cedo?

— Muito boa a sua pergunta. Queira saber que passei a maior parte da noite acordado. Olhe ali as minhas galochas perto da porta. Pode pegar, estão úmidas.

— Por onde você andou?

— Lá na beira do mar tem uma caverninha, minha patinha amassada. Entrei lá dentro e fiquei estudando a noite.

— Ah, sei.

— E vi uma estrela sair do mar e, como não tinha dono, peguei para ser a nossa estrela. Dei um nome a ela e a devolvi, para que engordasse.

— Você parece um bobo. Acho que você acabou de levantar e me acordou.

— Se não acredita em mim, pergunte para o Wee Willie. Conversei com ele. Pergunte para Danny Taylor. Dei um dólar para ele.

— Não devia ter dado. Ele só vai se embebedar.

— Eu sei. Era o que ele queria. Onde é que a nossa estrela vai dormir, minha florzinha?

— Ah, mas como é bom o cheiro do café! Fico feliz por você estar se fazendo de bobo de novo. Detesto quando você fica de mau humor. Sinto muito pela leitura da sorte. Não quero que você fique achando que eu não sou feliz.

– Não se preocupe, está nas cartas.

– O quê?

– Não é brincadeira. Vou fazer a nossa fortuna.

– Eu nunca sei o que você está pensando.

– Esta é a maior dificuldade de se dizer a verdade. Posso dar uma surrinha nas crianças para comemorar a véspera da Ressurreição? Prometo não quebrar nenhum osso.

– Eu ainda nem lavei o rosto – ela disse. – Não consegui adivinhar quem podia estar fazendo barulho na cozinha.

Quando ela entrou no banheiro, coloquei meu bilhete no bolso. E continuava sem saber. Será que uma pessoa é capaz de conhecer a superfície que seja de outra? O que se passa aí dentro de você? Mary... está ouvindo? Quem é você aí dentro?

4

Aquela manhã de sábado parecia ter um padrão. Fico aqui me perguntando se cada dia tem o seu. Foi um dia recolhido. O pequeno sussurro cinzento da tia Deborah chegou até mim: "Mas é claro, Jesus está morto. Este é o único dia em todos os dias do mundo em que Ele está morto. E todos os homens e todas as mulheres também estão mortos. Jesus está no Inferno. Mas amanhã. Apenas espere até amanhã. Daí você verá uma coisa".

Não me lembro muito bem dela, assim como é difícil de se lembrar de alguém que olhamos muito de perto. Mas ela lia as Escrituras para mim como se fossem um jornal diário, e acho que era isso mesmo que ela as considerava, como alguma coisa que acontecia eternamente, mas sempre emocionante e nova. Toda Páscoa, Jesus de fato se erguia dos mortos, uma explosão, algo esperado mas todavia novo. Para ela, aquilo não acontecera dois mil anos antes; era o presente. E ela plantou um pouco disso em mim.

Não consigo me lembrar de nenhum dia anterior a este em que tive vontade de abrir o mercado. Acho que sempre odiei as manhãs preguiçosas e desleixadas. Mas naquele dia eu estava cheio de vontade de ir trabalhar. Amo minha Mary do fundo do coração, de certo modo muito mais do que amo a mim mesmo, mas também é verdade que nem sempre a escuto com toda a atenção. Quando ela faz sua crônica sobre roupas e saúde e conversas agradáveis e instrutivas, eu não presto a mínima atenção, de modo que ela às vezes exclama: "Mas você devia saber, eu já disse. Eu me lembro muito bem de ter falado na quinta de manhã". E não resta nenhuma dúvida. Ela me disse mesmo. Ela me diz tudo em certas áreas.

Naquela manhã, além de não prestar a mínima atenção, eu queria fugir daquilo. Talvez eu quisesse falar comigo mesmo e não tivesse nada a dizer: porque, para que ela não passe impune, é preciso dizer que também não escuta nada do que eu falo, o que às vezes é bom. Ela ouve tons e entonações e a partir deles reúne os fatos a respeito da minha saúde e do meu humor, se estou cansado ou alegre. E está tudo muito bem. Pensando melhor, ela não me escuta porque eu não falo com ela, mas sim com algum ouvinte obscuro dentro de mim mesmo. E ela também não fala realmente comigo. É claro que, quando as crianças ou alguma outra crise infernal estão envolvidas, a coisa muda de figura.

Tenho pensado muito em como a maneira de contar as coisas muda de acordo com quem está escutando. Muitas das coisas que falo são direcionadas a pessoas que já morreram, como a minha tiazinha Deborah, de Plymouth Rock, ou o velho Capitão. Eu me pego discutindo com eles. Lembro uma vez que estava no campo de batalha, exausto e empoeirado, e perguntei ao velho Capitão: "Eu preciso mesmo fazer isto?". E ele respondeu em alto e bom som: "Claro que sim. E pare de sussurrar". Ele não discutiu... nunca discutia. Só disse o que eu tinha de fazer, e eu fiz. Não há nada de misterioso nem de místico nesse fato. É simplesmente uma parte bem profunda da gente, formada e cheia de certeza, que está pedindo um conselho ou uma desculpa.

Para o simples discurso, que é outra maneira de pedir conselhos, meus mantimentos enlatados e engarrafados mudos e articulados no mercado servem muito bem. Qualquer animal ou passarinho que aparece na minha frente também. Eles não discutem e não fazem fofoca.

Mary disse:

– Mas você já está de saída? Nossa, ainda falta meia hora. É o que acontece quando se acorda tão cedo.

– Tenho um bando inteiro de caixotes para abrir – respondi. – Preciso colocar umas coisas nas prateleiras antes de abrir. Grandes decisões a tomar. Será que os picles e os tomates devem ficar na mesma prateleira? Será que os damascos enlatados vão brigar com os pêssegos? Você sabe como são importantes as relações de cores em um vestido.

– Você faz piada com tudo – Mary disse –, mas eu fico feliz. É melhor do que reclamar. Existem muitos homens reclamões.

E eu saí cedo. O Red Baker nem estava na rua. Dá para acertar o relógio com aquele cachorro, ou com qualquer cachorro. Ele começaria seu passeio altivo em meia hora. E Joey Morphy não apareceria (e não apareceu mesmo). O banco não abriria para o público, mas nem por isso Joey deixaria de ir até lá para trabalhar nos registros. A cidade estava muito quieta, mas é claro que muita gente tinha viajado para aproveitar o feriado de Páscoa. Este, o Quatro de Julho* e o Dia do Trabalho** são os principais feriados. As pessoas vão viajar mesmo quando não têm vontade. Acho que até os pardais da Elm Street tinham tirado folga.

Vi Stonewall Jackson Smith a postos. Estava saindo da cafeteria Foremaster depois de uma xícara de café. Era tão magro e frágil que seus revólveres e algemas pareciam superdimensionados. Ele usa o quepe de policial inclinado, atrevido, e palita os dentes com uma pena de ganso afiada.

---

* Quatro de Julho: dia da independência dos Estados Unidos. (N.T.)

** Nos Estados Unidos, o Dia do Trabalho é comemorado na primeira segunda-feira de setembro. (N.T.)

— Muito trabalho, Stoney. Vai ser um dia longo e difícil para ganhar dinheiro.

— Hã? – ele disse. – Não tem ninguém na cidade.

Ele queria dizer que também não queria estar ali.

— Algum assassinato, Stoney, ou alguma outra delícia pavorosa?

— Está bem tranquilo – ele respondeu. – Uns garotos acabaram com um carro na ponte. Mas, que diabos, o carro era deles mesmos. O juiz pode mandá-los pagar o conserto da ponte. Você ouviu falar do assalto a banco em Floodhampton?

— Não.

— Nem na televisão?

— Ainda não temos televisão. Levaram muito?

— Treze mil, dizem. Foi ontem, pouco antes de fechar. Três sujeitos. Alarme em quatro estados. Willie está na estrada agora, reclamando até morrer.

— Ele dorme bastante.

— Eu sei, mas eu não durmo. Fiquei fora a noite toda.

— Você acha que vão pegar os ladrões?

— Ah! Acho que sim. Quando se trata de dinheiro, geralmente pegam. As seguradoras ficam incomodando. Nunca desistem.

— Seria um bom serviço, se não pegassem a gente.

— Seria mesmo – ele respondeu.

— Stoney, eu queria que você desse uma olhada em Danny Taylor. Ele está parecendo doente.

— É só uma questão de tempo – Stoney disse. – Mas eu dou uma passada por lá. É uma pena. É um bom sujeito. De boa família.

— Isso me mata. Eu gosto dele.

— Bom, não se pode fazer nada quanto a ele. Vai chover, Eth. Willie detesta ficar molhado.

Pela primeira vez em minha memória, entrei no beco com prazer e abri a porta dos fundos com animação. O gato estava ao lado da porta, esperando. Não consigo me lembrar de nenhuma manhã em que aquele gato esbelto e eficiente não estivesse esperando para tentar entrar pela porta dos fundos e eu não jogasse um pau nele para espantá-lo. Pelo que eu sei, nunca conseguiu entrar. Digo que é um gato porque suas orelhas estão rasgadas devido a brigas. Será que os gatos são animais estranhos ou se parecem tanto conosco que acabamos por achá-los curiosos, como macacos? Aquele gato deve ter tentado entrar umas seiscentas ou oitocentas vezes, e nunca conseguiu.

– Você vai ter uma surpresa cruel – eu disse ao gato. Ele estava sentado com a cauda enrolada em volta de si, e a pontinha balançava entre seus dentes da frente. Entrei na loja escura, tirei uma lata de leite da prateleira, abri e derramei o conteúdo em uma xícara. Então levei a xícara até o depósito e a coloquei perto da porta, deixando-a aberta. Ele olhou para mim com muita seriedade, olhou para o leite e então se afastou, deslizando pelas frestas da cerca atrás do banco.

Eu o observava se afastar quando Joey Morph entrou no beco com a chave da porta dos fundos do banco pronta na mão. Ele parecia mal-ajambrado, amarfanhado, como se não tivesse ido para a cama.

– Olá, sr. Hawley.

– Achei que o banco ia fechar hoje.

– Parece que nunca fecha. Houve uma diferença de 36 dólares nos registros. Trabalhei até a meia-noite ontem.

– A menos?

– Não... a mais.

– Então deveria ser bom.

– É, mas não é. Preciso descobrir onde está o erro.

– Os bancos são todos assim tão honestos?

– Os bancos são. Só alguns homens é que não são. Para poder aproveitar um pouco do feriado, preciso descobrir onde está o erro.

– Eu queria saber um pouco a respeito de negócios.

– Posso dizer tudo o que eu sei em uma frase. Dinheiro atrai dinheiro.

– Isso não me ajuda muito.

– A mim também não. Mas eu sei dar bons conselhos.

– Como o quê?

– Como, por exemplo, não aceite a primeira oferta e, por exemplo, se alguém quer vender algo, é porque tem algum motivo e, por exemplo, uma coisa só tem o valor que quem a deseja lhe atribui.

– Essa é a versão resumida?

– É isso aí, mas não significa nada sem a primeira.

– Dinheiro atrai dinheiro?

– Isso exclui muitos de nós.

– Mas tem gente que pega emprestado, não é mesmo?

– É, mas para isso é preciso ter crédito, que é um tipo de dinheiro.

– Acho que é melhor eu ficar com os mantimentos.

– Parece que sim. Ouviu falar do banco de Floodhampton?

– O Stoney me contou. Engraçado, estávamos falando disso ontem mesmo, lembra?

– Tenho um amigo lá. Três sujeitos... Um tinha sotaque, outro mancava. Três sujeitos. Claro que vão pegá-los. Talvez em uma semana. Talvez duas.

– Acho difícil!

– Ah, sei lá. Eles não são inteligentes. Tem uma lei contra não ser inteligente.

– Sinto muito por ontem.

– Esquece. Eu falo demais. Esta é outra regra... não fale. Nunca vou aprender. Nossa, mas sua aparência está ótima.

– Não deveria estar. Não dormi muito.

– Alguém doente?

– Não. Só foi uma noite daquelas.

– Nem me diga...

Varri o mercado e ergui as persianas e não sabia se estava só fazendo aquilo ou odiando aquilo. As regras de Joey ficaram dando voltas e mais voltas na minha mente. E discuti as questões com os meus amigos das prateleiras, talvez em voz alta, talvez não. Não sei dizer.

– Caros associados – comecei –, se é tão simples assim, por que não tem mais gente que tenta? Por que quase todo mundo comete os mesmos erros uma vez após a outra? Será que sempre esquecem alguma coisa? Talvez a fraqueza realmente básica seja alguma espécie de gentileza. Marullo disse que o dinheiro não tem coração. Será que é verdade que qualquer gentileza da parte de um homem de dinheiro representaria uma fraqueza? Como é que conseguimos fazer com que zés-ninguém simpáticos matem gente em uma guerra? Bom, ajuda se o inimigo for diferente ou falar diferente. Mas e a guerra civil? Bom, os ianques comiam criancinhas, e os rebeldes deixavam os prisioneiros morrerem de fome. Isso ajuda. Já chego em vocês, beterrabas fatiadas e cabeças de champignon enlatadas, em um minuto. Sei que querem falar de vocês para mim. Todo mundo quer. Mas estou chegando no ápice... no ponto de referência, quer dizer. Se as leis do pensamento são as leis das coisas, então a moral também é relativa, e uma espécie de pecado... isto também é relativo em um universo relativo. Tem que ser. Não tem como escapar. Ponto de referência. Você aí, cereal desidratado com a máscara de Mickey Mouse na caixa e o brinquedo de ventriloquia por dez centavos. Preciso levar você para casa, mas por ora fique aí e escute. O que eu disse para a minha querida Mary como piada é verdade. Os meus ancestrais, aqueles donos de barco e capitães altamente reverenciados, com certeza receberam comissão para atacar os comerciantes na Guerra de Secessão e mais uma vez em 1812. Muito patriótico e virtuoso. Mas para os britânicos eles eram piratas, e o que tomavam guardavam para si. Foi assim que a fortuna da família começou, para ser perdida pelo meu pai. É daí que vem o dinheiro que atrai dinheiro. Podemos nos orgulhar disso.

Peguei um caixote de latas de molho de tomate, abri-o com uma faca e ajeitei as latinhas charmosas e esguias em sua prateleira depauperada.

– Talvez vocês não saibam, por serem uma espécie de estrangeiros. Além de o dinheiro não ter coração, também não tem honra nem memória. O dinheiro é automaticamente respeitável se a gente fica com ele durante um tempo. Não pensem que eu estou censurando o dinheiro. Eu o admiro muito. Senhores, permitam-me apresentar alguns recém-chegados à nossa comunidade. Vejamos. Vou colocá-los aqui do lado de vocês, ketchups. Façam com que estes picles comuns se sintam à vontade em sua nova casa. Nova-iorquinos de nascimento, fatiados e embalados no local. Estava conversando a respeito de dinheiro com os meus amigos aqui. Uma das melhores famílias... ah, vocês devem conhecer pelo sobrenome! O mundo inteiro conhece, acho. Bom, eles começaram vendendo carne para os britânicos quando o nosso país estava em guerra com eles, e o dinheiro que têm é tão admirado quanto qualquer outro, assim como sua família. E uma outra dinastia, provavelmente os maiores banqueiros de todos. O fundador comprou trezentos rifles do exército. O exército os rejeitou por apresentarem muitos defeitos, mas por isso ele os conseguira bem baratos, talvez cinquenta centavos cada um. Logo o general Frémont estava pronto para dar início à sua heroica travessia para o Oeste e comprou os rifles, sem ver a mercadoria, por vinte dólares a peça. Ninguém nunca soube se explodiram nas mãos dos soldados. E esse foi o dinheiro que atraiu dinheiro. Não importa a maneira como é obtido, desde que seja obtido e utilizado para ganhar mais. Não estou sendo cínico. Nosso senhor e patrão, Marullo do antigo sobrenome romano, tem muita razão. No que diz respeito ao dinheiro, as regras de conduta comuns tiram férias. Por que é que eu converso com mantimentos? Talvez porque vocês sejam discretos. Vocês não repetem as minhas palavras, nem fazem fofoca. O dinheiro é assunto rude e deselegante apenas quando se tem. Os pobres o consideram fascinante. Mas vocês não concordam comigo que, se alguém se interessa pelo dinheiro de maneira ativa, precisa conhecer um pouco de sua natureza e de seu caráter e de suas tendências? Receio que pouquíssimos homens, grandes artistas ou avaros, interessam-se pelo dinheiro por si só. E aí podemos descartar os avaros condicionados pelo medo.

A essa altura já havia uma grande pilha de caixas de papelão vazias no chão. Levei-as para o depósito, para serem aparadas e guardadas. Muita gente as usa para levar mercadorias para casa, como Marullo diria: "Economiza sacolas, rapaz".

Aí está esse "rapaz" de novo. Eu já não me importo mais. Quero que ele me chame de "rapaz", quero até que pense em mim como um "rapaz". Enquanto estava guardando as caixas, ouvi alguém bater na porta da frente. Olhei para o meu grande e antigo relógio de bolso prateado e, veja só: pela primeira vez na vida, eu não tinha aberto o mercado às nove em ponto. E já eram exatamente nove e quinze. Toda aquela conversa com os mantimentos tinha me deixado distraído. Através da tela de vidro e ferro da porta, pude ver que era Margie Young-Hunt. Eu nunca tinha olhado direito para ela, nunca a inspecionara. Talvez tenha sido por isso que ela leu aquelas cartas... só para se assegurar de que eu estava ciente de sua existência. Eu não deveria mudar com muita rapidez.

Escancarei as portas.

– Eu não queria atrapalhar.

– Mas eu estou atrasado.

– Está?

– Claro. Já passam das nove.

Ela entrou saltitante. O traseiro dela se destacava belo e redondo e chacoalhava lentamente, um lado para cima e o outro para baixo, a cada passo. Era bem servida na parte da frente, de modo que não precisava dar ênfase para eles. Estavam lá. Margie é o que Joey-boy chamaria de um "pedaço", e o meu filho, Allen, também, quem sabe. Talvez eu a estivesse enxergando pela primeira vez. Os traços regulares, o nariz um pouco comprido, os lábios com contorno mais carnudo do que tinham, especialmente o inferior. O cabelo tingido de um castanho forte que não se encontra na natureza, mas bonito. O queixo era delicado e bem definido, mas havia muito músculo nas bochechas amplas. Os olhos de Margie tinham recebido cuidados. Eram daquele tom entre castanho-claro e azul-aço que muda de acordo com a luz. Era um rosto resistente que tinha suportado e era capaz de suportar de tudo, até mesmo violência, até mesmo socos. Seus olhos estavam inquietos, olhavam para mim, para as mercadorias, então voltavam para mim. Imaginei que era boa observadora e que também tinha boa memória.

— Espero que você não esteja com o mesmo problema de ontem.

Ela riu.

— Não... não. Não arrumo um representante de vendas a cada dia. Hoje acabou mesmo o café.

— É o que acontece com a maior parte das pessoas.

— Como assim?

— Bom, as dez primeiras pessoas que atendo toda manhã estão sem café.

— É mesmo?

— Claro. Olha, quero agradecer por mandar o seu representante de vendas aqui.

— Foi ideia dele.

— Mas você mandou. Que tipo de café?

— Qualquer um. Meu café sempre fica ruim, independentemente do tipo que eu compro.

— Você mede bem?

— Claro, e mesmo assim fica ruim. Café não é para o meu bico.

— Não diga isso. Experimente esta mistura. — Peguei uma lata da prateleira e, quando ela esticou a mão para pegá-la de mim, apenas este pequeno gesto fez com que todo o seu corpo se movimentasse, trocasse de lugar, se oferecesse em silêncio. Estou aqui, a perna. Eu, a coxa. Não é melhor do que eu, a barriga macia. Tudo era novo, recém-avistado. Tomei fôlego. Mary diz que as mulheres são capazes de enviar sinais ou não, como bem entenderem. E, se for verdade, Margie tinha um sistema de comunicação que ia do dedão dentro do sapato de couro de bico fino até o cabelo castanho ondulado e macio.

— Parece que você superou seu mau humor.

— Ontem eu estava mesmo muito enfezado. Não sei por quê.

— Nem me diga! Às vezes eu fico assim sem razão aparente.

— Você fez um belo trabalho com aquelas cartas.

— Ficou ofendido?

— Não. Só queria saber como você fez aquilo.

– Você não acredita nessas coisas.

– Não é uma crença. Você acertou algumas coisas na mosca. Coisas em que ando pensando e coisas que ando fazendo.

– Como o quê?

– Como, por exemplo, que está na hora de fazer mudanças.

– Você acha que eu marquei as cartas, não é mesmo?

– Não faz diferença. Se marcou... por que o fez? Já pensou nisso?

Ela me olhou bem nos olhos, desconfiada, sentindo o terreno, questionadora.

– Pensei! – respondeu baixinho. – Quer dizer, não, nunca pensei nisso. Se eu marquei, por que o fiz? Seria como desmarcar a marcação.

A cabeça do sr. Baker apareceu à porta.

– Bom dia, Margie – disse. – Ethan, você pensou na minha sugestão?

– Pensei sim, com certeza. E preciso falar com o senhor.

– Quando quiser, Ethan.

– Bom, eu não posso sair durante a semana. Sabe como é, o Marullo nunca fica aqui. Vai estar em casa amanhã?

– Depois da missa, com certeza. É uma boa ideia. Traga Mary por volta das quatro. Enquanto as senhoras tagarelam sobre os chapéus de Páscoa, damos uma escapadela e...

– Tenho uma centena de coisas para perguntar. Acho que é melhor escrever.

– Terei prazer em explicar tudo o que sei. Até logo. Bom dia, Margie.

Quando ele saiu, Margie disse:

– Você está começando depressa.

– Talvez só esteja me aquecendo. Olha... sabe o que seria interessante? Que tal tirar as cartas com uma venda ou algo assim, para vermos se sai algo parecido com o de ontem?

– Não! – ela respondeu. – Não ia dar certo. Você está brincando comigo ou quer mesmo tentar?

– Da maneira como eu vejo a coisa, não faz diferença se a gente acredita ou não. Eu não acredito em percepção extrassensorial, nem em relâmpagos, nem na bomba de hidrogênio, nem em violetas, nem em cardumes de peixes... mas sei que existem. Não acredito em fantasmas, mas já vi.

– Agora você está de brincadeira.

– Não estou.

– Você não parece o mesmo homem.

– E não sou. Talvez ninguém seja igual durante muito tempo.

– O que causou essa mudança, Eth?

– Não sei. Vai ver que estou cansado de ser balconista de mercado.

– Já estava em tempo.

– Você gosta mesmo de Mary?

– Claro que sim. Por que está perguntando?

– É que vocês duas não parecem ser o mesmo tipo de... bom, você é muito diferente dela.

– Sei do que você está falando. Mas eu gosto dela. Eu a adoro.

– Eu também.

– Que sorte.

– Sei que tenho.

– Estou falando dela. Bom, vou lá fazer meu café horrível. Vou pensar a respeito dessa sua proposta das cartas.

– Quanto antes, melhor. Antes que esfrie.

Ela saiu do mercado, as nádegas pulando como borracha viva. Eu nunca a enxergara antes. Imagino quanta gente na vida já olhei sem nunca enxergar. Dá medo pensar nisso. Ponto de referência mais uma vez. Quando duas pessoas se conhecem, cada uma é transformada pela outra, de modo que resultam duas pessoas diferentes. Talvez isso signifique... diabos, é complicado. Tudo bem eu ficar pensando nessas coisas durante a noite, quando não consigo dormir. Mas esquecer de abrir na hora certa me deixou assustado. É a mesma coisa que deixar cair um lenço depois de um assassinato ou os óculos, como aqueles lá de Chicago. O que isso significa? Que assassinato? Que crime?

Ao meio-dia, preparei quatro sanduíches, queijo e presunto, com alface e maionese. Presunto e queijo, presunto e queijo... quando um homem se casa, passa a viver nas árvores. Levei dois dos sanduíches e uma garrafa de Coca até a porta dos fundos do banco e entreguei tudo a Joey-boy.

– Encontrou o erro?

– Ainda não. Sabe, estou tão perto da coisa que não consigo enxergar.

– Por que não deixa para segunda?

– Não dá. Esse negócio de banco é mesmo muito traiçoeiro.

– Às vezes, quando a gente para de pensar em uma coisa, descobre a solução.

– Eu sei. Obrigado pelos sanduíches. – Ele olhou o recheio para se assegurar de que continham alface e maionese.

Uma tarde de sábado antes da Páscoa no ramo da venda de mantimentos é o que o meu filho augusto e iletrado chamaria de "uma tarde jogada às moscas". Mas aconteceram duas coisas para comprovar pelo menos que alguma mudança bem profunda estava se dando dentro de mim. Estou dizendo que ontem, ou qualquer ontem antes deste, eu não teria feito o que fiz. É como se eu estivesse examinando amostras de papel de parede. Acho que eu encontrei um novo padrão.

A primeira coisa foi a chegada de Marullo. A artrite estava lhe causando muita dor. Ele ficou flexionando os braços como um levantador de peso.

– Como estão as coisas?

– Estão devagar, Alfio. – Foi a primeira vez que eu o chamei pelo primeiro nome.

– Não tem ninguém na cidade...

– Gosto mais quando você me chama de "rapaz".

– Achei que você não gostasse.

– Descobri que gosto, Alfio.

– Todo mundo foi embora. – Seus ombros deviam estar ardendo como se houvesse areia quente nas juntas.

– Há quanto tempo você veio da Sicília?

– Quarenta e sete anos. Muito tempo.

– Voltou lá alguma vez?
– Não.
– Por que não vai fazer uma visita?
– Para quê? Tudo mudou.
– Não tem curiosidade?
– Não muita.
– Ainda tem parentes vivos?
– Claro, meu irmão e os filhos dele, que também têm filhos.
– Achei que você gostaria de vê-los.

Ele olhou para mim, acho, do mesmo jeito que eu tinha olhado para Margie, e me enxergou pela primeira vez.

– O que você tem na cabeça, rapaz?
– Eu fico mal de ver a sua artrite. Pensei em como faz calor na Sicília. Pode ser que acabe com a dor.

Ele olhou para mim, desconfiado.

– O que você tem?
– Como assim?
– Você está diferente.
– Ah! Tive boas notícias.
– Não vai pedir demissão?
– Não agora. Se você quiser fazer uma viagem à Itália, posso prometer que fico aqui.
– Quais foram as boas notícias?
– Ainda não posso contar. Está assim, assim... – Balancei a palma da mão para trás e para frente.
– Dinheiro?
– Pode ser. Olha, você já é rico o bastante. Por que não volta à Sicília e mostra para eles o que é um americano rico? Tome um pouco de sol. Posso cuidar do mercado. Você sabe disso.
– Não vai pedir demissão?
– Com os diabos, não. Você já me conhece o suficiente para saber que não vou deixá-lo na mão.
– Você mudou, rapaz. Por quê?
– Já disse. Vá lá pegar os bambinos no colo.
– Aquele não é o meu lugar – respondeu, mas eu sabia que tinha plantado algo... alguma coisa de verdade. E eu sabia

que ele iria até o mercado tarde da noite para conferir os registros. Que canalha desconfiado.

Ele mal tinha saído quando... bom, foi igual o dia anterior: o representante de vendas da B.B.D.&D. entrou.

– Não estou a serviço – disse. – Vou passar o fim de semana em Montauk. Pensei em dar uma passada aqui.

– Fico feliz que tenha passado – respondi. – Quero lhe dar isto. – Estendi a carteira com a ponta da nota de vinte para fora.

– Diabos, mas que força de vontade. Já disse que não estou a serviço.

– Pegue!

– O que você quer com isto?

– No lugar de onde eu venho, isto é o mesmo que um contrato.

– Qual é o problema, ficou ofendido?

– Certamente que não.

– Então, por quê?

– Pegue! Ainda estou analisando propostas.

– Jesus... a Waylands fez uma oferta melhor?

– Não.

– Quem, então? Aquelas porcarias de empresas de desconto?

Enfiei a nota de vinte no bolso da lapela dele, por trás do lenço dobrado em ponta.

– Vou ficar com a carteira – eu disse. – É bonita.

– Olha, não posso fazer outra oferta sem falar com o escritório central. Não feche nada até, quem sabe, a terça-feira. Eu telefono para você. Se disser que é o Hugh, você vai saber quem é.

– É o seu dinheiro que será gasto com o telefonema.

– Bom, deixe em aberto, pode ser?

– Está em aberto – respondi. – Veio aqui para caçar?

– Apenas mulheres. Tentei levar aquela louca da Margie para lá. Ela não quis ir. Foi dura comigo. Eu não entendo as mulheres.

– Elas estão ficando cada vez mais estranhas.

– Eu assino embaixo – ele disse, e fazia quinze anos que não ouvia alguém usar essa expressão. Ele pareceu preocupado.
– Não faça nada antes de falar comigo – disse. – Jesus, achei que eu estava lidando com um garoto do interior.

– Não vou vender meus dotes por pouco.

– Que loucura. Você acaba de aumentar as apostas.

– Eu simplesmente recusei suborno, se você está assim com tanta vontade de falar disto.

Acho que isso comprova que eu tinha mudado. O sujeito começou a olhar para mim com respeito e eu gostei. Adorei. O desgraçado achou que eu era como ele, só que ainda melhor.

Bem quando eu estava pronto para fechar, Mary telefonou.

– Ethan – ela disse –, não vá ficar bravo...

– Com o quê, minha florzinha do campo?

– Bom, ela anda tão sozinha e eu achei que... bom, eu convidei Margie para jantar.

– E por que não?

– Você não ficou bravo?

– Que diabos, não.

– Não blasfeme. Amanhã é Páscoa.

– Ah, lembrei de uma coisa. Passe seu vestido mais bonito. Vamos à casa dos Baker às quatro da tarde.

– À casa deles?

– É, para tomar chá.

– Vou ter que usar minha roupa de missa de Páscoa.

– É muito bonita, meu docinho.

– Você não está bravo por causa de Margie?

– Eu amo você – eu disse. E amo mesmo. Amo de verdade. E me lembro de ter pensado em que diabo de homem alguém é capaz de se transformar.

5

Quando subi a Elm Street e virei no passeio de pedras de balastro enterradas, parei e olhei para a casa antiga. Parecia diferente, parecia minha. Não da Mary, não do meu pai, não do velho Capitão, mas minha. Eu podia vendê-la ou incendiá-la ou ficar com ela.

Tinha subido apenas dois dos degraus dos fundos quando a porta de tela se escancarou e Allen saiu correndo, gritando.

– Cadê o Peeks? Você trouxe o Peeks?

– Não – respondi. E, surpresa coberta com várias outras camadas de surpresa, ele não ficou berrando por sua dor da perda. Não apelou à mãe para comprovar que eu tinha prometido.

Ele disse "Ah" e se afastou em silêncio.

– Boa noite – disse para as costas dele.

Ele parou e respondeu:

– Boa noite – como se fosse uma palavra estrangeira que ele acabara de aprender.

Mary entrou na cozinha.

– Você cortou o cabelo – disse. Ela identifica qualquer coisa de diferente em mim como corte de cabelo ou febre.

– Não, dengosinha, não cortei.

– Bom, eu me apressei como louca para deixar a casa pronta.

– Pronta?

– Eu disse, Margie vem jantar.

– Eu sei, mas para que tantos preparativos?

– Faz séculos que não convidamos ninguém para jantar.

– É verdade. É mesmo verdade.

– Você vai vestir o terno escuro?

– Não, o Old Dobbin, o terno cinza decente.

– Por que não o escuro?

– Não quero amassar, porque vou com ele à missa amanhã.

– Posso passar amanhã de manhã.

– Vou usar o Old Dobbin, é um terno tão bom quanto qualquer outro que se encontra neste país.

– Crianças – ela chamou. – Não encostem em nada! Arrumei os potinhos de castanha. Você não quer colocar o escuro?

– Não.

– Margie vai estar muito bem-vestida.
– Margie gosta do Old Dobbin.
– Como é que você sabe?
– Ela me disse.
– Não disse.
– Escreveu uma carta para o jornal falando do assunto.
– Não brinque. Você vai ser simpático com ela?
– Vou fazer amor com ela.
– Acho que é melhor você usar o escuro... por causa da visita dela.
– Olha, minha flor, quando entrei, nem pensei no que ia ou não vestir. Em dois minutinhos você fez com que fosse impossível eu usar outra coisa além do Old Dobbin.
– Só para me irritar?
– Claro.
– Ah! – ela exclamou com o mesmo tom que Allen usara.
– O que tem para jantar? Quero colocar uma gravata que combine com a carne.
– Frango assado. Não está sentindo o cheiro?
– Acho que estou. Mary... eu... – Mas não prossegui. Por que fazê-lo? Não dá para reprimir um instinto nacional. Ela tinha passado no dia do desconto do frango do mercado Safe Rite. Mais barato do que o do Marullo. Claro que eu comprava a preço de atacado e já tinha explicado a Mary como funcionam esses descontos nas lojas de rede. O desconto serve para atrair o cliente para dentro da loja, daí acaba comprando mais uma dúzia de coisas que não estão com desconto, mas estão ao alcance da mão. Todo mundo sabe disso e todo mundo faz isso.

O discurso que fiz para Mary Toda Florida morreu suspenso no ar. O Novo Ethan Allen Hawley embarca nas manias nacionais e lança mão delas quando pode.

Mary disse:
– Espero que você não ache que eu fui desleal.
– Minha querida, que virtude ou pecado pode existir em um frango?
– Foi barato demais.
– Acho que você fez o melhor... essa coisa de esposa.

– Você está caçoando de mim.

Allen estava no meu quarto, à minha espera.

– Posso olhar a sua espada de Cavaleiro Templário?

– Claro. Está ali no canto do armário.

Ele sabia muito bem onde estava. Enquanto tirei a roupa, ele a retirou do estojo de couro, desembainhou-a, ergueu a lâmina folhada, que brilhou com a luz, e se olhou no espelho, fazendo pose.

– Como vai a redação?

– Hã?

– Você não quis dizer: "Perdão, o senhor pode repetir?".

– Foi sim, senhor.

– Eu disse: Como vai a redação?

– Ah! Vai bem.

– Você vai escrever?

– Com certeza.

– Com certeza?

– Com certeza, senhor.

– Pode olhar o chapéu também. Está naquela caixa grande de couro na prateleira. A pena está meio amarelada.

Entrei na antiga banheira enorme e branca com pés de leão. Naquele tempo, faziam-nas grandes para que pudéssemos nos refestelar dentro delas. Esfreguei Marullo e todo aquele dia da pele com uma escova e fiz a barba na banheira sem olhar, sentindo os pelos com a ponta dos dedos. Todo mundo concordaria que foi uma atitude bem romana e decadente. Enquanto penteava o cabelo, olhei no espelho. Fazia muito tempo que não olhava para o meu rosto. É totalmente possível fazer a barba todos os dias e nunca olhar de verdade para o próprio rosto, especialmente quando não se liga muito para ele. A beleza não ultrapassa a espessura da pele e, além disso, tem que vir de dentro. Tomara que a segunda opção seja a válida, para que eu chegue a algum lugar. Não que eu tenha um rosto feio. Para mim, simplesmente não é interessante. Fiz algumas expressões e desisti. Não eram nobres nem ameaçadoras nem orgulhosas nem engraçadas. Era só aquele rosto maldito de sempre fazendo careta.

Quando voltei para o quarto, Allen tinha colocado o chapéu de Cavaleiro Templário na cabeça e, se eu fico com uma cara tão tola como a dele, preciso desistir do posto. A caixa de chapéu de couro estava aberta no chão. Tem dentro um suporte feito de papelão coberto de veludo que se parece com uma tigela de aveia emborcada.

– Será que dá para alvejar esta pena de avestruz ou preciso comprar uma nova?

– Se você comprar uma nova, posso ficar com esta aqui?

– Por que não? Cadê a Ellen? Ainda não ouvi a vozinha estridente dela.

– Ela está escrevendo a redação de Eu Amo os Estados Unidos.

– E você?

– Estou pensando sobre o assunto. Você vai trazer Peeks para casa?

– Provavelmente vou esquecer. Por que você não passa no mercado um dia desses e pega uma caixa?

– Certo. Posso fazer uma pergunta... senhor?

– Fico lisonjeado em responder.

– A gente era dono de dois quarteirões na High Street?

– Era.

– E a gente tinha barcos baleeiros?

– Ãh-hã.

– Bom, e por que a gente não tem mais?

– A gente perdeu tudo.

– Como?

– Simplesmente perdeu.

– Isso é piada.

– Se você for mesmo dissecar o assunto, é uma piada muito séria.

– Estamos dissecando um sapo na escola.

– Bom para vocês. Não tão bom para o sapo. Qual destas lindas gravatas eu devo usar?

– A azul – ele respondeu sem interesse. – Me diz uma coisa, depois que você se vestir, será que... você tem tempo para ir até o sótão comigo?

– Eu arranjo tempo se for importante.
– Você vai?
– Vou.
– Tudo bem. Vou subir lá agora e acender a luz.
– Assim que terminar de dar o nó na gravata, vou lá.

Os passos dele soaram ocos na escada para o sótão, sem carpete.

Se eu ficar pensando enquanto dou o laço na gravata-borboleta, ele fica meio torto, mas se deixo meus dedos fazerem o serviço distraídos, sai perfeito. Esqueci os dedos e fiquei pensando no sótão da antiga casa dos Hawley. A minha casa, o meu sótão. Não se trata de uma prisão cheia de aranhas para tudo que está quebrado e abandonado. Tem janelas com pequenas vidraças tão antigas que a luz entra em tom de lavanda e sua superfície exterior é ondulada, de modo que é como se olhássemos para o mundo através da água. Os livros ali guardados não estão esperando ser jogados fora ou doados para o Instituto dos Marinheiros. Estão bem confortáveis em suas prateleiras, esperando ser redescobertos. E as poltronas, algumas que já saíram de moda há um bom tempo, outras com assento de mola, são grandes e macias. Também não é um lugar empoeirado. Limpar a casa também significa limpar o sótão, e como ele passa a maior parte do tempo fechado, a poeira não entra. Eu me lembro de quando era criança e mexia naqueles livros brilhantes, ou surrados de agonia, ou naquela meia-vida espectral que exige a solidão, retirando-me para o sótão, para me deitar todo enrolado em uma das grandes poltronas modeladas pelo uso, sob a luz violeta-arroxeada da janela. Lá eu podia ficar estudando as grandes vigas quadradas cinzeladas que seguram o telhado, observando como elas se apoiam umas nas outras, presas por pinos de carvalho. Quando chove, seja uma garoa ou uma tempestade se abatendo sobre o telhado, este é um ótimo local seguro. Então há os livros, tingidos pela luz, os livros com figuras de crianças que já cresceram, deram sementes e se foram; revistas para meninos *Chatterbox* e a série Rollo; milhares de atos divinos – *Fogo, Enchente, Maré Alta, Terremoto* – cheios de ilustrações; o

Inferno de Gustave Doré, com os tijolos quadrados de Dante no meio deles; e as histórias de partir o coração de Hans Christian Andersen, a violência de congelar o sangue dos Irmãos Grimm, a Morte d'Arthur cheia de majestade, com desenhos de Aubrey Beardsley, uma criatura doentia e acinturada, uma escolha estranha para ilustrar a grande e máscula Malory.

Lembro-me de pensar como H.C. Andersen era um homem sábio. O rei contava suas histórias para um poço, e seus segredos ficavam seguros. O homem que conta segredos ou histórias precisa pensar em quem as ouve ou lê, porque cada história tem tantas versões quanto leitores. Todo mundo tira o que pode da narrativa e então a transforma a seu bel-prazer. Alguns escolhem certas partes e rejeitam o resto, alguns peneiram a história através de seu emaranhado de preconceitos, alguns as pintam com seu próprio deleite. Uma história precisa ter alguns pontos de contato com o leitor para fazer com que ele se sinta à vontade com ela. Só então ele é capaz de aceitar coisas improváveis. A história que posso contar a Allen deve ser construída de maneira distinta da mesma que contei à minha Mary, e esta então pode ser reformulada para acomodar Marullo se Marullo se juntar a ela. Mas talvez o poço de Andersen seja melhor. Ele só recebe, e o eco que devolve é baixinho e logo acaba.

Acho que somos todos, ou pelo menos a maior parte de nós, guardiões daquela ciência do século XIX que negava a existência de qualquer coisa que não pudesse medir nem explicar. As coisas que não éramos capazes de compreender continuavam acontecendo, mas com toda certeza não tinham nossa bênção. Não enxergávamos o que não éramos capazes de explicar e, por isso, uma enorme parte do mundo ficava abandonada às crianças, aos loucos, aos tolos e aos místicos, que estavam mais interessados no *no que* do que no *porquê*. Tantas coisas adoráveis e antigas estão guardadas no sótão do mundo... não as queremos por perto, mas não temos coragem de jogar fora.

Há uma única lâmpada sem lustre pendurada em uma viga do telhado. O sótão tem piso de tábuas de pinho cortadas à mão de cinquenta centímetros de largura e cinco centímetros de espessura, suporte de sobra para as pilhas bem arranjadas de baús e caixas, de abajures de papel, e vasos e todo tipo de ornamentos exilados. E a luz brilhava suave por sobre as gerações de livros nas estantes, todos bem limpos e sem poeira. Minha Mary é uma espanadora implacável e intransigente, e é organizada como um sargento de alta patente. Os livros estão arranjados por tamanho e cor.

Allen estava com a testa apoiada por cima de uma estante, olhando para os livros. A mão direita estava na maçã da espada de Cavaleiro Templário, que apontava para baixo como se fosse uma bengala.

– Crie uma imagem simbólica, meu filho. Coloque o título de "Juventude, Guerra e Aprendizado".

– Eu quero pedir... você disse que tinha uns livros para eu procurar umas coisas.

– Que tipo de coisa?

– Ah, uns negócios patrióticos para a redação.

– Sei. Negócio patriótico. O que você acha disto aqui? "Será que a vida está tão parada ou a paz é tão doce que pode ser comprada ao preço dos grilhões e da escravidão? Deus me livre! Eu sei o caminho que outros podem tomar, mas eu quero a liberdade, ou podem me matar."

– Que legal! Isso é o máximo!

– Claro que sim. Naquele tempo, havia gigantes na terra.

– Eu queria ter vivido naquele tempo. Navios piratas. Caramba! Bam! Bam! As cores da bandeira na popa! Potes de ouro e donzelas com vestido de seda e joias. Eu bem que queria mesmo ter vivido naquele tempo. Alguns dos nossos parentes viveu... viveram. Foi você mesmo quem disse.

– Era um tipo de pirataria elegante... chamavam de *priratas*, piratas privados. Acho que não era assim tão simpático quanto parece hoje. Carne salgada e bolacha. Naquele tempo também havia escorbuto.

– Eu nem ia ligar. Ia pegar o ouro e trazer para casa. Acho que não deixam mais a gente fazer essas coisas.

— Não... agora tudo é maior e mais bem organizado. Chamam de diplomacia.

— Tem um menino da nossa escola que ganhou dois prêmios na televisão... cinquenta dólares e duzentos dólares. Como é que pode?

— Ele deve ser inteligente.

— Ele? Claro que não. Ele disse que é um truque. A gente precisa aprender o truque, e daí a gente usa uma artimanha.

— Artimanha?

— Claro... por exemplo, a gente fala que é aleijado e sustenta a mãe de idade com uma criação de pererecas. Isso deixa o público interessado, então eles escolhem a gente. Ele tem uma revista com todos os concursos do país. Você me dá uma revista dessas, pai?

— Bom, a pirataria não existe mais, mas parece que a vontade continua por aí.

— Como assim?

— Uma coisa em troca de nada. Riqueza sem esforço.

— Você me dá uma revista?

— Achei que essas coisas estavam desacreditadas depois dos escândalos de suborno nas rádios.

— Que diabo, claro que não. Quer dizer, não senhor. Só mudaram um pouco as coisas. Eu bem que ia gostar de ganhar um pouco dessa pilhagem.

— E é mesmo uma pilhagem, não?

— Dinheiro é dinheiro, não importa como a gente consegue.

— Não acredito nisso. O dinheiro não sofre por causa disso, mas quem o consegue sofre.

— Não sei por quê. Não é contra a lei. Ora, as pessoas mais importantes deste país...

— Charles, meu filho, meu filho.

— Como assim, Charles?

— Você precisa ser rico, Allen? Precisa?

— Você acha que eu gosto de viver sem ter uma motocicleta? Deve ter uns vinte garotos com motocicleta. E como é que você acha que é quando a família da gente não tem carro, isso sem falar em televisão?

– Estou profundamente chocado.

– Você não sabe como é, pai. Um dia, na aula, fiz um trabalho falando que o meu bisavô era capitão de baleeiro.

– E era.

– A classe inteira caiu na gargalhada. Sabe do que eles me chamam? De Baleinha. Que tal?

– Bem ruim.

– Não ia ser tão ruim se você fosse advogado ou trabalhasse em banco ou qualquer coisa assim. Sabe o que vou fazer com a primeira pilhagem que eu conseguir?

– Não. O quê?

– Vou comprar um carro para você, para não se sentir tão mal porque todo mundo tem um.

Eu disse:

– Obrigado, Allen.

Minha garganta estava seca.

– Ah, é isso mesmo. Aliás, eu ainda nem posso tirar a minha carteira.

– Nesse caso, Allen, você precisa encontrar todos os grandes discursos da nossa nação. Espero que você leia alguns deles.

– Vou ler. Estou precisando.

– Com certeza. Boa caça. – Desci as escadas em silêncio e umedeci os lábios no caminho. E Allen estava certo. Eu me sentia mal mesmo.

Quando me sentei na poltrona de sempre embaixo do abajur de leitura, Mary trouxe o jornal para mim.

– Você é mesmo um conforto, fofinha.

– Este terno está muito bonito.

– Você é uma boa perdedora e uma boa cozinheira.

– A gravata combina com os seus olhos.

– Você está aprontando alguma coisa. Dá para ver. Troco um segredo por outro segredo.

– Mas eu não tenho nenhum – ela respondeu.

– Invente um!

— Não dá. Vamos, Ethan, pode contar.

— Tem alguma criança abelhuda escutando?

— Não.

— Bom, Margie Young-Hunt apareceu na loja hoje. Estava sem café, foi o que disse. Acho que ela está arrastando uma asa para mim.

— Vamos, conte logo.

— Bom, estávamos falando sobre as cartas e eu disse que seria interessante fazer de novo para ver se saía a mesma coisa.

— Não me diga!

— Foi sim. E ela disse que seria interessante.

— Mas você não gosta dessas coisas.

— Gosto quando são boas.

— Você acha que ela vai tirar hoje à noite?

— Se você quer mesmo saber o que eu acho, na minha opinião é exatamente por isso que ela vem aqui.

— Ah, não! Eu pedi a ela.

— Depois ela veio aqui e deu um jeito para você convidá-la.

— Você não gosta dela.

— Ao contrário... estou começando a gostar muito dela e também a respeitá-la.

— Eu gostaria tanto de saber quando você está brincando...

Então Ellen entrou sem fazer nenhum barulho, de modo que não dava para saber se ela tinha escutado, mas acho que tinha. Ellen é uma menina das mais típicas, de treze anos, doce e triste, alegre e delicada, melosa quando precisa. Está naquele estágio da massa que está quase pronta para assar. Pode ficar bonita, ou não. Ela gosta de se encostar nos outros, encosta-se em mim, bufa no meu cangote também, mas o hálito dela é doce como o de uma vaca. Também gosta de pegar nas pessoas.

Ellen se recurvou sobre o braço da minha poltrona e deixou o ombro magro encostar no meu. Passou um dedinho rosado pela manga do meu casaco e nos pelos do meu pulso, fazendo cócegas. Os pelos loiros do braço dela brilhavam como pó de ouro sob a luz do abajur. Vive com a cabeça nas nuvens, mas acho que todas as meninas são assim.

– Esmalte – eu disse.

– A mamãe deixa se for só rosa. As suas unhas estão feias.

– Estão mesmo.

– Mas estão limpas.

– Eu esfreguei bem.

– Eu detesto unhas sujas, igual às do Allen.

– Talvez você simplesmente odeie o Allen, minha gatinha, bonitinha, meiguinha.

– Odeio.

– Que bom. Por que você não o mata?

– Você é bobo. – Ela levou os dedos até atrás da minha orelha. Provavelmente já está deixando alguns garotos bem nervosos.

– Ouvi dizer que você está trabalhando na sua redação.

– O fedido contou para você.

– Está ficando boa?

– Ah, está! Muito boa. Deixo você ler quando eu terminar.

– Que honra. Vejo que você está vestida para a ocasião.

– Este negócio velho? Estou guardando meu vestido novo para amanhã.

– Boa ideia. Lá vai ter meninos.

– Eu detesto os meninos. Detesto de verdade.

– Sei que detesta. A hostilidade é o seu lema. Eu também não gosto muito deles. Agora, desencosta um pouco. Quero ler o jornal.

Ela se afastou toda lânguida, como uma estrela de cinema da década de 1920, e instantaneamente se vingou.

– Quando é que você vai ficar rico?

É, ela ainda vai incomodar muito algum homem. Meu instinto era puxá-la e lhe dar uns tapas no traseiro, mas era exatamente isto que ela queria. Acho que ela estava usando sombra nos olhos. Havia um pouco de piedade nos olhos dela, do tipo que se vê nos olhos de uma pantera.

– Na sexta-feira que vem – respondi.

– Bom, eu queria que você andasse logo. Estou cansada de ser pobre. – E saiu da sala rapidinho. Outra que gosta de ficar escutando atrás das portas. Eu a amo de verdade, o que é estranho porque ela é tudo que detesto em qualquer outra pessoa... e eu a adoro.

Nada de jornal para mim. Nem tinha desdobrado as folhas quando Margie Young-Hunt chegou. Estava toda arrumada: do tipo de quem foi ao cabeleireiro. Acho que Mary deve saber como se faz aquilo, mas eu não sei.

Pela manhã, a Margie sem café estava arrumada para mim como uma armadilha de urso. Naquela mesma noite, a presa era Mary. Se o traseiro dela rebolava, não dava para ver. Se havia alguma coisa por baixo daquele *tailleur*, estava escondida. Ela era uma convidada perfeita (para outra mulher): prestativa, adorável, elogiosa, preocupada, modesta. Tratava-me como se eu tivesse ganhado quarenta anos desde aquela manhã. Que coisa maravilhosa é uma mulher. Consigo admirar o que elas fazem, mesmo sem entender por quê.

Enquanto Margie e Mary cumpriam sua ladainha agradável ("o que você fez com o cabelo?"... "Eu gostei"... "Esta cor combina com você, devia usar sempre"), aqueles sinais inofensivos de reconhecimento entre as mulheres, pensei na história mais feminina que já ouvi. Duas mulheres se encontram. Uma exclama: "O que você fez com o cabelo? Parece uma peruca". "É uma peruca." "Bom, nem dá para perceber."

Talvez essas sejam as respostas mais profundas que conhecemos, ou que temos o direito de conhecer.

O jantar foi uma série de exclamações a respeito da maravilha do frango assado e negativas, dizendo que estava apenas passável. Ellen estudou nossa convidada com olhos que tudo registravam, cada detalhe do penteado e da maquiagem. E foi então que eu percebi como elas começam desde cedo aquele exame minucioso no qual baseiam o que chamam de intuição. Ellen evitava meus olhos. Ela sabia que tinha atirado para matar e esperava minha vingança. Muito bem, minha filha selvagem. Vou me vingar da maneira mais cruel que você pode imaginar. Vou deixar para lá.

E o jantar foi bom, suculento demais e em quantidade exagerada, como os jantares com visitas devem ser, e com uma montanha de louça que não é usada com frequência. E café depois, coisa que não tomamos com frequência.

– Você não perde o sono?

– Nada me faz perder o sono.

– Nem eu?

– Ethan!

E então a guerra silenciosa e mortal das louças.

– Deixa que eu ajudo.

– De jeito nenhum. Você é visita.

– Bom, então deixa eu levar para a cozinha.

Os olhos de Mary buscaram as crianças e sua alma se fincou nelas como duas adagas. Já sabiam o que vinha pela frente, mas não podiam fazer nada.

Mary disse:

– As crianças sempre lavam a louça. Elas adoram. E sabem lavar muito bem. Fico muito orgulhosa.

– Nossa, mas que coisa ótima. A gente já não vê muito disso por aí.

– Eu sei. A gente acha que tem sorte por ter filhos tão prestativos.

Dava para ler a cabecinha ardilosa dos dois, procurando uma saída, pensando em armar confusão, ficando doente, deixando cair a linda louça antiga. Mary também deve ter lido aquelas pequenas mentes diabólicas, porque disse:

– O mais notável é que nunca quebram nada, nem chegam a lascar um copo.

– Bom, mas vocês são abençoados! – Margie disse. – Como foi que os ensinaram?

– Não ensinamos. Eles são assim mesmo. Sabe como é, algumas pessoas são naturalmente desajeitadas; bom, o Allen e a Ellen são naturalmente muito jeitosos com as mãos.

Dei uma olhada nas crianças para ver como estavam absorvendo tudo aquilo. Sabiam que estavam sendo levadas no papo. Acho que estavam imaginando se Margie Young-Hunt também sabia. Continuavam buscando uma escapatória. Eu dei uma de benevolente.

– Claro que gostam de receber elogios – eu disse. – Mas estamos atrasando os dois. Vão perder o filme se não os deixarmos ir logo.

Margie fez a gentileza de não rir e Mary me lançou um olhar rápido e surpreso de admiração. Eles nem tinham pedido para ir ao cinema.

Mesmo se os filhos adolescentes não estão fazendo barulho nenhum, tudo fica bem mais calmo quando eles vão embora. Parece que tudo fervilha ao redor deles. Quando saíram, a casa toda pareceu suspirar e se acomodar. Não é à toa que poltergeists infestam apenas casas com adolescentes.

Nós três ficamos rodeando com muita cautela o assunto que, sabíamos, viria à tona. Fui até a cristaleira e tirei de lá de dentro três taças em forma de lírio, com haste longa e retorcida, trazidas da Inglaterra Deus sabe há quanto tempo. E servi a bebida de uma garrafa de quatro litros coberta de palha, escura e descorada pelo tempo.

– Rum da Jamaica – expliquei. – Os Hawley eram homens do mar.

– Deve ser bem antigo – disse Margie Young-Hunt.

– Mais velho do que você ou eu ou o meu pai.

– Vai fazer você perder a cabeça – Mary disse. – Bom, isso aqui deve ser uma festa. Ethan só pega essa garrafa em casamentos e enterros. Você acha que não faz mal, querido? Quer dizer, amanhã é Páscoa...

– O sacramento não é Coca-Cola, meu amor.

– Mary, nunca vi seu marido tão alegre.

– Foi a sorte que você leu – disse Mary. – Fez com que ele se transformasse da noite para o dia.

Que coisa assustadora é o ser humano, uma massa de válvulas e discos e registros, e só somos capazes de ler alguns deles, e talvez sem nenhuma precisão. Uma labareda de dor vermelha e ardente se formou nas minhas entranhas e foi subindo até espetar e dilacerar o local bem abaixo das minhas costelas. Um vento enorme rugiu nos meus ouvidos e me carregou como um barco à deriva, arrancando os mastros antes que eu tivesse tempo de recolher as velas. Senti um gosto de sal e vi uma sala pulsante, pesada. Todos os sinais de aviso gritavam perigo, gritavam caos, gritavam choque. Abateu-se sobre mim bem quando eu passava por trás da cadeira das damas e me fez dobrar em dois em agonia dilacerante e, assim como veio, foi embora rapidamente. Endireitei o corpo e segui em frente e elas nem perceberam o que tinha acontecido. Compreendo como no passado as pessoas acreditavam que o demônio pudesse possuir alguém. Não sei dizer se acredito nisso ou não. Possessão! O nascimento fervilhante de alguma coisa exterior a cada nervo que resiste e perde a luta e retorna à sua posição original exaurido, para fazer as pazes com o invasor. Violação: esta é a palavra, se você conseguir pensar no som de uma palavra margeada por chamas azuis, como um maçarico.

A voz da minha amada chegou até mim:

– Não faz mal nenhum ouvir coisas boas – ela disse.

Fiz um teste com a minha voz, e estava forte e boa.

– Um pouco de esperança, mesmo que seja uma esperança vã, nunca machucou ninguém – eu disse e guardei a garrafa no armário, e voltei para a minha poltrona e bebi metade do copo do rum antigo e fragrante, sentei-me, cruzei as pernas e entrelacei os dedos sobre o colo.

– Eu não estou entendendo nada – disse Mary. – Ele sempre odiou a leitura da sorte, fazia piadas sobre o assunto. Simplesmente não entendo.

Minhas terminações nervosas estavam estalando como o capim invernal seco faz com o vento, e meus dedos entrelaçados tinham ficado brancos de tanta pressão.

– Vou tentar explicar à sra. Young... para Margie – eu disse. – Mary vem de uma família irlandesa nobre, mas pobre.

– Não éramos assim tão pobres.

– Você não percebe o sotaque dela?

– Bom, agora que você mencionou...

– Bom, a avó de Mary, uma criatura santificada, ou que pelo menos deveria ser, era uma boa senhora cristã, não era, Mary?

Pareceu-me que uma certa hostilidade estava nascendo dentro da minha querida. Prossegui.

– Mas ela não tinha problema nenhum em acreditar em fadas e duendes, apesar de as duas coisas não se misturarem na cristandade rigorosa e nada maleável.

– Mas isso é diferente.

– Claro que é, querida. Quase tudo é diferente. Dá para não acreditar em alguma coisa que você não conhece?

– Cuidado com ele – Mary disse. – Ele vai te pegar em uma armadilha de palavras.

– Não vou. Não sei nada a respeito de sorte ou de ler a sorte. Como é que posso não acreditar nisso? Acredito que existe porque acontece.

– Mas você não acredita que seja verdade.

– É verdade que milhões de pessoas mandam ler a sorte e ainda por cima pagam para isso. Basta saber disso para se interessar, não é mesmo?

– Mas você não...

– Espera! Não é que eu não acredito; é que eu não conheço. Não é a mesma coisa. Não sei o que vem primeiro: a sorte ou o ato de ler a sorte.

– Acho que sei o que ele quer dizer.

– Sabe? – Mary não estava contente.

– Imagine que a pessoa que lê a sorte fosse sensível às coisas que vão acontecer de qualquer maneira. É disso que você está falando?

– Isso é outra coisa. Mas como é que as cartas vão saber? Eu disse:

– As cartas não podem nem mesmo se mover se ninguém as virar.

Margie não olhou para mim, mas entendi que ela estava sentindo o desconforto de Mary crescer e aguardava instruções.

– Será que podemos organizar um teste? – perguntei.

– Bom, isso é engraçado. Essas coisas parecem pressentir quando fazemos um teste e por isso vão embora, mas não custa nada tentar. Você pensou em algum teste?

– Vocês não tocaram no rum.

As duas fizeram um brinde, deram um golinho e pousaram o copo. Terminei de beber o meu e peguei a garrafa de novo.

– Ethan, você acha isto prudente?

– Acho sim, querida. – Enchi meu copo. – Por que você não pode tirar as cartas de olhos vendados?

– Preciso lê-las.

– E se Mary ou eu tirássemos, e você só lesse?

– Bom, supostamente deve haver uma proximidade entre as cartas e quem as lê mas, não sei... podemos tentar.

Mary opinou:

– Acho que, se vamos fazer, então temos que fazer do jeito certo.

Ela é sempre assim. Não gosta de mudanças... estou falando de pequenas mudanças. As grandes ela aguenta melhor do que qualquer outra pessoa, ela quase desmaia com um corte no dedo, mas ficaria bem calma e seria muito eficiente frente a uma garganta cortada. Tive um arroubo de desconforto porque eu tinha dito a Mary que discutíramos aquilo, e lá estávamos nós, como se nunca tivéssemos pensado sobre o assunto antes.

– Conversamos sobre isto hoje de manhã.

– É, quando eu fui comprar café. Fiquei pensando nisso o dia todo. Trouxe as cartas.

A tendência de Mary é confundir intenção com raiva e raiva com violência, e ela morre de medo de violência. Alguns tios que bebiam incutiram esse medo nela, e é uma pena. Dava para sentir o medo dela se elevando.

– Não vamos brincar com essas coisas – eu disse. – Em vez disso, vamos jogar um carteado.

Margie percebeu a tática: ela já a conhecia, provavelmente já tinha lançado mão dela antes.

– Por mim, tudo bem.

– Meu futuro já está estabelecido. Vou ficar rico. Vamos nos contentar com isso.

– Está vendo, eu bem disse que ele não acreditava. Ele fica atiçando a gente e depois não quer participar. Às vezes ele me deixa louca da vida.

– Deixo mesmo? Você nunca demonstra. Age sempre como a minha esposa querida.

É estranho como às vezes dá para sentir correntes e contracorrentes... nem sempre, mas às vezes. Mary não usa a cabeça para pensamentos organizados e talvez isso faça com que seja mais receptiva a impressões. Uma tensão crescia naquela sala. Passou pela minha mente que talvez ela não considerasse mais Margie como sua melhor amiga... talvez nunca mais fosse se sentir à vontade com ela.

– Eu queria mesmo saber o que as cartas dizem – eu falei. – Sou ignorante. Sempre ouvi dizer que são ciganas que fazem essas coisas. Você é cigana? Acho que não conheço nenhuma.

Mary respondeu:

– O nome de solteira dela era russo, mas ela é do Alasca.

Então era por isso que tinha maçãs do rosto tão firmes.

Margie disse:

– Tenho um segredo e me culpo por nunca ter contado, Mary, sobre como a minha família chegou ao Alasca.

– Os russos eram donos do lugar – eu disse. – Nós o compramos deles.

– É, mas você sabia que lá era uma prisão, igual à Sibéria, mas para crimes piores?

– Que tipo de crime?

– Os piores. Minha bisavó foi sentenciada ao Alasca por bruxaria.

– O que ela fazia?

– Invocava tempestades.

Eu ri.

– Estou vendo que isso para você é natural.

– Invocar tempestades?

– Ler cartas... vai ver que é a mesma coisa.

Mary disse:

– Você está de brincadeira. Não é verdade.

– Pode ser brincadeira, Mary, mas é verdade. Esse era o pior crime, pior do que assassinato. Eu ainda tenho os documentos dela... mas é claro que estão em russo.

– Você sabe falar russo?

– Agora, só um pouco.

Eu disse:

– Talvez bruxaria continue sendo o pior crime.

– Está vendo o que eu disse? – Mary afirmou. – Ele fica pulando de um lado para o outro. A gente nunca sabe o que está pensando. Na noite passada ele... levantou antes de amanhecer. Foi dar uma volta.

– Eu sou um canalha – afirmei. – Um infame implacável e irrecuperável.

– Bom, eu gostaria de ver Margie tirar as cartas... mas do jeito dela, sem você se meter. Se continuarmos conversando, as crianças vão chegar e daí não poderemos mais fazer nada.

– Deem licença um instante – eu disse. Subi as escadas até o nosso quarto. A espada estava em cima da cama, e a caixa de chapéu, aberta no chão. Fui até o banheiro e dei a descarga. Dá para ouvir a água correndo pela casa toda. Molhei um pano com água fria e passei na testa, pressionando-o contra os olhos. Parecia que estavam saltando devido à pressão interna. A água fria me fez bem. Sentei-me sobre a tampa da privada e abaixei o rosto, encostado no pano úmido, e, quando esquentou, voltei a molhá-lo. Voltei para o quarto, peguei o chapéu emplumado de Cavaleiro Templário da caixa e marchei escada abaixo com ele na cabeça.

– Ah, seu tolo – Mary disse. Ela parecia contente e aliviada. A dor se esvaiu do ar.

– Dá para branquear uma pena de avestruz? – perguntei. – A minha ficou amarelada.

– Acho que dá. Pergunte ao sr. Schultz.

– Vou levar lá na segunda-feira.

– Eu queria que Margie tirasse as cartas – disse Mary. – Adoraria do fundo do meu coração.

Coloquei o chapéu na ponta do corrimão e ele ficou parecendo um almirante bêbado, se é que isso existe.

– Pegue a mesa de jogo, Eth. Preciso de bastante espaço.

Peguei-a no armário do corredor e abri as pernas dela.

– Margie gosta de uma cadeira reta.

Fui buscar uma cadeira na sala de jantar.

– A gente precisa fazer alguma coisa?

– Se concentrar – respondeu Margie.

– No quê?

– Na medida do possível, em nada. As cartas estão na minha bolsa, lá no sofá.

Sempre pensei em cartas de ler a sorte como coisas engorduradas e amassadas, mas aquelas eram limpas e brilhantes, como se fossem cobertas de plástico. Eram mais longas e mais estreitas do que cartas de jogo e havia bem mais de cinquenta e duas. Margie sentou-se ereta à mesa e abriu o baralho: eram imagens bem coloridas e naipes complicados. Os nomes eram em francês: *l'empereur, l'ermite, le chariot, la justice, le mat, le diable*; terra, sol, lua e estrelas, e naipes de gládios, taças, bastões e dinheiro, acho, se *deniero* quer dizer dinheiro, mas o símbolo era no formato de uma rosa heráldica, e cada naipe tinha seu *roi, reine* e *chevalier*. Então vi cartas estranhas, cartas que me incomodaram: uma torre acometida por relâmpagos, uma roda da fortuna, um homem pendurado em uma forca pelos pés, chamado *le pendu*, e a Morte (*la mort*), um esqueleto com uma foice.

– É meio sombrio – observei. – Estas imagens significam o que parecem?

– O importante é como elas se relacionam umas com as outras. Se saírem de ponta-cabeça, o significado é o oposto.

– Existe variação no significado?

– Existe. E a interpretação.

No momento em que pegou as cartas, Margie tornou-se formal. Sob a luz, suas mãos mostravam o que eu já tinha percebido: era mais velha do que aparentava.

– Onde foi que você aprendeu isso? – perguntei.

– Eu costumava observar a minha avó e depois comecei a fazer para animar festas... acho que é um jeito de chamar atenção.

– Você acredita nisso?

– Não sei. Às vezes, saem umas coisas impressionantes. Não sei.

— Será que as cartas podem ser um ritual de concentração... um exercício psíquico?

— Às vezes acho que é isso mesmo. Quando sem querer atribuo um valor novo a uma carta, geralmente é quando dá certo.

As mãos dela pareciam criaturas vivas embaralhando e cortando e embaralhando e cortando de novo e passando para que eu cortasse.

— Para quem eu vou ler a sorte?

— Para Ethan — Mary exclamou. — Veja se vai sair igual a ontem.

Margie olhou para mim.

— Cabelo claro — ela disse —, olhos azuis. Tem menos de quarenta anos?

— Um pouquinho menos.

— Rei de bastão. — Encontrou a carta no baralho. — Este aqui é você — a imagem de um rei coroado com vestes reais, segurando um cetro vermelho e azul enorme e *Roi de Bâton* escrito por baixo dele. Colocou a carta virada para cima sobre a mesa e voltou a embaralhar o restante. Então tirou as cartas com rapidez, falando algo em voz ritmada durante o processo. Uma carta por cima da minha carta. — Esta aqui te cobre. — Uma cruzada por cima. — Esta aqui te cruza. — Uma por cima. — Esta aqui te coroa. — Uma por baixo. — Esta aqui é a sua base. Esta vem antes, esta fica atrás de você. — Tinha formado uma cruz de cartas na mesa. Então, com rapidez, colocou quatro cartas formando uma fileira à esquerda da cruz, dizendo: — Você, sua casa, suas esperanças, seu futuro. — A última carta era o enforcado de ponta-cabeça, *le pendu*, mas, do lugar em que eu estava na mesa, parecia na posição correta.

— Mas que futuro, o meu.

— Isso pode significar a salvação — ela disse. Percorreu o lábio inferior com o indicador.

Mary quis saber:

— Tem dinheiro aí?

— Tem... está aqui — disse distraída. E, de repente, reuniu as cartas, embaralhou vez após outra e as colocou na mesa de novo, balbuciando seu ritual de dentes cerrados. Não parecia estar estudando cartas específicas, mas sim o grupo como um todo, e seus olhos pareciam anuviados e remotos.

Um bom truque, pensei, infalível em reuniões femininas... ou em qualquer outro lugar. As pitonisas devem ter sido parecidas com aquilo, calmas e cheias de compostura e enigmáticas. Se você consegue deixar uma pessoa tensa, prendendo a respiração, sob expectativa durante um bom tempo, ela acredita em qualquer coisa: não tem tanto a ver com atuação, e sim com técnica, escolher o momento. Aquela mulher estava desperdiçando seu talento com vendedores ambulantes. Mas o que queria de nós, ou de mim? De repente, juntou as cartas, fez um montinho com elas e as colocou na caixa vermelha onde se lia: *I. Muller & Cie, Fabrique de Cartes*.

– Não consigo – ela disse. – Acontece de vez em quando.

Mary perguntou, com a respiração suspensa:

– Você viu alguma coisa que não quer contar?

– Ah, eu vou contar tudo. Uma vez, quando era menina, vi uma cobra trocando de pele, uma cascavel das Montanhas Rochosas. Fiquei observando a coisa toda. Bom, quando olhei para as cartas, elas desapareceram e eu vi a cobra trocando de pele, parte empoeirada e esfarrapada, parte reluzente e nova. Vocês é que interpretam.

Eu disse:

– Parece estado de transe. Já aconteceu antes?

– Três vezes antes desta.

– Das outras vezes, fez algum sentido?

– Não que eu saiba.

– Sempre é a cobra?

– Ah, não! Tem outras coisas, mas são sempre loucas.

Mary disse, cheia de entusiasmo:

– Talvez seja um símbolo da mudança de sorte que vai se abater sobre Ethan.

– Ele é uma cascavel?

– Ah! Já entendi o que você quer dizer.

— Isso me deixa arrepiada – disse Margie. – Antes, eu até que gostava de cobras, mas, depois que cresci, passei a odiá-las. Elas me deixam nervosa. É melhor eu ir andando.

— Ethan pode acompanhá-la até em casa.

— Não precisa se incomodar.

— Seria um prazer.

Margie sorriu para Mary.

— Segure-o aqui bem perto de você – disse. – Não faz ideia do que é ficar sem um destes.

— Quanta bobagem – disse Mary. – Você consegue arrumar marido só mexendo o dedo.

— Eu já fiz isso. Não dá certo. Quando vêm assim tão fácil, não valem a pena. Mantenha-o em casa. Alguém pode agarrá-lo. – Foi vestindo o casaco enquanto falava; era do tipo que sai às pressas. – Adorei o jantar, espero ser convidada novamente. Desculpe pela sua leitura das cartas, Ethan.

— Vamos vê-la amanhã na igreja?

— Não. Vou para Montauk hoje à noite.

— Mas está frio e úmido demais.

— Eu adoro o amanhecer à beira do mar lá. Boa noite. – Já tinha saído antes mesmo que eu pudesse abrir a porta para ela, como se alguma coisa a perseguisse.

Mary disse:

— Eu não sabia que ela ia para lá hoje à noite.

E eu não podia dizer: ela própria também não sabia.

— Ethan... o que você achou das cartas desta noite?

— Ela não tirou minha sorte.

— Você está esquecendo, ela disse que haveria dinheiro. Mas o que você acha? Eu acho que ela viu alguma coisa que não quis falar. Alguma coisa que a deixou assustada.

— Talvez ela tenha visto aquela cobra uma vez e ficou na cabeça dela.

— Você não acha que tinha... significado?

— Meu docinho, você é que é especialista na leitura do futuro. Como é que eu vou saber?

— Bom, de todo modo, fico feliz por você não odiá-la. Achei que odiasse.

– Eu sou traiçoeiro – respondi. – Escondo meus pensamentos.

– Não, de mim não esconde. No instante em que aparecem, eu capto.

– O quê?

– As crianças. É o que elas sempre fazem. Achei que você foi ótimo com a história da louça.

– Eu sou engenhoso – respondi. – E, é claro, faço artimanhas para o seu benefício.

6

Segundo a minha experiência, é melhor deixar qualquer decisão para reflexão futura. Depois, um dia, ao separar um período de tempo para enfrentar o problema, descubro que já está terminado e resolvido, e o veredicto, determinado. Isso deve acontecer com todo mundo, mas eu não tenho como saber. É como se um júri sem rosto tivesse se reunido nas cavernas escuras e desoladas da mente para tomar sua decisão. Sempre pensei nesta área secreta e insone em mim como águas negras, profundas e sem ondas, um local extenso do qual apenas algumas formas, às vezes, sobem à tona. Ou talvez seja uma enorme biblioteca onde está registrado tudo que já aconteceu à matéria viva desde o primeiro instante que ganhou vida.

Acho que algumas pessoas têm acesso mais fácil a esse local do que outras; os poetas, por exemplo. Certa vez, quando eu entregava jornais e não tinha despertador, inventei um jeito de enviar um sinal e obter uma resposta. Deitado na cama à noite, eu me via parado na beira daquela água negra. Imaginava uma pedra branca que segurava na mão, uma pedra redonda. Escrevia então sobre ela, com letras bem pretas, "quatro horas", então jogava a pedra e observava enquanto afundava, rodopiando, até desaparecer. Dava certo. No segundo que batiam quatro horas, eu acordava. Mais tarde, passei a usar o método para acordar às dez para as quatro ou às quatro e quinze. E nunca falhou.

E daí de vez em quando alguma coisa estranha, ou apavorante, aparece à tona, como se uma serpente ou um monstro marinho emergisse das grandes profundezas.

Há apenas um ano, Dennis, irmão de Mary, morrera na nossa casa, de maneira terrível, de uma infecção da tireoide que fazia os fluidos do medo se espalharem por seu corpo, de modo que se tornou um homem violento, amedrontado e feroz. O rosto irlandês quadrado e simpático se tornou bestial. Ajudei a segurá-lo, a acalmá-lo e a reconfortá-lo em seus devaneios sobre a morte, e aquilo durou uma semana antes que seus pulmões começassem a se encher de líquido. Eu não queria que Mary o visse morrer. Ela nunca tinha visto a morte, e aquela, eu sabia, poderia apagar de sua memória o homem gentil que seu irmão fora. Então, enquanto eu estava sentado ao lado do leito dele, um monstro subiu à tona da minha água escura. Eu o odiei. Quis matá-lo, morder seu pescoço. Os músculos da minha mandíbula se retesaram e acho que meus lábios recuaram como os de um lobo pronto para matar.

Quando aquilo acabou, cheio de culpa e de pânico, confiei o que sentira ao velho doutor Peele, que assinara a certidão de óbito.

– Acho que isso não é incomum – ele respondeu. – Já vi no rosto das pessoas, mas poucas são as que admitem.

– Mas o que causa isso? Eu gostava dele.

– Talvez seja uma lembrança antiga – ele disse. – Talvez seja um retorno à época em que se vivia em bando, quando um membro doente ou ferido era um perigo para o grupo. Alguns animais e a maior parte dos peixes despedaçam e comem os irmãos enfraquecidos.

– Mas eu não sou animal... nem peixe.

– Não, não é. E talvez seja por isso que ache estranho. Mas está lá. Tudo está lá.

Ele é um bom senhor, o doutor Peele, um velho cansado. Há cinquenta anos nos faz nascer e nos enterra.

Voltando àquele congresso na escuridão, o pessoal lá devia estar fazendo hora extra. Às vezes um homem parece mudar de tal maneira que as pessoas dizem: "Ele não pode fazer uma coisa dessas. Não tem nada a ver com ele". Talvez não seja isso. Pode simplesmente ser um outro ângulo, ou talvez sejam as pressões de cima ou de baixo que o fizeram mudar de formato. Vemos muito isso em guerras: um covarde que se transforma em herói e um bravo que desaba. Ou então lemos no jornal da manhã que um bom homem de família despedaçou a mulher e os filhos com um machado. Acho que eu acredito que os homens estão em constante transformação. Mas há certos momentos em que a mudança se faz notar. Se eu estivesse disposto a cavar bem fundo, provavelmente retraçaria as sementes da minha mudança ao momento do meu nascimento, ou antes ainda. Recentemente, muitas pequenas coisas começaram a formar um padrão de coisas maiores. É como se os acontecimentos e as experiências me empurrassem e impelissem em uma direção contrária à que eu tomo normalmente ou à que eu geralmente considero normal: a direção do balconista de mercado, da derrota, do homem sem esperança nem motivação verdadeira, encarcerado pelas responsabilidades de encher a barriga e vestir o corpo da família, enjaulado por hábitos e atitudes que eu considerava morais, até mesmo virtuosas. E pode até ser que eu me gabasse de ser considerado um "bom homem".

E é claro que eu sabia muito bem o que estava acontecendo ao meu redor. Marullo não precisava me dizer. Não dá para viver em uma cidade do tamanho de New Baytown e não saber. Eu não pensava muito naquilo. O juiz Dorcas dava um jeito nas multas de trânsito em troca de favores. Não era nem segredo. E favores exigem outros favores. O administrador da cidade, que também tinha uma loja de material de construção, vendia equipamentos para as obras públicas por preço superfaturado, e também em quantidade maior do que a necessária. Se aparecia o plano para uma nova rua pavimentada, geralmente se revelava que o sr. Baker e Marullo e meia dúzia de outros líderes empresariais já tinham comprado os lotes antes de o projeto ser anunciado. Esses eram simplesmente fatos naturais, mas eu sempre acreditci que não eram da minha natureza. Marullo, o sr. Baker, o representante de vendas, Margie Young-Hunt e Joey Morphy estavam me incitando juntos, de modo que conseguiram me afetar e eu "precisei reservar um tempo para refletir sobre o caso".

Minha querida ronronava enquanto dormia, com aquele sorriso arcaico nos lábios, e tinha aquele brilho extra de conforto e alívio que assume depois do amor, uma sensação calma de estar completa.

Eu devia estar com sono, depois de passar a noite anterior toda perambulando, mas não estava. Reparei que raramente fico com sono quando sei que posso dormir até mais tarde de manhã. Os pontos vermelhos nadavam nos meus olhos, e a iluminação da rua lançava as sombras dos galhos nus dos olmos no teto, onde formavam camas de gato lentas e imponentes porque o vento de primavera soprava neles. A janela estava entreaberta, e as cortinas brancas ondulavam e se enchiam como as velas de um barco ancorado. Mary precisa de cortinas brancas que sempre são lavadas. Aquilo lhe dá uma noção de decência e segurança. Finge ficar um pouco brava quando eu lhe digo que as cortinas rendadas refletem sua alma irlandesa.

Eu também me sentia feliz e satisfeito, mas ao passo que Mary mergulhou logo no sono, eu não queria dormir. Eu queria continuar saboreando completamente aquela sensação de bem-estar. Queria pensar a respeito do concurso Eu Amo os Estados Unidos de que meus filhos participariam. Mas, por trás desses e de outros pensamentos, eu queria considerar o que estava acontecendo comigo e o que fazer a respeito daquilo; assim, naturalmente, comecei a analisar a última coisa primeiro e descobri que o júri obscuro das profundezas já tinha decidido por mim. Lá estava o veredicto, determinado e irrefutável. Era como treinar para uma corrida e se preparar e, finalmente, estar na linha de partida com os pés em posição de largada. Daí não havia outra escolha. É preciso dar a partida quando a pistola dispara. Descobri que estava pronto, com os pés em posição, esperando apenas pelo tiro. E, aparentemente, fui o último a saber. O dia inteiro, as pessoas tinham observado que eu estava com ótima aparência, querendo dizer que eu parecia diferente, mais confiante, transformado. Aquele representante de vendas parecera chocado à tarde. Marullo tinha me examinado pouco à vontade. E Joey-boy achou que precisava pedir desculpas por alguma coisa que eu fizera. E, depois, Margie Young-Hunt... talvez ela tenha sido a mais sagaz, com seu sonho de cascavel. De alguma maneira, ela tinha penetrado e descobrira uma certa quantidade de informação sobre mim, antes de eu próprio me dar conta. E o símbolo foi uma cascavel. Descobri que estava sorrindo no escuro. E depois, confusa, ela usou o truque mais velho de todos: a ameaça de infidelidade, uma isca lançada na maré cheia para descobrir que peixes estão se alimentando ali. Não me lembrei do sussurro secreto do corpo escondido dela... não, a figura era de suas mãos como garras que revelavam a idade e o nervosismo e a crueldade que tomam conta de alguém quando perde o controle da situação.

Às vezes eu fico pensando que gostaria de conhecer a natureza dos pensamentos noturnos. São parentes próximos dos sonhos. Às vezes sou capaz de direcioná-los, outras vezes eles tomam seu rumo e se acometem sobre mim como cavalos fortes e descontrolados.

Danny Taylor entrou. Eu não queria pensar nele e ficar triste, mas ele veio mesmo assim. Precisei usar um truque que um velho sargento rude me ensinou de certa feita, e que funciona. Houve um dia e uma noite e mais um dia durante a guerra que foram uma coisa só, uma unidade cujas partes resumiam todas as coisas pavorosas que acontecem durante esse negócio aterrador. Enquanto tudo se desenrolava, não tenho certeza se me dei conta de sua agonia, porque estava ocupado e indescritivelmente cansado, mas depois aquela unidade de um dia, uma noite e mais um dia voltava à minha mente vez após a outra, nos meus pensamentos noturnos, até que se transformou na loucura que chamam de fadiga de batalha e que já foi apelidada de neurose de guerra. Usei todos os truques impensáveis, mas a coisa conseguia voltar sempre, apesar de tudo. Ficava esperando o dia todo para me atacar à noite. Certa ocasião, todo sentimental devido ao uísque, contei ao meu sargento superior, um velho profissional que estivera em guerras de cuja existência já nos esquecemos. Se ele usasse todas as fitas de condecoração que recebera, não sobraria lugar para os botões... Mike Pulaski, um polaco de Chicago, sem parentesco com o herói de mesmo nome. Por sorte, ele também estava bastante bêbado, ou poderia ter se calado devido à arraigada convicção de que um oficial não deve confraternizar com seus subordinados.

Mike me ouviu, olhando para um ponto no meio dos meus olhos.

– É – respondeu. – Conheço isso muito bem. O problema é quando a gente tenta arrancar a coisa da cabeça. Não dá certo. Você precisa é aceitar a ideia.

– Como assim, Mike?

– Digamos que seja algo meio longo... você começa do princípio e vai lembrando tudo que pode, até o fim. Cada vez que a coisa volta você lembra, desde o comecinho até o desfecho. Logo a coisa vai se cansar de surgir e pedaços dela vão desaparecer, e, antes mesmo de você se dar conta, terá ido embora.

Tentei e deu certo. Não sei se os psiquiatras sabem disso, mas deviam saber.

Quando Danny Taylor entrou na minha noite, dei-lhe o tratamento do sargento Mike.

Quando éramos crianças, da mesma idade, do mesmo tamanho, com o mesmo peso, costumávamos ir à loja de sementes e ração na High Street e subir nas balanças. Em uma semana, eu estava duzentos gramas mais pesado, e na seguinte, Danny me alcançava. Costumávamos pescar e caçar e nadar juntos e sair com as mesmas meninas. A família de Danny era abastada, como a maior parte das famílias antigas de New Baytown. A casa dos Taylor é aquela branca, com altas colunas espiraladas na Porlock Street. No passado, os Taylor também tinham uma casa de campo, a cerca de cinco quilômetros da cidade.

A região que nos rodeia é cheia de colinas cobertas de árvores, alguns pinheirinhos e carvalhos que cresceram depois de os originais terem sido cortados, além de nogueiras e cedros. No passado, muito antes de eu nascer, os carvalhos eram monstruosos, tão grandes que os barcos construídos por ali mandavam cortar as quilhas, as estruturas e o madeirame a pouca distância do estaleiro, até que não restou mais matéria-prima. Nesse cenário irregular, os Taylor mandaram erguer uma casa no meio de uma campina, o único local nivelado em quilômetros. No passado, deve ter sido o fundo de um lago, porque era plano como uma mesa e rodeado de colinas baixas. Há uns sessenta anos, a casa dos Taylor pegou fogo e nunca mais foi reconstruída. Quando criança, Danny e eu costumávamos ir até lá de bicicleta. Brincávamos no porão de pedra e construímos uma cabana de caça com os tijolos da antiga fundação. Os jardins devem ter sido maravilhosos. Dava para ver alamedas de árvores e a sugestão de cercas vivas formais e limites entre a vegetação florestal que voltara a se instalar. Aqui e ali havia segmentos de balaustradas de pedra e, certa vez, encontramos um busto de Pã em um pedestal cônico. Tinha caído de cara no chão e enfiado os chifres e a barba na lama arenosa. Nós o erguemos e lhe prestamos homenagens durante um tempo, mas a cobiça e as meninas acabaram por tomar conta de nós. Finalmente, levamos a estátua em um carrinho até Floodhampton e a vendemos para um sucateiro por cinco dólares. Devia ser uma boa peça, talvez bem antiga.

Danny e eu éramos amigos um do outro como todos os meninos devem ter pelo menos um. Então, ele foi indicado para a Academia Naval. Eu o vi uma vez de uniforme e não voltamos a nos encontrar durante anos. New Baytown era e é uma comunidade pequena, onde todo mundo se conhece. Chegou a notícia de que Danny tinha sido expulso, mas ninguém comentou. Os Taylor esmaeceram, exatamente como aconteceu com os Hawley. Eu sou o único que sobrou, e, é claro, Allen, o meu filho. Danny só voltou quando todos já haviam morrido, e voltou bêbado. No começo, tentei ajudar, mas ele não queria o meu auxílio. Não queria saber de ninguém. Mas, apesar disso, continuávamos próximos... muito próximos.

Recordei tudo que consegui até aquela mesma manhã, quando lhe dei um dólar para que ele pudesse encontrar seu esquecimento.

A estrutura da minha mudança era formada por sensações, pressões externas, o que Mary queria, os desejos de Allen, a raiva de Ellen, a ajuda do sr. Baker. Apenas no último instante, quando a ação está montada e preparada, é que o pensamento coloca o telhado sobre a construção e apresenta palavras para explicar e para justificar. Suponhamos que meu trabalho humilde e interminável como balconista não seja absolutamente nenhuma virtude, mas apenas preguiça moral? Para que se obtenha sucesso, é preciso ser ousado. Talvez eu simplesmente fosse tímido, temeroso das consequências; em uma palavra, preguiçoso. O sucesso nos negócios na nossa cidade não é complicado nem obscuro e também não é o que se pode chamar de amplo sucesso, porque quem o pratica impõe limites artificiais para suas práticas. Seus crimes são pequenos crimes, de modo que seu sucesso é um pequeno sucesso. Se o governo da cidade e o complexo comercial de New Baytown fossem investigados com profundidade, descobririam que uma centena de determinações legais e um milhar de regras morais tinham sido quebradas, mas não passavam de pequenas violações: furtos insignificantes. Aboliam parte do Decálogo e ficavam com o resto. E quando um de nossos homens de sucesso obtinha o que precisava ou desejava, retomava suas virtudes com tanta facilidade quanto trocava de camisa, e até onde todo mundo podia ver, não se abalava devido a seus desvios, sempre partindo do princípio de que não seria pego. Será que algum deles pensou nisso? Não sei. E se pequenos crimes podem ser perdoados pela consciência, então por que não perdoar um rápido, grave e ousado? Será que o assassinato por meio de pressão lenta e contínua é menos assassinato do que um golpe rápido e misericordioso de punhal? Não sinto culpa pelas vidas alemãs que tirei. Suponhamos que, durante um período de tempo limitado, eu deixe de lado todas as regras, e não apenas algumas delas. Depois de alcançar meu objetivo, será que não daria para retomá-las? Não há dúvidas de que os negócios são uma espécie de guerra. Por que não, então, transformá-los em uma guerra de tudo ou nada em busca da paz? O sr. Baker e os amigos dele não atiraram no meu pai, mas lhe deram conselhos e, quando sua estrutura ruiu, herdaram tudo. E por acaso isso não é um tipo de assassinato? Será que alguma das grandes fortunas que admiramos foi construída sem falcatruas? Não consigo me lembrar de nenhuma.

E se eu me esquecesse das regras um pouco, sei que ficaria com algumas cicatrizes, mas será que seriam piores do que as cicatrizes do fracasso que eu já carregava? O simples fato de estar vivo significa ter cicatrizes.

Todos esses pensamentos eram o clima se abatendo sobre a edificação de inquietação e descontentamento. Podia ser feito porque já tinha sido feito. Mas, se eu abrisse aquela porta, será que algum dia conseguiria voltar a fechá-la? Não era possível saber antes de abrir... Será que o sr. Baker sabia? Será que o sr. Baker tinha chegado a pensar no assunto?... O velho Capitão achava que os Baker tinham incendiado o *Belle-Adair* por causa do seguro. Será que o infortúnio de meu pai era o motivo por que o sr. Baker queria me ajudar? Será que essas eram as cicatrizes dele?

O que estava acontecendo poderia ser descrito como um enorme barco que era virado, jogado e empurrado para todos os lados e puxado por diversos cabos pequenos. Uma vez virado pela maré e pelos cabos, precisa encontrar novo curso e dar a partida nos motores. No tombadilho, que é o centro de planejamento, é preciso colocar a questão: certo, agora eu sei para onde quero ir. Como chego até lá, onde estão os rochedos ameaçadores e como estará o tempo?

Um recife fatal que eu conhecia era a conversa. Tantos se traem antes de serem traídos, com uma espécie de fome ardorosa pela glória, até mesmo a glória da punição. O poço de Andersen é o único confidente confiável... o poço de Andersen.

Perguntei ao velho Capitão:

– Posso estabelecer a rota, senhor? O traçado está adequado? Vai me levar até lá?

E, pela primeira vez, ele se recusou a me dar instruções.

– Você vai ter que descobrir sozinho. O que serve para uma pessoa não serve para outra, e você só vai saber disso depois.

O velho canalha poderia ter me ajudado na ocasião, mas talvez não fosse fazer diferença nenhuma. Ninguém busca conselhos, apenas corroboração.

7

Quando acordei, a Mary sonolenta de sempre não estava mais lá e o café e o bacon já estavam no fogo. Dava para sentir o cheiro. E seria preciso procurar um dia melhor do que aquele para a ressurreição, um dia verde e azul e amarelo. Da janela do quarto, dava para ver que tudo estava ressuscitando, a grama, as árvores. Escolheram uma boa estação para isso. Coloquei meu chambre de Natal e meus chinelos de aniversário. No banheiro, encontrei a meleca de cabelo de Allen e passei um pouco, de modo que a minha cabeça penteada e escovada ficou parecida com um capacete.

O café da manhã do domingo de Páscoa é uma orgia de ovos e panquecas e bacon enrolado para todos os lados. Agarrei-me a Mary e dei tapinhas carinhosos em seu bumbum coberto de seda, dizendo:

– *Kyrie eleison*!

– Ah! – ela respondeu. – Não ouvi você entrando. – Olhou para o meu chambre, a estampa paisley. – Que bonito – disse. – Você usa muito pouco.

– Não tenho tempo. Não tenho tido tempo.

– Bom, é bonito – ela afirmou.

– Deve ser. Foi você quem escolheu. As crianças estão dormindo com todos esses cheiros maravilhosos?

– Ah, não. Estão lá nos fundos, escondendo os ovos. Estou aqui imaginando o que o sr. Baker deseja.

O bote rápido nunca deixa de me surpreender.

– O sr. Baker. O sr. Baker. Ah! Provavelmente quer me ajudar a começar a minha fortuna.

– Você contou para ele? Sobre as cartas?

– Claro que não, querida. Mas talvez ele tenha adivinhado.

Então eu disse, sério:

– Olha, meu docinho, você acha que eu tenho cabeça ótima para negócios, não acha?

– Como assim? – ela estava com uma panqueca na escumadeira para virar que ficou suspensa.

– O sr. Baker acha que eu devo investir a herança do seu irmão.

– Bom, se o sr. Baker...

– Não, espere. Não quero fazer isso. O dinheiro é seu, é a sua segurança.

– Mas o sr. Baker não entende melhor disso do que você, querido?

– Não tenho certeza. Só sei que o meu pai achava que ele entendia. É por isso que estou trabalhando para Marullo.

– Mesmo assim, acho que o sr. Baker...

– Você me deixa tomar as decisões, querida?

– Bom, claro que sim...

– A respeito de tudo?

– Você está de brincadeira?

– Estou falando muito sério... seriíssimo!

– Acredito que sim. Mas você não pode duvidar do sr. Baker. Ora, ele... ele...

– Ele é o sr. Baker. Nós vamos ouvir o que ele tem a dizer e depois... eu vou continuar com o dinheiro no banco, bem onde ele está.

Allen disparou pela porta de trás como se estivesse sendo atacado por tiros de estilingue.

– Marullo – disse. – O sr. Marullo está aí fora. Quer falar com você.

– E agora, o que foi? – Mary quis saber.

– Bom, convide-o para entrar.

– Já convidei. Ele quer falar com você lá fora.

– Ethan, o que é isso? Você não pode sair de chambre. Hoje é domingo de Páscoa.

– Allen – orientei –, diga ao sr. Marullo que ainda não me vesti. Diga que volte mais tarde. Mas, se estiver com pressa, pode entrar pela porta da frente, se quiser me ver a sós.

Ele saiu correndo.

– Não sei o que ele quer. Talvez o mercado tenha sido assaltado.

Allen entrou a toda de novo.

– Ele vai entrar pela frente.

– Bom, querida, não deixe que isso estrague o seu café da manhã. Ouviu bem?

Atravessei a casa e abri a porta da frente. Marullo estava na varanda, vestido com sua melhor roupa para a missa de Páscoa, e sua melhor roupa era um terno preto de lã e um enorme relógio de bolso de ouro. Segurava o chapéu preto na mão e sorria nervoso para mim, como um cachorro em terreno desconhecido.

– Entre.

– Não – respondeu. – Só preciso falar uma coisa. Ouvi dizer que aquele sujeito lhe ofereceu propina.

– Sim?

– E soube que você o expulsou.

– Quem disse?

– Não posso contar. – Sorriu de novo.

– Bom, mas e aí? Está dizendo que eu deveria ter aceitado?

Ele deu um passo à frente e apertou a minha mão, levantou e ergueu duas vezes, em um gesto formal.

– Você é um bom sujeito – disse.

– Talvez ele não tenha oferecido o suficiente.

– Está brincando? Você é um bom sujeito. Só isso. Você é um bom sujeito. – Enfiou a mão no bolso lateral volumoso e tirou um saco. – Fique com isto. – Deu alguns tapinhas no meu ombro e então, em um arroubo de acanhamento, deu meia-volta e foi embora; suas pernas curtas o levaram para longe e seu pescoço gordo estava em chamas no lugar em que escapava do colarinho branco.

– O que foi?

Olhei para o saco: doces de Páscoa coloridos. Tínhamos um pote quadrado grande cheio deles no mercado.

– Ele trouxe um presente para as crianças – respondi.

– Marullo? Trouxe presente? Não acredito.

– Bom, pode acreditar.
– Por quê? Ele nunca fez nada deste tipo.
– Acho que ele simplesmente me adora.
– Tem alguma coisa que eu não estou sabendo?
– Minha marrequinha, existem oito milhões de coisas que nenhum de nós sabe. – As crianças olhavam fixamente para nós da porta dos fundos, aberta. Estendi o saco para os dois. – Um presente de um admirador. Não encostem nele antes do café.

Enquanto nos vestíamos para a missa, Mary disse:
– Eu queria saber que história foi aquela.
– Marullo? Preciso confessar, querida, eu também queria saber que história foi aquela.
– Mas um saco de doces baratos...
– Você acha que pode ter sido um gesto grave e simplório?
– Não compreendo.
– A mulher dele morreu. Não tem companheira nem filhos. Está ficando velho. Talvez... bom, talvez ele esteja se sentindo solitário.
– Ele nunca esteve aqui antes. Enquanto está se sentindo solitário, você devia pedir um aumento. Ele não passa na casa do sr. Baker. Isso me deixa nervosa.

Eu me enfeitei como as florzinhas do campo, terno escuro decente – meu terno de enterro –, camisa e colarinho tão brancos e engomados que devolviam a luz do sol direto para a cara dele, gravata azul-céu com bolinhas discretas.

Será que a sra. Margie Young-Hunt estava invocando tempestades ancestrais? Onde foi que Marullo conseguiu aquela informação? Só poderia ter sido o sr. Bugger que contou para a sra. Young-Hunt, que contou para o sr. Marullo. Eu não confio em você, Margie Young, razão por que não posso dar com a língua nos dentes. Mas disso eu sei, e sei muito bem: não confio em você, sra. Young. E, com essa cantilena na cabeça, vaguei pelo jardim um instante, em busca de uma flor branca para a minha lapela de Páscoa. No ângulo formado pela fundação e a porta enviesada do porão, há um lugar protegido, de terra esquentada pela caldeira e exposta a cada réstia de sol do inverno. Três pés de violeta branca crescem ali, trazidos do cemitério onde brotam selvagens por cima das covas dos meus ancestrais. Peguei três botões com cara de leão para a minha lapela e juntei uma dúzia deles para a minha querida, ajeitei as folhas pálidas da própria planta em volta das flores para fazer um buquê e prendi tudo com um pedaço de papel-alumínio da cozinha.

– Ah, mas são adoráveis – disse Mary. – Espera aí, vou pegar um alfinete para prender à roupa.

– São as primeiras... as primeiríssimas, minha doce passarinha. Sou seu escravo. Cristo se ergueu. Está tudo certo com o mundo.

– Por favor, não brinque com coisas sagradas, querido.

– Meu Deus, o que você fez com o cabelo?

– Você gostou?

– Adorei. Use sempre assim.

– Eu não sabia se você ia gostar. Margie disse que você nem ia reparar. Espera até eu dizer para ela que reparou... – Ajeitou a tigela de flores na cabeça, a oferenda invernal anual para Eostre. – Gostou?

– Adorei.

Então os jovens foram inspecionados: orelhas, narinas, sapatos engraxados, cada detalhe, e os dois resistiram a cada etapa daquilo. O cabelo de Allen estava tão emplastrado que ele mal conseguia piscar. Os saltos dos sapatos dele não tinham sido lustrados, mas ele tinha tomado um cuidado infinito para ajeitar uma mecha de cabelo na testa, como uma onda de verão.

Ellen estava toda arrumadinha. Tudo à vista estava em ordem. Tentei a sorte mais uma vez.

– Ellen – eu disse. – Você fez alguma coisa diferente com o cabelo. Combinou muito bem com você. Mary, querida, você não gostou?

– Ah! Ela está começando a ficar vaidosa – Mary disse.

Formamos uma procissão pelo nosso trajeto pela Elm Street, depois viramos à esquerda na Porlock Street, onde fica nossa igreja, nossa antiga igreja de degraus brancos, roubada intacta de Christopher Wren. Integrávamos um fluxo crescente, e cada mulher que passava se deleitava com o chapéu das outras mulheres.

– Desenhei um chapéu de Páscoa – eu disse. – Uma coroa de espinhos bem simples, de ouro com gotas de rubi verdadeiro na testa.

– Ethan! – disse Mary, muito séria. – Imagine só se alguém ouve.

– Não, acho que não ia fazer muito sucesso.

– Acho que você é terrível – Mary disse, e eu pensava a mesma coisa, que eu era pior do que terrível. Mas fiquei imaginando como o sr. Baker responderia a um comentário a respeito do cabelo dele.

Nosso regato familiar se juntou a outros riachos e passou por cumprimentos educados e o riacho se transformou em um rio que desaguava dentro da igreja episcopal St. Thomas, uma igreja de altura média, talvez um pouco mais alta do que um centro religioso.

Quando chegar a hora de eu compartilhar os segredos da vida com o meu filho, que eu tenho certeza que ele já conhece, preciso lembrar-me de informá-lo a respeito de cabelos. Armado com uma palavra gentil a respeito do cabelo, ele vai chegar tão longe quanto seu coraçãozinho concupiscente desejar. Mas preciso preveni-lo. Ele pode chutar, bater, deixar cair, afagar ou dar encontrões neles, mas não deve nunca, nunca, desarranjar o cabelo delas. Com essa informação, pode se dar bem.

Os Baker estavam bem na nossa frente, subindo as escadas, e trocamos cumprimentos decorosos.

– Acredito que nos veremos para o chá.

– Sim, de fato. Feliz Páscoa para vocês.

– Nossa, mas este é o Allen? Como está alto! E a Mary Ellen. Ah, eu não consigo acompanhar... eles crescem rápido demais.

Há alguma coisa muito querida na igreja em que se passa a infância. Eu conheço cada canto secreto, cada cheiro secreto de St. Thomas. Naquela pia batismal fui batizado, naquela grade, crismado, naquele banco, a família Hawley senta há só Deus sabe quanto tempo, e isso não é figura de expressão. Devo ser profundamente imbuído de santidade, porque me lembro de cada profanação, e houve muitas. Acho que sei dizer todos os lugares onde entalhei minhas iniciais com um prego. Quando Danny e eu marcamos as letras de uma palavra especialmente grosseira com um alfinete no Livro das Preces Comuns, o sr. Wheeler nos pegou e fomos castigados, mas precisaram examinar todos os livros de orações e de hinos para se certificar de que não havia mais nada parecido.

Uma vez, naquela fileira de cadeiras embaixo do atril, aconteceu uma coisa pavorosa. Eu estava com a roupa de renda e carregava a cruz, entoando um cântico com minha voz de soprano. Era uma vez em que o bispo estava dando a missa, um senhor simpático, careca como uma cebola cozida, mas, para mim, reluzente de santidade. Então, aconteceu que eu, atordoado pela inspiração, encaixei a cruz no suporte na frente do altar e me esqueci de colocar a trava de latão que a prendia. Durante a leitura da segunda lição, vi com terror quando a cruz pesada balançou e espatifou aquela cabeça careca sagrada. O bispo caiu como uma vaca que leva um golpe na cabeça, e eu perdi as vestes de renda para um menino que não cantava tão bem, um menino chamado Skunkfoot Hill. Hoje ele é antropólogo, em algum lugar do oeste do país. Aquele incidente pareceu comprovar, para mim, que intenções, boas ou ruins, não bastam. Tem a sorte ou o destino ou alguma coisa assim que cuida dos acidentes.

Ouvimos o serviço todo e nos informaram que Cristo de fato tinha se erguido dos mortos. Aquilo fez calafrios percorrerem a minha coluna, como sempre. Aceitei a comunhão de todo coração. Allen e Mary Ellen ainda não tinham sido crismados e ficaram bastante inquietos e precisaram levar um olhar torto para parar com a agitação. Quando os olhos de Mary se enchem de hostilidade, conseguem perfurar a armadura de ferro da adolescência.

Então, sob o sol ofuscante, apertamos as mãos e cumprimentamos e apertamos as mãos e desejamos tudo de bom para a comunidade de vizinhos. Voltamos a cumprimentar na saída todo mundo com que tínhamos falado na entrada, uma continuação da litania, uma litania contínua na forma de bons modos decorosos, uma súplica sutil para ser notado e respeitado.

– Bom dia. Como vão as coisas neste dia tão agradável?
– Muito bem, muito obrigado. Como vai a sua mãe?
– Está ficando velha... envelhecendo... as dores e os problemas de envelhecer. Vou dizer a ela que mandou lembranças.

As palavras não têm significado, a não ser em termos de sentimento. Será que alguém age como resultado do pensamento ou será que o sentimento estimula a ação e, às vezes, o pensamento vem para completá-la? Na frente do nosso pequeno desfile ao sol ia o sr. Baker, evitando pisar nas rachaduras; a mãe dele, morta havia vinte anos, estava a salvo de quebrar as costas. E a sra. Baker, Amelia, tropeçando ao lado dele, tentando acompanhar os passos irregulares com seus pezinhos confusos, era uma mulher pequena e de olhos espertos, parecida com um passarinho, mas um passarinho que se alimenta de sementes.

Allen, o meu filho, caminhava ao lado da irmã, mas os dois tentavam passar a impressão de que não se conheciam em absoluto. Acho que ela o despreza e ele a detesta. Isso pode durar por toda a vida deles, enquanto souberem esconder o sentimento com uma nuvem de palavras carinhosas. Dê-lhes o almoço, minha irmã, minha mulher... os ovos cozidos com picles, os sanduíches de geleia e pasta de amendoim, as maçãs vermelhas e fragrantes, e solte-os no mundo para procriar.

E foi exatamente o que ela fez. Foram embora, carregando cada um seu saco de papel, cada um para seu mundo particular.

– Você gostou do serviço, minha querida?
– Ah, gostei sim! Sempre gosto. Mas você... às vezes eu fico me perguntando se você acredita... não, estou falando sério. Bom, as suas piadas... às vezes...
– Puxe uma cadeira, meu querido amorzinho.
– Preciso preparar o almoço.
– Que se dane o almoço.
– É disso que estou falando. As suas piadas.

– O almoço não é sagrado. Se estivesse mais quente, eu poderia carregá-la até um bote a remo e nós passaríamos do quebra-mar para pescar pargos.

– Nós vamos à casa dos Baker. Você sabe se acredita ou não na Igreja, Ethan? Por que fica me chamando de apelidinhos bobos? Você quase nunca usa o meu nome.

– Para evitar ser repetitivo e tedioso, mas, no meu coração, o seu nome soa como um sino. Se eu acredito? Mas que pergunta! Por acaso eu pego cada frase reluzente do Credo Niceno, carregado como uma bala de espingarda, e a inspeciono? Não, não é necessário. É uma coisa singular, Mary. Mesmo que a minha mente e o meu corpo fossem tão desprovidos de fé quanto um feijãozinho, as palavras "O Senhor é meu pastor, nada me faltará, em verdes prados Ele me faz caminhar" continuariam fazendo o meu estômago revirar, meu peito ficar leve e meu cérebro pegar fogo.

– Não estou entendendo.

– Minha boa moça, nem eu. Digamos que, quando eu era um bebezinho, com ossos moles e maleáveis, fui colocado em uma caixinha episcopal em forma de cruz e assim assumi meu formato. Então, quando me libertei da caixa, da maneira como um pintinho sai do ovo, será que pareceu estranho eu ter o formato de uma cruz? Você já reparou que os pintinhos têm mais ou menos o formato de um ovo?

– Você fala coisas pavorosas, até mesmo para as crianças.

– E elas falam para mim. Ontem à noite mesmo, a Ellen me perguntou: "Papai, quando vamos ficar ricos?". Mas eu não lhe disse o que sei: "Vamos ficar ricos logo, e você que lida mal com a pobreza vai lidar mal com a riqueza do mesmo jeito". E é verdade. Na pobreza, ela é invejosa. Na riqueza, pode ficar esnobe. O dinheiro não transforma a doença, apenas os sintomas.

– Você fala dessa maneira dos seus próprios filhos. Imagine só o que diz de mim!

– Digo que você é uma bênção, uma queridinha, a luz na minha vida enevoada.

– Você parece bêbado... alterado de alguma forma.

— E estou.

— Não está. Eu sentiria o cheiro.

— Você está sentindo o cheiro, minha amada.

— O que você tem?

— Ah! Mas você sabe, não é mesmo? Uma mudança... uma danada de uma tempestade de mudança. Você só está sentindo as ondinhas mais periféricas.

— Você me deixa preocupada, Ethan. Deixa mesmo. Você é louco.

— Você se lembra das minhas condecorações?

— As suas medalhas... da guerra?

— Elas me foram dadas por loucura... por loucura. Nenhum homem sobre a terra jamais teve menos vontade de matar no coração do que eu. Mas eles construíram outra caixa e me enfiaram lá dentro. A época, o momento exigiu que eu acabasse com seres humanos, e foi o que fiz.

— Isso foi durante a época de guerra, e em nome do seu país.

— Sempre estamos em alguma época. Até agora, tenho evitado a minha própria época. Eu fui um soldado danado de bom, docinho... esperto e rápido e implacável, uma unidade eficiente para a época de guerra. Talvez eu possa ser uma unidade igualmente eficiente para esta época.

— Você está tentando me dizer alguma coisa?

— Infelizmente, estou sim. E aos meus ouvidos parece um pedido de desculpa. Espero que não pareça assim para você.

— Vou arrumar o almoço.

— Não estou com fome, depois daquele banquete de café da manhã.

— Bom, você pode comer um pouquinho só. Viu o chapéu da sra. Baker? Ela deve ter comprado em Nova York.

— O que ela fez com o cabelo?

— Você reparou? Está quase cor de morango...

— "A luz que ilumina as nações e a glória do povo de Israel."

— Por que será que Margie resolveu ir para Montauk nesta época do ano?

— Ela gosta da madrugada.

— Não é de acordar cedo. Brinco com ela a esse respeito. E você não achou estranho Marullo vir aqui trazer aqueles doces?

— Você está conectando os dois acontecimentos? Margie acordando cedo e Marullo trazendo ovos?

— Não seja bobo.

— Não estou sendo. Para variar, estou falando sério. Vou contar um segredo, você promete guardar?

— Está brincando!

— Não.

— Bom, eu prometo.

— Acho que Marullo vai viajar para a Itália.

— Como é que você sabe? Ele disse?

— Não exatamente. Eu junto as coisas. Eu *junto* as coisas.

— Mas assim você vai ficar sozinho no mercado. Você vai precisar de alguém para ajudar.

— Eu me viro.

— Agora você faz praticamente tudo. Vai ter que chamar alguém para ajudar.

— Lembre-se bem: não é certeza, e é segredo.

— Ah, eu nunca me esqueço de uma promessa.

— Mas você vai deixar escapar dicas.

— Ethan, não vou não.

— Você sabe o que você é? Uma linda coelhinha com flores na cabeça.

— Você pega o que quiser na cozinha. Vou me arrumar.

Quando ela saiu, eu me estiquei na cadeira e escutei no ouvido secreto: "Senhor, deixa agora o Seu servo partir em paz, segundo a Sua palavra". E, caramba, logo caí no sono. Despenquei de um penhasco para a escuridão, bem ali na sala. Não faço isso com frequência. E, como estivera pensando em Danny Taylor, sonhei com Danny Taylor. Não éramos pequenos nem grandiosos, mas adultos, e estávamos no fundo de lago plano com as antigas fundações da casa e o buraco do porão. E era o início do verão, porque reparei nas folhas robustas e no capim tão pesado que até se dobrava com o próprio peso, o tipo de dia que faz a gente se sentir robusto e maluco também. Danny foi para trás de um jovem zimbro, ereto e delgado como uma coluna. Ouvi sua voz distorcida e grossa, como palavras proferidas embaixo d'água. Então cheguei perto dele e ele ia se derretendo e escorrendo sobre sua estrutura. Com a palma das mãos, tentei alisá-lo para cima, de volta ao lugar, como fazemos ao tentar acomodar cimento fresco que escorre para fora da forma, mas não consegui. A essência dele escorreu por entre os meus dedos. Dizem que um sonho é um momento. Este nunca mais terminava e, quanto mais eu me esforçava, mais ele derretia.

Quando Mary me acordou, eu arfava de tanto esforço.

– Febre de primavera – ela disse. – Este é o primeiro sinal. Quando eu era menina, dormia tanto que a minha mãe mandou chamar o doutor Grady. Achou que eu estava com a doença do sono, mas eu só estava crescendo mesmo.

– Tive um pesadelo diurno. Não desejo um sonho como esse para ninguém.

– É mesmo uma confusão. Suba, penteie o cabelo e lave o rosto. Você parece cansado, querido. Está tudo bem? Daqui a pouco, precisamos sair. Você dormiu duas horas. Devia estar precisando. Eu gostaria de saber o que o sr. Baker tem na cabeça.

– Já vai saber, querida. E prometa que vai escutar cada palavra.

– Mas pode ser que ele deseje conversar a sós com você. Homens de negócios não gostam quando as mulheres ficam escutando.

– Bom, ele não vai conseguir fazer isso. Quero que você fique comigo.

– Você sabe que eu não tenho experiência com negócios.

– Eu sei... mas é do seu dinheiro que ele vai falar.

Não dá para conhecer gente como os Baker a menos que já se nasça conhecendo. Manter boas relações ou até mesmo fazer amizade é outro assunto. Eu os conheço porque os Hawley e os Baker tinham o mesmo sangue, o mesmo local de origem, a mesma experiência e a mesma sorte passada. Isso forma uma espécie de núcleo cercado e isolado dos forasteiros. Quando meu pai perdeu nosso dinheiro, eu não fui completamente escanteado. Continuo sendo aceitável pelos Baker na minha posição de Hawley, e provavelmente o serei até o fim da vida, porque eles se sentem aparentados a mim. Mas sou um parente pobre. Fidalgos sem dinheiro gradualmente vão deixando para trás a fidalguia. Sem dinheiro, Allen, o meu filho, não vai conhecer os Baker, e o filho dele vai ser um forasteiro, independentemente de seu nome e de seus antecedentes. Nós nos transformamos em fazendeiros sem terras, comandantes sem tropas, cavaleiros a pé. Não temos como sobreviver. Talvez esta seja uma razão por que a mudança estava tomando conta de mim. Eu não quero, nunca quis, dinheiro por si só. Mas o dinheiro é necessário para manter o meu lugar na categoria a que estou acostumado e onde me sinto confortável. Tudo isso deve ter se desenvolvido naquele lugar escuro abaixo do nível do meu pensamento. E emergiu como uma convicção, não uma ideia.

– Boa tarde – disse a sra. Baker. – Que bom que vieram. Você não se lembra mais de nós, Mary. O dia não está mesmo lindo? Gostaram da missa? Para um religioso, acho que o pastor é um homem muito interessante.

– Nós não os vemos com a frequência que gostaríamos – disse o sr. Baker. – Lembro-me do seu avô sentado nessa mesma cadeira, contando como aqueles espanhóis sujos afundaram o *Maine*. Ele cuspia o chá, só que não era chá. O velho Capitão Hawley costumava batizar o rum com um pouquinho de chá. Era um homem truculento, algumas pessoas achavam que gostava de briga.

Deu para ver que no início Mary ficou abalada e depois reconfortada com a recepção calorosa. Claro que ela não sabia que eu a promovera a herdeira. A reputação de quem tem dinheiro é quase tão negociável quanto o dinheiro em si.

A sra. Baker, cuja cabeça se movia em espasmos devido a algum distúrbio nervoso, serviu o chá em xícaras tão finas e tão frágeis quanto pétalas de magnólia, e a mão que servia era a única parte estável de seu corpo.

O sr. Baker mexeu a bebida com uma colher, pensativo.

– Não sei se eu adoro o chá ou a cerimônia que ele envolve – afirmou. – Gosto de todas as cerimônias... até mesmo as mais tolas.

– Acho que sei o que quer dizer – respondi. – Hoje de manhã, eu me senti à vontade durante o serviço porque não teve nenhuma surpresa. Eu já conhecia as palavras antes de serem proferidas.

– Durante a guerra, Ethan... ouçam só isto, senhoras, e vejam se conseguem se lembrar de algo assim... durante a guerra, eu servi como consultor ao secretário de Guerra. Passei algum tempo em Washington.

– Eu detestei – disse a sra. Baker.

– Bom, houve um enorme chá militar, uma chatice, com uns quinhentos convidados. A senhora mais importante era a mulher de um general de cinco estrelas e, em seguida, vinha a senhora de um tenente-general. A esposa do secretário, a anfitriã, pediu à senhora do general de cinco estrelas que servisse o chá e à sra. Três Estrelas que servisse o café. Bom, a senhora mais importante se recusou porque, como ela mesma disse, "todo mundo sabe que café é mais importante do que chá". Agora me digam: já ouviram falar disso? – ele riu. – Mais tarde, revelou-se que o uísque era mais importante do que qualquer outra coisa.

– Aquele lugar era muito agitado – afirmou a sra. Baker. – As pessoas se mudavam antes de terem tempo de formar hábitos, ou de trocar gentilezas.

Mary contou a história de um chá irlandês em Boston com a água fervendo em tubos redondos sobre fogueiras e servida com conchas de estanho.

– E o líquido não sofre infusão, ele ferve – explicou. – Aquele chá é capaz de tirar o verniz de uma mesa.

Deve haver preliminares ritualísticas para qualquer conversa ou ação séria e, quanto mais delicado é o assunto, mais longa e leve deve ser a introdução. Cada pessoa precisa juntar sua pena ou retalho colorido. Se Mary e a sra. Baker não fossem tomar parte do assunto sério, teriam assumido seu padrão de intercâmbio muito tempo antes. O sr. Baker tinha despejado vinho sobre o terreno da conversa, e o mesmo fizera a minha Mary, e ela ficou feliz e animada com toda a atenção deles. Faltava a contribuição da sra. Baker e a minha, e eu achei que seria decente ficar por último.

Ela tomou sua vez e usou como ponto de partida a chaleira, como os outros o fizeram.

– Eu me lembro de quando havia dúzias de tipos de chá – ofereceu, com muita inteligência. – Nossa, mas todo mundo tinha uma receita para quase tudo. Acho que não existia erva ou folha ou flor que não fosse transformada em algum tipo de chá. Agora só temos dois tipos, indiano e chinês, e não tem muito do chinês. Vocês se lembram, nós costumávamos tomar chá de tanaceto, de camomila, de flor e de folha de laranjeira... e... de cambraia?

– O que é cambraia? – Mary perguntou.

– Partes iguais de água quente e leite. As crianças adoram. Não tem gosto de leite com água.

Essa foi a participação da sra. Baker.

Chegara a minha vez, e eu tinha a intenção de fazer alguns comentários cuidadosamente descompromissados a respeito do Chá de Boston*, mas nem sempre se consegue fazer o que se pretende. Surpresas acontecem, sem esperar permissão.

– Tirei uma soneca depois da missa – ouvi a mim mesmo dizendo. – Sonhei com Danny Taylor, um sonho pavoroso. Vocês se lembram de Danny.

– Coitado dele – disse o sr. Baker.

– Antigamente, éramos próximos como irmãos. Eu não tinha irmão. Acho que, de certo modo, éramos irmãos. Eu não exerço este papel, mas sinto que devia tomar conta do meu irmão Danny.

---

* Chá de Boston (*Boston Tea Party*): em 1773, moradores de Boston, revoltados com os altos impostos cobrados de importadores coloniais de chá, entraram nos barcos da Companhia Britânica das Índias Orientais, isenta do tributo, e jogaram o chá que estava a bordo no mar; o episódio foi um dos precursores da Guerra de Independência dos Estados Unidos, que começou em 1775. (N.T.)

Mary ficou aborrecida comigo por ter rompido o padrão da conversa. Mas ela se vingou:

– Ethan dá dinheiro para ele. Não acho que seja correto. Ele só usa para ficar bêbado.

– Nossa! – disse o sr. Baker.

– Fico imaginando... de toda forma, foi um pesadelo diurno. Eu lhe dou tão pouco... um dólar de vez em quando. O que mais ele pode fazer com um dólar além de ficar bêbado? Talvez, se tivesse uma quantia decente, pudesse se recuperar.

– Ninguém se atreveria a fazer isso – Mary exclamou. – Isso seria a mesma coisa que matá-lo. Não é mesmo, sr. Baker?

– Coitado dele – respondeu o sr. Baker. – Os Taylor eram uma ótima família. Fico triste de vê-lo dessa maneira. Mas Mary tem razão. Ele provavelmente beberia até morrer.

– Vai ver que ia mesmo. Mas está a salvo de mim. Não tenho uma quantia decente para lhe dar.

– É uma questão de princípios – disse o sr. Baker.

A sra. Baker contribuiu com uma selvageria feminina:

– Ele devia ser internado em alguma instituição, onde poderiam tomar conta dele.

Os três ficaram aborrecidos comigo. Eu deveria ter optado pelo Chá de Boston.

É estranho como a mente irrompe em disparada, começa a brincar de cabra-cega ou de espetar o rabo no burro quando deveria estar usando cada observação para encontrar o caminho através de um campo minado de planos secretos e de obstáculos submersos. Eu compreendia o lar da família Baker e compreendia o lar da família Hawley, as paredes escuras e as cortinas, as plantas artificiais com cara de enterro que não conheciam o sol; os retratos e os cartazes e as recordações de outros tempos em cerâmica e entalhes, em tecido e madeira que fixam o passado à realidade e à permanência. As cadeiras mudam de acordo com o estilo e o conforto, mas cômodas e mesas, estantes e escrivaninhas relacionam-se com um passado sólido. Hawley era mais do que um sobrenome, era o nome de uma casa. E por isso o coitado do Danny se apegava à campina dos Taylor. Sem ela, sem família... logo não teria nem mais nome. Pelo tom, a inflexão e o desejo, os três ali sentados haviam cancelado a existência de Danny. Pode ser que alguns homens exijam uma casa e uma história para ter certeza de que existem; esta é, no máximo, uma conexão bastante exígua. No mercado, eu era um fracasso e um balconista, na minha casa, era um Hawley, então também devo ser inseguro. Baker podia oferecer uma ajuda a Hawley. Sem a minha casa, eu também seria cancelado. Não era uma questão de homem a homem, mas de casa a casa. Fiquei ofendido com a retirada de Danny Taylor da realidade, mas não pude evitar. E essa ideia me deixou atento e inflexível. Baker iria tentar reformar Hawley para que Baker pudesse tomar parte na herança cobiçada de Mary. Agora eu estava nos limites do campo minado. Meu coração endureceu frente ao meu benfeitor altruísta. Senti-o enrijecer e tornar-se desconfiado e perigoso. E com seu direcionamento vieram a sensação de combate e as leis da selvageria controlada, cuja primeira determinação é: permita que mesmo a sua defesa tenha aparência de ataque.

Eu disse:

– Sr. Baker, não precisamos ir ao fundo da questão. O senhor sabe melhor do que eu a maneira lenta e precisa como o meu pai perdeu toda a fortuna dos Hawley. Eu estava longe, na guerra. Como foi que aconteceu?

– Não foi a intenção dele, mas as escolhas que fez...

– Eu sei que ele foi ingênuo... mas como aconteceu?

– Bom, foi uma época de investimentos loucos. Ele investiu loucamente.

– Ele recebeu algum tipo de orientação?

– Colocou dinheiro em munição que já estava obsoleta. Então, quando os contratos foram cancelados, ele perdeu.

– O senhor estava em Washington. Sabia desses contratos?

– Apenas de maneira geral.

– Mas o suficiente para não investir neles.

– É, não investi.

– O senhor aconselhou o meu pai a respeito dos investimentos?

— Eu estava em Washington.

— Mas o senhor sabia que ele tinha pedido dinheiro emprestado dando a propriedade dos Hawley como garantia, o dinheiro que usou para investir?

— Sim, eu sabia disso.

— O senhor o aconselhou contra o investimento?

— Eu estava em Washington.

— Mas o seu banco tomou a propriedade quando o empréstimo não foi quitado.

— Os bancos não têm escolha, Ethan. Você sabe muito bem disso.

— É, eu sei. Mas é mesmo uma pena o senhor não ter podido aconselhá-lo.

— Você não deve culpá-lo, Ethan.

— Agora que compreendi, não culpo. Não era minha intenção culpá-lo, mas eu nunca soube muito bem o que aconteceu.

Acho que o sr. Baker tinha preparado uma introdução. Como perdeu a chance, precisou ter muito tato para dar sua próxima cartada. Tossiu, assoou o nariz e o limpou com um lenço de papel tirado de uma embalagem de bolso achatada, enxugou os olhos com uma segunda folha, limpou os óculos com uma terceira. Cada um tem seus próprios métodos de ganhar tempo. Conheci um homem que demorava cinco minutos para encher e acender um cachimbo.

Quando estava pronto mais uma vez, eu disse:

— Sei que eu não tenho direito de pedir-lhe ajuda. Mas foi o senhor mesmo que mencionou a parceria entre a minha família e a sua.

— Eram boas pessoas – ele disse. – E, de modo geral, homens com bom discernimento, conservadores...

— Mas não faziam nada às cegas, senhor. Creio que, uma vez escolhido um caminho, eles o percorriam até o fim.

— Isso é bem verdade.

— Mesmo quando se tratava de afundar um inimigo... ou incendiar um barco?

— Eles recebiam para fazê-lo, é claro.

– Em 1801, acredito, senhor, foram questionados a respeito do que constituía um inimigo.

– Há sempre ajustes a fazer depois de uma guerra.

– Com certeza. Mas não quero ficar falando de histórias antigas. Francamente, sr. Baker, eu quero... quero refazer a minha fortuna.

– Essa é a ideia, Ethan. Até fiquei achando que você tinha perdido o jeito dos Hawley.

– Eu tinha; ou melhor, não o tinha desenvolvido. O senhor ofereceu ajuda. Por onde eu começo?

– O problema é que, para começar, é preciso ter capital.

– Eu sei disso. Mas, se tivesse algum capital, por onde começaria?

– Isto deve ser cansativo para as senhoras – ele disse. – Talvez devêssemos nos retirar para a biblioteca. Negócios são cansativos para as senhoras.

A sra. Baker se levantou.

– Eu ia mesmo pedir a Mary que me ajudasse a escolher o papel de parede para o quarto grande. As amostras estão lá em cima, Mary.

– Eu gostaria que Mary escutasse...

Mas ela concordou, como eu sabia que faria.

– Eu não entendo nada de negócios – ela disse. – Mas entendo sim de papel de parede.

– Mas tem a ver com você, querida.

– Eu só vou ficar confusa, Ethan. Você sabe que eu fico.

– Talvez eu fique ainda mais confuso sem você, querida.

O sr. Baker provavelmente tinha sido responsável pela história do papel de parede. Imagino que não seja a mulher dele quem escolhe o papel de parede. Nenhuma mulher poderia ter escolhido o papel escuro e geométrico da sala onde estávamos.

– Então – ele disse depois de elas saírem –, o seu problema é capital, Ethan. A sua casa não está comprometida. Você pode dá-la como garantia.

– Não vou fazer isso.

– Bom, respeito a sua decisão, mas é o único tipo de caução de que você dispõe. Também tem o dinheiro da Mary.

Não é muito, mas com um pouco de dinheiro dá para ganhar mais dinheiro.

– Não quero tocar no dinheiro dela. É a segurança dela.

– Está em uma conta conjunta e não está rendendo nada.

– Digamos que eu deixe meus escrúpulos de lado. O que o senhor tem em mente?

– Você tem alguma ideia de quanto a mãe dela vale?

– Não... mas parece ser uma quantia substancial.

Limpou os óculos com muito cuidado.

– O que vou dizer é confidencial.

– Claro que sim.

– Felizmente, sei que você não é tagarela. Nenhum Hawley jamais foi, com exceção, talvez, do seu pai. Então, como empresário, sei que New Baytown vai crescer. Tem tudo para crescer: porto, praias, água doce. Uma vez que começar, nada vai poder deter o crescimento. Um bom empresário precisa ajudar a sua cidade a crescer.

– E lucrar com isso.

– Naturalmente.

– E por que a cidade ainda não cresceu?

– Acho que você sabe muito bem: são os retrógrados da Câmara. Estão vivendo no passado. Eles retardam o progresso.

Sempre me interessou ouvir como lucros podem ser filantrópicos. Sem seu disfarce de homem que olha para o futuro e faz bem à comunidade, o lugar do sr. Baker era exatamente aquele que deveria ser. Ele e um punhado de outros homens, bem poucos, apoiariam a administração atual da cidade até que tivessem comprado todas as instalações falidas ou assumido o seu controle. Então descartariam a Câmara e a administração do município e deixariam o avanço prosseguir, e só então os outros se dariam conta de que eles eram donos de todas as avenidas por onde o progresso passaria. Por pura boa vontade, ele permitiria que eu ficasse com um pedacinho daquilo. Não sei se ele tinha ou não a intenção de me informar a respeito do prazo, ou se o entusiasmo tomou conta dele, mas a coisa se fez perceber no meio das generalidades. A eleição para o governo municipal seria no dia 7 de julho. Até lá, o grupo que tinha os olhos no progresso já deveria estar no controle das engrenagens do avanço.

Acho que não existe nenhum homem no mundo que não adore dar conselhos. Como eu continuava um tanto relutante, meu professor foi ficando mais veemente e mais específico.

– Vou ter que pensar sobre o assunto, senhor – eu disse.
– O que é fácil para o senhor é um mistério para mim. E, é claro, vou ter que conversar sobre isto com Mary.

– Bom, é aí que eu acho que você está errado – ele disse.
– Os negócios já estão cheios demais de anáguas hoje em dia.

– Mas a herança é dela.

– A melhor coisa que você pode fazer para ela é ganhar algum dinheiro de surpresa. Assim elas gostam mais.

– Espero não parecer ingrato, sr. Baker. Eu penso devagar. Vou precisar refletir sobre o assunto. O senhor soube que Marullo vai para a Itália?

Os olhos dele se aguçaram:

– Para sempre?

– Não, só de visita.

– Bom, espero que ele tome providências para proteger você caso algo aconteça com ele. Já não é jovem. Ele tem testamento?

– Não sei.

– Se uma turba de parentes dele se mudar para cá, você pode ficar sem emprego.

Eu me concentrei em ideias vagas, como defesa:

– O senhor me deu muito sobre o que pensar – eu disse.
– Mas estou aqui me perguntando se o senhor não pode me dar uma ideia de quando tudo isso vai começar.

– Posso dizer uma coisa: o desenvolvimento depende muito do transporte.

– Bom, as grandes autoestradas estão aumentando.

– Mas isso não nos basta. O tipo de homem com o tipo de dinheiro que queremos atrair vai querer vir até aqui por ar.

– E nós não temos aeroporto?!

– Isso mesmo.

– Além do mais, não temos lugar para fazer um aeroporto se não tirarmos algumas montanhas do caminho.

– Uma operação cara. O custo da mão de obra seria proibitivo.

– Então, qual é o seu plano?

– Ethan, você vai ter que confiar em mim e me perdoar. Não posso contar ainda. Mas prometo que, se você puder levantar algum capital, eu me encarrego de incluí-lo no negócio. E posso dizer que a situação já está bem definida, mas precisa ser resolvida.

– Bom, acho que isso é mais do que eu mereço.

– As famílias antigas precisam permanecer unidas.

– Marullo faz parte desse grupo?

– Certamente que não. Ele faz as coisas do jeito dele, com o pessoal dele.

– Eles se viram bastante bem, não é mesmo?

– Melhor do que o saudável, na minha opinião. Não gosto de ver esses estrangeiros se infiltrando.

– E o dia 7 de julho é quando as suas opiniões vão se fazer claras.

– Fui eu quem disse isso?

– Não, acho que fui eu quem imaginou.

– Deve ter sido.

E, com isso, Mary voltou do papel de parede. Cumprimos nossas obrigações da educação e caminhamos lentamente para casa.

– Eles não poderiam ter sido mais simpáticos. O que foi que ele disse?

– A mesma coisa de sempre. Que eu devia usar o seu dinheiro para dar a partida, mas eu não vou fazer isso.

– Eu sei que você está pensando em mim, querido. Mas eu digo que, se não aceitar o conselho dele, você é um tolo.

– Não estou gostando nada disso, Mary. Suponha que ele esteja errado. Você vai ficar desprotegida.

– Vou dizer uma coisa, Ethan. Se você não fizer isso, eu mesma vou pegar o dinheiro e entregar para ele. Prometo que vou.

– Deixe-me pensar sobre o assunto. Não quero que você se envolva em negócios.

– Não precisa. O dinheiro está em uma conta conjunta. Você sabe o que as cartas disseram.

– Ah, meu Deus... as cartas de novo.

– Bom, eu acredito nelas.

– Se eu perder o seu dinheiro, você vai me odiar.

– De jeito nenhum. Você é a minha sorte! Foi o que Margie disse.

– O que Margie disse vai ficar na minha cabeça, em letras vermelhas, até eu morrer.

– Não brinque com isso.

– Talvez não esteja brincando. Não deixe as cartas estragarem a doçura do nosso fracasso.

– Não sei como um pouco de dinheiro poderia estragar alguma coisa. Não muito dinheiro... apenas o suficiente. – Eu não respondi. – Bom... você sabe?

Eu disse:

– Ah, minha filha de um príncipe, não existe essa coisa de dinheiro suficiente. Só há duas medidas: sem dinheiro e dinheiro que não é suficiente.

– Ah, mas isso não é verdade.

– É verdade *sim*. Lembra aquele milionário do Texas que morreu há pouco tempo? Ele morava em um quarto de hotel e só tinha uma mala de roupas. Não deixou testamento, nem herdeiros, mas não tinha dinheiro suficiente. Quanto mais a gente tem, menos suficiente é.

Ela disse, cheia de sarcasmo:

– Imagino que você considere um pecado eu querer cortinas novas para a sala e um aquecedor de água grande o bastante para quatro pessoas poderem tomar banho no mesmo dia e ainda lavar a louça.

– Eu não estava falando de pecado, sua maluquinha. Estava apenas citando um fato, uma lei da natureza.

– Você parece não ter respeito pela natureza humana.

– Não é a natureza humana, minha Mary... é a natureza. Os esquilos guardam dez vezes mais castanhas do que jamais consumirão. As ratazanas enchem a barriga até estourar e ainda assim enchem as bochechas como se fossem sacos. E quanto do mel que as abelhas tão inteligentes coletam chegam a consumir?

Quando Mary fica confusa ou perplexa, ela espirra raiva da mesma maneira que um polvo espirra tinta, e se esconde dentro da nuvem escura que se forma.

– Você me deixa tonta – ela disse. – Não permite que ninguém seja um pouquinho feliz.

– Minha querida, não é isso. Tenho medo da infelicidade desesperadora, do pânico que o dinheiro traz consigo, da sensação de necessidade de proteção e da inveja.

De maneira inconsciente, ela devia ter medo da mesma coisa. Ela me atacou, buscando um ponto bem dolorido e, quando encontrou, lançou suas palavras afiadas.

– Aqui está um balconista de mercado sem um tostão preocupado em como vai ser ruim quando ele enriquecer. Você age como se pudesse ter uma fortuna a qualquer momento que desejasse.

– Acho que posso.

– Como?

– É isso que me preocupa.

– Você não sabe, ou já teria pegado. Você só está blefando. Você vive blefando.

A intenção de ferir suscita a raiva. Dava para sentir a febre aumentando dentro de mim. Palavras feias e desesperadas surgiram como veneno. Senti um ódio amargo.

Mary disse:

– Olha ali! Lá vai ela! Você viu?

– Onde? O quê?

– Passou bem ali perto daquela árvore e entrou no nosso quintal.

– O que foi, Mary? Diga! O que foi que você viu?

No crepúsculo, vi quando ela sorriu, aquele sorriso feminino incrível. É o que se chama de sabedoria, mas não é isso, e sim uma compreensão que torna a sabedoria desnecessária.

– Você não viu nada, Mary.

– Vi uma briga... mas ela já se foi.

Coloquei o braço em volta dela e a virei para mim.
– Vamos dar uma volta no quarteirão antes de entrar.
Passeamos no túnel da noite e não dissemos mais nada, ou não precisamos dizer.

8

Quando criança, eu caçava e matava pequenas criaturas com muita energia e alegria. Coelhos e esquilos, passarinhos e, posteriormente, desabavam patos e gansos selvagens, num emaranhado de ossos, sangue, pelos e penas. Havia uma criatividade selvagem naquilo, sem rancor, nem ódio, nem culpa. A guerra acabou com o meu apetite pela destruição; talvez eu fosse como uma criança que comeu doces demais. O tiro de uma espingarda já não tinha mais nada a ver com um grito de pura felicidade.

Naquele início de primavera, dois coelhos saltitantes faziam visitas diárias ao nosso jardim. Adoravam os cravos da minha Mary, e os comiam até deixar só os talos pelados.

– Você precisa se livrar deles – Mary disse.

Peguei minha espingarda calibre 12, pegajosa de graxa, e achei alguns cartuchos velhos e estofados de balas número 5. À noite, sentei-me nos degraus dos fundos e, quando os coelhos estavam alinhados, acertei os dois com um tiro só. Então enterrei as ruínas peludas embaixo do grande pé de lilás e fiquei com uma sensação horrível no estômago.

O problema era que eu simplesmente tinha me desacostumado de matar coisas. A gente é capaz de se acostumar com qualquer coisa. Massacres ou serviços fúnebres ou até execuções; ser torturador não deve passar de mais um emprego quando a gente se acostuma com ele.

Depois que as crianças foram para a cama, eu disse:
– Vou dar um passeio.

Mary não perguntou aonde eu ia nem por que, como teria feito alguns dias antes.

– Vai voltar tarde?

— Não, não volto tarde.

— Não vou esperar acordada, estou com sono – ela disse. E parecia que tendo aceitado uma direção, ela já tinha conseguido avançar mais do que eu. Ainda estava me sentindo mal por causa dos coelhos. Talvez seja natural para um homem que destruiu alguma coisa tentar restabelecer o equilíbrio por meio da criação de alguma outra coisa. Mas será que o meu impulso era esse?

Enveredei-me pelo canil fedido onde Danny Taylor morava. Uma vela acesa queimava em um pires ao lado de sua cama de campanha.

Danny estava em péssima forma, azulado, sombrio e doente. Sua pele tinha coloração escura. Era difícil não sentir enjoo por causa do cheiro daquele lugar sujo e daquele homem sujo, embaixo de uma coberta imunda. Os olhos dele estavam abertos e vidrados. Fiquei achando que ia começar a balbuciar em delírio. Foi um choque quando falou de maneira clara, com o tom e o jeito de Danny Taylor.

— O que você quer aqui, Eth?

— Quero ajudar.

— Você é mais inteligente do que isto.

— Você está doente.

— Acha que eu não sei? Eu sei disso melhor do que qualquer um. — Apalpou atrás da cama e pegou uma garrafa de uísque Old Forester um terço cheia. — Quer um gole?

— Não, Danny. Esse uísque é caro.

— Eu tenho amigos.

— Quem deu para você?

— Não é da sua conta, Eth. — Tomou um gole e segurou a bebida, mas por um instante não pareceu fácil. Então a cor lhe voltou. Ele riu. — O meu amigo queria tratar de negócios, mas eu o enganei. Desmaiei antes de ele conseguir dizer alguma coisa. Ele não sabia como eu preciso de pouco para perder os sentidos. Quer falar de negócios, Eth? Porque eu posso desmaiar de novo bem rapidinho.

— Você tem algum sentimento por mim, Danny? Confia em mim? Qualquer... bom, sentimento?

– Claro que sim, mas, no final das contas, eu sou um bêbado, e os bêbados gostam mais mesmo é do álcool.

– Se eu conseguisse arrumar dinheiro, você faria um tratamento?

O que mais me assustava era o fato de ele ter se transformado rapidamente em uma pessoa normal e fácil de se lidar... nele mesmo.

– Posso dizer que sim, Eth. Mas você não sabe como são os bêbados. Eu ia pegar o dinheiro e beber tudo.

– Bom, e se eu pagasse direto para o hospital ou o lugar para onde você fosse?

– É o que estou tentando dizer. Eu iria com a melhor das intenções, e sairia depois de alguns dias. Não dá para confiar em um bêbado, Eth. É isso que você não entende. Não importa o que eu faça ou diga, mesmo assim eu iria embora.

– Você não quer sair desta, Danny?

– Acho que não. Acho que você sabe o que eu quero.

Ergueu a garrafa de novo, e mais uma vez eu fiquei surpreso com a velocidade da reação. Além de ele se transformar no velho Danny que eu conhecia, seus sentidos e percepções também se aguçavam, tanto que ele chegou a ler meus pensamentos.

– Não confie nisto – disse. – Dura pouco. O álcool estimula e depois deprime. Espero que você não fique tempo bastante para ver essa parte. Neste momento, não acho que vá acontecer. Nunca acontece quando estou acordado.

Então os olhos dele, úmidos e brilhantes à luz da vela, olharam para dentro de mim.

– Ethan – ele disse. – Você se ofereceu para pagar um tratamento para mim. Você não tem dinheiro, Ethan.

– Eu posso arrumar. Mary herdou um pouco do irmão.

– E você ia me dar?

– Ia.

– Mesmo depois de eu dizer para nunca confiar em um bêbado? Mesmo depois de eu garantir que ia pegar o dinheiro e usar para magoar você?

– Você está me magoando agora, Danny. Eu sonhei com você. Nós estávamos lá na sua velha casa... lembra?

Ele ergueu a garrafa e então a pousou, dizendo:

– Não, não agora... não agora. Eth... nunca... nunca confie em um bêbado. Quando ele... quando eu estou... péssimo... uma coisa morta... continua existindo uma mente esperta e brilhante que trabalha, e esta mente não é simpática. Neste momento, bem agora, eu sou o homem que era seu amigo. Menti para você a respeito de desmaiar. Ah, eu desmaiei mesmo, mas sei bem o que é esta garrafa.

– Espere – eu disse –, antes que você vá mais longe, ou senão vai parecer... bom, você pode suspeitar de mim. Foi Baker que trouxe a garrafa, não foi?

– Foi.

– Ele queria que você assinasse uma coisa.

– É, mas eu desmaiei. – Ele riu para si mesmo e mais uma vez levou a garrafa aos lábios, mas à luz da vela eu vi só uma bolha bem pequenininha. Só tinha tomado um golinho.

– Essa é uma das coisas que eu queria falar, Danny. Era a sua casa antiga que ele queria?

– Era.

– Como é que você ainda não vendeu?

– Acho que eu já disse. Aquilo faz de mim um cavalheiro, só fica me faltando a conduta de um cavalheiro.

– Não venda, Danny. Mantenha a propriedade.

– O que você tem com isso? Por que não?

– Pelo seu orgulho.

– Eu não tenho mais orgulho nenhum, só posição.

– Sim, você tem. Quando você me pediu dinheiro, estava envergonhado. Isso significa orgulho.

– Não. Eu já disse. Foi um truque. Os bêbados são espertos, estou dizendo. Você ficou desconcertado, e você me deu um dólar porque achou que eu estava envergonhado. Eu não estava envergonhado. Eu só queria beber.

– Não venda, Danny. Vale muito. Baker sabe disso. Ele não compra nada que não tenha valor.

– Qual é o valor daquele lugar?

– É o único lugar das redondezas plano o bastante para um aeroporto.

– Sei.

– Se você o mantiver, vai poder começar tudo de novo, Danny. Mantenha a propriedade. Você pode se tratar e, quando voltar, vai ter um pé-de-meia.

– Nada de pé-de-meia. Acho que é melhor eu vender e beber tudo e... "Quando a casa cair, o berço vai ruir, e o bebê vai desabar, de berço e tudo mais". – Ele cantarolou alegremente e riu. – Você quer o lugar para você, Eth? Foi por isso que veio aqui?

– Eu quero que você fique bem.

– Eu estou bem.

– Quero explicar, Danny. Se você fosse um mendigo, estaria livre para fazer o que quisesse. Mas você tem algo que um grupo de cidadãos progressistas deseja e precisa.

– A Campina Taylor. E eu vou ficar com ela. Também sou progressista. – Olhou para a garrafa com afeição.

– Danny, eu já disse, é o único lugar onde dá para fazer um aeroporto. É um lugar fundamental. Eles precisam dele... ou isso ou vão ter que mandar aplainar as colinas, e não têm dinheiro para tanto.

– Então eles estão dependendo de mim e eu vou me esbaldar.

– Você esqueceu, Danny. Um homem que tem propriedades é uma embarcação preciosa. Eu já ouvi dizer que a melhor coisa seria mandar internar você, assim receberia os melhores cuidados possíveis.

– Eles não se atreveriam a fazer isso.

– Ah, sim, eles se atreveriam, sim... e ainda iam se sentir virtuosos por causa disso. Você conhece o processo. O juiz, você sabe como ele é, iria julgar que você não tem competência para cuidar de uma propriedade. Iria apontar um guardião, e já posso adivinhar quem. E tudo isso sairia caro, então é claro que a sua propriedade precisaria ser vendida para pagar as custas, e adivinhe só quem estaria pronto para comprar?

Os olhos dele estavam brilhando e ele escutava com os lábios entreabertos. Então olhou para o outro lado.

— Você está querendo me assustar, Eth. Escolheu o momento errado. Fale comigo de manhã, quando estou com frio e o mundo não passa de um monte de vômito verde. Neste momento... a minha força é de dez homens porque a garrafa está aqui. — Brandiu-a como uma espada e seus olhos se transformaram em fendas brilhantes à luz da vela. — Eu já disse, Eth? Acho que sim... os bêbados têm um tipo de inteligência especialmente diabólica.

— Mas eu disse o que vai acontecer.

— Eu concordo com você. Sei que é verdade. Você explicou seus motivos. Mas, em vez de me assustar, você me deixou com a pulga atrás da orelha. Quem achar que um bêbado é inútil está louco. Um bêbado é um veículo muito especial com capacidades especiais. Sou capaz de me defender e, neste momento, é o que estou com vontade de fazer.

— Bom garoto! É isso que eu quero ouvir.

Ele suspirou para mim por cima do gargalo da garrafa de uísque, como se fosse a ponta do cano de uma espingarda.

— Você me emprestaria o dinheiro da Mary?

— Sim.

— Sem garantia?

— Sim.

— Sabendo que a chance de eu ter uma recaída é de mil para uma?

— Sim.

— Tem uma coisa muito feia a respeito dos bêbados, Eth. Eu não acredito em você. — Lambeu os lábios secos. — Você colocaria o dinheiro na minha mão?

— Quando você quiser.

— Eu já falei para não fazer isso.

— Mas eu vou fazer.

Dessa vez, ele inclinou a garrafa para trás e uma bolha bem grande se ergueu dentro dela. Quando parou de beber, seus olhos estavam mais brilhantes, mas eram olhos de cobra, frios e impessoais.

— Você me arruma o dinheiro nesta semana, Eth?

— Arrumo.

— Na quarta?

— É.

— Você tem alguns dólares agora?

Era bem o que eu tinha: uma nota de um dólar, uma moeda de cinquenta centavos, outra de vinte e cinco, duas de dez e uma de cinco, e três de um centavo. Despejei tudo na mão aberta dele.

Ele acabou com o conteúdo da garrafa e a largou no chão.

— Eu nunca tinha achado mesmo que você era muito inteligente, Eth. Você sabe que só um tratamento básico custaria uns mil dólares?

— Certo.

— Isto é divertido, Eth. Não é xadrez, é pôquer. Eu costumava ser bem bom no pôquer... bom demais. Você está apostando que eu vou dar a minha campina como garantia. E você está apostando que mil dólares em bebida vão me matar, e daí você vai terminar com um aeroporto no colo.

— Você está sendo muito desagradável, Danny.

— Eu avisei que era desagradável.

— Será que você não pode achar que a minha intenção é só o que eu disse?

— Não. Mas tem um jeito de... fazer as coisas serem do jeito que você disse. Você se lembra de como era antigamente, Eth. Você acha que eu não me lembro de você? Você é o garoto que já vinha com o juiz embutido. Certo. Estou ficando seco. A garrafa está vazia. Vou sair. Meu preço é mil paus.

— Certo.

— Em dinheiro, na quarta.

— Vou trazer.

— Sem nota, sem assinatura, sem nada. E não fique achando que você se lembra de mim, Ethan, de antigamente. A minha amiga aqui mudou tudo isso. Eu não tenho mais lealdade, não tenho senso de justiça. Você só vai receber em troca gargalhadas muito sinceras.

— Só estou pedindo para você tentar.

– Claro, está prometido, Eth. Mas espero que eu o tenha convencido do valor da promessa de um bêbado. Simplesmente traga o dinheiro. Fique quanto tempo quiser. A minha casa é sua casa. Vou sair. Nos vemos na quarta, Eth. – Ele se apoiou no velho catre militar para levantar, jogou a coberta velha para trás e saiu com passos cambaleantes. O zíper da calça dele estava aberto.

Fiquei lá sentado durante um tempo, observando a vela pingar na gordura do pires. Tudo que ele tinha dito era verdade, menos uma coisa: onde eu estava colocando o meu dinheiro. Ele não tinha mudado tanto assim. Em algum lugar no meio daqueles destroços estava Danny Taylor. Eu amava Danny e estava pronto para... fazer exatamente o que ele tinha dito. Estava sim. De longe, ouvi-o cantarolar em um falsete claro e estridente:

"Acelere, meu barquinho, como um pássaro no ar.
'Avante!', grita o marinheiro!
Carregue o sujeito que nasceu para reinar
O céu e o mar inteiro."

Depois de um instante solitário, apaguei a vela e caminhei para casa pela High Street. Willie ainda não tinha caído no sono dentro da viatura.

– Parece que você anda saindo muito, Eth – ele disse.
– Você sabe como são as coisas.
– Claro. Primavera. O prazer dos jovens.

Mary estava dormindo, sorridente, mas quando entrei na cama ao lado dela, ela meio que acordou. Havia tristeza no meu estômago: tristeza fria e dolorida. Mary virou-se para o lado dela e me envolveu tanto com seu corpo quanto com seu cheiro de capim, e eu estava precisando dela. Eu não sabia se a tristeza diminuiria, mas, naquele momento, estava precisando dela. Não sei se ela chegou a acordar, mas, mesmo dormindo, estava ciente da minha necessidade.

E depois, bem acordada, disse:
– Acho que você deve estar com fome.

– Estou sim, Helen.

– O que você quer?

– Um sanduíche de cebola... não, dois sanduíches de cebola com pão integral.

– Vou ter que comer um para aguentar você.

– Não quer um também?

– Claro que sim.

Ela desceu as escadas sem fazer barulho e voltou depois de um tempinho com os sanduíches, uma caixa de leite e dois copos.

A cebola estava bem quente.

– Mary, minha amada – eu comecei.

– Engula primeiro.

– Você falou sério quando disse que não queria saber nada dos negócios?

– Ah... falei sim.

– Bom, eu tenho uma dica. Preciso de mil dólares.

– Foi alguma coisa que o sr. Baker disse?

– Mais ou menos. Mas também é pessoal.

– Bom, é só fazer um cheque.

– Não, querida, eu quero que você pegue em dinheiro vivo. E você pode dizer no banco que vai comprar tapetes ou mobília nova, algo assim.

– Mas não vou.

– Vai.

– É segredo?

– Você disse que queria assim.

– É... bom... quero sim. É melhor assim. Esta cebola está pelando. O sr. Baker aprovaria?

– Aprovaria, se fosse com ele.

– Quando você quer?

– Amanhã.

– Não consigo comer esta cebola. Mas acho que agora eu já estou bem fedida.

– Você é a minha querida.

– Não consigo parar de pensar no Marullo.

– Como assim?

— Por ter vindo aqui em casa. Trazendo aqueles doces.
— Deus escreve certo por linhas tortas.
— Ah, não me venha com sacrilégios. A Páscoa ainda não terminou.
— Terminou sim. Já é uma e quinze.
— Meu Deus! É melhor dormirmos.
— Ah! Eis a questão... Shakespeare.
— Você faz mesmo piada com qualquer coisa.

Mas não era piada. A tristeza continuava lá, não em forma de pensamento, mas de uma dor, e às vezes eu precisava me perguntar: "Por que estou sentindo dor?". O homem é capaz de se acostumar com qualquer coisa, mas demora um pouco. Certa vez, há muito tempo, arrumei um emprego de levar nitroglicerina de um lado para o outro em uma fábrica de dinamite. O salário era alto porque o negócio era perigoso. No começo, eu ficava preocupado com cada passo que dava, mas depois de mais ou menos uma semana, passou a ser um emprego qualquer. Ah, mas eu até me acostumei a ser balconista de mercado... Existe alguma coisa de desejável nas coisas com que você está acostumado, ao contrário das coisas com que não está habituado.

No escuro, com os pontos vermelhos nadando nos meus olhos, fiquei me questionando a respeito do que se costumava chamar de questões da consciência, e não consegui encontrar nenhuma ferida. Questionei se, depois de estabelecer meu trajeto, eu poderia mudar de rumo ou até virar a bússola noventa graus; e achei que podia, mas não queria.

Eu adquirira uma nova dimensão e estava fascinado por ela. Era como descobrir um conjunto de músculos sem uso ou como se o sonho infantil de ser capaz de voar tivesse se tornado realidade. Geralmente sou capaz de reviver acontecimentos, cenas ou conversas, e apreender, a partir da repetição, detalhes que tinham passado despercebidos na primeira exibição.

Mary achava estranho Marullo ter ido à nossa casa com doces, e eu confio na sensação de estranheza de Mary. Eu tinha pensado naquilo como um agradecimento por não tê-lo enganado. Mas o questionamento de Mary fez com que eu reexaminasse a situação em busca de algo que tivesse deixado passar. Marullo não dava recompensas por coisas passadas; subornava para coisas que ainda estavam por acontecer. Não se interessava por mim, exceto em relação ao que eu podia fazer por ele. Voltei às instruções que me deu a respeito dos negócios e à conversa a respeito da Sicília. Em algum ponto, ele perdera suas certezas. De certo modo, queria algo de mim ou precisava de alguma coisa. Tinha um jeito de descobrir. Se eu pedisse alguma coisa que ele normalmente recusaria e conseguisse, então eu saberia que ele estava mesmo desequilibrado e profundamente perturbado. Deixei Marullo de lado e voltei a Margie. Margie... isso já dá uma ideia sobre sua idade. "Margie, eu sempre sonho com você, Margie. Eu daria o mundo para..."

Repassei as cenas com Margie em meio aos pontos flutuantes no teto, tentando encontrar mais coisas do que de fato existiam. Durante muito tempo, talvez uns dois anos, existiu uma sra. Young-Hunt que era amiga da minha mulher, parte das conversas que eu não escutei. Então, de repente, apareceu Margie Young-Hunt, e depois Margie. Ela deve ter aparecido no mercado antes da Sexta-Feira Santa, mas eu não conseguia me lembrar. Naquele dia, foi como se ela tivesse se anunciado. Antes disso, é possível que ela não me enxergasse mais do que eu a enxergava. Mas, desde aquele momento, ela se tornara presente... uma agitadora. O que ela queria? Será que era a simples maldade de uma mulher que não tem muita coisa para fazer? Ou será que estava tramando alguma coisa? Para mim, parecia que ela tinha se anunciado: tinha feito com que eu tomasse consciência dela e que tomasse cuidado com ela. Parecia que tinha começado a segunda leitura de cartas de bom grado, com a intenção de fazer a performance de sempre, refinada e profissional. Então aconteceu alguma coisa, algo que desmontou tudo. Mary não tinha dito nada para deixá-la tensa, nem eu. Será que ela tinha mesmo tido a visão da cobra? Aquela seria a explicação mais simples e provavelmente a verdadeira. Talvez ela fosse mesmo intuitiva, capaz de bisbilhotar na mente dos outros. O fato de ter me pegado no meio de uma metamorfose me deixava inclinado a acreditar, mas pode ter sido um acidente. Mas o que a teria feito sair correndo para Montauk, se não tinha intenção de ir até lá: juntar-se ao representante de vendas, abrir o bico para Marullo? De algum modo, eu não achava que ela tinha dito coisas que não pretendia dizer. Em algum lugar das estantes do sótão havia um relato da vida de... seria Bering? Não, Baranov, Alexander Baranov, o governante russo por volta de 1800. Talvez ali houvesse alguma referência ao Alasca como prisão para bruxas. Também era improvável que aquela história fosse inventada. Preciso conferir. Achei que talvez fosse capaz de me esgueirar até lá naquele mesmo instante, sem acordar Mary.

Então ouvi um rangido nos degraus da velha escada de carvalho, depois mais um e mais outro, de modo que percebi que não era a casa se ajustando a uma mudança de temperatura. Devia ser Ellen andando enquanto dormia.

Claro que eu amo a minha filha, mas às vezes ela me assusta porque parece ter nascido inteligente, ciumenta e amável ao mesmo tempo. Sempre sentia ciúme do irmão e com frequência eu achava que também sentia ciúme de mim. Parecia, para mim, que sua preocupação com o sexo começara muito cedo. Talvez os pais sempre se sintam assim. Quando era bem pequena, seu interesse desinibido pela genitália masculina era embaraçoso. Então ela entrou no sigilo das mudanças. Não havia nada daquela inocência angelical das meninas retratada pelas revistas. A casa fervia de nervosismo, as paredes vibravam de constrangimento. Li que, na Idade Média, achava-se que as meninas na puberdade estavam suscetíveis à bruxaria, e não tenho muita certeza se não é verdade. Durante um período, vivemos com o que chamávamos, de brincadeira, de *poltergeist*. Quadros caíam das paredes, louça espatifava-se no chão. Ouvíamos pancadas no sótão e passos no porão. Não sei o que causava aquilo, mas me interessei pelo assunto o suficiente para ficar de olho em Ellen, em suas idas e vindas secretas. Era como um gato da noite. Fiquei satisfeito ao constatar que ela não era responsável pelas quedas nem pelos barulhos, mas também descobri que nunca aconteciam quando ela não estava em casa. Podia estar sentada olhando para o nada quando o *poltergeist* aparecia, mas estava sempre lá. Quando criança, lembro-me de alguém dizer que a antiga casa dos Hawley tinha sido assombrada, havia muito tempo, pelo fantasma de um dos ancestrais piratas-puritanos, mas de acordo com os relatos era um fantasma decente, que caminhava, perambulava e gemia como um fantasma deve fazer. As escadas rangiam sob seu peso invisível e ele batia na parede quando havia uma morte iminente, tudo bem adequado e de bom gosto. O *poltergeist* era algo bem diferente: malicioso, maligno, maldoso e vingativo. Nunca quebrou nada de valor. Então, foi embora. Nunca acreditei realmente nele. Era uma piada em família, mas tinha estado lá e quebrara quadros e espatifara louça.

Quando ele foi embora, Ellen começou a caminhar enquanto dormia, como estava fazendo agora. Dava para ouvir seus passos lentos porém certeiros descendo as escadas. E, naquele mesmo instante, minha Mary suspirou bem fundo e resmungou ao meu lado. E uma brisa se ergueu e balançou a sombra dos galhos cobertos de brotos no teto.

Deslizei para fora da cama em silêncio e vesti meu roupão porque, assim como todo mundo, eu também acho que os sonâmbulos não devem ser acordados com um susto.

Falando assim, parece que eu não gostava da minha filha, mas eu gosto. Eu a amo, mas tenho um certo medo dela, porque não a compreendo.

Quando se usa a ponta da nossa escada, bem perto da parede, ela não range. Descobri isso quando um gato vadio entrou na nossa casa, vindo das cercas do fundo da cidade. Ainda uso essa informação quando não quero perturbar Mary. Foi o que fiz: desci a escada em silêncio, passando os dedos pela parede para me guiar. Uma sub iluminação fraca e rendada entrava pelo lado onde ficava o poste de iluminação da rua e dissipava a semiescuridão para longe da janela. Mas enxerguei Ellen. Ela parecia ter uma espécie de brilho, talvez por causa da camisola branca. O rosto estava na sombra, mas os braços e as mãos pegavam luz. Estava parada na frente da cristaleira, onde guardamos os tesouros de família sem valor, os entalhes de baleias jubarte e de barcos completos com remos e ferragens e tripulação, o arpão parecido com um dente na proa (tudo entalhado em osso de baleia) e as presas curvadas de morsa; um pequeno modelo do *Belle-Adair*, brilhante de verniz, as velas içadas e o cordame amarronzados e empoeirados. Havia peças de *chinoiserie* que os antigos capitães trouxeram do Oriente depois de acabar com todas as baleias jubarte da região da China, peças descombinadas, ébano e marfim, deuses risonhos e sérios, budas serenos e sujos, rosas entalhadas em quartzo cor-de-rosa e em pedra-sabão e em jade (sim, algumas peças de fino jade) e xícaras delicadas, translúcidas e adoráveis. Algumas daquelas coisas podiam ter valor (como os pequenos cavalos sem forma que, mesmo assim, tinham vida), mas se eram valiosas era por acaso, tinha que ser. Como é que aqueles marinheiros, matadores de baleias, distinguiriam o bom do ruim... ou poderiam distinguir? Será que distinguiam?

A cristaleira sempre tinha sido o local sagrado dos *parenti* para mim: máscaras romanas dos ancestrais, ou os lares e os penates, até uma pedra caída da lua. Tínhamos até uma raiz de mandrágora: um homenzinho perfeito brotado do esperma ejetado depois da morte por um homem enforcado; também tínhamos uma sereia de verdade, já bem surrada, mas feita de modo muito inteligente, costurando-se a parte de cima de um macaco e a parte de trás de um peixe. Tinha encolhido com os anos e a costura aparecia, mas os dentinhos continuavam mostrando um sorriso feroz.

Presumo que cada família tenha seu objeto mágico, uma coisa de continuidade que inflame e reconforte e inspire uma geração após a outra. O nosso era (como posso explicar?) uma espécie de esfera de pedra translúcida, talvez quartzo ou jadeíta ou até pedra-sabão. Era arredondado, com dez centímetros de diâmetro e três centímetros na ponta circular. E, entalhada em sua superfície, havia uma figura infinita e entremeada que parecia se mover e, no entanto, não chegava a lugar nenhum. Era viva, mas não tinha cabeça nem rabo nem começo nem fim. A pedra lustrosa não era escorregadia ao toque, mas levemente porosa, como a pele, e era sempre quente ao toque. Dava para ver o seu interior, mas não dava para enxergar através dela. Acho que algum marinheiro antigo com o meu sangue a trouxera da China. Era mágica: boa de ver, de pegar, de esfregar na bochecha ou de acariciar com os dedos. Aquele objeto estranho e mágico vivia dentro da cristaleira. Quando criança, mocinho e homem, eu tinha permissão para tocá-la e manuseá-la, mas jamais levá-la para longe dali. E sua cor e suas voltas e sua textura se transformavam junto com as minhas necessidades. Certa vez, supus que era um seio; para mim, menino, transformou-se em um *yoni**, inflamado e dolorido. Talvez posteriormente tenha evoluído para um cérebro ou até um enigma, aquela coisa sem cabeça, infinita, móvel: a questão que é completa, encerrada em si mesma, sem necessitar de resposta para destruí-la, sem começo nem fim nem limite.

A cristaleira tinha tranca de latão da época colonial e chave quadrada de latão, sempre na fechadura.

Minha filha adormecida estava com a pedra mágica nas mãos, acariciando-a com os dedos, como se estivesse viva. Apertou-a contra o peito ainda não formado, acomodou-a na bochecha, abaixo da orelha, agradou-a com o nariz como se fosse um cachorrinho, enquanto entoava uma canção como um sussurro de prazer e saudade. Havia destruição nela. No começo, fiquei com medo que ela quisesse esmigalhá-la ou escondê-la, mas então vi que era mãe, amante e filho em suas mãos.

Fiquei pensando como poderia acordá-la sem assustar. Mas por que acordar os sonâmbulos? Será por medo que eles se machuquem? Nunca ouvi falar de ferimentos nesse estado, a não ser no momento em que acordam. Por que eu deveria interferir? Aquele não era um pesadelo cheio de dor ou medo,

---

* Símbolo religioso de diversas seitas do hinduísmo que representa o órgão sexual feminino e seu poder reprodutor. (N.E.)

mas sim de prazer e associação além da compreensão consciente. Que direito eu tinha de estragar aquilo? Afastei-me em silêncio e me sentei na minha grande poltrona para esperar.

A sala mal iluminada parecia estar repleta de partículas de luz brilhantes que se moviam e rodopiavam como nuvens de mosquitos. Acho que não estavam lá de verdade, eram apenas vislumbres de cansaço nadando no líquido dos meus olhos, mas eram muito convincentes. E o brilho que emanava da minha filha Ellen parecia real, não apenas do branco de sua camisola, mas também de sua pele. Dava para ver o rosto dela, e aquilo não devia ser possível naquela sala escura. Para mim, não parecia o rosto de uma menininha, de jeito nenhum; também não era velho, mas era maduro e completamente formado. Os lábios estavam apertados, o que geralmente não acontece.

Depois de um tempo, Ellen colocou o talismã com firmeza e precisão de volta ao lugar e fechou a porta da cristaleira e virou a chave, para que permanecesse fechada. Então deu meia-volta, passou pela minha poltrona e subiu as escadas. Duas coisas que posso ter imaginado: um, ela não caminhava como uma criança, mas como uma mulher satisfeita; e, dois, à medida que foi se afastando, a luminescência a abandonou. Essas podem ter sido impressões, truques da minha mente, mas a terceira coisa não é. Quando ela subiu a escada, a madeira não estalou. Devia estar andando perto da parede, onde as tábuas não reclamam.

Depois de alguns instantes, segui-a e a encontrei na cama, dormindo e bem coberta. Respirava pela boca e seu rosto era o de uma criança adormecida.

De maneira compulsiva, voltei a descer as escadas e abri a cristaleira. Peguei a pedra nas mãos. Estava quente por causa do corpo de Ellen. Como tinha feito na infância, tracei a forma fluida e infinita com a ponta do indicador e me reconfortei. Senti-me próximo de Ellen por causa disso.

Fico imaginando: será que a pedra de algum modo a trouxe para perto de mim... para os Hawley?

9

Na segunda-feira, a primavera traiçoeira recuou e deu lugar ao retorno do inverno com uma chuva fria e um vento forte e áspero que despedaçou as folhinhas tenras das árvores confiantes demais. Os pardais ousados e concupiscentes nos gramados, cheios de más intenções, eram jogados para todos os lados como trapos, desviados de seu trajeto e de seu alvo, e piavam irados contra o clima inconstante.

Cumprimentei o sr. Red Baker em seu passeio, a cauda soprada para o lado como uma bandeira de batalha. Era um velho conhecido, apertando os olhos contra a chuva. Eu disse:

– A partir de agora, você e eu podemos ser amigos na aparência, mas acredito que seja adequado informá-lo de que nosso sorriso esconde uma disputa selvagem, um conflito de interesses.

Eu poderia ter dito mais, mas ele estava com pressa de terminar suas tarefas e ir se abrigar.

Morph foi pontual. Vai ver que estava à minha espera (provavelmente estava).

– Que dia dos diabos – disse, e sua capa de chuva de seda encerada esvoaçou e fez volume em volta de suas pernas. – Ouvi dizer que você teve um encontro social com o meu chefe.

– Eu precisava de alguns conselhos. Ele também me deu chá.

– É o que ele faz.

– Você sabe como são os conselhos. A gente só aceita quando estão de acordo com o que faríamos de qualquer maneira.

– Parece que é investimento.

– A minha Mary quer comprar móveis novos. Quando uma mulher quer algo, ela primeiro o disfarça de um bom investimento.

– E não são só as mulheres – respondeu Morph. – Eu mesmo faço isso.

– Bom, o dinheiro é dela. Ela quer sair por aí em busca de pechinchas.

Na esquina da High Street, vimos uma placa de lata se soltar da loja de brinquedos Rapp e sair deslizando e fazendo muito barulho, como um acidente automobilístico.

– Me diga uma coisa, ouvi falar que o seu patrão vai viajar para a Itália.

– Não sei. Para mim, parece estranho ele nunca ter ido. Essas famílias costumam ser muito chegadas.

– Tem tempo para um café?

– Preciso varrer a calçada. Esta deve ser uma manhã de muito movimento, depois do feriado.

– Ah, vamos lá! Pense grande. O amigo pessoal do sr. Baker pode se dar ao luxo de tomar um café.

Ele não falou com má intenção, como parece assim, escrito no papel. Ele era capaz de fazer qualquer coisa soar inocente e bem intencionada.

Em todos os anos, nunca tinha entrado no Foremaster Grill para tomar um café da manhã, e provavelmente era o único homem da cidade que nunca o fizera. Era um costume, um hábito e um clube. Sentamo-nos em banquetas no balcão e a srta. Lynch, que estudou comigo, serviu café para nós sem derramar nada no pires. Havia um potinho bem pequeno de creme apoiado na xícara, e ela lançou dois cubos de açúcar embalados em papel como se fossem dados, de modo que Morph exclamou:

– Olhos de cobra.

A srta. Lynch... srta. Lynch. O "senhorita" já fazia parte do nome dela, e parte dela mesma. Acho que ela nunca mais será capaz de extirpá-lo. O nariz dela fica mais vermelho a cada ano, mas é sinusite, não bebida.

– Bom dia, Ethan – ela disse. – Está comemorando alguma coisa?

– Ele me arrastou para cá – respondi, e então, como que fazendo um exercício de simpatia, acrescentei: – Annie.

A cabeça dela se voltou como se tivesse ouvido um tiro e então, quando absorveu a ideia, sorriu e, sabe o quê? Ficou com a mesma cara que tinha na quarta série, o nariz vermelho e tudo.

– É bom vê-lo, Ethan – ela disse e assoou o nariz com um guardanapo de papel.

– Quando ouvi, fiquei surpreso – Morph disse. Puxou o papel do cubo de açúcar. Tinha as unhas feitas. – A gente tem alguma ideia, então ela se fixa e a gente fica achando que é verdade. Levamos um susto quando descobrimos que não é.

– Não sei do que você está falando.

– Acho que eu também não sei. Estas embalagens são uma desgraça. Não sei por que simplesmente não os colocam soltos em uma tigela.

– Talvez porque aí as pessoas vão usar mais.

– Acho que sim. Conheci um sujeito que ficou um tempo comendo só açúcar. Ele ia ao Automat. Pagava dez centavos por uma xícara de café, bebia metade, enchia de açúcar. Pelo menos não morreu de fome.

Como sempre, fiquei imaginando se o sujeito não seria o próprio Morph: um homem estranho, durão, sem idade e com as unhas feitas. Acho que ele era um homem bastante educado, mas só por causa de sua maneira de agir e de seu modo de pensar. Sua erudição se escondia em um dialeto de palavras de baixo calão, a linguagem dos iletrados inteligentes, duros e exibidos.

– É por isso que você usa um torrão de açúcar? – perguntei.

Ele sorriu.

– Cada um tem a sua teoria – ele respondeu. – Por mais errado que um sujeito esteja, ele vai ter uma teoria para explicar por que está errado. Uma teoria é capaz de conduzir a gente por um belo jardim, porque você a segue apesar das placas que indicam a estrada. Acho que foi isso que me enganou a respeito do seu patrão.

Fazia muito tempo que eu não tomava café fora de casa. Não estava muito bom. Não tinha o menor gosto de café, mas estava quente, e derramei um pouco na camisa, por isso também sei que era marrom.

– Acho que não sei do que você está falando.

– Estou tentando descobrir de onde eu tirei esta ideia. Acho que é porque ele diz que está aqui há quarenta anos. Trinta e cinco ou trinta e sete anos, tudo bem, mas não quarenta.

– Acho que eu não sou muito esperto.

– Isso daria em 1920. Você ainda não entendeu? Bom, em um banco, é preciso avaliar as pessoas com rapidez, para checar se não são desonestas. Logo estabelecemos um conjunto de regras. Nem pensamos mais no assunto. As coisas simplesmente se encaixam... e podemos estar errados. Talvez ele tenha chegado em 1920. Posso estar enganado.

Terminei o café.

– Hora de varrer – eu disse.

– Você também me engana – Morph disse. – Se fizesse perguntas, eu seria difícil de pegar. Mas não faz, então eu é que preciso dizer as coisas. A primeira lei de imigração de emergência foi em 1921.

– E?

– Em 1920 ele poderia ter entrado. Em 1921, provavelmente não poderia.

– E?

– Então, bom, o que o meu cérebro astuto diz é que ele chegou depois de 1921, pela porta dos fundos. Então, ele não pode voltar para casa porque não tem passaporte para viajar.

– Meu Deus, ainda bem que não sou banqueiro.

– Você provavelmente seria melhor do que eu. Eu falo demais. Se ele voltar, estou mesmo enganado. Espere... também vou indo. O café é por minha conta.

– Tchau, Annie – eu disse.

– Volte sempre, Ethan. Você nunca vem aqui.

– Voltarei.

Quando atravessamos a rua, Morph disse:

– Não diga a vossa eminência carcamana que eu mencionei o fato de ele ser isca de deportação, certo?

– Por que diria?

– Por que eu disse? O que tem naquela caixa grande ali?

– Um chapéu de Cavaleiro Templário. A pena está amarelada. Vou ver se dá para alvejar.

– Você pertence a essa ordem?

– É de família. Somos maçons desde antes de George Washington ser Grão-Mestre.

– Ele foi? O sr. Baker também é membro?

– Também é coisa da família dele.

Àquela altura já estávamos no beco. Morph tirou do bolso a chave da porta dos fundos do banco.

– Talvez seja por isso que o cofre é aberto como se fosse uma reunião de entidade secreta. Poderíamos até segurar velas. É meio sagrado.

– Morph – eu disse –, você está dizendo muita besteira nesta manhã. A Páscoa não serviu absolutamente para purificá-lo.

– Vou saber daqui a oito dias – ele respondeu. – Não, estou falando sério. Quando batem nove em ponto, ficamos descobertos na frente do mais sagrado dos altares. Então o cadeado com temporizador se abre e o padre Baker se ajoelha e abre o cofre e todos fazemos uma mesura ao Grande Deus da Moeda.

– Você é louco, Morph.

– Talvez seja. Maldita fechadura velha. Dá para abrir com um picador de gelo, mas não com a chave. – Sacudiu a chave e chutou a porta até que ela finalmente se escancarou. Tirou um lenço de papel Kleenex do bolso e enfiou na parte onde a mola da fechadura se encaixa.

Peguei-me prestes a perguntar se aquilo não era perigoso.

Ele respondeu sem que eu colocasse a questão.

– Esta porcaria não tranca quando está aberta. Claro que Baker checa para ver se está trancada quando abre o cofre. Não entregue as minhas suspeitas sujas a Marullo, certo? Ele tem muita liquidez.

– Certo, Morph – respondi e me virei para a minha porta, do meu lado do beco; olhei em volta em busca do gato que sempre tentava entrar, mas ele não estava por lá.

Do lado de dentro, o mercado parecia diferente e novo para mim. Vi coisas que nunca tinha enxergado antes e não vi outras que me preocupavam e me irritavam. E por que não? Olhe para um mundo com novos olhos ou simplesmente novas lentes e pronto: um novo mundo.

A válvula quebrada da privada com vazamento assobiava baixinho. Marullo não comprava uma válvula nova porque não existia conta de água e quem é que ia ligar para aquilo? Fui para a parte da frente do mercado e tirei um peso de duas libras da balança antiquada. No banheiro, pendurei o peso na corrente presa ao puxador de carvalho. A descarga disparou. Voltei para a frente do mercado para escutar e fiquei ouvindo as borbulhas lavando a privada. É um som que não dá para confundir com nada mais. Então devolvi o peso ao seu lugar na balança e assumi meu lugar no púlpito atrás do balcão. Minha congregação nas prateleiras estava lá esperando. Pobres demônios, não tinham como escapar. Reparei especialmente na máscara de Mickey Mouse sorrindo de sua caixa na ala dos mantimentos para café da manhã. Aquilo me lembrou da promessa que fizera a Allen. Encontrei a garra extensora para pegar coisas das prateleiras mais altas, desci uma caixa e a coloquei embaixo do meu casaco no depósito. Quando retornei ao meu púlpito, o próximo Mickey Mouse da fila estava sorrindo para mim.

Coloquei a mão atrás dos enlatados e peguei o saquinho de linho cinzento com troco para a caixa registradora; então me lembrei de uma coisa e estiquei mais a mão, até encontrar o antigo revólver calibre 38 pegajoso que estava lá desde que eu era capaz de me lembrar. Era um Iver Johnson prateado, com a maior parte da prata descascada. Abri a arma e vi os cartuchos verdes de mofo. O cilindro estava tão besuntado de graxa antiga que rodava com dificuldade. Coloquei a peça indecorosa e provavelmente perigosa na gaveta embaixo da caixa registradora, peguei um avental limpo e amarrei na cintura, dobrando a parte de cima com cuidado para esconder as amarras.

Será que há alguém que nunca refletiu a respeito das decisões, dos atos e das campanhas dos poderosos do mundo? Será que nascem do raciocínio e são ditados pela virtude ou será que alguns deles são produto de acidentes, de devaneios, de imaginação, das histórias que contamos a nós mesmos? Eu sei exatamente quanto tempo fazia que eu vinha brincando de imaginar porque sei que começou com as regras de Morph para um assalto a banco bem-sucedido. Tinha repassado as palavras dele com aquele prazer infantil que os adultos geralmente não admitem desfrutar. Era um joguinho que se desenrolava paralelamente à vida no mercado e tudo que acontecia por acaso parecia se encaixar ao jogo. A privada vazando, a máscara de Mickey Mouse que Allen queria, o relato a respeito da abertura do cofre. Novas curvas e ângulos se encaixaram, o Kleenex enfiado na fechadura da porta no beco. Pouco a pouco o jogo foi crescendo, mas inteiramente na mente até aquela manhã. Colocar o peso na corrente da descarga tinha sido a primeira contribuição física que eu fizera ao balé mental. Pegar a antiga pistola fora a segunda. E então comecei a calcular o tempo. O jogo estava ficando mais preciso.

Ainda carrego o antigo cebolão de prata Hamilton do meu pai, com seus ponteiros grossos e os números grandes e pretos, um relógio fantástico para ver as horas, sem contar sua beleza. Naquela manhã, eu o coloquei no bolso da camisa antes de começar a varrer o mercado. E conferi as horas para que às cinco para as nove já estivesse com as portas da frente abertas, dando as primeiras vassouradas deliberadas na calçada. É surpreendente a quantidade de sujeira que se acumula durante o fim de semana e, combinada à chuva, a sujeira tinha se transformado em uma pasta.

Mas que instrumento de precisão maravilhoso é o nosso banco: igual ao relógio de bolso do meu pai. Às cinco para as nove, o sr. Baker veio caminhando pelo vento, da Elm Street. Harry Robbit e Edith Alden deviam estar observando. Saíram do Foremaster Grill e se juntaram a ele no meio da rua.

– Bom dia, sr. Baker – chamei. – Bom dia, Edith. Bom dia, Harry.

– Bom dia, Ethan. Você vai precisar de uma mangueira para isso aí! – entraram no banco.

Apoiei-me na minha vassoura na entrada do mercado, peguei o peso da balança, fui para trás da caixa registradora, abri a gaveta e repassei uma pantomima rápida porém deliberada. Fui até o depósito, pendurei o peso na corrente da descarga. Prendi a barra do avental na faixa da cintura, vesti minha capa de chuva, aproximei-me da porta dos fundos e abri uma fresta. Quando o ponteiro preto dos minutos do meu relógio chegou ao doze, a sirene dos bombeiros começou a soar. Contei oito passos até o outro lado do beco e depois, na minha mente, mais vinte passos. Mexi a mão, mas não os lábios; deixei passar dez segundos, mexi a mão de novo. Tudo isso vi na imaginação: contei enquanto minha mão fazia certos movimentos; vinte passos, rápidos porém deliberados, tirei a capa de chuva, abaixei o avental, entrei no banheiro, tirei o peso da corrente e parei a descarga, voltei para trás do balcão, abri a gaveta, abri a caixa do chapéu e a fechei, voltei para a entrada, peguei minha vassoura e olhei para o relógio. Eram nove horas e dois minutos e meio; muito bom, mas com um pouco de treino poderia ser feito em menos de dois minutos.

Só tinha varrido metade da calçada quando Stoney, o delegado-chefe, saiu do Foremaster Grill.

— Bom dia, Eth. Preciso rapidamente de duzentos gramas de manteiga, meio quilo de bacon, uma garrafa de leite e uma dúzia de ovos. Minha mulher ficou sem nada.

— Claro, delegado. Como vão as coisas? — juntei o que ele queria e abri um saco.

— Tudo certo — ele respondeu. — Passei aqui há um minuto, mas vi que você estava no banheiro.

— Vai demorar uma semana até eu me recuperar de todos aqueles ovos cozidos.

— É verdade — disse Stoney. — Quando a gente precisa ir em frente, tem que ir em frente.

Então estava tudo bem.

E quando estava pronto para sair, disse:

— O que aconteceu com o seu amigo, Danny Taylor?

— Não sei... ele aprontou alguma?

– Não, estava com boa aparência, bem limpo. Eu estava dentro da viatura. Ele pediu para que eu fosse testemunha da assinatura dele.

– Para quê?

– Não sei. Estava com uns documentos, mas todos virados para eu não ver.

– Dois papéis?

– É, dois. Assinou duas vezes e eu testemunhei duas vezes.

– Estava sóbrio?

– Parecia que sim. Tinha cortado o cabelo e estava de gravata.

– Eu bem que gostaria de acreditar, delegado.

– Eu também. Coitado. Acho que eles nunca deixam de tentar. Preciso ir para casa. – E saiu apressado. A mulher de Stoney é vinte anos mais nova do que ele. Voltei e esfreguei as maiores manchas de sujeira da calçada.

Senti-me péssimo. Talvez a primeira vez seja sempre difícil.

Eu estava certo a respeito da clientela pesada. Parecia que todo mundo na cidade tinha ficado sem nada. E como nossas entregas de frutas e legumes só seriam feitas por volta do meio-dia, não havia muito o que comprar. Mas, mesmo com o pouco que tínhamos, os clientes me fizeram ficar correndo de um lado para o outro.

Marullo chegou por volta das dez horas e, surpreendentemente, ajudou-me um pouco, pesando e embalando e cobrando na caixa registradora. Fazia muito tempo que não ajudava no mercado. Geralmente, só entrava, olhava e saía; como um senhorio ausente. Mas, naquela manhã, ajudou a abrir os caixotes e as caixas de mercadorias novas que chegaram. Parecia que estava se sentindo pouco à vontade e que ficava me estudando quando eu não estava olhando. Não tivemos tempo para conversar, mas eu pude sentir seus olhos em cima de mim. Achei que aquilo devia ser por ele ter ficado sabendo que eu recusara o suborno. Talvez Morph estivesse certo. Existe um certo tipo de homem que, quando

ouve dizer que você foi honesto, investiga para descobrir qual foi a desonestidade que propiciou aquilo. A atitude de o-que-
-ele-está-ganhando-com-isso deve ser especialmente forte em homens que jogam a vida como uma mão de pôquer. A ideia me deu uma certa vontade de rir, mas foi tão profunda que nem fez subir uma única bolha à superfície.

Mary apareceu por volta das onze, reluzente dentro de um vestido novo de algodão estampado. Estava linda e feliz e um pouco sem fôlego, como se tivesse feito alguma coisa agradável mas perigosa: e tinha feito mesmo. Entregou-me um envelope de papel pardo.

— Achei que você queria isto – ela disse. Sorriu para Marullo daquele jeito de passarinho esperto que sorri quando não gosta de alguém. E ela não gostava de Marullo nem confiava nele, nunca tinha gostado nem confiado. Sempre atribuo isso ao fato de que as mulheres nunca gostam do patrão ou da secretária do marido.

Respondi:

— Obrigado, querida. Você é muito amável. Sinto muito, mas não posso levá-la para dar um passeio de barco pelo Nilo agora.

— Você *está* ocupado – ela disse.

— Bom, você não ficou sem nada em casa?

— Fiquei sim, com certeza. Olhe aqui, fiz uma lista. Você leva estas coisas para casa hoje à noite? Sei que agora você está atrapalhado para separá-las.

— Mas não tem ovo cozido...

— Não querido, só daqui a um ano.

— Aqueles coelhinhos da Páscoa com certeza estiveram bem ocupados.

— Margie nos convidou para jantar no Foremaster hoje à noite. Ela diz que nunca tem oportunidade de nos receber.

— Tudo bem – respondi.

— Ela diz que a casa dela é pequena demais.

— É?

— Estou atrapalhando o seu serviço – ela disse.

Os olhos de Marullo estavam sobre o envelope pardo na minha mão. Coloquei por baixo do avental e enfiei no bolso. Ele sabia que era um envelope de banco. E dava para sentir a mente dele farejando como um cão terrier atrás de ratazanas em um lixão urbano.

Mary disse:

– Não tive oportunidade de agradecer pelos doces, sr. Marullo. As crianças adoraram.

– Só quis desejar uma boa Páscoa – ele respondeu. – A senhora está vestida como se fosse primavera.

– Ah, muito obrigada. Além disso, eu me molhei. Achei que já tinha parado de chover, mas a chuva voltou.

– Leve a minha capa de chuva, Mary.

– De jeito nenhum. É só uma garoa. Pode voltar para os seus clientes.

O ritmo piorou. O sr. Baker deu uma espiada lá dentro, viu a fila de gente esperando e foi embora.

– Volto mais tarde – avisou.

E o pessoal continuou a chegar até o meio-dia e então, como geralmente acontece, cessou todo o movimento. As pessoas estavam almoçando. O trânsito na rua desapareceu. Pela primeira vez desde o início da manhã, não tinha alguém querendo alguma coisa. Tomei mais leite da caixa que abrira. Tudo que eu pego do mercado precisa ser marcado e descontado do meu salário. Marullo vende tudo para mim pelo preço de atacado. Faz muita diferença. Acho que, se ele não fizesse isso, não seria possível a família sobreviver com o meu salário.

Ele se recostou no balcão, cruzou os braços e isso doeu, então enfiou as mãos nos bolsos até que essa posição também começou a doer.

Eu disse:

– Fico muito grato por ter me ajudado hoje. Nunca vi tanto movimento. Mas acho que as pessoas não podem viver só de sobras de salada de batata.

– Você trabalha bem, rapaz.

– Eu apenas faço o meu trabalho.

– Não, eles voltam. Eles gostam de você.

– Só estão acostumados comigo. Estou aqui desde sempre. – E então experimentei uma sondagem bem de leve. – Aposto que está ansioso para ver aquele sol quente da Sicília. Eu estive lá durante a guerra.

Marullo desviou o olhar.

– Ainda não decidi nada.

– Por que não?

– Bom, faz tanto tempo que eu fui embora... quarenta anos. Não conheço ninguém lá.

– Mas tem parentes.

– Eles também não me conhecem.

– Eu bem que gostaria de tirar férias na Itália... sem rifle nem mochila. Mas quarenta anos é mesmo muito tempo. Em que ano você veio para cá?

– Em 1920... faz muito tempo.

Parecia que Morph tinha acertado em cheio. Talvez banqueiros e policiais e agentes alfandegários tenham um instinto. Então uma outra sondagem, talvez um pouco mais profunda, me veio à mente. Abri a gaveta e peguei o velho revólver e joguei em cima do balcão. Marullo colocou as mãos para trás.

– O que é isso, rapaz?

– Achei que você devia arrumar uma licença, caso não tenha. A lei de porte de arma é bem severa.

– De onde você tirou isso?

– Sempre esteve aqui.

– Nunca vi. Não é meu. É seu.

– Não é meu. Eu também nunca tinha visto. Tem que ser de alguém. Já que está aqui mesmo, você não acha melhor pedir uma licença? Tem certeza de que não é seu?

– Estou dizendo que nunca vi antes. Não gosto de armas.

– Que engraçado. Achei que os mafiosos adorassem armas.

– Como assim, mafioso? Está dizendo que eu sou da Máfia?

Fiz uma grande piada inocente àquele respeito.

– Ouvi dizer que todos os sicilianos são da Máfia.

– Mas que loucura. Eu nem conheço nenhum mafioso. Joguei o revólver na gaveta.

– Vivendo e aprendendo! – disse. – Bom eu com certeza não quero isso. Talvez seja melhor entregar para Stoney. Vou dizer que simplesmente achei atrás de umas coisas, porque foi exatamente o que aconteceu.

– Faça isso mesmo – respondeu Marullo. – Nunca vi isso na vida. Não quero. Não é meu.

– Certo – eu afirmei. – Vai embora.

São necessários vários documentos para conseguir o porte de arma... quase tantos quanto os exigidos para tirar um passaporte.

Meu patrão ficou com a pulga atrás da orelha. Talvez coisinhas demais tivessem acontecido em um espaço muito curto de tempo.

A srta. Elgar, idosa, a princesa real de New Baytown, entrou apressada, com uma roupa vistosa. Entre a srta. Elgar e o mundo havia duas lâminas de vidro temperado, e ela ficava no meio. Negociou uma dúzia de ovos. Por ter me conhecido quando garotinho, nunca me enxergou como algo diferente disso. Deu para perceber que ela ficou surpresa e grata de ver que eu sabia fazer troco.

– Muito obrigada, Ethan – ela disse. Seus olhos deslizaram para o moedor de café e para Marullo e deram atenção igual aos dois. – Como vai seu pai, Ethan?

– Muito bem, srta. Elgar – respondi.

– Diga que mandei lembranças, meu bom garoto.

– Claro que sim, senhora. Com toda certeza, senhora. – Eu é que não ia ajustar a noção de tempo dela. Dizem que ela continua dando corda no relógio da sala todo sábado, apesar de ele ter sido trocado por um relógio elétrico há anos. Não seria ruim viver daquele jeito, suspenso no tempo... nada mau mesmo, uma tarde infinita deste momento. Acenou gravemente com a cabeça para o moedor de café antes de ir embora.

– Está bem louca da cabeça – Marullo disse e fez sinal de apertar um parafuso na têmpora.

– Ninguém muda. Ninguém se magoa.

– O seu pai está morto. Por que você não diz a ela que ele morreu?

– Se ela acreditasse em mim, logo ia esquecer. Sempre pergunta por ele. Não faz muito tempo que parou de perguntar pelo meu avô. Era amiga dele, dizem, aquele bode velho.

– Está louca da cabeça – Marullo observou. Mas, por alguma razão relacionada à maneira pouco usual da srta. Elgar encarar o tempo, ele tinha conseguido se controlar. É difícil saber o quão simples ou complicado um homem é. Quando a gente tem muita certeza, geralmente está errado. Acho que, por hábito e prática, Marullo tinha reduzido as maneiras de tratar com outros homens a três: ordem, elogio e compra. E as três devem estar funcionando bem o suficiente para ele se fiar nelas. Em algum ponto de seu relacionamento comigo, ele perdeu o controle sobre a primeira.

– Você é um bom rapaz – ele disse. – E também é um bom amigo.

– O velho Capitão, o meu avô, costumava dizer: "Se você quer manter um amigo, nunca o coloque à prova".

– É um conselho inteligente.

– Ele era inteligente.

– Durante todo o domingo eu fiquei pensando, rapaz... até na igreja fiquei pensando.

Eu sabia que ele estava preocupado com o rebote, pelo menos achei que estava, então me apressei para fazê-lo economizar tempo.

– Naquele belo presente, hein?

– É. – Ele olhou para mim com admiração. – Você também é inteligente.

– Não inteligente o bastante para trabalhar para mim mesmo.

– Faz quanto tempo que você está aqui? Doze anos?

– É isso mesmo... tempo demais. Já está na hora de mudar, não acha?

– E você nunca levou para casa o troco miúdo, e nunca levou nada para casa sem anotar.

– A honestidade é básica para mim.

– Não faça piada. O que eu digo é verdade. Eu confiro. Eu sei.

– Pode colocar a medalha na minha lapela direita.

– Todo mundo rouba... alguns mais, outros menos. Mas não você. Eu sei!

– Talvez eu esteja esperando para roubar a coisa toda.

– Não faça piada. O que eu digo é verdade.

– Alfio, você tem uma joia nas mãos. Não fique polindo demais. O produto químico pode estragar o brilho.

– O que você acha de sermos sócios?

– No quê? No meu salário?

– Podemos encontrar uma maneira.

– Daí eu não ia poder roubar de você sem tirar de mim mesmo.

Ele riu, gostando daquilo.

– Você é inteligente, rapaz. Mas não rouba.

– Você não ouviu. Talvez eu esteja planejando ficar com tudo.

– Você é honesto, rapaz.

– É o que eu estou dizendo. Quando eu sou mais honesto, ninguém acredita em mim. Estou dizendo Alfio: se quiser esconder seus motivos, diga a verdade.

– Que conversa é esta?

– *Ars est celare artem.*

Ele moveu os lábios enquanto eu dizia aquilo e caiu na risada.

– Ho – exclamou. – Ho! Ho! *Hic erat demonstrandum.*

– Quer uma Coca gelada?

– Não faz bem para isto aqui! – passou as mãos pela barriga.

– Você não tem idade suficiente para estar mal do estômago, ainda não passou dos cinquenta.

– Cinquenta e dois, e tenho problema de estômago.

– Certo – respondi. – Então você veio para cá com doze anos, se foi em 1920. Acho que começam a ensinar latim cedo na Sicília.

— Eu era coroinha — respondeu.

— Eu próprio costumava carregar a cruz até o altar. Vou tomar uma Coca. Alfio — eu disse —, encontre um jeito de eu me tornar sócio e eu dou uma olhada. Mas já vou avisando: não tenho dinheiro.

— Vamos dar um jeito.

— Mas eu vou ter dinheiro.

Os olhos dele estavam no meu rosto e parecia que não conseguiam sair dali. E Marullo disse baixinho:

— *Io lo credo*.

Uma força, mas não a da glória, se ergueu dentro de mim. Abri uma Coca, coloquei na boca e olhei nos olhos de Marullo por cima da garrafa cor de âmbar.

— Você é um bom rapaz — ele disse, apertou a minha mão e foi embora, deixando o mercado para trás.

Em um impulso, gritei atrás dele:

— Como está o seu braço?

Ele se virou com ar estupefato.

— Não está mais doendo — respondeu. E continuou, repetindo para si mesmo: — não está mais doendo.

Voltou esbaforido.

— Você precisa aceitar aquele dinheiro.

— Que dinheiro?

— Os cinco por cento.

— Por quê?

— Precisa aceitar. Pode ir me comprando aos poucos, mas peça seis por cento.

— Não.

— Como assim, não, se eu estou dizendo sim?

— Não vou precisar disso, Alfio. Eu pegaria se precisasse, mas não preciso.

Ele suspirou profundamente.

A tarde não foi tão movimentada quanto a manhã, mas também não foi leve. Sempre há um momento mais calmo entre as três e as quatro, geralmente uns vinte minutos ou meia hora, não sei por quê. Então o ritmo acelera de novo, mas isso se deve às pessoas que saem do trabalho e às mulheres que tomam as últimas providências para preparar o jantar.

Durante o período calmo, o sr. Baker entrou. Esperou, observando os queijos e as linguiças na câmara refrigerada, até que o mercado ficou livre dos dois clientes que estavam lá, daquele tipo que fica pegando as coisas e devolvendo à prateleira, na esperança que algo lhe pule para os braços, implorando para ser comprado.

Afinal os fregueses foram embora.

– Ethan – ele disse. – Você sabia que Mary fez um saque de mil dólares?

– Sei sim, senhor. Ela me disse que faria.

– Você sabe para que ela quer o dinheiro?

– Claro que sim, senhor. Há meses ela tem falado disso. Sabe como são as mulheres. A mobília parece um pouco gasta, mas no minuto que resolvem comprar móveis novos, as coisas velhas se tornam impraticáveis.

– Você não acha que é uma tolice gastar agora nesse tipo de coisa? Eu lhe disse ontem que vai haver uma oportunidade.

– O dinheiro é dela, senhor.

– Eu não estava falando de jogo, Ethan. Estava falando de um investimento seguro. Acredito que, com aqueles mil, ela pode comprar os móveis dela daqui a um ano e ainda ter mais mil.

– Sr. Baker, não é muito o meu papel proibi-la de gastar o próprio dinheiro.

– Será que você não pode persuadi-la, será que não pode argumentar com ela?

– Nunca me ocorreu.

– Você parece o seu pai, Ethan. Isso parece falta de firmeza. Para que eu possa ajudá-lo a caminhar com as próprias pernas, você não pode agir sem firmeza.

– Muito bem, senhor.

– E, além do mais, ela não vai gastar por aqui. Não, vai visitar as lojas de descontos e pagar à vista. Não dá para saber o que ela vai levar para casa. Os comerciantes locais podem cobrar mais, mas estarão à disposição se ela tiver alguma reclamação. Você devia ser firme, Ethan. Tente fazer com que ela volte a depositar a quantia! Ou diga-lhe que entregue o dinheiro nas minhas mãos. Ela não vai se arrepender.

– É o dinheiro que o irmão deixou para ela, senhor.

– Eu sei disso. Tentei argumentar com ela quando fez o saque. Ela simplesmente me lançou um olhar vago... disse que queria sair para dar uma olhada por aí. Será que ela não pode dar uma olhada sem carregar mil dólares no bolso? Se ela não é, você devia ser mais cuidadoso.

– Acho que perdi a prática, sr. Baker. Não temos dinheiro nenhum desde que nos casamos.

– Bom, é melhor aprender, e aprenda rápido, senão, em pouco tempo já não vai ter mais nada. O hábito de gastar é como droga na mão de certas mulheres.

– Mary não teve oportunidade de desenvolver esse hábito, senhor.

– Bom, logo vai desenvolver. Deixe que sinta o gosto do sangue e logo vai se transformar em assassina.

– Sr. Baker, acho que o senhor não teve a intenção de dizer isso.

– Tive sim.

– Nunca existiu uma mulher mais cuidadosa com o dinheiro. Ela precisou ser.

Por alguma razão, ele tinha armado uma tempestade.

– Eu estou decepcionado é com você, Ethan. Se quiser chegar a algum lugar, precisa mandar na própria casa. Você pode deixar a compra de móveis novos para mais tarde.

– Eu posso, mas ela não pode. – Veio à minha cabeça a ideia de que talvez os banqueiros tenham visão de raio X para detectar dinheiro, que talvez conseguissem enxergar o envelope através das minhas roupas. – Vou tentar argumentar com ela, sr. Baker.

– Isso se ela já não gastou tudo. Está em casa agora?

– Disse que ia tomar um ônibus até Ridgehampton.

– Meu Deus! Lá se vão mil dólares.

– Bom, ela ainda tem algum capital.

– Não é esse o ponto. Você só pode começar se tiver dinheiro.

– Dinheiro atrai dinheiro – eu disse baixinho.

– É isso mesmo. Perca isso de vista e você já era, vai ser balconista para o resto da vida.

– Sinto muito por isso ter acontecido.

– Bom, é melhor você ditar as regras.

– As mulheres são engraçadas, senhor. Talvez a sua conversa sobre ganhar dinheiro ontem a tenha feito acreditar que era fácil.

– Bom, então você que a desautorize, porque sem ele não dá para ganhar nada.

– O senhor gostaria de tomar uma Coca gelada?

– Sim, por favor.

Ele não conseguiu beber no gargalo. Precisei abrir um pacote de copos de papel para piquenique, mas aquilo serviu para acalmá-lo um pouco. Ele resmungou, como um trovão que se afasta.

Duas senhoras negras da encruzilhada entraram e ele precisou engolir a Coca e a raiva.

– Converse com ela – disse de maneira selvagem, saiu batendo o pé e atravessou a rua para ir para casa. Fiquei me perguntando se ele estava bravo por estar desconfiado, mas achei que não. Não, acho que estava bravo porque sentiu que tinha perdido o jeito para dar ordens. A gente fica furioso com quem não aceita nossos conselhos.

As senhoras negras eram agradáveis. Há uma comunidade negra na encruzilhada, todos muito simpáticos. Não fazem muitos negócios conosco porque têm seu próprio mercado, só de vez em quando aparecem para comparar os preços e ver se sua lealdade racial não está saindo cara demais. Olharam mais os preços do que compraram, e eu compreendi por que; também eram mulheres muito bonitas, com pernas compridas, retas e esbeltas. É uma maravilha o que a falta de má nutrição na infância pode fazer com o corpo humano, ou com a alma humana, aliás.

Pouco antes de fechar, telefonei para Mary.

— Minha pombinha, vou chegar meio tarde.

— Não se esqueça de que vamos jantar com Margie no Foremaster.

— Estou lembrado.

— Quanto tempo você vai demorar?

— Dez ou quinze minutos. Quero ir até o porto para dar uma olhada em uma draga.

— Por quê?

— Estou pensando em comprá-la.

— Ah!

— Quer que eu compre um peixe?

— Bom, se você vir algum linguado bonito... Acho que é só isso que está dando agora.

— Tudo bem... estou com pressa.

— Não perca a noção do tempo. Você precisa tomar banho e se trocar. É no Foremaster, você sabe.

— Não vou demorar, minha amada, minha querida. O sr. Baker me deu a maior bronca por deixar você gastar mil dólares.

— Mas como, que bode velho!

— Mary... Mary! As paredes têm ouvidos.

— Diga a ele o que deve fazer.

— Mas ele não vai fazer nada. Além disso, acha que você é uma desmiolada.

— O quê?

— E que eu sou um frouxo, um frouxo... você sabe como eu sou.

Ela ria com seu trilado adorável, algo que faz minha alma se arrepiar de prazer.

— Venha logo para casa, querido – ela disse. – Venha logo para casa.

E isso é mesmo uma beleza para um homem qualquer! Quando desliguei, fiquei parado ao lado do telefone, todo mole e indefeso e feliz por existir tal condição. Tentei me lembrar de como eram as coisas antes de Mary e não consegui; ou como seriam sem ela, e não consegui imaginar nada a não ser uma situação emoldurada de preto. Acho que todo mundo, a certa altura, escreve o próprio epitáfio. O meu seria "Adeus, Charley".

O sol estava atrás das colinas a oeste, mas uma enorme nuvem pulverizada recolhia sua luz e a lançava sobre o porto, o quebra-mar e o oceano além dele, de modo que os picos nevados estavam cor-de-rosa. As estacas que ficam na água perto do píer municipal são feitas de troncos triplos com uma faixa de metal na parte de cima, inclinadas como postes para cortar o gelo de inverno. Em cima de cada uma delas, uma gaivota se postava imóvel, geralmente uma ave macho com veste branca imaculada e asas cinzentas limpas. Imagino se cada uma delas é dona do seu lugar e pode vendê-lo ou alugá-lo à vontade.

Alguns barcos de pesca estavam ancorados. Conheço todos os pescadores, sempre conheci, a vida toda. E Mary estava certa. Só tinham linguado. Comprei quatro bem bonitas de Joe Logan e fiquei esperando enquanto ele as cortava em filés para mim; a faca deslizava pela espinha com tanta facilidade como se estivesse cortando água. Na primavera, só existe um assunto certo: quando as pescadas vão aparecer? Costumávamos dizer: "Quando os lilases florescerem, as pescadas chegarão", mas não dá para confiar. Em toda a minha vida, sempre tive a impressão de que as pescadas ainda não tinham chegado ou tinham acabado de ir embora. E que peixes lindos são quando se consegue um, delgado como uma truta, limpo, prateado como... a prata. Cheiram bem. Bom, não tinham chegado. Joe Logan ainda não tinha pescado nenhum.

– Eu gosto de baiacu – Joe disse. – É engraçado, quando a gente diz baiacu ninguém toca neles, mas é só dizer cabeça-chata que os clientes brigam por eles.

– Como vai a sua filha, Joe?

– Ah, parece melhorar e daí piora. Está acabando comigo.

– Que pena. Sinto muito.

– Se houvesse alguma coisa a fazer...

– Eu sei... coitadinha. Tome aqui um saco. Coloque os linguados aqui dentro. Mande lembranças para ela, Joe.

Ele me fitou longamente nos olhos, como se quisesse tirar algo de mim, algum remédio.

– Pode deixar, Eth – respondeu. – Eu digo a ela.

De volta ao quebra-mar, a draga do condado estava trabalhando, sua broca gigantesca deslocando a lama e as conchas e as bombas sugando os detritos através de um cano em uma barcaça e jogando para trás do anteparo coberto de alcatrão negro na praia. As luzes de navegação e de ancoragem estavam acesas, e duas bolas vermelhas estavam erguidas para mostrar que estava trabalhando. Um cozinheiro pálido de chapéu e avental branco apoiava os braços nus na amurada e observava a água revolta lá embaixo, cuspindo de vez em quando no meio da confusão. O vento soprava em direção à praia. Trazia da draga o fedor da lama dos moluscos, havia muitos mortos, o odor das algas velhas misturado ao aroma doce de canela em uma torta de maçã. A enorme broca girava majestosa, alargando o canal.

Então, com um brilho rosado, as velas de um pequeno iate capturaram o crepúsculo, mas logo viraram e perderam a iluminação. Retracei meus passos e virei à esquerda, passando pela marina nova e pelo antigo iate clube e pelo Salão da Legião Americana, com metralhadoras fixas pintadas de marrom ao lado dos degraus.

No pátio de barcos, operários trabalhavam até tarde para tentar pintar e aprontar para o verão que se aproximava as embarcações que estiveram guardadas. O frio fora do comum do começo da primavera tinha feito a pintura e o envernizamento atrasar.

Afastei-me bastante do trabalho nos barcos e peguei o caminho tomado pelo mato até a extremidade do porto, aproximando-me lentamente do barraco capenga de Danny. E assobiei uma velha melodia, apesar de ele não querer que eu o fizesse.

E parecia que não queria mesmo. O barraco dele estava vazio, mas eu tinha certeza, como se o tivesse visto, de que Danny estava deitado no meio do mato, talvez entre as enormes toras quadradas espalhadas por ali. E como eu sabia que ele apareceria assim que eu fosse embora, tirei o envelope pardo do bolso, ajeitei em cima da cama suja e me afastei, ainda assobiando, a não ser quando eu disse baixinho: "Tchau, Danny, boa sorte". E voltei para a rua assobiando, alcancei a Porlock Street e passei pelas casas grandes da Elm Street até chegar à minha, a casa dos Hawley.

Encontrei minha Mary no olho do furacão, rodopiando lenta e silenciosamente, arrastando consigo destroços e fazendo ventos fortes se erguerem ao seu redor. Conduzia a devastação vestida com sua camisola de náilon branca e seus chinelos; o cabelo recém-lavado preso com bobes na cabeça, como se fosse um aglomerado de linguiças acopladas à cabeça. Não me lembro de ocasião em que tenhamos saído para jantar em um restaurante. Não tínhamos dinheiro para isso e acabamos perdendo o hábito. A animação louca de Mary agitava as crianças nas beiradas de seu furacão pessoal. Ela os alimentou, deu banho neles, deu ordens, retirou ordens. A tábua de passar estava aberta na cozinha com as minhas queridas e valiosas roupas passadas, penduradas no encosto das cadeiras. Mary fez uma pausa no galope para passar o ferro por cima de um vestido. As crianças estavam quase animadas demais para comer, mas tinham ordens a cumprir.

Tenho cinco ternos considerados melhores; um bom número para um balconista ter. Passei a mão neles, estendidos no encosto das cadeiras. Chamavam-se Old Blue, Sweet George Brown, Dorian Gray, Burying Black e Dobbin.

– Qual deles devo usar, meu chamego?

– Chamego? Ah! Bom, não é nada formal, e hoje é segunda à noite. Eu diria o Sweet George ou o Dorian, é, o Dorian, é bastante discreto sem ser formal.

– E a minha gravata-borboleta de bolinhas?

– Claro.

Ellen se intrometeu.

– Pai! Você não pode usar gravata-borboleta. Está velho demais.

– Não estou. Sou jovem e alegre e frívolo.

— Todo mundo vai rir de você. Ainda bem que eu não vou.

— Mas eu vou. De onde você tirou a ideia de que eu estou velho e que todo mundo vai rir de mim?

— Bom, você não é velho, mas está velho demais para uma gravata-borboleta.

— Você é uma pequena conformista desagradável.

— Bom, se você quiser que todo mundo ria de você...

— É isso mesmo que eu quero. Mary, você deseja que todo mundo ria de mim?

— Deixe o seu pai em paz. Ele precisa tomar banho. Coloquei uma camisa em cima da cama.

Allen disse:

— Já estou na metade da minha redação sobre os Estados Unidos.

— Que bom, porque assim que o verão chegar eu vou te colocar para trabalhar.

— Trabalhar?

— No mercado.

— Ah! – ele não pareceu muito entusiasmado.

Ellen engoliu em seco para chamar a atenção, mas quando olhamos para ela, não disse nada. Mary repetiu as oitenta e cinco coisas que as crianças precisavam fazer e não fazer enquanto estivéssemos fora e eu subi as escadas para a minha banheira.

Estava dando o nó na minha querida gravata azul de bolinhas, a única assim que eu tinha, quando Ellen entrou e se escorou na porta.

— Não seria tão mau se você fosse mais novo – ela disse, com feminilidade aterradora.

— Você vai dar um trabalhão para algum marido contente, minha querida.

— Nem os alunos do último ano da escola usariam uma coisa dessas.

— O primeiro-ministro Macmillan usa.

— É diferente. Pai, copiar uma coisa de um livro é trapacear?

— Explique!

– Bom, se uma pessoa, se eu estivesse escrevendo a minha redação e tirasse coisas de um livro... o que seria?

– Depende de como você fizesse.

– Que nem você disse... explica.

– Você não quis dizer "como eu disse"?

– Quis.

– Bom, se você colocar entre aspas, com uma nota de rodapé dizendo quem escreveu, pode conferir dignidade e autoridade ao seu texto. Acho que metade do que se escreve nos Estados Unidos é composto de citações, se não estiver em uma antologia. E então, gostou da minha gravata?

– E se eu não colocasse essas aspas...

– Então seria roubo, como qualquer outro tipo de roubo. Você não fez isso, fez?

– Não.

– Então, qual é o problema?

– A pessoa pode ser presa por isso?

– Pode... se você tiver ganhado dinheiro com o texto. Não faça isso, minha menininha. Então, o que você acha da minha gravata?

– Acho que você simplesmente é impossível – ela disse.

– Se você tem planos de se juntar aos outros, pode dizer ao seu irmão destrambelhado que eu trouxe a porcaria da máscara do Mickey Mouse para ele e que é uma vergonha.

– Você nunca escuta o que a gente diz, não ouve de verdade.

– Escuto sim.

– Não, não escuta. Vai se arrepender.

– Tchau, Leda. Dê oizinho para o cisne.

Ela saiu arrastada, uma menina voluptuosa, cheinha como um bebê. As meninas acabam comigo. Acontece que são meninas.

Minha Mary estava simplesmente linda, simplesmente linda e reluzente. Uma luz saía de dentro dela e se derramava através de seus poros. Segurou no meu braço enquanto caminhávamos pela Elm Street sob a cobertura de árvores, com a iluminação da rua brincando por cima de nós, e posso jurar que nossas pernas se movimentavam com os passos orgulhosos e suaves de puros-sangues aproximando-se do obstáculo.

– Vocês precisam ir a Roma! O Egito não é grande o bastante para vocês. O vasto mundo chama.

Ela riu. Juro que riu de um jeito que deixaria nossa filha orgulhosa.

– Nós vamos passar a sair mais, minha querida.
– Quando?
– Quando formos ricos.
– E quando vai ser?
– Logo. Vou ensiná-la a usar sapatos.
– Você vai acender charuto com notas de dez dólares?
– De vinte.
– Gosto de você.
– Caramba, moça. Você não devia dizer isso. Assim, me deixa todo acanhado.

Não há muito tempo, os donos do Foremaster instalaram janelas panorâmicas na rua, com pequenas vidraças quadradas de vidro rústico, feitas para dar ao lugar visual antigo e autêntico, e assim parecia, mas as pessoas que sentavam ali dentro ficavam com o rosto alterado por causa do vidro distorcido. Um rosto parecia só maxilar, outro, um enorme olho perdido, mas aquilo só servia para reforçar a idade e a autenticidade do velho Foremaster, assim como os gerânios e as lobélias nas floreiras das janelas.

Margie estava à nossa espera, anfitriã até a ponta dos dedos. Apresentou seu acompanhante, o sr. Hartog, de Nova York, com bronzeado artificial e dentes muito vistosos. O sr. Hartog parecia absorto e fechado em si mesmo, mas arrematava todas as frases com uma risada de aprovação. Aquela era sua contribuição, e até que não era ruim.

– Muito prazer – disse Mary.

O sr. Hartog riu.

– Espero que esteja ciente de que a sua acompanhante é uma bruxa – observei.

O sr. Hartog riu. Estávamos todos à vontade.

– Reservei uma mesa perto da janela – disse Margie. – Aquela ali.

– Também pediu para colocarem flores especiais, Margie.

– Mary, preciso retribuir todas as gentilezas de vocês de alguma forma.

A conversa continuou assim quando Margie nos fez sentar e também depois disso, e o sr. Hartog ria de cada frase: evidentemente, era um homem esperto. Fiz planos para arrancar uma palavra dele, mas depois.

A mesa posta estava bonita e muito ajeitada; o serviço prateado, que não era de prata, parecia reluzir de forma extraordinária.

– Fui eu quem convidei, de modo que eu dou as ordens, e vou pedir dry martínis, queiram vocês ou não.

O sr. Hartog riu.

Os dry martínis chegaram, não em copos pequenos, mas em taças grandes como banheiras de passarinho, com uma casquinha de limão enrolada. O primeiro gole pareceu uma mordida de morcego, deixando a boca levemente anestesiada, mas depois a bebida foi ficando suave e, no fim, tornou-se completamente agradável.

– Vamos tomar dois – disse Margie. – A comida aqui é bem boa, mas não tão boa assim.

Revelei, então, que sempre tivera vontade de abrir um bar em que só fosse possível tomar o segundo dry martíni. Ganharia uma fortuna.

O sr. Hartog riu e apareceram mais quatro banheiras de passarinho na mesa, e eu ainda nem tinha terminado de mastigar minha primeira casca de limão.

Depois do primeiro gole do segundo dry martíni, o sr. Hartog readquiriu o dom da palavra. Tinha voz profunda, vibrante como a de um ator, de um cantor ou de um vendedor de alguma coisa que as pessoas nunca querem comprar. Dava até para dizer que tinha uma voz de alcova.

– A sra. Young-Hunt me disse que o senhor trabalha com comércio aqui – disse. – Esta cidade é fascinante... ainda não foi estragada.

Eu ia explicar exatamente qual era a minha função no comércio local, mas Margie tomou a dianteira:

– O sr. Hawley logo vai se transformar em personalidade de destaque na região.

– É mesmo? E com o que o senhor trabalha?

– Com tudo – respondeu Margie. – Com absolutamente tudo, mas não abertamente, o senhor sabe como é.

Os olhos dela tinham um brilho úmido. Olhei para os olhos de Mary e vi que estava apenas começando a ficar animada, então fiquei achando que os outros dois já tinham tomado algo antes de chegarmos; ou que pelo menos Margie o tinha feito.

– Bom, assim eu nem preciso me dar ao trabalho de negar.

O sr. Hartog riu mais uma vez.

– A sua esposa é encantadora. Já é meia guerra vencida.

– Já é toda a guerra vencida.

– Ethan, assim o sr. Hartog vai achar que vivemos brigando.

– Ah, mas nós vivemos mesmo!

Virei meia taça de um gole só e senti uma onda de calor se erguer por trás dos meus olhos. Eu observava o vidro distorcido de uma das vidraças diminutas da janela, que refletia a luz da vela e parecia fazê-la rodar lentamente. Talvez funcionasse como auto-hipnose, porque ouvi minha própria voz, como se estivesse fora do meu corpo:

– A sra. Margie é a Bruxa do Leste. Um dry martíni não é uma bebida. É uma poção mágica.

O vidro reluzente continuava a me hipnotizar.

– Ah, e eu que me achava uma espécie de Ozma, uma bruxa boa. A Bruxa do Leste não era má?

– Era sim.

– E ela não derreteu?

Através do vidro distorcido, enxerguei a silhueta de um homem passar pela calçada. Estava todo deformado por causa do vidro, mas tombava a cabeça um pouco para a esquerda e caminhava de maneira curiosa, apoiando-se na parte externa dos pés. Danny caminhava assim. Eu me vi levantando e correndo atrás dele. Eu me vi correndo até a esquina da Elm Street, mas ele tinha desaparecido, talvez tivesse entrado no jardim dos fundos da segunda casa. Chamei:

– Danny! Danny! Devolva-me o dinheiro. Por favor, Danny, entregue para mim. Não o aceite. Está envenenado. Eu o envenenei!

Ouvi uma risada. Era a risada do sr. Hartog. Margie disse:

– Bom, eu preferia ser Ozma.

Enxuguei as lágrimas dos olhos com o guardanapo e expliquei:

– Eu devia beber, não derramar nos olhos. Estão queimando.

– Seus olhos estão bem vermelhos – disse Mary.

Eu não consegui voltar à festa, mas ouvi a mim mesmo falar e contar histórias e ouvi minha Mary rir como a glória dourada, então acho que fui engraçado, e até cativante, mas nunca mais consegui retornar à mesa. E acho que Margie percebeu. Ela ficava olhando para mim com uma pergunta dissimulada, a danada. Ela era uma bruxa.

Não sei o que comemos. Lembro de vinho branco, então talvez tenha sido peixe. O vidro distorcido girava como uma hélice. E bebemos conhaque, de modo que devo ter tomado café... e então terminou.

Na saída, quando Mary e o sr. Hartog se adiantaram, Margie perguntou:

– Aonde você foi?

– Não sei do que você está falando.

– Você foi embora. Só estava aqui em parte.

– Vai-te embora, bruxa.

– Certo, colega – ela respondeu.

A caminho de casa, examinei as sombras dos jardins. Mary se agarrou ao meu braço e seus passos estavam um pouco trêmulos.

– Como me diverti – ela disse. – Nunca tinha me divertido tanto.

– Foi agradável.

— Margie sabe mesmo receber. Não sei se vou conseguir retribuir esse jantar.

— Sabe mesmo.

— E você, Ethan. Eu sabia que você conseguia ser engraçado, mas fez com que ficássemos rindo o tempo todo. O sr. Hartog disse que estava se sentindo fraco de tanto rir do sr. Red Baker.

Será que eu tinha contado aquilo? Qual parte? Devo ter contado. Ah, Danny... devolva o dinheiro! Por favor!

— Você é melhor do que um show — minha Mary disse.

E, à nossa porta, agarrei-a tão apertado que ela choramingou.

— Você está bêbado, querido. Está me machucando. Por favor, não vamos acordar as crianças.

Minha intenção era esperar até que ela dormisse e então me esgueirar para fora de casa, ir até o barraco dele, procurá-lo, até mandar a polícia atrás dele. Mas eu sabia que não devia fazer nada disso. Danny já tinha desaparecido. Eu sabia que Danny tinha desaparecido. Deitado no escuro, observando os pontinhos vermelhos e amarelos nadando no líquido dos meus olhos, eu sabia muito bem o que tinha feito. E Danny também sabia. Pensei na minha pequena matança de coelhos. Talvez só a primeira vez seja assim tão triste. Mas precisa ser enfrentada. Nos negócios e na política, é preciso abrir caminho a marretadas entre os homens para ser o rei da montanha. Uma vez lá, é possível ser grandioso e gentil... mas primeiro é preciso chegar lá.

10

O campo de pouso Templeton fica a apenas sessenta e cinco quilômetros de New Baytown, e isso significa cerca de cinco minutos de voo para os aviões a jato. Passam por cima de nós com cada vez mais regularidade, enxames de mosquitos mortíferos. Gostaria de ser capaz de admirá-los, até de amá-los como o meu filho Allen. Se tivessem mais de uma utilidade, talvez eu conseguisse, mas sua única função é matar, e já me fartei disso. Não aprendi, como Allen, a olhar à frente do som que produzem para localizá-los. Atravessam a barreira do som com um estrondo que me faz pensar que a caldeira explodiu. Quando passam à noite, entram nos meus sonhos e eu acordo com uma sensação triste de enjoo, como se a minha alma estivesse com úlcera.

De madrugada, uma revoada deles causou estrondo pelo ar e eu acordei sobressaltado, um pouco trêmulo. Devem ter me feito sonhar com aqueles rifles alemães multiuso de 88 milímetros que costumávamos admirar e temer tanto.

Meu corpo estava arrepiado de medo enquanto eu estava lá, iluminado pela luz da manhã que ia surgindo e escutava os fusos de malícia afastando-se e choramingando à distância. Imaginei como aquele calafrio passava por baixo da pele de todas as pessoas do mundo, não pela cabeça, mas bem no fundo da pele. Não são tanto os aviões em si, mas sim a sua finalidade que assusta.

Quando uma condição ou um problema se torna grande demais, os humanos se protegem não pensando a respeito do assunto. Mas a coisa se internaliza e se mistura a muitas outras questões que já estão lá e o que resulta é descontentamento e mal-estar, culpa e compulsão para conseguir alguma coisa, qualquer coisa, antes que já não exista mais nada. Talvez os psicanalistas das linhas de montagem não estejam lidando com os complexos em absoluto, mas com as ogivas que algum dia podem se transformar em nuvens em forma de cogumelo. Para mim, parece que quase todo mundo que vejo está nervoso e inquieto e um pouco barulhento e com aquela loucura feliz típica de quem bebe um pouco demais em uma festa de Ano-Novo; quando se esquece das velhas relações e se beija a mulher do vizinho.

Virei a cabeça na direção da minha. Não estava sorrindo enquanto dormia. A boca estava aberta e havia rugas de cansaço em volta de seus olhos fechados com força e, portanto, ela estava passando mal, porque é com esta cara que fica quando está passando mal. É a melhor esposa do mundo até ficar doente, o que não acontece com frequência, e então vira a esposa mais doente do mundo.

Outra revoada de jatos explodiu através da barreira do som. Demoramos cerca de meio milhão de anos para nos acostumar com o fogo e menos de quinze para construir a ideia a respeito dessa força extravagante, tão mais arrebatadora do que o fogo. Será que algum dia seremos capazes de transformar isso em uma ferramenta? Se as leis das ideias forem as leis das coisas, será que a alma está sofrendo fissão? Será que é isso que está acontecendo comigo, conosco?

Lembro-me de uma história que tia Deborah me contou há muito tempo. No começo do século passado, alguns dos meus parentes eram *cambellites**. Tia Deborah era criança na época, mas ela se lembrava de como o fim do mundo iria chegar em uma certa época. Os pais dela doaram tudo, tudo o que tinham a não ser os lençóis. Usaram os pedaços de pano para envolver o corpo e, na hora prevista, foram para as montanhas para esperar o fim do mundo. Vestidas com lençóis, centenas de pessoas rezavam e cantavam. A noite caiu e elas passaram a cantar mais alto e a dançar e, quando a hora foi se aproximando, viram uma estrela cadente, ela disse, e todo mundo gritou. Ela ainda conseguia se lembrar daqueles gritos. Iguais aos de lobos, ela disse, iguais aos de hienas, apesar de nunca ter ouvido uma hiena. Homens, mulheres e crianças vestidas de branco prenderam a respiração. O momento se estendeu infinitamente. As crianças ficaram com o rosto azulado; depois passou. Estava tudo terminado e eles tinham sido enganados a respeito de sua destruição. De manhã, arrastaram-se para longe da montanha e tentaram recuperar as roupas que tinham doado, e as panelas e as tigelas e o gado e os jumentos. E eu me lembro de saber como eles devem ter se sentido mal.

Acho que o que trouxe tudo aquilo de volta foi a passagem dos aviões a jato: tanto esforço e tempo e dinheiro para acumular toda aquela potência mortífera. Será que nos sentiríamos

---

* *Cambellites*: dissidência de reformistas da Igreja Batista nos Estados Unidos, do início do século XIX. (N.T.)

enganados se nunca chegássemos a usá-la? Somos capazes de lançar foguetes ao espaço, mas não podemos curar a raiva nem o descontentamento.

Minha Mary abriu os olhos:

– Ethan – disse –, você está pensando alto. Não sei qual é o assunto, mas está muito alto. Pare de pensar, Ethan.

Eu ia sugerir que ela parasse de beber, mas estava com péssima aparência. Nem sempre sei quando não é hora de fazer piada, mas dessa vez eu disse:

– Cabeça?

– É.

– Estômago?

– É.

– O corpo todo?

– O corpo todo.

– Vou pegar alguma coisa para você.

– Me dê um túmulo.

– Fique deitada.

– Não dá. Preciso arrumar as crianças para a escola.

– Deixe que eu arrumo.

– Você precisa trabalhar.

– Deixe que eu arrumo, pode confiar em mim.

Depois de um instante, ela disse:

– Ethan, acho que não vou conseguir me levantar. Estou me sentindo muito mal.

– Médico?

– Não.

– Não posso deixar você sozinha. Será que Ellen pode lhe fazer companhia?

– Não, ela tem prova.

– Será que posso ligar para Margie Young-Hunt e pedir para ela vir aqui?

– O telefone dela está desligado. Ela vai mandar instalar um negócio novo.

– Posso passar lá e pedir para ela.

– Ela mata qualquer um que a acorde assim tão cedo.

– Posso deixar um bilhete embaixo da porta dela.

– Não, não quero que você faça isso.

– Não posso deixar você sozinha.

– Que engraçado. Estou me sentindo melhor. Acho que gritar com você me fez bem. Bom, é verdade – ela disse e, para provar, levantou-se e vestiu o penhoar. Parecia mesmo melhor.

– Você é maravilhosa, minha querida.

Cortei-me enquanto fazia a barba e desci para tomar café com um pedaço avermelhado de papel higiênico colado no rosto.

Nada de Morph palitando os dentes na varanda quando passei. Fiquei contente. Não queria vê-lo. Apressei-me só para o caso de ele tentar me alcançar.

Quando abri a porta do beco, vi um envelope pardo de banco que tinha sido enfiado por baixo dela. Estava lacrado, e envelopes de banco são resistentes. Precisei pegar meu canivete para conseguir abrir.

Três folhas de papel de um bloco escolar pautado de cinco centavos, escritas com lápis de grafite macio. Um testamento: "Eu, estando em pleno uso de minhas faculdades mentais..." e "Considerando que eu...". Uma nota promissória: "Concordo em pagar e afirmo...". Ambos os documentos assinados, a escrita clara e precisa. "Caro Eth: Eis aqui o que você deseja."

A pele do meu rosto ficou rígida como a carapaça de um caranguejo. Fechei a porta do beco lentamente, como se fecha um cofre. Dobrei as duas primeiras folhas com cuidado e guardei na carteira; a outra, amassei e joguei na privada e dei a descarga. A privada é alta, com uma espécie de degrau na cuba. O papel embolado resistiu a ultrapassar a beirada, mas finalmente o fez.

A porta do beco estava um pouco aberta quando saí do banheiro. Achei que a tivesse fechado. Quando me dirigia a ela, ouvi um barulhinho, ergui os olhos e vi aquele gato desgraçado em cima de uma das prateleiras de estoque mais altas, erguendo as garras para capturar um pedaço de bacon pendurado. Precisei de uma vassoura de cabo comprido e uma boa perseguição para expulsá-lo para o beco. Quando passou por mim, tentei acertá-lo com um golpe, errei a mira e quebrei o cabo da vassoura no batente da porta.

Não houve sermão para os enlatados naquela manhã. Não consegui invocar um texto. Mas peguei uma mangueira para lavar a calçada da frente e também a calha. Depois, limpei o mercado todo, até os cantos havia muito negligenciados e cheios de sujeira. E também cantei:

"Este é o inverno da nossa desesperança
transformado em verão glorioso pelo sol de York."

Sei que não é uma canção, mas cantei mesmo assim.

PARTE DOIS

11

New Baytown é um lugar adorável. Seu porto, que já foi muito importante, fica protegido dos ventos do noroeste por uma ilha afastada. O vilarejo se espalha por um complexo de canais alimentados pela maré que se ergue e baixa em corridas amalucadas através de condutos estreitos entre o porto e o mar. Não é uma cidade apinhada de gente nem urbana. Tirando as grandes casas dos já há muito desaparecidos baleeiros, as moradias são pequenas e ajeitadas, distribuídas entre belas árvores antigas, carvalhos de vários tipos, bordos e olmos, nogueiras e alguns ciprestes, mas à exceção dos olmos plantados nas ruas originais, a madeira nativa geralmente é o carvalho. No passado, os carvalhos virgens eram tantos e tão grandes que vários estaleiros tiravam suas tábuas e pinos, quilhas e lemes ali mesmo da região.

As comunidades, assim como as pessoas, têm períodos saudáveis e épocas de doença: até mesmo juventude e idade, esperança e desalento. Houve um tempo em que cidades como New Baytown forneciam o óleo de baleia que iluminava o Ocidente. Os lampiões dos estudiosos em Oxford e em Cambridge se alimentavam deste entreposto americano. E então veio o petróleo, o óleo de pedra que brotava na Pensilvânia, e o querosene barato, o chamado óleo de carvão, tomou o lugar do óleo de baleia e fez com que a maior parte dos caçadores do mar se aposentasse. A doença, ou o desespero, abateu-se sobre New Baytown: talvez uma atitude da qual nunca conseguiu se recuperar. Outras cidades não muito distantes cresceram e prosperaram com outros produtos e fontes de energia, mas New Baytown, cuja força vital estivera nas embarcações de velas quadradas e nas baleias, mergulhou em torpor. As pessoas que serpenteavam para fora de Nova York passaram ao largo de New Baytown, relegando-a a suas próprias memórias. E, como geralmente acontece, o povo de New Baytown convenceu a si mesmo de que gostava mais das coisas assim. As pessoas dali eram poupadas do barulho e da sujeira dos veranistas, do brilho vulgar dos luminosos de neon, dos turistas gastando seu dinheiro e da agitação que traziam consigo. Apenas algumas casas novas tinham sido construídas ao longo dos canais. Mas a população continuava serpenteando para longe de Nova York, e todo mundo sabia que cedo ou tarde essa serpente tragaria a cidadezinha de New Baytown. O povo local esperava com ansiedade e ao mesmo tempo detestava aquela ideia. As cidades vizinhas eram ricas, salpicadas pela pilhagem dos turistas, infladas pelos despojos, reluzentes com as casas dos novos-ricos. Old Baytown produzia objetos de arte e de cerâmica e folhagens, e a maldita Lesbos com seus pés largos distribuía tecidos feitos à mão e pequenas intrigas domésticas. New Baytown falava do passado e dos linguados e de quando as pescadas começariam a aparecer.

Nas margens cobertas de junco dos canais, os marrecos faziam seus ninhos e cuidavam de suas pequenas flotilhas, os ratos almiscarados cavavam comunidades e nadavam com agilidade durante a madrugada. As águias-pescadoras ficavam esperando, faziam a mira e fisgavam os peixes, e as gaivotas carregavam mariscos e vieiras para o alto e largavam as conchas lá de cima para que se quebrassem e assim elas pudessem comer o que tinham dentro. Algumas lontras ainda relaxavam na água, como sussurros secretos peludos; coelhos invadiam jardins e esquilos cinzentos se moviam como ondas pelas ruas do vilarejo. Faisões machos batiam as asas e largavam seus cacarejos. Garças azuis faziam pose nas águas rasas como floretes esguios e, à noite, os abetouros berravam como fantasmas solitários.

A primavera atrasa e o verão também em New Baytown, mas quando chega tem um som e um cheiro e passa uma sensação suave, selvagem e especial. No começo de junho, o mundo de folhas de árvores e de capim e de flores explode, e cada pôr do sol é diferente. Então, ao anoitecer, as codornizes declaram seu nome com pios estridentes e, depois que escurece, há uma barreira sonora de bacurais. Os carvalhos se enchem de folhas e lançam seus botões oblongos sobre o capim. Então, cães de várias casas se encontram e saem para fazer piqueniques, perambulando curiosa e alegremente pelo mato, e às vezes levam dias para voltar para casa.

Em junho, os homens, movidos pelo instinto, cortam a grama, enchem a terra de sementes e travam combates com toupeiras, coelhos, formigas, besouros, passarinhos e todos os outros animais que querem lhes tirar o jardim. A mulher olha para as pétalas de uma rosa com suas extremidades onduladas e se derrete um pouco e suspira, e sua pele se transforma em pétala e seus olhos são estames.

Junho é alegre: fresco e quente, úmido e gritante de crescimento e reprodução do que é doce e do que é nocivo, do construtor e dos destruídos. As moças com roupas agarradas ao corpo passeiam pela rua principal de mãos dadas, enquanto pequenos rádios transistores se acomodam sobre seus ombros e murmuram canções de amor em seus ouvidos. Os rapazes, cobertos de seiva, sentam-se nos banquinhos da Tanger Drugstore e ingerem espinhas futuras através de canudinhos. Observam as moças com olhos indiferentes e fazem observações depreciativas uns aos outros enquanto, por dentro, estão cheios de desejo.

Em junho, os comerciantes passam no Al'n'Sue's ou no Foremaster para uma cerveja e ficam para um uísque e acabam suados e bêbados no meio da tarde. Mesmo à tarde os carros empoeirados se esgueiram até o pátio da frente desolado da casa remota e sem pintura com todas as persianas baixadas, no final da Mill Street, onde Alice, a puta da cidade, resolve os problemas vespertinos dos homens afetados por junho. E, durante todo o dia, os barcos a remo ancoram perto do quebra-mar e homens e mulheres felizes retiram seu jantar do mar.

Junho significa pintar e podar, planejar e projetar. É raro o homem que não leve para casa blocos de cimento e tábuas e, nas costas de envelopes, não esboce desenhos de Taj Mahals. Uma centena de barquinhos fica na praia de cabeça para baixo com a quilha para cima, a parte de baixo brilhando de tinta cor de cobre, os proprietários em pé ao lado e sorrindo para as leiras lentas e imóveis. No entanto, a escola continua segurando as crianças até quase o fim do mês e, quando chega a hora das provas, a rebelião faz visita e o resfriado corriqueiro se transforma em epidemia, uma praga que desaparece no último dia de aula.

Em junho, a semente alegre do verão germina. "Para onde iremos no glorioso 4 de julho?... Está chegando e precisamos planejar nossas férias." Junho é a mãe dos potenciais, os patinhos nadam cheios de coragem, talvez direto para as mandíbulas de submarino das tartarugas que os esperam, as alfaces investem contra a seca, os pés de tomate erguem caules desafiadores para os pulgões, e famílias comparam os méritos da areia e das queimaduras causadas pelo sol em noites irritantes nas montanhas, embaladas por sinfonias de pernilongos. "Neste ano, vou descansar. Não vou ficar tão cansado. Neste ano, não vou deixar que as crianças transformem minhas duas semanas de folga em um inferno sobre rodas. Trabalho o ano todo. Este tempo é para mim." O planejamento das férias triunfa sobre a memória e tudo parece certo com o mundo.

New Baytown passara tempo demais dormindo. Os homens que governavam a cidade, política, moral e economicamente, faziam a mesma coisa havia tanto tempo que seus métodos já estavam estabelecidos. O administrador da cidade, o conselho, os juízes, os policiais: eram todos eternos. O administrador da cidade vendia equipamento para o município, e os juízes davam um jeito nas multas de trânsito como faziam havia tanto tempo que nem mais lembravam que era uma prática ilegal; pelo menos, os registros diziam que era. Por serem homens normais, com toda certeza não consideravam aquilo imoral. Todos os homens são cheios de moral. Só os vizinhos deles é que não são.

A tarde dourada tinha o sopro quente do verão. Algumas pessoas já no espírito da estação, as que não tinham filhos para mantê-las paralisadas até que as aulas terminassem, moviam-se pelas ruas, despreocupadas. Alguns carros passavam rebocando pequenos barcos e grandes motores externos em carretas. Ethan saberia, de olhos fechados, que eram veranistas só pelo que compravam: frios e queijo processado, bolachas e sardinhas enlatadas.

Joey Morphy chegou para seu refresco vespertino, como fazia todos os dias agora que o tempo estava esquentando. Balançou a garrafa na direção do balcão refrigerado.

– Você deveria instalar uma máquina de refrigerante – disse.

– E criar mais quatro braços, ou me dividir em dois balconistas, igual a uma ameba? Você se esquece, vizinho Joey, de que eu não sou dono do mercado?

– Devia colocar.

– Será que preciso contar minha história triste sobre a morte dos reis?

– Já conheço a sua história. Você não sabia diferenciar seus aspargos de um buraco no livro de registros. Teve que aprender do jeito mais difícil. Só que tem uma coisa... agora você aprendeu.

– Não me serve de muita coisa.

– Se o mercado fosse seu agora, você estaria ganhando dinheiro.

– Mas não é.

– Se você abrisse um mercado na loja vizinha, ia levar todos os clientes com você.

– Por que você acha isso?

– Porque as pessoas gostam de comprar coisas de gente que conhecem. Isso se chama confiança e funciona.

– Não funcionou antes. Todo mundo na cidade me conhecia. Eu fui à falência.

– Foi um problema técnico. Você não sabia como comprar.

– Talvez continue sem saber.

– Mas sabe. Você não faz ideia do que aprendeu. Mas ainda está com a cabeça de uma pessoa falida. Acabe com isso, sr. Hawley. Acabe com isso, Ethan.

– Obrigado.

— Eu gosto de você. Quando é que Marullo vai para a Itália?

— Não disse. Diga-me uma coisa, Joey... ele é mesmo rico? Não, não diga. Sei que você não deve falar dos seus clientes.

— Posso romper uma regra para um amigo, Ethan. Não sei de todos os negócios dele, mas se a conta que tem conosco significa alguma coisa, diria que é, sim. Ele tem um dedo em tudo que é coisa... uma propriedade aqui, um terreno ali, algumas casas de frente para a praia e um monte de financiamentos imobiliários.

— Como é que você sabe?

— Por causa do cofre. Ele aluga um dos maiores que temos. Quando abre, ele tem uma chave, e eu, a outra. Confesso que espiei lá dentro. Acho que, no fundo, sou um bisbilhoteiro.

— Mas é tudo lícito, certo? Quer dizer... bom, a gente vive lendo a respeito de... bom, drogas e fraudes e coisas assim.

— Isso eu não tenho como saber. Ele não sai por aí anunciando seus negócios. Saca um pouco, deposita mais um pouco. E não sei onde mais ele tem conta. Repare que não estou entregando o saldo dele.

— Eu não perguntei.

— Será que você pode me servir uma cerveja?

— Só para levar. Posso colocar em um copo de papel.

— Eu não pediria para você desrespeitar a lei.

— Que loucura! — Ethan fez buracos em uma lata. — Apenas segure ao lado do corpo se alguém entrar.

— Obrigado. Andei pensando muito em você, Ethan.

— Por quê?

— Talvez por eu ser um bisbilhoteiro. O fracasso é um estado de espírito. É igual a uma daquelas armadilhas de areia que os besouros cavam. Não dá para escalar, quem cai lá dentro fica escorregando para trás. É preciso um salto dos diabos para conseguir sair. Você precisa dar este salto, Eth. Quando conseguir sair, vai descobrir que o sucesso também é um estado de espírito.

— E também é uma armadilha?

— Se for... é de um tipo melhor.

— Imagine que alguém dê esse salto, e uma outra pessoa seja derrubada.

— Apenas Deus vê o pardal cair, mas nem Deus faz alguma coisa em relação a isso.

— Eu gostaria de saber o que você está tentando me dizer para fazer.

— Eu também gostaria. Se soubesse, eu faria por conta própria. Caixas de banco não chegam à presidência. Um homem com a mão cheia de ações chega. Acho que estou tentando dizer o seguinte: agarre qualquer coisa que passar na sua frente. Pode não aparecer de novo.

— Você é um filósofo, Joey, um filósofo financeiro.

— Não precisa esfregar na minha cara. Se você acha que não consegue fazer, pelo menos pense a respeito. Um homem quando fica sozinho pensa nas coisas. Sabe como é, a maior parte das pessoas vive noventa por cento do tempo no passado, sete por cento no presente, e assim só lhes resta três por cento para o futuro. O velho jogador de beisebol Satchel Paige disse a coisa mais sábia a esse respeito que eu já escutei. Ele disse: "Não olhe para trás. Alguma coisa pode estar te alcançando". Preciso voltar. O sr. Baker vai para Nova York amanhã, para passar alguns dias. Está sempre ocupado.

— O que ele vai fazer lá?

— Como é que eu vou saber? Mas sou eu quem separa a correspondência. Ele tem recebido muita coisa de Albany.

— Política?

Eu só separo. Não leio. O movimento aqui é sempre assim devagar?

— Por volta das quatro, é. Vai melhorar daqui a uns dez minutos.

— Está vendo? Você aprendeu. Aposto que não sabia disto antes de ir à falência. Até logo. Aproveite as oportunidades que se apresentarem.

A pequena onda de compras entre as cinco e as seis chegou como previsto. O sol, atrasado pelo horário de verão, ainda estava alto e as ruas iluminadas como se ainda estivéssemos no meio da tarde, quando ele recolheu as gôndolas de frutas e fechou as portas da frente e abaixou as persianas verdes. Então, consultando uma lista, reuniu os mantimentos que deveria levar para casa e colocou-os todos em uma sacola grande. Sem avental, de casaco e de chapéu, deu um impulso para cima, sentou-se em cima do balcão e ficou olhando para as prateleiras da congregação.

– Nenhuma mensagem! – disse. – Apenas lembrem-se das palavras de Satchel Paige. Acho que preciso aprender a não olhar para trás.

Pegou as páginas pautadas dobradas da carteira e fez um pequeno envelope para elas com papel encerado. Então abriu a porta envernizada do motor do balcão refrigerado, deslizou o envelope para um canto atrás do compressor e fechou a porta de metal por cima dele.

Embaixo da caixa registradora, em uma prateleira, encontrou a lista telefônica de Manhattan, empoeirada e amassada nas pontas, mantida ali para uso em caso de encomendas de emergência junto ao fornecedor. Procurou o E, os Estados Unidos; em Justiça, Departamento de... Seu dedo percorreu a coluna "Div Antitruste Tribunal EUA. Div Alfândega, Sede Detenção, FBI" e, sob ele, "Imigração e Naturalização Svc, 20 W Bway, BA 7-0300, Noite Sáb Dom & Fer OL 6-5888".

Disse alto:

– OL 6-5888... OL 6-5888, porque já é tarde.

Então falou para seus mantimentos enlatados, sem olhar para eles.

– Se tudo estiver correto e adequado, ninguém vai se prejudicar.

Ethan foi até a porta do beco e a trancou. Carregou sua sacola de compras até o outro lado da rua, até o Foremaster Hotel e Grill. O restaurante estava barulhento por causa das pessoas que estavam lá bebendo, mas o minúsculo lobby onde ficava a cabine telefônica pública estava deserto; nem o recepcionista se encontrava lá. Fechou a porta de vidro, colocou as compras no chão, espalhou as moedas que tinha no balcão, inseriu dez centavos e discou 0.

– Telefonista.

– Ah! Telefonista... quero ligar para Nova York.

– Disque o número, por favor.

E ele discou.

Ethan chegou do trabalho carregando sua sacola de compras. Como são boas as tardes longas! A grama estava tão alta e verdejante que suas pegadas ficaram marcadas. Deu um beijo molhado em Mary.

– Amorzinho – disse –, o gramado está uma selva. Você acha que eu consigo fazer Allen aparar a grama?

– Bom, está na época das provas. Você sabe disso, e tem o encerramento das aulas e tudo o mais.

– O que é esse ruído estridente e sobrenatural que estou ouvindo na sala?

– Ele está ensaiando com o aparelho de ampliação de voz. Ele vai se apresentar na cerimônia de encerramento das aulas.

– Bom, acho que vou ter que cortar o gramado eu mesmo.

– Sinto muito, querido. Mas você sabe como eles ficam.

– É, estou começando a aprender como eles ficam.

– Você está de mau humor? Seu dia foi difícil?

– Vejamos. Não, acho que não. Fiquei de pé o dia inteiro. A ideia de empurrar o cortador de grama não me faz pular de alegria.

– Devíamos comprar um cortador de grama motorizado. Os Johnson têm um que funciona igual a um carrinho.

– Devíamos arrumar um jardineiro com um ajudante. O meu avô tinha. Igual a um carrinho? Allen poderia até cortar a grama se fosse para dirigir.

– Não seja injusto com ele. Só tem catorze anos. Eles são todos assim.

– Quem você acha que espalhou a falácia de que as crianças são meigas?

– Você *está* de mau humor.

– Vejamos. É, acho que estou. E essa barulheira está me enlouquecendo.

– Ele está ensaiando.

– É você quem está dizendo.

– Não vá descontar o seu mau humor em cima dele.

– Tudo bem, mas ajudaria se eu pudesse fazer isso. – Ethan entrou na sala, onde Allen balbuciava palavras vagamente reconhecíveis através de um instrumento vibrante colocado sobre a língua.

– Mas que coisa é essa aí?

Allen cuspiu o objeto sobre a palma da mão.

– Veio naquela caixa de Peeks. É para fazer ventriloquia.

– Você comeu os Peeks?

– Não. Não gosto daquilo. Preciso ensaiar, pai.

– Espere um pouquinho – Ethan se sentou. – O que você está planejando fazer da vida?

– Hã?

– O futuro. Não te explicaram na escola? O futuro está nas suas mãos.

Ellen esgueirou-se para dentro da sala e se jogou no sofá igual a um gato dengoso. Soltou uma risadinha estridente.

– Ele quer aparecer na televisão – ela respondeu.

– Um menino que só tinha treze anos ganhou cento e trinta mil dólares em um programa de perguntas.

– Mas depois descobriram que foi trapaça – disse Ellen.

– Bom, mas ele ficou com os cento e trinta mil.

Ethan disse com delicadeza:

– O aspecto moral não o incomoda?

– Bom, é um monte de dinheiro.

– Você não acha que é falta de honestidade?

– Caramba, todo mundo faz isso.

– E o que você acha das pessoas que se oferecem em uma bandeja de prata e não têm ninguém para aceitar? Elas não têm honestidade nem dinheiro.

– É o risco que a gente corre... a bolacha pode esfarelar.

– É, e está tudo se esfarelando mesmo, não é? – Ethan disse. – Assim como a sua educação. Sente direito! A palavra "senhor" foi eliminada do seu vocabulário?

O menino ficou surpreso, conferiu para ver se o pai estava falando sério, então endireitou as costas, cheio de ressentimento.

– Não, senhor – respondeu.

– Como está indo na escola?

– Bem, acho.

– Você estava escrevendo uma redação a respeito de como ama os Estados Unidos. A sua determinação de destruir o país paralisou esse projeto?

– Como assim, destruir... senhor?

– Você pode honestamente amar uma coisa desonesta?

– Caramba, pai, todo mundo faz isso.

– E por isso é bom?

– Mas ninguém está criticando, só uns metidos a intelectuais. Já terminei a redação.

– Que bom, eu gostaria de ver.

– Já enviei.

– Você deve ter uma cópia.

– Não, senhor.

– Imaginou se ela se perder?

– Não pensei nisso. Pai, eu queria acampar, como todos os outros meninos fazem.

– Não temos dinheiro para isto. E não são todos os outros meninos que vão... só alguns.

– Eu queria que a gente tivesse um pouco de dinheiro. – Ficou olhando para as mãos e lambendo os lábios.

Os olhos de Ellen estavam apertados e concentrados.

Ethan estudou o filho.

– Vou tornar isso possível – respondeu.

– Senhor?

– Posso arrumar um trabalho para você no mercado durante o verão.

– Qual que é, trabalho?

– Será que você não quis dizer: "Como assim, trabalho?". Você vai carregar coisas, arrumar as prateleiras, varrer e talvez, se fizer tudo direitinho, atender os clientes.

– Eu queria ir para o acampamento.

– Você também quer ganhar cem mil dólares.

– Talvez eu ganhe o concurso de redação. Pelo menos é uma viagem para Washington. Um tipo de férias depois de um ano inteiro na escola.

– Allen! Existem regras de conduta que não mudam, de cortesia, de honestidade, isso mesmo, até de energia. Já está mais do que em tempo de eu ensiná-lo a pelo menos fingir respeito. Você vai trabalhar.

O menino ergueu os olhos.

– Você não pode fazer isso.

– Desculpe, não entendi.

– Tem as leis do trabalho infantil. Não posso nem ter licença para trabalhar antes dos dezesseis anos. Você quer que eu desrespeite a lei?

– Você acha então que todos os meninos e meninas que ajudam os pais são meio escravos e meio criminosos? – a raiva de Ethan era tão nua e cruel quanto o amor. Allen desviou o olhar.

– Não foi o que eu quis dizer, senhor.

– Tenho certeza que não. E não vai dizer de novo. Você caiu de nariz em vinte gerações de Hawleys e de Allens. Eram homens de honra. Pode ser que você mereça o nome que tem algum dia.

– Sim, senhor. Posso ir para o quarto, senhor?

– Pode.

Allen subiu as escadas lentamente.

Quando desapareceu de vista, Ellen rodopiou as pernas como se fossem hélices. Sentou-se e puxou a saia para baixo, como uma jovem dama.

– Andei lendo os discursos de Henry Clay. Ele era bom mesmo.

– É, era mesmo.

– Você se lembra?

– Para falar a verdade, não. Acho que já faz muito tempo que eu li.

– Ele é ótimo.

– Acho que isso não me parece leitura de escola.

– Ele simplesmente é ótimo.

Ethan se levantou da poltrona sentindo o peso de um dia comprido e cansativo inteiro forçando seu corpo para baixo.

Na cozinha, encontrou Mary de olhos vermelhos e brava.

– Eu ouvi o que você disse – falou. – Não sei o que você pensa que está fazendo. Ele é só um menininho.

– Está na hora de começar, minha querida.

– Não me venha com querida. Não vou aguentar um tirano.

– Tirano? Ai, meu Deus!

– Ele é só um menininho. Você o atacou.

– Acho que ele está se sentindo melhor agora.

– Você não sabe o que está dizendo. Você o esmagou como um inseto.

– Não, querida. Eu dei a ele um rápido vislumbre do mundo. Ele estava construindo um mundo falso para si.

– Quem é você para saber o que é o mundo?

Ethan passou por ela e saiu pela porta dos fundos.

– Aonde você vai?

– Cortar a grama.

– Achei que estivesse cansado.

– Estou... estava. – Olhou por cima dos ombros e para cima, para ela parada do lado de dentro da porta de tela. – O homem é uma coisa solitária – disse e sorriu para ela por um instante, antes de se dirigir até o cortador de grama.

Mary ouviu as lâminas virarem e cortarem a grama macia e maleável.

O som parou perto da porta. Ethan falou alto:

– Mary, Mary, minha querida. Eu amo você.

E as lâminas rotativas continuaram a rasgar a grama crescida demais.

12

Margie Young-Hunt era uma mulher charmosa, informada, inteligente; tão inteligente que sabia quando e como mascarar sua inteligência. Seus casamentos não tinham dado certo, os homens não tinham dado certo; um era fraco, o segundo, ainda mais fraco: tanto que morreu. Encontros amorosos não vinham a ela. Era ela quem os criava, dava um jeito com telefonemas frequentes, cartas, cartões de melhoras e encontros acidentais arranjados. Levava sopa para os doentes e se lembrava de aniversários. Por esses meios, fazia com que as pessoas tivessem ciência de sua existência.

Mais do que qualquer outra mulher na cidade, mantinha a barriga lisa, a pele limpa e brilhante, os dentes brancos e o pescoço esticado. Uma boa parte de seus ganhos ia para os cabelos, as unhas, massagens, cremes e unguentos. Outras mulheres diziam: "Ela deve ser mais velha do que aparenta".

Quando os músculos de suporte dos seios deixaram de responder aos cremes, às massagens e aos exercícios, passou a colocá-los em formas bem torneadas, que os faziam parecer arrebitados e vistosos. O cabelo dela tinha todo o brilho, o lustro e as ondas que os produtos da televisão prometem. Durante um encontro, jantar, dançando, rindo, divertindo-se, atraindo o acompanhante com uma rede de ímãs, quem é que poderia desconfiar de sua fria noção de repetição? Depois de um certo intervalo e um desembolso de dinheiro decente, ela geralmente ia para a cama com ele, se o pudesse fazer com discrição. Então voltava a dar jeito na vida. Cedo ou tarde, a cama compartilhada seria a armadilha para garantir a segurança e a facilidade futuras. Mas a presa em perspectiva saltava para fora de sua mordida. Cada vez mais, os homens com quem se encontrava eram casados, instáveis ou cuidadosos. E Margie sabia melhor do que ninguém que seu tempo estava terminando. As cartas de tarô não respondiam quando ela buscava ajuda para si mesma.

Margie conhecera muitos homens, em sua maior parte culpados, feridos por sua vaidade ou desesperados, de modo que desenvolvera um desprezo por suas presas, da mesma forma que acontece com os profissionais caçadores de pragas. Era fácil conduzir tais homens através de seus medos e de suas vaidades. Pediam tanto para ser enganados que ela já nem sentia mais o gosto do triunfo; só uma espécie de pena cheia de nojo. Aqueles eram seus amigos e associados. Ela os protegia até mesmo da descoberta de que eram apenas seus amigos. Dava-lhes o melhor de si porque não exigiam nada dela. Mantinha-os em segredo porque, no fundo, não admiravam a si mesmos. Danny Taylor era um desses, e Alfio Marullo outro, e o delegado Stonewall Jackson Smith um terceiro, e havia outros. Confiavam nela e ela neles, e sua existência secreta era a única honestidade afetuosa a que ela podia se recolher para restaurar as forças. Esses amigos falavam com ela livremente e sem medo, porque, para eles, ela era uma espécie de poço de Andersen: receptiva, sem juízo de valores e silenciosa. Como a maior parte das pessoas tem vícios secretos, Margie Young-Hunt escondia uma virtude secreta. E por causa dessa coisa dissimulada, é provável que ela soubesse mais sobre New Baytown, até mesmo sobre o condado de Wessex, do que qualquer outra pessoa, e seu conhecimento era questionável porque ela não o usaria, não o poderia usar, para seu próprio benefício. Mas, em outras áreas, tudo que lhe chegava às mãos tinha utilidade.

 Seu projeto Ethan Allen Hawley começara de maneira casual e por não ter mais o que fazer. De certo modo, ele tinha razão em achar que aquilo era mal intencionado, um teste da força dela. Muitos dos homens tristes que buscavam conforto e reafirmação nela estavam imobilizados pela impotência, amarrados e imóveis devido a traumas sexuais que infestavam todas as outras esferas de sua vida. E ela achava fácil libertá-los por meio de pequenos elogios e palavras de apoio, para que pudessem lutar contra a esposa armada de um chicote. Gostava de verdade de Mary Hawley, e por meio dela foi, aos poucos, tomando consciência de Ethan, preso por um outro tipo de trauma, uma amarra socioeconômica que lhe tirava a força e as certezas. Sem trabalho, nem amor, nem filhos, ficava se perguntando se seria capaz de libertar aquele homem aleijado e direcioná-lo para um novo fim. Era um jogo, uma espécie de quebra-cabeça, um produto da simples curiosidade e da falta do que fazer, não da bondade. Aquele era um homem superior. O ato de direcioná-lo comprovaria a superioridade dela, e ela precisava daquilo cada vez mais.

Provavelmente era a única que conhecia a profundidade das mudanças em Ethan e aquilo a assustava, porque achava que era obra sua. O rato estava deixando crescer uma juba de leão. Ela enxergava os músculos por baixo das roupas dele, sentia a crueldade crescendo por trás de seus olhos. O bondoso Einstein deve ter se sentido assim quando o conceito da natureza da matéria com que sonhara brilhou por cima de Hiroshima.

Margie gostava muito de Mary Hawley e não sentia solidariedade e nenhuma pena por ela. O infortúnio é um acaso da natureza que as mulheres aceitam bem, principalmente quando recai sobre outra mulher.

Em sua casa minúscula e imaculada, localizada dentro de um jardim grande e por aparar, bem perto do Porto Antigo, Margie inclinou-se para perto do espelho de maquiagem para inspecionar suas ferramentas, e seus olhos enxergaram através do creme, do pó, da sombra de olhos e dos cílios cobertos de preto, viram as rugas escondidas, a falta de elasticidade da pele. Sentiu os anos se erguerem como a maré alta em volta de um rochedo em um mar calmo. Existia um arsenal para a maturidade, para a meia-idade, mas para usá-lo era preciso ter treinamento e técnica que ela não tinha. Precisava aprender esses segredos antes que sua estrutura de juventude e excitação se esfacelasse e a deixasse nua, apodrecida, ridícula. Seu sucesso era não se deixar abater, mesmo quando estava sozinha. Então, só como experiência, deixou a boca pender como se tivesse vontade própria e as pálpebras caírem. Abaixou o queixo altivo e uma dobra ganhou existência em seu pescoço. À sua frente, no espelho, viu vinte anos se acumularem sobre si e estremeceu quando o sussurro gélido lhe disse o que a esperava. Tinha postergado demais. A mulher precisa de uma vitrine dentro da qual envelhecer, luzes, aparatos, veludo preto, filhos, cabelos grisalhos e gordura, risinhos e ações furtivas, amor, proteção e troco no bolso, um marido sereno e nada exigente; ou sua herança ainda mais serena e menos exigente. A mulher que envelhece sozinha é um monte de refugo, uma obscenidade enrugada sem nenhum apoio bambo em que se agarrar e para o qual se lamentar para aliviar-lhe as feridas.

Um ponto concentrado de medo formou-se em seu estômago. Tinha tido sorte com o primeiro marido. Ele era fraco e ela logo encontrara a válvula de sua fraqueza. Estava perdidamente apaixonado por ela, tanto que, quando ela pediu o divórcio, ele não exigiu que fosse incluída em seu acordo de pensão uma cláusula de anulação para o caso de ela se casar de novo.

O segundo marido achava que ela tinha uma fortuna pessoal, mas e daí? Ela tinha mesmo. Não lhe deixou muita coisa quando morreu, mas com a pensão do primeiro marido dava para viver de maneira decente, vestir-se bem e ir aonde bem entendesse. Imagine se o primeiro marido morresse! Lá estava o ponto de medo. Aquele era seu pesadelo de todas as noites, ou de todos os dias... o pesadelo da renda mensal.

Em janeiro, ela se encontrara com ele no grande cruzamento da Madison Avenue e da 57th Street, em Nova York. Ele parecia velho e fraco. Ficou assustada com a possibilidade de sua morte. Se o canalha morresse, o dinheiro cessaria. Achou que podia ser a única pessoa do mundo que rezava por sua saúde do fundo do coração.

O rosto magro e silencioso e os olhos mortos dele lhe vieram à mente e afetaram o ponto de medo concentrado em seu estômago. Se o filho da puta morresse...!

Margic inclinou-se para perto do espelho, fez uma pausa e invocou toda sua força de vontade como um dardo. Seu queixo se ergueu; as cordas se soltaram; seus olhos brilharam; a pele retraiu-se para perto do crânio; os ombros se levantaram. Ficou em pé e fez um passo de valsa em um círculo habilidoso sobre o carpete vermelho espesso. Seus pés estavam nus, com unhas pintadas de cor-de-rosa brilhante. Ela precisava correr, precisava se apressar, antes que fosse tarde demais.

Escancarou o guarda-roupa e colocou as mãos no lindo vestido provocante que estava guardando para o fim de semana de 4 de julho, os sapatos de salto agulha, as meias mais finas do que se não usasse meia nenhuma. Agora não havia nenhuma languidez nela. Vestiu-se com a mesma eficiência e rapidez que um açougueiro afiando sua faca e conferiu o resultado no espelho de corpo inteiro, da mesma maneira que o mesmo açougueiro testaria a lâmina com o polegar. Rapidez mas sem pressa, rapidez para o homem que não vai esperar e, depois... a lentidão casual da dama bem informada, inteligente, chique e confiante que tem pernas lindas e luvas brancas imaculadas. Todo homem por que passava reparava nela. O motorista do caminhão da Miller Brothers assobiou enquanto se arrastava pela rua carregando lenha e dois escolares lançaram-lhe olhares à la Valentino e com muita dificuldade engoliram a saliva que inundava as bocas entreabertas.

– O que você acha disso? – disse um.

E:

– É! – respondeu o outro.

– O que você acha de...

– É!

Uma dama não perambula pela rua... não em New Baytown. Ela precisa ter algum lugar para ir, ter alguma coisa a fazer, por menor e mais insignificante que seja. Enquanto caminhava pela High Street com passos pontuados, cumprimentava os passantes com um aceno de cabeça ou conversava com eles, analisando-os automaticamente.

O sr. Hall: ele vivia de crédito, já fazia algum tempo que era assim.

Stoney: um homem macho e durão, mas que mulher poderia viver com o salário ou a pensão de um policial? Além disso, era amigo dela.

Harold Beck, com seus muitos imóveis, mas Harold era esquisito como um pato. E era provavelmente a única pessoa do mundo que não sabia disso.

MacDowell: "Que bom vê-lo, senhor. Como vai a Milly?". Impossível... escocês, recatado, preso à esposa... um inválido, do tipo que vive para sempre. Ele era um segredo. Ninguém sabia o valor que tinha.

Donald Randolf com seus olhos mareados: maravilhoso sentado ao seu lado no balcão, um cavalheiro de bar cuja educação se mantinha mesmo na bebedeira, mas inútil a não ser que o objetivo fosse morar em uma banqueta de bar.

Harold Luce: diziam que ele era parente do editor da revista *Time*, mas quem foi mesmo que disse? Ele mesmo? Um homem inflexível, que tinha reputação de sapiência baseada em sua incapacidade de comunicação.

Ed Wantoner: mentiroso, trapaceiro e ladrão. Supostamente cheio de dinheiro, com a mulher para morrer; mas Ed não confiava em ninguém. Não confiava nem mesmo no cachorro, achava que ia fugir. Deixa o animal amarrado, uivando.

Paul Strait: força dentro do Partido Republicano. Sua mulher se chamava Butterfly*... e não era apelido. Butterfly Strait. Batizada como Butterfly, e é verdade. Paul se dava bem quando o estado de Nova York tinha governador republicano. Era dono do depósito de lixo da cidade, e custava vinte e cinco centavos para despejar lá uma carga de lixo. Diziam que, quando as ratazanas atingiam um tamanho perigoso, Paul vendia passes pelo privilégio de atirar nelas, alugava lanternas e espingardas... tinha um estoque de cartuchos calibre 22 para matá-las. Tinha tanta cara de presidente que algumas pessoas o chamavam de Ike. Mas Danny Taylor, quando estava bêbado e calmo, referia-se a ele como o Paul Mais Nobre de Todos, Aul, e o apelido pegou. Nobre Paul era como todo mundo o chamava quando não estava presente.

Marullo: está mais doente do que antes. Está cinzento de tão doente. Os olhos de Marullo eram os de um homem que levou um tiro no estômago com um 45. Passara na frente do próprio mercado sem entrar. Margie entrou no estabelecimento, rebolando o traseiro arrebitado.

Ethan estava conversando com um desconhecido, um homem mais para jovem, de cabelo escuro, calças de quem frequentou alguma universidade importante e chapéu de aba estreita. Estava na casa dos quarenta, era rígido, duro e muito

---

* *Butterfly*: borboleta, em inglês. (N.T.)

dedicado ao que quer que estivesse fazendo. Inclinou-se por cima do balcão e parecia prestes a examinar as amígdalas de Ethan.

Margie disse:

– Oi! Você está ocupado. Volto mais tarde.

Há infinitas coisas inúteis porém legítimas que uma mulher a passeio pode fazer em um banco. Margie cruzou a entrada do beco e entrou no templo de mármore e aço escovado.

Joey Morph iluminou todo o quadrado com grade de seu guichê quando a viu. Que sorriso, que caráter, que bom companheiro de brincadeiras e que péssima perspectiva como marido. Margie o avaliara, apropriadamente, como solteirão convicto que morreria lutando para continuar assim. Nada de túmulo duplo para Joey.

Ela disse:

– Por favor, senhor, será que tem um pouco de dinheiro fresco e sem sal?

– Com licença, madame, vou ver. Tenho quase certeza de que vi um pouco em algum lugar. Quanto a senhora gostaria de levar?

– Uns cento e cinquenta gramas, por favor. – Tirou um talão dobrado da bolsa de pelica branca e fez um cheque de vinte dólares.

Joey riu. Ele gostava de Margie. De vez em quando, não com muita frequência, ele a levava para jantar e ia para a cama com ela. Mas também gostava de sua companhia e de seu senso de humor.

Joey disse:

– Sra. Young-Hunt, isto me fez lembrar de um amigo meu que esteve no México com Pancho Villa. Lembra-se dele?

– Não o conheço.

– Não é papo. É uma história que o sujeito contou para mim. Ele disse que, quando Pancho estava no norte, trabalhava na impressão de notas de vinte pesos. Produziu tantas que seus homens pararam de contar. Não gostavam muito de fazer contas, aliás. Começaram a pesar em uma balança.

Margie disse:

– Joey, você não consegue resistir à sua autobiografia.

– Que diabos, não é nada disso, sra. Young-Hunt. Eu tinha uns cinco anos na época. É uma história. Parece que uma dama bem fornida, pobre mas bem fornida, entrou e disse: "Meu general, o senhor executou o meu marido e fez de mim uma pobre viúva com cinco filhos e acha que isso é jeito de liderar uma revolução popular?". Pancho avaliou os dotes dela, como eu estou fazendo agora.

– Você não paga hipoteca, Joey.

– Eu sei, é uma história. Pancho disse a seu braço direito: "Pese cinco quilos de dinheiro para ela". Bom, é uma boa quantidade. Amarraram tudo com um pedaço de arame e a mulher foi embora, balançando a trouxa de bufunfa. Então, um tenente se levantou e o cumprimentou e disse: "Meu general (eles dizem *mi gral*... sem pronunciar o g), nós não matamos o marido dela. Ele estava bêbado. Colocamos o fulano na cadeia ali da esquina". Pancho não tinha tirado os olhos da dama que se afastava com a trouxa. Disse: "Vá lá e mate o sujeito. Não podemos decepcionar a pobre viúva".

– Joey, você é impossível.

– É uma história real. Eu acredito. – Virou o cheque dela. – Quer em notas de vinte, cinquenta ou cem?

– Pode me dar em dois pedaços.

Eles apreciavam a companhia um do outro.

O sr. Baker esticou os olhos de seu escritório com vidros opacos.

Ali estava uma aposta. Certa vez, o sr. Baker lhe passara uma cantada gramaticalmente correta, porém obscura. O sr. Baker era o sr. Dinheiro. Claro que tinha mulher, mas Margie conhecia os Bakers do mundo. Sempre encontravam alguma razão moral para fazer o que queriam fazer de qualquer forma. Ela se sentia feliz por tê-lo desprezado. Aquilo fazia com que continuasse na lista.

Juntou as quatro notas de cinco que Joey lhe entregara e dirigiu-se para o banqueiro grisalho, mas naquele instante o homem que vira conversando com Ethan entrou discretamente, passou na frente dela, apresentou um cartão e foi recebido no escritório do sr. Baker, e a porta se fechou.

– Bom, beije os meus pés – ela disse para Joey.

– Os pés mais bonitos do condado de Wessex – Joey respondeu. – Quer sair hoje à noite? Dançar, comer, tudo isso?

– Não posso – ela respondeu. – Quem é aquele?

– Nunca vi antes. Parece do tipo fiscal bancário. É em horas como esta que fico feliz por ser honesto e ainda mais feliz por ser capaz de adicionar e subtrair.

– Sabe, Joey, você vai transformar alguma mulher fiel em uma danada de uma fugitiva.

– É para isso que eu rezo tanto, moça.

– Até logo.

Ela saiu, cruzou o beco e entrou de novo no mercado de Marullo.

– Oi, Eth.

– Olá, Margie.

– Quem era aquele bonitão que eu não conheço?

– Você não está com a sua bola de cristal?

– Agente secreto?

– Pior do que isso. Margie, será que todo mundo tem medo da polícia? Até eu, que não fiz nada, tenho medo da polícia.

– Aquele fulano de cabelo encaracolado era um detetive de verdade?

– Não exatamente. Disse que era agente federal.

– O que você andou aprontando, Ethan?

– Aprontando? Eu? Por que "aprontando"?

– O que ele queria?

– Só sei o que perguntou, mas não sei o que ele queria.

– O que ele perguntou?

– Há quanto tempo eu conheço o meu patrão? Quem mais o conhece? Quando ele chegou a New Baytown?

– O que você respondeu?

– Quando me alistei para lutar contra o inimigo, eu não o conhecia. Quando voltei, ele estava aqui. Quando fui à falência, ele assumiu o mercado e me deu emprego.

– Qual você acha que é o motivo?

– Só Deus sabe.

Margie estivera tentando enxergar além dos olhos dele. Pensou: "Ele está tentando se fazer passar por simplório. Fico aqui me perguntando o que aquele fulano de fato queria!".

Ele falou tão baixinho que a assustou.

– Você não acredita em mim. Sabe, Margie, ninguém acredita na verdade.

– A verdade completa? Quando você corta um frango para servir, Eth, é só frango, mas um pedaço de carne é escuro, outro é branco.

– Acho que sim. Francamente, estou preocupado, Margie. Preciso desse emprego. Se acontecesse alguma coisa com Alfio, eu estaria na rua.

– Você não está esquecendo que vai ficar rico?

– É meio difícil de lembrar, porque ainda não fiquei.

– Ethan, será que você se lembra do que aconteceu? Foi na primavera, bem perto da Páscoa. Eu entrei aqui e você me chamou de filha de Jerusalém.

– Foi na Sexta-Feira Santa.

– Você se lembra, então. Bom, eu achei esse trecho. Está em Mateus e é maravilhoso e... assustador.

– É sim.

– O que deu em você?

– Minha tia-avó Deborah. Ela me crucificava uma vez por ano. Continua acontecendo.

– Você está brincando. Mas na ocasião, não estava brincando.

– Não, não estava. E não estou brincando agora.

Ela disse, em tom leve:

– Sabe, a sorte que eu li para você vai se tornar realidade.

– Eu sei que vai.

– Você não acha que me deve algo?

– Claro.

– Quando vai pagar?

– Quer vir comigo até a sala dos fundos?

– Acho que você não seria capaz.

– Acha?

– Acho, Ethan, e você acha a mesma coisa. Você nunca deu uma puladinha de cerca em toda a sua vida.

– Eu posso aprender, talvez.

– Você não seria capaz de fornicar nem que quisesse.

– Posso tentar.

– Seria necessário amor ou ódio para deixá-lo excitado, e qualquer um dos dois exigiria um procedimento lento e solene.

– Talvez você esteja certa. Como sabia?

– Nunca sei como eu sei.

Ele deslizou a porta do balcão refrigerado para abri-la, tirou uma Coca, que instantaneamente se revestiu de uma camada de gelo, abriu a garrafa e entregou para ela enquanto abria uma segunda.

– O que você quer de mim?

– Nunca conheci um homem assim. Talvez eu queira saber o que é ser amada ou odiada nessa intensidade.

– Você é uma bruxa! Por que não assobia e invoca um vento?

– Não sei assobiar. Posso erguer uma tempestade dentro da maior parte dos homens com um movimento de sobrancelha. Como é que eu faço para acender o seu fogo?

– Talvez já esteja aceso.

Ele a estudou com atenção e não tentou esconder sua inspeção.

– Construída como uma casinha de tijolos – ele disse. – Suave e lisa, forte e boa.

– Como é que você sabe? Nunca me apalpou.

– Se algum dia eu apalpar, é melhor você fugir correndo.

– Meu amor.

– Pare com isso. Tem algo errado aqui. Sou esperto o bastante para conhecer o calibre do meu charme. O que você quer? Você é uma mulher das boas, mas também é inteligente. O que quer de mim?

– Eu li o seu futuro e a minha previsão vai se tornar realidade.

– E você quer se aproveitar?

— Quero.

— Agora eu consigo acreditar em você. — Ergueu os olhos. — Mary do meu coração – disse –, olhe para o seu marido, seu amante, seu querido amigo. Proteja-me do mal que há dentro de mim e dos danos externos. Rezo por sua ajuda, minha Mary, porque os homens têm uma necessidade estranha e problemática e a dor dos tempos se abate sobre eles e espalha suas sementes por todos os lados. *Ora pro me*.

— Você é uma fraude, Ethan.

— Eu sei. Mas não posso ser uma fraude humilde?

— Agora estou com medo de você. Antes, não estava.

— Não posso imaginar por quê.

Ela estava com aquele olhar de tarô e ele percebeu.

— Marullo.

— O que tem ele?

— Estou perguntando.

— Já vou atendê-la. Meia dúzia de ovos, um pacote de manteiga, certo. Ainda tem café?

— É, uma lata de café. Gosto de ter uma de reserva. Que tal aquele picadinho de carne enlatado Whumpdum?

— Ainda não experimentei. Dizem que é muito bom. Já o atendo, sr. Baker. A sra. Baker já comprou aquele picadinho de carne enlatada Whumpdum?

— Não sei, Ethan. Eu como o que colocam na minha frente. Sra. Young-Hunt, está mais bonita a cada dia que passa.

— Muita gentileza, senhor.

— É verdade. E... a senhora se veste muito bem.

— Estava pensando o mesmo a respeito do senhor. Não que o senhor seja bonito, mas tem um alfaiate maravilhoso.

— Acho que tenho. Ele cobra bem.

— Lembra o antigo ditado que diz: "A educação faz o homem"? Bom, agora mudou. São os alfaiates que fazem os homens, dando-lhes a imagem que quiserem.

— O problema dos ternos bem feitos é que duram demais. Este aqui tem dez anos.

— Não dá para acreditar, sr. Baker. Como vai a sra. Baker?

– Bem o bastante para reclamar. Por que a senhora não lhe faz uma visita, sra. Young-Hunt? Ela se sente sozinha. Não há muita gente, nesta geração, capaz de conduzir uma conversa de bom nível. Foi Wickham quem disse. É o lema da faculdade de Winchester.

Ela se virou para Ethan.

– Mostre-me outro banqueiro norte-americano que saiba disto.

O sr. Baker ficou corado.

– A minha mulher era assinante dos Grandes Livros. Ela adora ler. Por favor, faça uma visita a ela.

– Adoraria. Coloque as minhas coisas em uma sacola, sr. Hawley. Eu pego quando estiver indo para casa.

– Pode deixar, senhora.

– Que jovem mais notável ela é – observou o sr. Baker.

– Ela e Mary se dão muito bem.

– Ethan, aquele homem do governo esteve aqui?

– Esteve.

– O que ele queria?

– Não sei. Fez algumas perguntas sobre o sr. Marullo. Eu não soube responder.

O sr. Baker deixou que a imagem de Margie o abandonasse no ritmo lento de uma anêmona que se abre para expulsar a concha de um caranguejo que acabou de sugar todinho.

– Ethan, você tem visto Danny Taylor?

– Não, não tenho.

– Sabe por onde ele anda?

– Não, não sei.

– Preciso falar com ele. Você não faz ideia de onde ele pode estar?

– Não o vejo há... bom, desde maio. Ele ia tentar se tratar mais uma vez.

– Você sabe onde?

– Ele não disse. Mas queria tentar.

– Era alguma instituição pública?

– Acho que não, senhor. Ele pegou algum dinheiro emprestado comigo.

— O quê?

— Eu emprestei um pouco de dinheiro para ele.

— Quanto?

— *Como assim?*

— Desculpe, Ethan. Vocês são velhos amigos. Desculpe. Ele tinha algum outro dinheiro?

— Acho que sim.

— Você não sabe quanto?

— Não, senhor. Só achei que devia ter mais.

— Se você souber onde ele está, por favor me diga.

— Eu diria se soubesse, sr. Baker. Talvez o senhor pudesse fazer uma lista dos lugares e telefonar.

— Ele pegou dinheiro vivo?

— Pegou.

— Então não vai adiantar nada. Ele pode ter trocado o nome.

— Por quê?

— É o que as pessoas de boa família sempre fazem. Ethan, você pegou o dinheiro da Mary?

— Peguei.

— Ela não se importou?

— Ela não ficou sabendo.

— Agora você está sendo esperto.

— Aprendi com o senhor.

— Bom, não se esqueça disto.

— Talvez esteja aprendendo aos poucos. Mas estou principalmente aprendendo o quanto eu não sei.

— Bom, isso é saudável. Mary vai bem?

— Ah, ela está forte e saudável. Gostaria de poder tirar férias com ela. Há anos não saímos da cidade.

— O dia vai chegar, Ethan. Acho que vou para o Maine no 4 de julho. Não aguento mais tanto barulho.

— Acho que vocês, banqueiros, são homens de sorte. O senhor não esteve em Albany há pouco?

— De onde você tirou essa ideia?

— Não sei... ouvi em algum lugar. Talvez a sra. Baker tenha dito a Mary.

— Não poderia ter dito. Ela não sabe. Tente se lembrar de onde ouviu isto.

— Talvez eu simplesmente tenha imaginado.

— Isto me preocupa, Ethan. Pense bem para descobrir onde você ouviu isso.

— Não tem como, senhor. Que diferença faz, se não é verdade?

— Vou lhe contar, em confidência, por que fiquei preocupado. É porque é verdade. O governador mandou me chamar. O assunto é sério. Fico aqui imaginando onde pode estar o buraco.

— Alguém o viu lá?

— Não que eu saiba. Fui e voltei de avião. É muito sério. Vou lhe dizer uma coisa. Se a informação vazar, já sei de onde veio.

— Então eu não quero nem saber.

— Agora não tem mais escolha, já que sabe a respeito de Albany. O estado está auditando os negócios do condado e da cidade.

— Por quê?

— Acho que é porque o cheiro já chegou a Albany.

— Nada de política?

— Acho que tudo que o governador faz pode ser chamado de política.

— Sr. Baker, por que as coisas não podem ser feitas às claras?

— Vou lhe dizer por quê. No norte do estado a informação vazou, e quando os auditores começaram a trabalhar a maior parte dos registros tinha desaparecido.

— Compreendo. Gostaria que o senhor não tivesse me dito. Não sou de dar com a língua nos dentes, mas preferia não saber.

— Aliás, eu também preferia, Ethan.

— A eleição é no dia 7 de julho. A coisa vai começar antes disso?

— Não sei. Depende do governo estadual.

– O senhor acha que Marullo está metido nisso? Não posso perder o emprego.

– Acho que não. Aquele homem era do governo federal. Do Departamento de Justiça. Você não pediu para ver a identificação dele?

– Nem pensei nisso. Ele mostrou, mas eu nem olhei.

– Bom, devia ter olhado. Sempre deve olhar.

– Não achei que o senhor ia querer viajar.

– Ah, não faz diferença. Nada acontece no fim de semana de Quatro de Julho. Ah, até os japas atacaram Pearl Harbor no fim de semana. Sabiam que ninguém estaria lá.

– Eu bem que gostaria de levar Mary para algum lugar.

– Talvez possa levar mais tarde. Quero que você revire o seu cérebro e descubra onde anda o Taylor.

– Por quê? Por que é tão importante?

– É importante. Não posso dizer por que agora.

– Então, eu gostaria muito de encontrá-lo.

– Bom, se você conseguir encontrá-lo, talvez não precise mais deste emprego.

– Se é assim, vou tentar com toda certeza, senhor.

– É assim que eu gosto, Ethan. Tenho certeza de que vai. E se localizá-lo, por favor, ligue para mim... a qualquer hora, noite ou dia.

13

Fico pensando nas pessoas que dizem não ter tempo para pensar. Eu, pessoalmente, consigo pensar em dobro. Acho que pesar verduras, passar o dia na companhia de clientes, brigar com Mary ou amá-la, aguentar as crianças... nada disso impede a existência de uma segunda camada de pensamentos, ideias, conjecturas. Isto certamente deve valer para todo mundo. Talvez não ter tempo para pensar seja não ter vontade de pensar.

Na região desconhecida e não mapeada que eu penetrara, talvez não tivesse escolha. Perguntas fervilhavam, exigindo atenção. E era um mundo tão novo para mim que eu ficava quebrando a cabeça a respeito de questões que os antigos moradores da cidade provavelmente resolveram e deixaram de lado quando ainda eram crianças.

Eu pensara que podia colocar um processo em curso e controlá-lo a cada curva... até mesmo interrompê-lo se assim desejasse. E agora crescia em mim a convicção assustadora de que tal processo pode se transformar em uma coisa própria, quase uma pessoa, com fins e meios próprios bastante independentes de seu criador. E outro pensamento perturbador me veio. Será que eu realmente dera início àquilo, ou simplesmente não resistira? Posso ter sido o agitador, mas também não fui agitado? Uma vez na estrada, parecia não haver cruzamentos nem bifurcações; nenhuma escolha.

A escolha estava na primeira avaliação. O que é a moral? Será que não passa de palavras? Será que era honroso lançar mão da fraqueza do meu pai, que era uma mente generosa com o sonho mal embasado de que outros homens eram igualmente generosos? Não, cavar o buraco para ele não passava de fazer um bom negócio. Ele caiu lá dentro sozinho. Ninguém o empurrou. Será que era imoral acabar com ele quando já estava por baixo? Aparentemente, não.

Agora um cerco lento e deliberado estava se fechando sobre New Baytown, e tinha sido colocado em movimento por homens de honra. Se desse certo, eles não seriam considerados trapaceiros, mas sim espertos. E se algum fator que tivessem desprezado surgisse, será que poderia ser considerado imoral ou desonroso? Acho que dependeria de seu sucesso ou não. Para a maior parte do mundo, o sucesso nunca é ruim. Agora lembro: quando Hitler fez seu movimento descontrolado e triunfante, muitos homens honrados buscaram virtudes nele e as encontraram. E Mussolini fez os trens circularem na hora certa, e Vichy colaborou para o bem da França, e por tudo que Stalin pudesse ser, era forte. Força e sucesso: isto está acima da moral, acima da crítica. Parece, portanto, que não importa o que a gente faz, mas como faz e do que chama. Será que existe um controle nos homens, bem no fundo deles, que os faça parar ou os castigue? Parece que não. Apenas as falhas são castigadas. Com efeito, nenhum crime é cometido a menos que um criminoso seja pego. No movimento planejado para New Baytown, alguns homens teriam que ser prejudicados, alguns até destruídos, mas isso de modo algum serviria para deter o movimento.

Eu não conseguia chamar isso de uma luta com a minha consciência. Uma vez que detectei o padrão e o aceitei, o caminho pareceu marcado com clareza e os perigos ficaram aparentes. O que mais me impressionava é que a coisa parecia se planejar sozinha; uma coisa surgia de outra e tudo se encaixava. Observei-a crescer e guiei-a apenas com o mais leve dos toques.

O que eu tinha feito e planejado tinha sido empreendido com o total conhecimento de que era estranho para mim, mas necessário como um impulso para montar um cavalo alto. Mas, uma vez montado, o impulso não se faria mais necessário. Talvez eu pudesse deter o processo, mas nunca mais poderia dar início a outro. Eu não precisava nem queria ser cidadão daquela região cinzenta e perigosa. Não tinha nada a ver com a tragédia que se abateria ali no dia 7 de julho. Não era o meu processo, mas eu poderia antecipá-lo e aproveitá-lo.

Um dos nossos mitos mais antigos e mais desacreditados é que os pensamentos dos homens aparecem no rosto, que os olhos são as janelas da alma. Isso não acontece. A única coisa que aparece é a doença, ou a derrota ou o desespero, que são tipos diferentes de doença. Algumas raras pessoas são capazes de sentir o que está por baixo, conseguem sentir as mudanças ou ouvir algum sinal secreto. Acho que minha Mary sentiu uma mudança, mas a interpretou mal, e acho que Margie Young-Hunt sabia... mas ela era bruxa e isso é algo muito preocupante. Parecia a mim que ela era inteligente, além de mágica... e isso é ainda mais preocupante.

Eu tinha certeza de que o sr. Baker tiraria uns dias de folga, sairia provavelmente na sexta-feira à tarde, antes do feriado de 4 de julho. A tempestade teria que cair na sexta ou no sábado para dar tempo de surtir efeito antes da eleição e era lógico supor que o sr. Baker gostaria de estar bem longe quando o choque acontecesse. É claro que, para mim, não fazia muita diferença. Era mais um exercício de antecipação, mas fez com que vários movimentos se fizessem necessários na quinta-feira, para o caso de ele viajar naquela noite. Minha questão de sábado era tão prática que eu era capaz de repassá-la durante o sono. Se é que eu tinha algum medo, era aquele medo que acomete os atores de teatro antes da estreia.

Na segunda-feira, dia 27 de junho, Marullo apareceu logo depois de eu abrir o mercado. Andou um pouco pela loja, olhando para as prateleiras, a caixa registradora e o balcão refrigerado de um jeito estranho, e foi até o depósito e deu uma olhada por lá. Pela expressão dele, parecia que estava vendo tudo aquilo pela primeira vez.

Eu disse:

– Vai viajar no feriado do dia 4?

– Por que está perguntando?

– Bom, todo mundo que tem dinheiro viaja.

– Ah! E para onde eu iria?

– Para onde vai todo mundo? Catskills, até para Montauk para pescar. Os cardumes de atum estão a toda.

Só a ideia de lutar contra um peixe arisco de quinze quilos fazia com que as dores da artrite subissem por seus braços, de modo que ele os flexionou e fez uma careta.

Quase perguntei quando estava pensando em ir para a Itália, mas parecia um pouco demais. Em vez disso, aproximei-me dele e peguei com suavidade em seu cotovelo direito.

– Alfio – eu disse –, acho que você é louco. Por que não vai a Nova York e se consulta com o melhor especialista? Deve existir alguma coisa para acabar com esta dor.

– Não acredito nisto.

– O que você tem a perder? Vá lá. Experimente.

– Por que você se importa?

– Não me importo. Mas trabalho aqui para um carcamano filho da mãe há muito tempo. Se eu visse um cachorro amarelo com tanta dor assim, eu a sentiria também. Você entra aqui, mexe os braços e eu demoro uma meia hora para conseguir ficar com o corpo ereto.

– Você gosta de mim?

– Que diabo, não. Estou bajulando você para pedir aumento.

Ele olhou para mim com olhos de cão, avermelhados, com a íris castanho-escura e a pupila como uma coisa só. Parecia prestes a dizer alguma coisa, mas mudou de ideia.

– Você é um bom rapaz – disse.

– Não se fie nisso.

– Um bom rapaz! – disse de modo explosivo e, como se tivesse ficado chocado com sua exibição de emotividade, saiu do mercado e se afastou.

Eu estava pesando um quilo de vagem para a sra. Davidson quando Marullo voltou correndo. Ele parou à porta e gritou para mim:

– Pegue o meu Pontiac.

– O quê?

– Vá para algum lugar no domingo e na segunda-feira.

– Não tenho dinheiro.

– Leve as crianças. Eu disse na oficina que você vai pegar o meu Pontiac. O tanque está cheio.

– Espere um minuto.

– Vá para o inferno. Leve as crianças. – Arremessou alguma coisa na minha direção e ela caiu no meio das vagens. A sra. Davidson ficou observando enquanto ele se afastava pela rua. Peguei o bolo de notas verdes do meio das vagens: três notas de vinte dólares dobradas em um quadrado apertado.

– O que ele tem?

– É um italiano sensível.

– Deve ser, jogando dinheiro desse jeito.

Não apareceu mais durante o resto da semana, então estava tudo bem. Ele nunca tinha viajado antes sem me dizer. Era como ver um desfile passando, apenas ali parado observando, sabendo qual será o próximo carro alegórico, mas, mesmo assim, observando.

Eu não esperava o Pontiac. Ele nunca emprestara o carro para ninguém. Foi um momento estranho. Parecia que alguma força ou vontade externa tinha assumido o controle dos acontecimentos, eles pareciam amontoados como gado sendo embarcado. Eu sei que o oposto pode ser verdade. Às vezes, a força ou a vontade se desvia e destrói, por mais cuidadoso e profundo que tenha sido o planejamento. Acho que por isso acreditamos em sorte e azar.

Na quinta-feira, dia 30 de junho, acordei como sempre à luz negra perolada do amanhecer, o que era bem cedo assim perto do solstício de verão. A cadeira e a escrivaninha não passavam de manchas escuras, e os quadros não passavam de sugestões mais claras. As cortinas brancas da janela pareciam suspirar, como se respirassem, porque é raro o amanhecer não fazer com que uma brisa leve sopre sobre a terra.

Ao despertar do sono, eu tinha a vantagem de dois mundos, o firmamento em camadas dos sonhos e os apetrechos temporais da mente desperta. Espreguicei-me com volúpia: uma sensação boa de formigamento. É como se a pele encolhesse durante a noite e fosse preciso esticá-la ao chegar o dia alongando os músculos, e isso provoca um prazer de cócegas.

Primeiro eu examinava os sonhos de que me lembrava, como se estivesse folheando um jornal para ver se havia algo de interessante ou de importante. Depois, explorava o dia que tinha pela frente em busca de coisas que ainda não tinham acontecido. Em seguida, seguia uma prática que aprendi com o melhor comandante que já tive. Era Charley Edwards, um major de meia-idade, talvez já um pouco passado demais para ser oficial de combate, mas era um dos bons. Tinha família grande, mulher bonita e quatro filhos em escadinha, e seu coração era capaz de doer de amor e de saudade deles se assim o permitisse. Foi ele quem me falou disso. Naquele negócio mortal, ele não podia se dar ao luxo de permitir que seu coração se dividisse e se deformasse pelo amor, de modo que tinha inventado um método. De manhã, quando não éramos arrancados da cama por um alerta, ele abria a mente e o coração para a família. Passava em revista um por um, mentalmente, pensava em sua personalidade; acariciava-os e reafirmava seu amor. Era como se tirasse objetos preciosos de um armário, um por um, olhasse para cada um deles, passasse a mão, beijasse-os e guardasse-os de novo; depois despedia-se deles e fechava a porta do armário. A coisa toda demorava meia hora, quando dava tempo, e então ele não precisava mais pensar naquilo durante todo o dia. Assim podia dedicar toda a sua capacidade, inabalada pelos conflitos e pelos sentimentos, à tarefa que precisava cumprir: matar outros homens. Ele foi o melhor oficial que eu conheci. Quando o mataram, só consegui pensar que sua vida tinha sido boa e eficiente. Tinha sentido prazer, saboreado o amor e pagado suas dívidas, e quantas pessoas conseguem chegar perto disso?

Não era sempre que eu usava o método do major Charley, mas o fazia em dias como aquela quinta-feira, quando eu sabia que minha atenção precisava ser a mais concentrada possível. Acordei quando o dia abriu uma fresta em sua porta e visitei minha família como o major Charley fazia.

Visitei-os em ordem cronológica, fazendo uma mesura para a tia Deborah. Ela tinha recebido seu nome em homenagem a Débora, juíza em Israel, e li que um juiz era um líder militar. Talvez ela respondesse por seu nome. Minha tia-avó poderia ter liderado exércitos. Ela de fato comandou as cortes das ideias. Meu prazer em aprender sem motivo aparente veio dela. Apesar de rígida, era cheia de curiosidade e não via muita serventia em quem não fosse. Prestei minhas homenagens a ela. Ofereci um brinde espectral ao velho Capitão e fiz uma reverência ao meu pai. Até prestei homenagem ao buraco insustentável no passado que eu conhecia como minha mãe. Nunca a conheci. Ela morreu antes que isso fosse possível e deixou apenas um buraco no lugar do passado que deveria ocupar.

Uma coisa me incomodava. Tia Deborah e o velho Capitão e meu pai não apareciam claramente. Seus contornos estavam vagos e ondulados, ao passo que deveriam ser precisos como uma fotografia. Bom, talvez a mente vá perdendo suas memórias como acontece com os velhos ferrótipos: o fundo se estende e engole as pessoas retratadas. Eu não conseguiria conservá-los para sempre.

Mary deveria ser a próxima, mas coloquei-a de lado para mais tarde.

Invoquei Allen. Não consegui encontrar o rosto de quando era pequeno, o rosto de alegria e animação que me dava certeza sobre a perfeição do homem. Ele aparecia como a imagem daquilo em que tinha se transformado: uma pessoa tristonha, vaidosa, ressentida, isolada e cheia de segredos na dor e perplexidade de sua pubescência, uma época pavorosa e atormentadora, quando é necessário morder todo mundo que está ao seu redor, até ele mesmo, como um cachorro em uma armadilha. Mesmo na imagem da minha mente, ele não conseguia escapar de seu descontentamento miserável, e o coloquei de lado, dizendo apenas: eu sei. Lembro-me de como é ruim, mas não posso fazer nada. Ninguém pode. Só posso dizer que vai acabar. Mas você não vai ser capaz de acreditar. Vá em paz... vá com o meu amor, apesar de neste momento não sermos capazes de aguentar um ao outro.

Ellen trouxe consigo uma onda de prazer. Ela vai ficar linda, ainda mais linda do que a mãe, porque quando seu rostinho assumir seu formato definitivo, ela terá a estranha autoridade da tia Deborah. Suas variações de humor, suas crueldades e seu nervosismo são os ingredientes de um ser bastante belo e querido. Eu sei, porque a vi em pé enquanto dormia segurando o talismã cor-de-rosa de encontro ao peito e parecendo uma mulher completa. E, da mesma maneira que o talismã era e continua sendo importante para mim, também é para Ellen. Talvez seja Ellen que carregue e transmita o que existe de imortal em mim. E, na minha homenagem, abracei-a e ela, fiel ao que é, fez cócegas na minha orelha e riu. Minha Ellen. Minha filha.

Voltei a cabeça para Mary, dormindo e sorrindo à minha direita. Aquele é o lugar dela; assim, quando tudo está bom e certo e pronto, ela pode aninhar a cabeça no meu braço direito, deixando o esquerdo livre para acariciá-la.

Alguns dias antes, eu tinha cortado o indicador com a faca recurvada de banana no mercado, e uma casquinha dura cobria a ponta macia do meu dedo. Então acariciei a linha adorável da orelha ao pescoço dela com o dedo do meio, com suavidade suficiente para não assustá-la, mas com firmeza bastante para não fazer cócegas. Ela suspirou como sempre faz, uma expiração profunda e concentrada, uma liberação grave de luxúria. Algumas pessoas não gostam de acordar, mas não Mary. Ela recebe o dia com a expectativa de que vai ser bom. E, ciente disso, tento oferecer-lhe algum presentinho para justificar sua convicção. E tento estocar presentes para algumas ocasiões, como o que eu tirava agora da bolsa da minha mente.

Os olhos dela se abriram, enevoados de sono.

– Já? – ela perguntou e olhou para a janela para conferir a proximidade do dia.

Por cima da escrivaninha, o quadro estava pendurado: árvores, um lago e uma vaquinha parada na água. Distingui o rabo da vaca da cama e vi que o dia tinha chegado.

– Trago-lhe marés de muita alegria, minha esquilinha travessa.

– Louco.

– Eu já menti para você?

– Talvez.

– Você está acordada o suficiente para escutar as marés de muita alegria?

– Não.

– Então vou contê-las.

Ela se virou por cima do ombro esquerdo e formou uma dobra profunda em sua pele macia.

– Você faz piadas demais. Se for alguma coisa como cimentar o gramado...

– Não é nada disso.

– Ou começar uma criação de grilos...

– Não. Mas você se lembra mesmo de planos antigos que foram descartados.

– É piada?

– Bom, é uma coisa tão estranha e mágica que você vai precisar fazer força para acreditar.

Os olhos dela estavam àquela altura limpos e despertos, dava para ver os tremorezinhos ao redor dos lábios dela se preparando para rir.

– Diga.

– Você conhece um senhor de ascendência italiana chamado Marullo?

– Seu louco... lá vem você com bobagem.

– Você vai achar que é. O coitado do Marullo afastou-se daqui por um período.

– Para onde?

– Ele não disse.

– Quando ele volta?

– Pare de me confundir. Ele também não disse. O que disse, quando eu reclamei, o que ele ordenou foi que nós pegássemos o carro dele para fazer uma viagem alegre no feriado.

– Você está brincando.

– Eu contaria uma mentira que fosse deixar você triste?

– Mas por quê?

– Isso eu não sei dizer. E se eu lhe der minha palavra de escoteiro e jurar pelo papa que aquele Pontiac forrado de mink, com o tanque cheio de gasolina, está à espera do prazer de vossa majestade?

– Mas para onde a gente vai?

– Isso, minha adorada esposa-joaninha, você é quem vai decidir; e vai passar o dia inteiro de hoje, de amanhã e de sábado planejando.

– Mas segunda-feira é feriado. São dois dias inteiros.

– Está correto.

– Mas nós temos dinheiro? Pode ser que precisemos ficar em um hotel de beira de estrada ou algo assim.

– Precisando ou não, vamos ficar. Tenho uma bolsa secreta.

– Seu bobo, eu conheço a sua bolsa. Não dá para imaginar que ele emprestou o carro para você.

– Eu também não acredito, mas emprestou.

– Não se esqueça de que ele trouxe doces na Páscoa.

– Talvez esteja ficando senil.

– Fico aqui me perguntando o que ele quer.

– Isto não é digno da minha mulher. Talvez ele queira o nosso amor.

– Vou ter que fazer mil coisas.

– Sei que vai. – Dava para ver a mente dela revirando as possibilidades como uma escavadeira. Eu sabia que tinha perdido sua atenção e provavelmente não a recuperaria, e estava bem.

No café da manhã, antes da minha segunda xícara de café, ela já tinha escolhido e descartado metade das áreas agradáveis do leste dos Estados Unidos. Pobre querida, não tinha se divertido muito nos últimos anos.

Eu disse:

– Chloe, sei que vai ser difícil prender a sua atenção. Ofereceram-me um investimento muito importante. Quero mais um pouco do seu dinheiro. A primeira parte está indo bem.

– O sr. Baker está sabendo?

– A ideia foi dele.

– Então, pegue. É só assinar um cheque.

– Você não quer saber quanto?

– Acho que não.

– Você não quer saber qual é o investimento? Os números, a flutuação, os gráficos, o retorno provável, a incidência de impostos e tudo o mais?

– Eu não ia entender nada.

– Ah, sim, ia sim.

– Bom, eu não ia querer entender.

– Não é à toa que você é conhecida como a Bruxa de Wall Street. Com essa mente fria e aguçada para os negócios... é aterrorizante.

– Vamos viajar – ela disse. – Vamos viajar durante dois dias.

E como diabos um homem poderia não amá-la, não adorá-la?

– Quem é Mary... o que é Mary – cantarolei. Depois, peguei as garrafas vazias de leite e fui trabalhar.

Senti necessidade de colocar o papo em dia com Joey, só para senti-lo, mas devo ter chegado um instante atrasado, ou ele, um instante adiantado. Estava entrando no café quando eu dobrei a esquina da High Street. Segui-o para dentro do estabelecimento e sentei-me na banqueta ao lado dele.

– Você me fez pegar este hábito, Joey.

– Olá, sr. Hawley. O café aqui é bem bom.

Cumprimentei minha antiga amiga de escola.

– Bom dia, Annie.

– Você vai virar cliente regular, Eth?

– Parece que sim. Uma xícara de café preto.

– Saindo um preto.

– Preto como o olho do desespero.

– O quê?

– Preto.

– Se você enxergar algum branco nele, Eth, eu lhe dou outro.

– Como vão as coisas, Morph?

– Como sempre, só que piores.

– Quer trocar de emprego?

– Bem que gostaria, assim antes de um fim de semana prolongado.

– Você não é o único com problemas. As pessoas também gostam de fazer estoque de comida.

– Acho que sim. Eu não tinha pensado nisso.

– Coisas para piquenique, picles, salsicha e, Deus nos ajude, marshmallows. O movimento aumenta muito para você?

– Com o dia 4 caindo na segunda e o tempo bom? Está brincando? E o que é pior, Deus Todo-Poderoso sente a necessidade de descansar e se divertir nas montanhas.

– O sr. Baker?

– Não estou falando de James G. Blaine*.

– Quero falar com ele. Preciso falar com ele.

– Bom, tente achá-lo se conseguir. Está pulando de um lado para o outro, feito uma moeda em cima de um pandeiro.

– Posso levar sanduíches à sua estação de batalha, Joey.

– Acho que vou mesmo pedir que leve.

– Desta vez eu pago – eu disse.

---

* James G. Blaine: político norte-americano, senador e candidato à presidência, com atuação marcante na segunda metade do século XIX. (N.T.)

– Certo.

Atravessamos a rua juntos e entramos no beco.

– Você parece para baixo, Joey.

– E estou. Enjoei do dinheiro dos outros. Tenho um encontro dos grandes no fim de semana e provavelmente vou estar ocupado demais para me preparar. – Enfiou um papel de chiclete na fechadura, entrou e disse: – Até logo. – Depois, fechou a porta.

Empurrei a porta dos fundos e a abri.

– Joey! Você vai querer um sanduíche hoje?

– Não, obrigado – ele gritou do interior mal iluminado, com cheiro de cera de chão. – Quem sabe na sexta; no sábado, com certeza.

– Você não vai fechar ao meio-dia?

– Eu já disse. O banco fecha, mas Morph não.

– É só me avisar.

– Obrigado... obrigado, sr. Hawley.

Eu não tinha nada a dizer aos meus exércitos nas prateleiras naquela manhã, a não ser:

– Bom dia, senhores... descansar!

E, alguns instantes antes das nove, coloquei meu avental e peguei minha vassoura, e já estava na calçada varrendo.

O sr. Baker é tão regular que dá para ouvir o funcionamento do mecanismo dele e tenho certeza de que ele tem uma corda de relógio no peito. Oito e cinquenta e seis, cinquenta e sete, lá veio ele descendo a Elm Street; oito e cinquenta e oito, atravessou; oito e cinquenta e nove... estava na frente das portas de vidro onde eu, com a vassoura nos braços, o interceptei.

– Sr. Baker, preciso falar com o senhor.

– Bom dia, Ethan. Pode esperar um minuto? Entre.

Eu o segui e foi exatamente como Joey disse: igual a uma cerimônia religiosa. Os dois estavam praticamente em estado de atenção, em compasso de espera, quando o ponteiro do relógio chegou às nove. A enorme porta de aço do cofre estalou e zumbiu. Então Joey discou os números místicos e virou a roda que recolhia os ferrolhos. O mais sagrado dos altares se abriu com pompa e o sr. Baker saudou o dinheiro ali reunido. Fiquei do lado de fora da grade como um comungante humilde à espera do sacramento.

O sr. Baker se voltou.

– Então, Ethan, em que posso ajudar?

Eu disse baixinho:

– Preciso falar com o senhor em particular, e não posso sair do mercado.

– Não dá para esperar?

– Acho que não.

– Você precisa de um ajudante.

– Eu sei.

– Se tiver um tempinho, dou uma passada por lá. Teve notícias de Taylor?

– Ainda não. Mas andei pesquisando.

– Vou tentar passar por lá.

– Obrigado, senhor. – Mas eu sabia que ele passaria.

E passou, em menos de uma hora, e ficou esperando até os clientes que estavam lá saírem.

– Então... o que foi, Ethan?

– Sr. Baker, com médicos, advogados e padres, existe a regra do sigilo. Será que o mesmo vale para os banqueiros?

Ele sorriu.

– Você por acaso já viu algum banqueiro discutir os lucros dos clientes?

– Não.

– Bom, tente perguntar, e veja até onde chega. E, além deste costume, eu sou seu amigo, Ethan.

– Eu sei. Acho que estou um pouco nervoso. Já faz muito tempo que não tenho oportunidade de descansar.

– Descansar?

– Vou dizer logo o que está acontecendo, sr. Baker. Marullo está com problemas.

Ele se aproximou de mim.

– Que tipo de problema?

– Não sei exatamente, senhor. Acho que ele pode ser imigrante ilegal.

– Como é que você sabe?

– Ele me disse... não exatamente. O senhor sabe como ele é.

Quase dava para ver a mente dele dando saltos dentro da cabeça, juntando as peças e encaixando-as.

– Prossiga – ele disse. – Isso significa deportação.

– Creio que sim. Ele tem sido bom para mim, sr. Baker. Eu não faria nada para prejudicá-lo.

– Você deve algo a si mesmo, Ethan. Qual foi a proposta dele?

– Não foi simplesmente uma proposta. Eu tive que compreender a partir de um monte de coisas desconexas que ele disse. Mas o que eu entendi foi o seguinte: se eu apresentasse cinco mil em dinheiro, bem rápido, poderia ficar com o mercado.

– Isso faz parecer que ele vai fugir... mas você não deve saber disso.

– Eu não sei de absolutamente nada.

– Então, não há como ele cobrar alguma coisa por baixo do pano. Ele não falou nada específico?

– Não, senhor.

– Então, como foi que você chegou a essa quantia?

– Foi fácil, senhor. É tudo que nós temos.

– Mas será que você não consegue por menos?

– Talvez.

O olho rápido dele percorreu o mercado e o avaliou.

– Se você estiver certo na sua suposição, está em boa posição de barganhar.

– Não sou muito bom nisso.

– Você sabe que eu não sou favorável a negociações às escondidas. Talvez eu possa falar com ele.

– Ele viajou.

– Quando volta?

– Não sei, senhor. Lembre-se, eu apenas acho que ele vai dar uma passada por aqui, e se eu tiver a quantia em dinheiro, pode ser que ele faça negócio. Ele gosta de mim, o senhor sabe.

– Sei que gosta.

— Eu detestaria achar que estou tirando vantagem.

— Bom, ele pode conseguir com outra pessoa. Pode conseguir dez mil muito fácil de... qualquer um.

— Então talvez eu esteja com esperança demais.

— Ah, não pense pequeno. Você precisa cuidar do problema número um.

— Número dois. O dinheiro é da Mary.

— Bom, é mesmo. Mas o que exatamente você tinha em mente?

— Bom, achei que talvez o senhor pudesse esboçar alguns documentos e deixar a data e a quantia em branco. Daí eu achei que poderia sacar o dinheiro na sexta-feira.

— Por que na sexta-feira?

— Bom, mais uma vez, é só especulação, mas ele falou algo sobre como todo mundo sai da cidade no feriado. Eu então fiquei achando que é quando ele pode aparecer. O senhor não cuida da conta dele?

— Não, pelo amor de Deus. Ele tirou todo o dinheiro há pouco tempo. Disse que ia comprar ações. Não desconfiei na ocasião porque ele já fez isso e sempre voltou a depositar mais do que tinha tirado. – Olhou bem nos olhos da moça colorida que enfeitava a lata de cerveja Miss Rheingold dentro do balcão refrigerado, mas não respondeu ao convite risonho dela. – Sabe, você pode se sair muito mal nessa história.

— Como assim?

— Para começar, ele pode vender o mercado para meia dúzia de pessoas e, em segundo lugar, pode estar afundado em hipotecas. E também pode não ter registro.

— Posso descobrir no gabinete de cobranças do condado. Eu sei que o senhor é um homem ocupado, sr. Baker. Estou abusando da sua amizade com minha família. Além disso, o senhor é o único amigo que tenho que entende dessas coisas.

— Vou ligar para o Tom Watson e perguntar a respeito dos títulos. Caramba, Ethan, o momento não é bom. Vou sair de viagem amanhã à noite. Se for verdade e ele for um escroque, você pode ir preso para esclarecer a questão.

– Talvez, então, seja melhor eu desistir dessa ideia. Mas por Deus, sr. Baker, já cansei de ser balconista de mercado.

– Eu não disse para desistir. Só disse que é um risco.

– Mary ficaria muito feliz se eu fosse dono do mercado. Mas eu acho que o senhor tem razão. Não devo arriscar com o dinheiro dela. Acho que devo mesmo é ligar para a polícia federal.

– Isso faria com que você perdesse sua vantagem.

– Como?

– Se ele for deportado, poderá vender suas posses por meio de um agente e este mercado vai custar muito mais do que você pode pagar. Você não sabe se ele vai fugir. Como é que você pode contar para eles se não sabe? Você nem sabe se já estão fazendo um levantamento sobre ele.

– É verdade.

– Aliás, você não sabe absolutamente nada sobre ele... não de fato. Tudo que você me disse não passa de um monte de suspeitas vagas, não é verdade?

– É.

– E é melhor esquecer tudo isso.

– Não pode parecer ruim... pagar à vista sem registro?

– Você pode escrever no cheque... ah, algo como "Para investimento em negócio de mercado com A. Marullo". Isso serviria de registro da sua intenção.

– Suponhamos que nada disso dê certo.

– Aí é só voltar a depositar o dinheiro.

– O senhor acha que vale a pena correr o risco?

– Bom... é tudo arriscado, Ethan. É arriscado carregar essa quantia de dinheiro por aí.

– Eu cuido disso.

– Gostaria de não precisar estar fora nesse dia.

O que eu tinha dito sobre a escolha do momento certo continua valendo. Em todo aquele tempo, ninguém entrou no mercado, mas logo chegou uma meia dúzia de clientes: três mulheres, um velho e duas crianças. O sr. Baker se aproximou de mim e falou bem baixinho:

– Vou lhe entregar o dinheiro em notas de cem dólares e vou anotar os números. Então, se o pegarem, você pode receber o dinheiro de volta. – Cumprimentou as três mulheres com um aceno grave de cabeça, disse "bom dia, George" ao velho e passou a mão na cabeça das crianças. O sr. Baker é um homem muito esperto.

14

Primeiro de julho. Divide o ano como uma risca de cabelo. Eu tinha determinado que o dia serviria como demarcador de fronteiras para mim: ontem eu era de um tipo, amanhã, vou ser de outro. Tinha preparado meus movimentos de modo a não serem lembrados. O momento e os acontecimentos tinham me acompanhado, parecia que tinham colaborado comigo. Eu nunca tentei lançar mão da virtude para esconder de mim mesmo o que eu estava fazendo. Ninguém me obrigou a tomar o rumo que eu escolhera. Temporariamente, troquei um hábito de conduta e de atitude pelo conforto e dignidade e um amortecedor de segurança. Seria fácil demais afirmar que fiz isso pela minha família por saber que em seu conforto e segurança eu encontraria minha dignidade. Mas meu objetivo era limitado e, uma vez atingido, eu retornaria a meu antigo hábito de conduta. Eu sabia que era capaz. A guerra não me transformara em assassino, apesar de eu ter matado homens durante um período. O ato de enviar patrulhas, sabendo que alguns dos homens morreriam, não despertava em mim a alegria pelo sacrifício deles, como acontecia com outras pessoas, e eu nunca conseguia ficar feliz pelo que tinha feito, nem desculpar ou perdoar meus atos. O principal era conhecer o objetivo limitado pelo que ele era, interromper o processo no meio. Mas isto só poderia acontecer se eu soubesse o que estava fazendo e se não enganasse a mim mesmo: segurança e dignidade, e então interromper o processo no meio do caminho. Eu sabia, devido ao combate, que há vítimas inevitáveis no processo, que não se devem à raiva nem ao ódio nem à crueldade. E acredito que, no momento da aceitação, entre o vencedor e o derrotado, entre o assassino e o assassinado, existe amor.

Mas os papéis rabiscados de Danny doíam como uma ferida, assim como os olhos agradecidos de Marullo.

Eu não tinha perdido o sono, como dizem que acontece com os homens às vésperas de uma batalha. O sono me veio rápido, pesado e completo, e me libertou apenas pouco antes do amanhecer, renovado. Eu não fiquei deitado na escuridão, como sempre fazia. Ansiava em visitar minha vida como fora até aquele momento. Deslizei em silêncio para fora da cama, troquei-me no banheiro e desci as escadas, caminhando perto da parede. Fiquei surpreso quando fui até a cristaleira, destranquei-a e reconheci a pedra rosada pelo toque. Coloquei-a no meu bolso e fechei a cristaleira à chave. Em toda a minha vida, nunca tinha carregado o objeto comigo, e não sabia que o faria naquela manhã. A memória me guiou através da cozinha escura, pela porta dos fundos, para o quintal cinzento. Os olmos arqueados estavam rechonchudos de folhas, formando um verdadeiro túnel escuro. Se eu estivesse com o Pontiac de Marullo na ocasião, teria pegado o carro e ido para longe de New Baytown, para o mundo da minha primeira lembrança que despertava. Meu dedo traçou o desenho sinuoso infinito do talismã quente no meu bolso... talismã?

Aquela Deborah que me enviara, quando criança, até o Gólgota, era uma máquina precisa no que diz respeito às palavras. Não se deixava enganar por elas, e não permitia que eu me iludisse. Que força ela tinha, aquela senhora! Se por acaso desejasse a imortalidade, tinha-na atingido no meu cérebro. Ao me ver traçando aquelas curvas com o dedo, disse:

– Ethan, esta coisa exótica bem que podia se transformar no seu talismã.

– O que é um talismã?

– Se eu lhe disser, sua meio-atenção só vai meio-aprender.

Tantas palavras hoje são minhas porque tia Deborah despertou minha curiosidade a respeito delas e depois me obrigou a satisfazê-la com esforço próprio. Claro que eu respondi: "E daí?", mas ela sabia que eu iria procurar quando ninguém estivesse olhando e por isso a soletrou, para que eu pudesse encontrar. T-a-l-i-s-m-ã. Preocupava-se profundamente com as palavras e detestava quando eram mal empregadas, da mesma forma que detestava o manuseio desajeitado de qualquer peça fina. Agora, tantos ciclos depois, posso ver aquela página... posso ver a mim mesmo escrevendo "talismã" errado. Em árabe, a palavra era apenas uma linha retorcida com um bulbo no fim. Em grego, eu era capaz de pronunciar, devido às instruções daquela senhora. "Uma pedra ou outro objeto entalhado com figuras ou caracteres a que se atribuem os poderes ocultos das influências planetárias e das configurações celestiais sob as quais foi confeccionado, geralmente usado como amuleto para evitar o mal ou para trazer sorte a quem o carrega." Então precisei consultar "oculto", "planetário", "celestial" e "amuleto". Era sempre assim. Uma palavra puxa a outra, como em uma fileira de rojões.

Quando mais tarde eu perguntei a ela:

– A senhora acredita em talismãs?

Ela respondeu:

– O que eu acredito, ou não, não tem nada a ver com isso.

Coloquei a pedra nas mãos dela:

– O que significa esta figura ou caractere?

– O talismã é seu, não meu. Significa o que você quiser que signifique. Guarde de novo na cristaleira. Vai ficar esperando por você.

Enquanto eu caminhava pela caverna de olmos, ela estava tão viva quanto jamais esteve, e esta é a verdadeira imortalidade. O entalhe passava em volta e por cima dele mesmo, uma serpente sem cabeça nem rabo, sem começo nem fim. E eu o tinha carregado comigo pela primeira vez... para evitar o mal? Para me trazer sorte? Não acredito em leitura da sorte também, e a imortalidade sempre me pareceu uma promessa doentia para os desiludidos.

A borda iluminada a leste era julho, porque junho tinha ido embora durante a noite. Julho é latão onde junho é ouro, e chumbo onde junho é prata. As folhas de julho são pesadas, gordas e aglomeradas. O canto dos pássaros de julho é um refrão flatulento, sem paixão, porque os ninhos já estão vazios e os filhotinhos desprezados piam de maneira desajeitada. Não, julho não é mês de promessa nem de satisfação. As frutas crescem, mas não são doces nem têm cor, o milho parece uma trouxa desfalecida verde com uma espiga jovem e amarela. As abóboras continuam com seus cordões umbilicais de botões secos.

Caminhei até a Porlock Street; Porlock, tão rechonchuda e satisfeita. A luminosidade acobreada da manhã mostrava roseiras carregadas de botões de meia-idade, como mulheres em quem o corpete já não consegue esconder a barriga volumosa, por mais belas que continuem suas pernas.

Caminhando lentamente, percebi que eu estava sentindo, não dizendo, um adeus... não era até logo. Até logo tem um doce som de relutância. Adeus é curto e definitivo, uma palavra com dentes afiados que rói a corda que amarra o futuro.

Cheguei ao Porto Antigo. Adeus a quê? Não sei. Não dava para lembrar. Acho que queria ir ao Lugar, mas o homem que tem conhecimento do mar saberia que a maré estava alta e o Lugar, debaixo da água escura. Na noite anterior, eu tinha visto a lua de apenas quatro dias como a agulha grossa e curvada de um cirurgião, mas forte o bastante para puxar a maré para dentro da boca cavernosa do Lugar.

Nem precisava visitar a cabana de Danny na esperança de encontrá-lo. A luz já estava forte o bastante para eu ver que o capim estava bem ereto no caminho por onde os pés de Danny costumavam se arrastar e amassá-lo.

O Porto Antigo estava coalhado de embarcações de verão, cascas de noz delicadas com velas cobertas por camadas bem ajeitadas de lona, aqui e ali um madrugador se preparando, limpando a retranca e enrolando a bujarrona e as velas principais, desempacotando sua genoa como um grande ninho branco amarfanhado.

O porto novo era mais movimentado. Navios fretados amarrados perto para embarcar passageiros, os pescadores frenéticos de verão que pagam uma taxa e lotam o convés dos barcos de peixes e, à tarde, ficam se perguntando distraídos o que fazer com eles, sacos, cestos e montanhas de pargos, baiacus e peixes negros, cabrinhas e até mesmo cações, mais descarnados: todos seriam rasgados com afã, morreriam e seriam jogados de volta para as gaivotas que esperavam. As gaivotas se aglomeravam e esperavam, sabendo que os pescadores de verão se enjoariam de tanta fartura. Quem tem vontade de limpar e descamar uma saca inteira de peixes? É mais difícil distribuir peixes do que pescá-los.

A baía estava lisa como um espelho, e a luz metálica se espalhava sobre as águas. As boias cônicas e esféricas paradas imóveis à beira do canal, cada uma delas com sua irmã gêmea espelhada de cabeça para baixo na água.

Fiz a curva no mastro da bandeira do memorial de guerra e encontrei meu nome entre os dos heróis sobreviventes, as letras saltadas em prateado (CAP. E. A. HAWLEY) e, embaixo, em dourado, o nome dos dezoito homens de New Baytown que não voltaram para casa. Eu sabia o nome da maior parte deles e no passado os conhecera: não eram diferentes do resto, mas agora se diferenciavam em dourado. Durante um breve momento, desejei estar com eles nos registros mais para baixo, Cap. E. A. Hawley em dourado, os desleixados e fingidos, os covardes e os heróis todos juntos em dourado. Não apenas os corajosos morrem, mas os corajosos têm maior chance de morrer.

O gordo Willie aproximou-se com a viatura, estacionou ao lado do monumento e pegou a bandeira do assento ao lado.

– Oi, Eth – disse. Prendeu as presilhas de latão e ergueu a bandeira lentamente até o topo do mastro, onde ela desabou inerte como um enforcado. – Mal se aguenta – Willie disse, arfando um pouco. – Olhe só para ela. Mais dois dias, e é a nova, com cinquenta estrelas*, que vai subir.

– A de cinquenta estrelas?

---

* A bandeira norte-americana tem o número de estrelas correspondente ao número de estados do país; em 1960, começou a ser usada a bandeira com cinquenta estrelas, marcando a anexação do Havaí, o 50º estado, que ocorrera em 21 de agosto de 1959. (N.T.)

– Exatamente. Compramos uma de náilon, duas vezes maior do que esta, e não pesa nem a metade.

– Como vão as coisas, Willie?

– Não posso reclamar... mas reclamo. Este glorioso 4 de julho é sempre uma bagunça. Na segunda que vem, vou ter que lidar com muito mais acidentes e brigas e bêbados... bêbados de fora. Quer uma carona até o mercado?

– Obrigado. Preciso passar no correio e pensei em tomar um café.

– Certo. Eu levo você. Até podia tomar um café também, mas Stoney anda de péssimo humor.

– O que ele tem?

– Só Deus sabe. Foi viajar uns dias e voltou de mau humor, todo exigente.

– Para onde ele foi?

– Não disse, mas voltou de mau humor. Eu espero enquanto você pega a correspondência.

– Não precisa, Willie. Tenho que cuidar de algumas coisas.

– Como quiser. – Deu ré e se afastou pela High Street.

O correio ainda estava escuro, o chão recém-encerado, e um aviso: PERIGO. CHÃO ESCORREGADIO.

A prateleira número 7 era nossa desde que o antigo correio fora construído. Disquei G ½ R e tirei uma pilha de planos e promessas endereçados ao "Proprietário da Caixa Postal". E era tudo que havia ali: forração para o cesto de lixo. Caminhei pela High Street com a intenção de tomar uma xícara de café, mas no último momento perdi a vontade, ou não quis mais conversar com ninguém ou... não sei por quê. Simplesmente não queria mais entrar na cafeteria Foremaster. Meu Deus, mas o homem é mesmo uma montanha de impulsos inesperados... e acho que a mulher também é.

Estava varrendo a calçada quando a engrenagem do sr. Baker o trouxe da Elm Street e o levou para dentro do banco para a cerimônia da abertura programada do cofre. Eu estava arrumando melões nas gôndolas perto da porta, sem prestar muita atenção, quando o carro blindado verde, antiquado, parou na frente do banco. Dois guardas armados como soldados de tropa de choque desceram da traseira e carregaram sacas cinzentas de dinheiro para dentro do banco. Em cerca de dez minutos, saíram, entraram na fortaleza rebitada e foram embora. Imagino que precisassem ficar esperando enquanto Morph contava e o sr. Baker conferia e lhes entregava um recibo. Dá mesmo muito trabalho cuidar de dinheiro. Como Morph diz, dá mesmo para pegar nojo do dinheiro dos outros. E, pelo tamanho e pelo peso, o banco devia estar esperando grandes saques de feriado. Se eu fosse um ladrão de banco experimentado, este seria o momento de atacar. Mas eu não era um ladrão de banco experimentado. Eu devia tudo o que sabia ao meu amigo Joey. Ele poderia ter sido um grande ladrão, se assim desejasse. Fico imaginando por que não tinha essa vontade, só para testar sua teoria.

O movimento se acumulou naquela manhã. Foi pior do que eu achei que poderia ser. O sol ficou quente e implacável e havia muito pouco vento, aquele tipo de clima que leva as pessoas a tirarem férias quer queiram, quer não. Eu tinha uma fila de clientes esperando para serem atendidos. Uma coisa eu sabia: fizesse chuva ou fizesse sol, eu precisava de um auxiliar. Se não desse certo com Allen, eu o mandaria embora e arrumaria outra pessoa.

Quando o sr. Baker apareceu, por volta das onze horas, estava com pressa. Tive que deixar alguns clientes esperando para ir até o depósito com ele.

Colocou um envelope grande e um pequeno nas minhas mãos e estava com tanta pressa que meio que latiu palavras truncadas:

– Tom Watson disse que não há problemas com o negócio. Não sabe se existem registros. Acha que não. Aqui estão os documentos de transferência de imóveis. Faça com que assine nos locais em que fiz um X. O dinheiro está marcado e os números, anotados. Aqui está o cheque pronto. É só assinar. Desculpe, mas estou com pressa, Ethan. Detesto fazer as coisas desse jeito.

– O senhor acha mesmo que eu devo seguir em frente?

– Caramba, Ethan, depois de todo o trabalho que eu tive...
– Desculpe, senhor. Desculpe. Eu sei que está certo.
– Coloquei o cheque sobre uma caixa de papelão de leite enlatado e o assinei com meu lápis indelével.

O sr. Baker não se apressou muito para examinar o cheque.

– Ofereça dois mil dólares primeiro. E vá aumentando a oferta, duzentos de cada vez. Você sabe, é claro, que só tem saldo de quinhentos no banco. Deus o ajude se faltar.

– Se der tudo certo, não posso pegar um empréstimo dando o mercado como garantia?

– Claro que pode, se quiser que os juros acabem com você.

– Não sei como agradecer.

– Não afrouxe, Ethan. Não deixe que ele se faça de coitado. Ele sabe seduzir as pessoas. Todos os carcamanos sabem. Lembre-se apenas do número um.

– Sem dúvida, sou-lhe muito agradecido.

– Preciso ir – ele disse. – Quero chegar à estrada antes do trânsito do meio-dia. – E assim, saiu, quase derrubando a sra. Willow, que estava parada na porta apalpando os melões todos pela segunda vez.

O dia não ficou nem um pouco menos frenético. Acho que o calor que banhava as ruas deixava as pessoas sobressaltadas e predispostas a brigar. Parecia que estavam fazendo estoque para uma catástrofe, não para um feriado. Eu não poderia ter levado um sanduíche para Morph nem que quisesse.

Além de atender as pessoas, eu também precisava ficar de olhos abertos. Muitos dos clientes eram veranistas, desconhecidos na cidade, que roubam se você não prestar atenção. Parece ser algo que eles não conseguem evitar. E nem sempre é algo de que precisam, além do mais. Os pequenos frascos recheados de luxos são os que mais sofrem, *foie gras* e caviar e champignons. É por isso que Marullo me faz guardar essas coisas atrás do balcão, onde os clientes não devem ir. Ele me ensinou que não é nada bom pegar um ladrão. Todo mundo fica incomodado, talvez porque todo mundo seja culpado; bom, pelo menos é o que ele acha. Praticamente só existe uma maneira de compensar a perda: cobrando a mais de outra pessoa. Mas se eu visse alguém pairando perto demais das prateleiras, era possível deter o impulso dizendo algo como: "Estas cebolinhas para coquetel estão em oferta". Já vi clientes pulando como se eu tivesse lido a mente deles. O que eu mais detesto neste negócio é a desconfiança. Não é agradável ficar desconfiado. Eu fico bravo, como se uma pessoa estivesse prejudicando muitas outras.

O dia foi passando com uma espécie de tristeza, e o tempo desacelerou. Depois das cinco, o delegado Stoney entrou, magro, sombrio e ulceroso. Comprou um prato semipronto de esquentar no forno: filé campestre, cenouras e purê de batatas, preparados e congelados em uma espécie de bandejinha de alumínio.

Eu disse:

– Parece que você tomou um pouco de sol demais, delegado.

– Bom, não tomei. Estou ótimo. – Ele estava com péssima aparência.

– Quer dois destes?

– Só um. Minha mulher foi viajar. Os policiais não têm férias.

– Que pena.

– Talvez seja melhor assim. Com toda essa turba por aí, nem fico muito em casa.

– Ouvi dizer que você tinha ido viajar.

– Quem lhe contou?

– Willie.

– Ele precisa aprender a ficar de boca fechada.

– Ele não quis fazer mal.

– Não tem esperteza suficiente para fazer mal. Talvez não tenha esperteza suficiente para ficar fora da cadeia.

– E quem tem? – eu disse isso de propósito e obtive uma resposta ainda maior do que esperava.

– O que você quer dizer com isso, Ethan?

– Quero dizer que existem tantas leis que fica difícil até respirar sem quebrar alguma delas.

– É verdade. A coisa chega a um ponto em que a gente já não sabe mais nada.

– Queria perguntar uma coisa, delegado... quando estava fazendo a limpeza, encontrei um revólver antigo, todo sujo e enferrujado. Marullo disse que não é dele, e tenho certeza de que não é meu. O que eu faço com ele?

– Entregue para mim, se não quiser tirar uma licença.

– Vou trazer de casa amanhã. Guardei dentro de uma lata de óleo. O que você faz com essas armas, Stoney?

– Ah, dou uma checada para ver se não são ilegais e jogo no mar. – Ele parecia estar se sentindo melhor, mas aquele dia tinha sido longo e quente. E eu não podia perder essa oportunidade.

– Lembra, há uns dois anos, teve um caso em algum lugar ao norte do estado? Eram uns policiais vendendo armas confiscadas.

Stoney deu um sorriso doce de jacaré, com a mesma inocência alegre do bicho.

– A minha semana foi infernal, Eth. Foi um inferno. Se o seu objetivo for me alfinetar, ah, desista. A minha semana foi infernal.

– Desculpe, delegado. Será que tem alguma coisa que um cidadão sóbrio possa fazer para ajudar, como ficar bêbado na sua companhia?

– Ah, em nome de Deus, bem que eu gostaria. Eu preferia ficar bêbado a qualquer outra coisa.

– E por que não fica?

– Você sabe? Não, como é que poderia saber? Ah, se pelo menos eu soubesse para que é e de onde veio...

– Do que é que você está falando?

– Esqueça, Eth. Não... não esqueça. Você é amigo do sr. Baker. Ele andou fazendo algum acordo?

– Não somos tão amigos assim, delegado.

– E Marullo? Cadê ele?

– Foi para Nova York. Vai consultar um médico de artrite.

– Meu Deus do céu. Não sei. Simplesmente não sei. Se pelo menos tivesse alguma pista, ah, eu ia saber para onde pular.

– Você não está falando coisa com coisa, Stoney.

– Não, não estou. Já falei demais.

– Eu não sou muito esperto, mas se quiser desabafar...

– Não quero. Não, não quero. Eles não vão me acusar de ter vazado alguma informação, mesmo que eu soubesse quem são eles. Esqueça, Eth. Não passo de um sujeito preocupado.

– Você não poderia deixar nada vazar para mim, Stoney. O que foi? Tribunal Superior?

– Então você está sabendo?

– Um pouco.

– O que está por trás disso?

– O progresso.

Stoney se aproximou de mim e sua mão de ferro agarrou meu antebraço com tanta força que doeu.

– Ethan – ele disse, com firmeza –, você acha que eu sou um bom policial?

– O melhor.

– É o meu objetivo. É o que quero ser. Eth... você acha que é correto fazer alguém entregar os amigos para salvar a própria pele?

– Não, não acho.

– Eu também não. Não consigo admirar um governo assim. O que me assusta, Eth, é... eu não vou mais conseguir ser um bom policial porque não vou ser capaz de admirar o meu trabalho.

– Você foi pego, delegado?

– É como você disse. São tantas leis que não dá para respirar fundo sem quebrar alguma delas. Mas, Jesus Cristo! Os sujeitos eram meus amigos. Você não vai espalhar, Ethan?

– Não, não vou. Você esqueceu seu jantar semipronto, delegado.

– É! – ele disse. – Vou para casa tirar os meus sapatos e ver como aqueles policiais da televisão fazem. Sabe, às vezes ter a casa vazia é bom para descansar. Até logo, Eth.

Eu gostava do Stoney. Acho que ele é um bom oficial. Fico imaginando até onde vai o limite.

Estava fechando o mercado, arrastando as gôndolas de frutas para dentro, quando Joey Morphy entrou.

– Rápido! – eu disse, fechando as portas duplas da frente e baixando as persianas verde-escuras. – Fale baixinho.

– O que deu em você?

– Alguém pode querer comprar alguma coisa.

– É! Sei do que você está falando. Meu Deus! Detesto feriados prolongados. Desperta o pior em todo mundo. Começam o dia como loucos e voltam para casa abobalhados e sem dinheiro.

– Quer uma bebida gelada enquanto cubro as frutas?

– Não seria mau. Tem cerveja gelada?

– Só para levar.

– Eu levo. É só abrir a garrafa.

Fiz dois buracos triangulares na lata e ele a ergueu, abriu a garganta e despejou o líquido para dentro de si.

– Ah! – disse e colocou a lata no balcão.

– Vamos viajar.

– Seu pobre diabo. Para onde?

– Não sei. Ainda não tivemos uma discussão sobre isto.

– Tem alguma coisa acontecendo. Você sabe o que é?

– Dê uma pista.

– Não posso. É só uma sensação. Os pelinhos da minha nuca meio que estão coçando. Este é um sinal certeiro. Todo mundo está meio fora de sintonia.

– Talvez você esteja imaginando coisas.

– Talvez. Mas o sr. Baker não sai de férias. E estava com uma pressa dos diabos para deixar a cidade.

Eu ri.

– Você conferiu os registros?

– Sabe o quê? Conferi sim.

– Está brincando.

– Uma vez eu conheci um homem que era responsável pelo correio de uma cidadezinha. Tinha um garoto rebelde trabalhando com ele, chamado Ralph... cabelo claro, óculos, queixinho, adenoides grandes como bócios. Ralph foi pego roubando selos... muitos selos, tipo uns mil e oitocentos dólares. Ele não pôde fazer nada. O garoto era um rebelde.

– Você está dizendo que ele não pegou?

– Se não pegou, foi como se tivesse pegado. Eu vivo assustado. Nunca vão me pegar, se eu puder evitar.

– É por isso que você nunca se casou?

– Pensando bem, meu Deus, esta é uma das razões, sim.

Dobrei meu avental e guardei na gaveta embaixo da caixa registradora.

– Ser desconfiado dá muito trabalho e toma muito tempo, Joey. Eu não tenho tempo para isso.

– Em um banco, é preciso ter. Só se pode perder uma vez. E só é preciso um sussurro.

– Não me diga que você está desconfiado?

– É instintivo. Se alguma coisa sai um pouquinho do padrão, meu alarme dispara.

– Mas que jeito de viver! Você não pode estar falando sério.

– Acho que não. Só achei que, se você estivesse sabendo de alguma coisa, iria me contar... quer dizer, se fosse da minha conta.

– Acho que posso contar para qualquer pessoa qualquer coisa que eu saiba. Talvez seja por isso que ninguém nunca me conta nada. Está indo para casa?

– Não, acho que vou jantar ali em frente.

Apaguei as luzes da frente.

– Você se importa de sair pelos fundos? Olha, faço sanduíches amanhã de manhã, antes do movimento aumentar. Um de presunto, um de queijo, no pão integral, com alface *e* maionese, certo? E uma garrafinha de leite.

– Você precisa trabalhar em um banco – ele disse.

Acho que ele não era mais solitário do que os outros só porque morava sozinho. Deixou-me à porta do Foremaster e, por um instante, desejei poder entrar com ele. Achei que a minha casa devia estar a maior confusão.

E estava mesmo. Mary tinha planejado a viagem. Perto de Montauk Point há uma fazenda que tem todas as coisas bonitas que se vê em um filme de caubói para adultos. A piada é que se trata da fazenda de gado mais antiga ainda em funcionamento dos Estados Unidos. Já era fazenda de gado antes de descobrirem o Texas. A primeira concessão foi assinada pelo rei Carlos II. Originalmente, os rebanhos que abasteciam Nova York pastavam ali e os tratadores eram levados para lá aos lotes, como jurados, para cumprir um tempo limitado de serviço. É claro que agora só tinha esporas e coisas de caubói, mas o gado ruivo continua pastando nas encostas. Mary achou que seria divertido passar a noite de domingo em um dos chalés da propriedade.

Ellen queria ir para Nova York, ficar em um hotel e passar dois dias no Times Square. Allen não queria ir de jeito nenhum, a lugar nenhum. Essa é uma das maneiras que ele encontra para chamar atenção e provar que existe.

A casa fervilhava de emoção: Ellen com lágrimas lentas e caudalosas que escorriam; Mary cansada e vermelha de tanta frustração. Allen sentado em um canto, cabisbaixo e encolhido, com o radinho junto ao ouvido tocando uma canção latejante em gemidos que falava de amor e de perda em uma voz quase histérica. "Você prometeu ser fiel, então pegou e jogou meu coração cheio de amor no chão."

– Estou prestes a desistir – disse Mary.

– Eles só estão tentando ajudar.

– Parecem estar se esforçando para me causar problemas.

– Eu nunca posso fazer nada. – Ellen fungou.

Na sala, Allen ergueu o volume. "...meu coração solitário e cheio de amor no chão."

– Será que não podemos deixar os dois trancados no porão e ir sozinhos, minha cenourinha queridinha?

– Sabe, a essa altura, eu realmente desejava que fosse possível.

Ela precisou erguer a voz para se fazer escutar por sobre o uivo do pobre coração solitário e cheio de amor.

Sem aviso, uma onda de raiva me subiu. Dei meia-volta e entrei na sala batendo os pés, pronto para despedaçar meu amado filho e jogar seu pobre cadáver solitário e cheio de amor no chão e pisoteá-lo. Quando atravessei a porta pisando duro, a música parou. "Interrompemos este programa para um boletim extraordinário. Representantes do governo de New Baytown e do condado de Wessex foram intimados nesta tarde ao Superior Tribunal de Justiça para responder a acusações que vão desde o arquivamento de multas de trânsito até a receptação de propina e fraude nos contratos públicos da cidade e do condado..."

Lá estava: o administrador da cidade, o conselho, os magistrados, todos eles. Ouvi sem escutar... triste e pesado. Talvez até tivessem feito aquilo de que eram acusados, mas já o faziam havia tanto tempo que nem achavam que era errado. E, mesmo que fossem inocentes, as acusações não poderiam ser retiradas antes das eleições locais, e as acusações continuam sendo lembradas mesmo depois que um homem é considerado inocente. Estavam cercados. Deveriam saber. Prestei atenção para ver se Stoney ia ser mencionado, mas não foi, então calculei que devia ter feito um acordo em troca de imunidade. Não era para menos que ele estava se sentindo tão sozinho.

Mary escutava da porta.

– Muito bem! – ela disse. – Já faz muito tempo que não temos tanta animação por aqui. Você acha que é verdade, Ethan?

– Isso não faz diferença – respondi. – Não é disso que se trata.

– Fico aqui imaginando o que o sr. Baker acha disso tudo.

– Ele foi viajar. É, fico imaginando o que ele acha.

Allen ficou inquieto devido à interrupção de sua música.

As notícias e o jantar e a louça postergaram os problemas da viagem até que já era tarde demais para tomar uma decisão ou para mais lágrimas e brigas.

Na cama, tremi todo. A selvageria fria e sem paixão do ataque cortou o calor daquela noite de verão.

Mary disse:

– Você está todo arrepiado, querido. Será que pegou um vírus?

– Não, minha amada, acho que eu só estava sentindo o que aqueles homens devem estar sentindo. Devem estar péssimos.

– Pare com isto, Ethan. Você não pode carregar nas costas os problemas dos outros.

– Posso sim, porque carrego.

– Fico aqui me perguntando se algum dia você vai ser um homem de negócios. Você é sensível demais, Ethan. O crime não é seu.

– Estava pensando que talvez seja... crime de todo mundo.

– Não estou entendendo.

– Eu também não entendo muito bem, querida.

– Se pelo menos alguém pudesse ficar com eles...

– Repita, por favor, minha colombina!

– Ah, como eu gostaria de ir viajar só com você. Faz uma eternidade.

– Estamos em falta de parentes mulheres de idade avançada. Pense bem. Se pudéssemos enlatá-las, salgá-las ou colocá-las em conserva durante um tempinho, Mary, minha madona, pense bem. Estou louco para ficar a sós com você em um lugar desconhecido. Poderíamos passear nas dunas e nadar nus à noite e eu desarrumaria o seu cabelo em uma cama de samambaias.

– Querido, eu sei, querido. Eu sei que está sendo difícil para você. Não fique achando que eu não sei.

– Então me abrace bem forte. Vamos descobrir um jeito.

– Você continua tremendo. Está com frio?

– Com frio e com calor, satisfeito e com fome... e cansado.

– Vou tentar pensar em alguma coisa. Vou mesmo. Claro que eu amo os dois, mas...

– Eu sei, e eu podia colocar a minha gravata-borboleta...

– Será que vão prender todos?

– Eu gostaria que a gente...

– Aqueles homens?

– Não. Não vai ser necessário. Eles nem podem se apresentar antes da terça, e na quinta são as eleições. É para isso que serve.

– Ethan, você está sendo cínico. Você não é assim. Vamos ter que ir embora se você estiver ficando cínico porque... não foi piada, pelo jeito como você disse. Eu conheço as suas piadas. Você falou sério.

Um medo se abateu sobre mim. Eu estava me revelando. Eu não podia me revelar.

– Ah, diga uma coisa, dona ratinha, quer se casar comigo?

E Mary disse:

– Oh-oh!

O medo repentino de estar me revelando foi mesmo muito grande. Eu me convencera de que os olhos não são o espelho da alma. Alguns dos truques femininos mais nocivos que eu já vira tinham o rosto e os olhos de um anjo. Existe uma raça capaz de ler através da pele e através dos ossos e chegar bem no centro, mas é rara. Em sua maior parte, as pessoas só têm curiosidade a respeito de si mesmas. Certa vez, uma moça canadense de sangue escocês me contou uma história que a tocava muito, e o fato de ela ter contado me tocou. Ela disse que, quando chegou à adolescência, quando sentia que a estavam olhando de maneira desfavorável, ela corava e chorava alternadamente; seu avô escocês, ao observar como ela sofria, disse com firmeza: "Você não se preocuparia com o que os outros pensam de você se soubesse como isso acontece raramente". Aquilo a curou e, quando me contou, fiquei seguro a respeito da minha privacidade, porque é verdade. Mas Mary, que geralmente vive em uma casa de flores que ela mesma cultiva, tinha ouvido um tom diferente ou sentido um vento cortante. Aquilo seria perigoso até que o dia seguinte chegasse ao fim.

Se o meu plano tivesse surgido maduro e fatal, eu o teria rejeitado como bobagem. As pessoas não fazem essas coisas, mas fazem brincadeiras secretas. As minhas começaram com as regras de Joey para se roubar um banco. Para compensar o tédio do meu trabalho, brinquei com aquilo e tudo que foi se juntando pelo caminho: Allen e sua máscara de rato, a privada vazando, o revólver enferrujado, a chegada do feriado,

Joey colocando papel na fechadura da porta do beco. Como brincadeira, eu cronometrara o processo, representara o roteiro e o testara. Mas não é verdade que os atiradores que trocam tiros com a polícia são os mesmos meninos que treinam saques rápidos com pistolas de espoleta até ficarem prontos para usar sua habilidade?

Não sei quando a minha brincadeira deixou de ser brincadeira. Talvez tenha sido quando eu percebi que poderia comprar o mercado e que precisaria de dinheiro para mantê-lo aberto. Para começo de conversa, é difícil descartar uma estrutura perfeita sem testá-la. No que diz respeito à desonestidade, ao crime... não era um crime contra homem nenhum, apenas contra o dinheiro. Ninguém sairia prejudicado. Dinheiro tem seguro. Os verdadeiros crimes tinham sido cometidos contra os homens, contra Danny e contra Marullo. Se eu era capaz de fazer o que tinha feito, roubar não era nada. E era tudo temporário. Nada daquilo precisaria ser repetido. Na verdade, antes de eu saber que já não era mais brincadeira, meu procedimento e o equipamento e o cálculo do tempo estavam o mais próximos da perfeição possível. O menino das espoletas se viu com uma 45 nas mãos.

Claro que era possível ocorrer algum acidente, mas o mesmo valia para atravessar a rua ou passar por baixo de uma árvore. Não acho que eu estivesse com medo. Tinha ensaiado até dizer chega, mas sentia aquela falta de ar, como o ator que fica com medo do palco antes da estreia, quando está na coxia, pronto para o início do espetáculo. E aquilo era como uma peça, em que cada possibilidade mais remota de erro tinha sido examinada e eliminada.

Preocupado de que não fosse conseguir dormir, dormi de modo bem profundo e, até onde sei, sem sonhar; e acabei dormindo demais. Tinha planejado utilizar a porção escura do dia para o remédio calmante da contemplação. Em vez disso, quando meus olhos se abriram com um puxão, o rabo da vaca no lago já estava visível havia pelo menos meia hora. Acordei de supetão, como o ar deslocado por um explosivo poderoso. Às vezes, acordar desse jeito causa distensões musculares. O meu despertar chacoalhou tanto a cama que Mary acordou e disse:

– Qual é o problema?

– Dormi demais.

– Que bobagem. Ainda é cedo.

– Não, minha ablativa absoluta. Este é um dia monstruoso para mim. O mundo vai estar cheio de ânimo para fazer compras. Não se levante.

– Você vai precisar de um bom café da manhã.

– Sabe o que eu vou fazer? Vou pegar um café para viagem no Foremaster e vou devorar as prateleiras do Marullo igual a um lobo.

– Vai mesmo?

– Descanse, minha ratinha, e tente encontrar um jeito para fugirmos dos nossos queridos filhos. Precisamos disso. Estou falando sério.

– Sei que está. Vou tentar achar uma solução.

Antes que ela pudesse fazer alguma sugestão sazonal em nome da minha proteção e do meu conforto, eu já estava vestido e tinha ido embora.

Joey estava na cafeteria e deu tapinhas na banqueta ao seu lado.

– Não posso, Morph. Estou atrasado. Annie, você pode me dar um café para viagem?

– O mínimo que vendemos para viagem é dois cafés grandes, Eth.

– Que bom. Melhor ainda.

Encheu os dois baldinhos de papelão, cobriu-os com uma tampa e colocou-os em uma sacola.

Joey terminou seu café e atravessou a rua comigo.

– Você vai ter que dizer a missa sem o bispo nesta manhã.

– Parece que sim. O que achou da novidade?

– Não consigo absorver.

– Lembra, eu bem disse que tinha sentido o cheiro de alguma coisa no ar.

– Pensei nisso quando ouvi no rádio. Você tem um bom faro.

– Faz parte da função. Agora Baker pode voltar. Fico me perguntando se vai voltar.

– Voltar?

– Você não está sentindo cheiro nenhum?

Olhei para ele com ar de quem não estava entendendo nada.

– Estou deixando passar alguma coisa e nem sei o que é.

– Pelo amor de Deus.

– Você está dizendo que eu devia perceber alguma coisa?

– É exatamente o que eu estou dizendo. A lei da floresta ainda não foi revogada.

– Ah, meu Deus! Devo estar deixando passar um mundo inteiro. Estava tentando me lembrar se você gosta de alface e maionese juntas.

– Juntas. – Tirou o papel celofane do maço de cigarros Camel e enfiou no buraquinho do trinco da porta.

– Preciso ir – eu disse. – Estamos com uma promoção especial de chá. É só mandar a tampa da caixa que você ganha um bebê! Conhece alguma moça?

– Claro que sim, e acho que esse é o último prêmio que elas desejam. Não precisa nem entregar, deixa que eu vou buscar os sanduíches.

Ele entrou pela porta do banco e a mola do trinco não fez barulho. Esperava de verdade que Joey nunca se desse conta de que ele era o melhor professor que eu jamais tive. Não apenas passara informação como a demonstrara e, sem saber, ainda preparara o terreno para mim.

Todo mundo que conhecia essas coisas, os especialistas, dizia que só dinheiro atrai dinheiro. A melhor maneira é sempre a mais simples. A simplicidade chocante da coisa era sua maior força. Mas eu realmente acreditava que aquilo não passava de um devaneio detalhado até que Marullo, sem querer, caminhou para sua própria escuridão penhasco abaixo. Quando me pareceu quase certo que poderia ficar com o mercado, foi só então que o devaneio voador pousou em terra. Então, seria possível colocar uma boa questão, mas que só poderia ser levantada por alguém não muito bem informado:

se eu ia ficar com o mercado, para que precisaria de dinheiro? O sr. Baker compreenderia, assim como Joey; aliás, Marullo também. O mercado sem capital de giro seria pior do que mercado nenhum. A Via Ápia da falência está forrada pelas lápides dos negócios desprotegidos. Eu já tenho uma cova lá. O soldado mais tolo não se lançaria com toda a força em uma invasão sem morteiros nem reservas nem substitutos, mas muitos comerciantes sem experiência fazem exatamente isso. O dinheiro de Mary, em notas marcadas, fazia volume no meu bolso de trás, mas Marullo ficaria com a quantidade máxima possível. Depois vinha o primeiro dia do mês. Os atacadistas não são generosos com organizações que ainda não comprovaram seu valor. Portanto, eu ainda precisaria do dinheiro, e esse dinheiro estava à minha espera atrás de portas de aço programadas. O processo para obtê-lo, calculado na forma de devaneio, parecia à prova de falhas quando examinado de perto. O fato de o roubo ser ilegal me incomodava muito pouco. Marullo não era problema. Se não fosse a vítima, poderia muito bem ter planejado tudo por conta própria. Danny era preocupante, mas eu podia contar com o fato de ele já estar mesmo acabado, sem tentar enganar a mim mesmo. A tentativa ineficiente do sr. Baker de fazer a mesma coisa com Danny me dava mais justificativas do que a maior parte das pessoas precisava. Mas Danny continuava ardendo nas minhas entranhas e eu tinha que aceitar aquele fato como se aceita um ferimento depois de uma batalha vitoriosa. Eu precisava viver com aquilo, mas talvez a ferida se curasse ou se isolasse com as paredes do esquecimento, da mesma maneira que um fragmento de concha é isolado pela cartilagem.

A providência imediata era o dinheiro, e esse movimento tinha sido preparado e cronometrado com tanto cuidado quanto um circuito elétrico.

As Leis de Morphy se comprovaram verdadeiras e eu me lembrava delas, até cheguei a adicionar mais uma. Primeira lei: não ter ficha policial. Bom, eu não tinha. Número dois: não ter cúmplices nem confidentes. Com certeza não tinha nenhum. Número três: nada de mulheres. Bom, Margie Young-Hunt era a única mulher desse tipo específico que eu conhecia, e eu não estava prestes a beber champanhe na calcinha dela. Número quatro: não esbanje. Bom, eu não esbanjaria. Iria usar a quantia gradualmente, para pagar as contas dos varejistas. Tinha lugar para guardar. Na caixa do meu chapéu de Cavaleiro Templário havia um suporte de papelão forrado de veludo, do tamanho e formato da minha cabeça. Já estava solto, com as bordas cobertas de cola, de modo que podia ser restaurado em um instante.

Reconhecimento: máscara de Mickey Mouse. Ninguém enxergaria nada além disso. Uma capa de chuva velha de algodão de Marullo (todas as capas de chuva de algodão são iguais) e um par de luvas de celofane que vêm em rolo. A máscara tinha sido recortada muitos dias antes e a caixa e o cereal mandados privada abaixo, assim como aconteceria com a máscara e as luvas. A antiga pistola prateada Iver Johnson tinha sido escurecida com negro de fumo e no banheiro havia uma lata de óleo de motor para entregá-la ao delegado Stoney na primeira oportunidade.

Eu tinha acrescentado minha própria última regra: não seja ganancioso. Não leve dinheiro demais e escolha notas pequenas. Se estivesse disponível uma quantia entre seis mil e dez mil dólares em notas de dez e vinte, seria o suficiente, fácil de manusear e de esconder. Uma caixa de papelão de torta no balcão refrigerado serviria como recipiente intermediário e, quando fosse visualizada na sequência, conteria uma torta. Tinha experimentado aquela coisa pavorosa de ventriloquia para mudar minha voz, mas abandonara a ideia em favor do silêncio e dos gestos. Tudo estava no lugar e pronto.

Eu sentia quase pena pelo fato de o sr. Baker não estar lá. Seriam só Morph e Harry Robbit e Edith Alden. Estava tudo planejado, em frações de segundo. Às cinco para as nove, eu colocaria a vassoura na entrada. Tinha treinado vezes sem conta. Avental preso, peso da balança na corrente da descarga para que ficasse puxada. Qualquer pessoa que entrasse ouviria o barulho da água e tiraria suas próprias conclusões. Capa, máscara, caixa de torta, arma, luvas. Atravessar o beco quando baterem nove horas, abrir a porta dos fundos, colocar a máscara, entrar logo depois que a fechadura automática for acionada e Joey abrir a porta. Um gesto para que os três se deitem no chão, com a arma. Não causariam problemas. Como Joey dissera, o dinheiro tinha seguro, ele, não. Pegar o dinheiro, colocar na caixa de torta, atravessar o beco, jogar as luvas e a máscara na privada, colocar a arma na lata de óleo, tirar a capa. Soltar o avental, colocar o dinheiro na caixa de chapéu, a torta na caixa de torta, pegar a vassoura e continuar varrendo a calçada, disponível e à vista quando soasse o alarme. A coisa toda em um minuto e quarenta segundos, cronometrada, conferida e reconferida. Mas, por mais cuidado que eu tivesse tomado no planejamento e na cronometragem, continuava me sentindo meio sem fôlego e varri toda a loja antes de abrir as duas portas da frente. Coloquei o avental do dia anterior, para que novas rugas não se fizessem notar.

E dá para acreditar, o tempo parou como se Josué com seu colarinho duro tivesse acertado o sol em seu curso. O ponteiro dos minutos no grande relógio do meu pai tinha fincado pé e resistia à manhã.

Já fazia um bom tempo que eu não me dirigia ao meu rebanho em voz alta, mas naquela manhã eu o fiz, talvez por nervosismo.

– Meus amigos – eu disse –, o que vocês estão prestes a presenciar é um mistério. Sei que posso contar com vocês para guardar segredo. Se alguém aí tiver algo a dizer a respeito da questão moral envolvida, desafiarei esse indivíduo e pedirei que se retire. – Fiz uma pausa. – Nenhuma objeção? Muito bem. Se algum dia eu ouvir uma ostra ou um repolho discutindo esse assunto com estranhos, a sentença será de morte por garfo de jantar. Quero ainda agradecer a todos vocês. Estivemos juntos, humildes trabalhadores no vinhedo; eu sou um servo, assim como vocês. Mas agora haverá mudanças. Eu serei o mestre daqui por diante, mas prometo ser um senhor bom, gentil e compreensivo. A hora se aproxima, meus amigos, a cortina sobe... adeus.

E quando me dirigi para as portas da frente com a vassoura, ouvi minha própria voz gritar:

– Danny... Danny! Saia das minhas entranhas.

Um grande calafrio me sacudiu, de modo que precisei me apoiar sobre a vassoura por um instante antes de abrir as portas.

O relógio do meu pai marcava o nove com seu ponteiro das horas preto e rombudo e menos seis com o ponteiro comprido e fino dos minutos. Dava para sentir seu coração pulsando na palma da minha mão quando olhei para ele.

15

Aquele dia estava tão diferente dos outros como os cães são diferentes dos gatos e ambos diferem dos crisântemos ou das marés ou da escarlatina. É lei em diversos estados, e com certeza no nosso também, que deve chover antes dos fins de semana prolongados, ou senão, como tanta gente poderia ficar ensopada e mal-humorada? O sol de julho lutava contra uma imensidão de nuvenzinhas esparsas e as fazia sair correndo, mas avistavam-se nuvens de tempestade a oeste, na região do vale do rio Hudson, onde as chuvas se formavam, armadas de relâmpagos e já trovejando para si mesmas. Se a lei fosse apropriadamente obedecida, as nuvens se conteriam até que o maior número possível de formigas humanas contentes estivesse nos carros nas estradas e nas praias, com roupas de verão, perto da natureza.

A maior parte das lojas só abria às nove e meia. Tinha sido ideia de Marullo me fazer chegar meia hora mais cedo para aumentar os negócios. Pensei em mudar aquilo. A atitude causava mais mal-estar entre os outros comerciantes do que trazia lucros para justificá-la. Marullo não ligava para aquilo, se é que algum dia ficou sabendo do que acontecia. Era estrangeiro, carcamano, criminoso, tirano, aproveitador dos pobres, bastardo e oito tipos diferentes de filho da puta. Como eu o tinha destruído, era natural que seus erros e seus crimes se tornassem cegantes de tão claros aos meus olhos.

Senti o ponteiro comprido do relógio do meu pai traçando seu caminho e descobri que estava varrendo de uma maneira estranha, com os músculos tensos, esperando o momento da ação rápida e suave da minha missão. Respirava pela boca, e meu estômago empurrava meus pulmões como eu lembro que acontecia quando estava à espera de um ataque.

Para um sábado de manhã do fim de semana de 4 de julho, até que havia pouca gente circulando. Um desconhecido, um velho, passou carregando uma vara de pescar e uma caixa de apetrechos de plástico verde. Estava a caminho do píer da cidade, onde ficaria sentado o dia todo, balançando a linha frouxa com uma lula na ponta. Nem olhou para cima, mas chamei sua atenção.

– Espero que pegue uns grandes.

– Nunca pego nada – respondeu.

– Às vezes aparecem uns robalos.

– Não acredito.

Que grande otimismo, mas pelo menos eu tinha conseguido chamar a atenção dele.

E Jennie Single passou pela calçada. Caminhava como se tivesse rodízios em vez de pés e provavelmente era a testemunha menos confiável de New Baytown. Certa vez, ligou o fogão a gás e se esqueceu de acender. Teria explodido a casa e voado pelo teto se tivesse conseguido se lembrar de onde tinha guardado os fósforos.

– Bom dia, srta. Jenny.

– Bom dia, Danny.

– Eu sou o Ethan.

– Claro que é. Vou fazer um bolo.

Tentei entalhar uma cicatriz em sua memória.

– De que tipo?

– Bom, é da marca Fanni Farmer, mas a etiqueta caiu, então, para falar a verdade, não sei.

Mas que testemunha ela daria, se eu precisasse de uma. E por que tinha dito "Danny"?

Um pedaço de papel-alumínio resistiu à vassoura no chão. Precisei me abaixar e removê-lo com a unha. Aqueles ratos-assistentes do banco estavam mesmo aproveitando para relaxar, já que o Gato Baker não estava. Eram eles que eu queria. Era menos de um para as nove quando eles surgiram da porta da cafeteria e atravessaram a rua apressados.

– Corram... corram... corram! – gritei e eles sorriram meio encabulados enquanto irrompiam pelas portas do banco.

Estava na hora. Eu não podia pensar na coisa toda: só um passo de cada vez e cada um no seu lugar, como eu tinha ensaiado. Devolvi meu estômago ansioso para o lugar a que ele pertencia. Primeiro, apoiar a vassoura na porta, onde pudesse ser vista. Eu me movi em velocidade lenta e deliberada.

Do canto do olho, vi um carro se aproximando pela rua e parei para deixá-lo passar.

– Sr. Hawley!

Virei-me como os gângsteres encurralados fazem nos filmes. Um Chevrolet verde-escuro empoeirado tinha encostado na guia e, meu Deus!, aquele fulano do governo com cara de quem frequentou uma faculdade importante saiu do carro. Meu chão de pedra tremeu como um reflexo na água. Paralisado, observei enquanto ele atravessava a calçada. Parecia que tinha levado anos, mas não passou de um ato simples. Minha estrutura perfeita, tão bem planejada, virou pó na frente dos meus olhos, como acontece com algum artefato enterrado há muito tempo que é atingido pelo vento. Pensei em sair correndo para o banheiro e seguir em frente. Não daria certo. Eu não podia esquecer a lei de Morphy. O pensamento e a luz devem se movimentar mais ou menos na mesma velocidade. É chocante descartar um plano que foi elaborado durante tanto tempo, tantas vezes ensaiado, cuja consumação não passa de mais uma repetição, mas eu descartei, joguei fora, encerrei. Não tinha escolha. E o pensamento na velocidade da luz disse: "Graças a Deus que ele não chegou um minuto depois". Seria o tipo de acidente fatal descrito nos livros de detetive.

E, durante todo esse processo, o homem deu apenas quatro passos na calçada.

Ele deve ter percebido alguma coisa.

– Qual é o problema, sr. Hawley? Está passando mal?
– Estou com cólicas – respondi.
– Isto não espera por ninguém. Pode ir. Eu aguardo.

Corri para o banheiro, fechei a porta e puxei a corrente da descarga para fazer barulho de água. Não tinha acendido a luz. Fiquei lá sentado no escuro. Meu estômago revirado fez a sua parte. Em um instante, eu estava mesmo precisando usar o banheiro, e foi o que fiz, e lentamente a pressão dentro de mim se aplacou. Adicionei uma emenda ao código de Morphy. No caso de um acidente, mude os planos... instantaneamente.

Já me aconteceu antes, durante uma crise ou frente a grande perigo, de eu sair de mim mesmo e observar minhas ações como um desconhecido interessado, meus movimentos e minha mente, mas imune às emoções ou ao objeto observado. Sentado na escuridão, vi a outra pessoa dobrar seu plano perfeito e colocar em uma caixa e fechar a tampa e esconder a coisa, não só da visão, mas também do pensamento. O que quero dizer é o seguinte: quando me levantei no escuro, fechei o zíper, ajeitei a calça e coloquei a mão na porta fina de compensado, era um balconista de mercado pronto para um dia de muito movimento. Não era para disfarçar. Era verdade. Fiquei imaginando o que aquele homem queria, mas apenas com a leve apreensão que advém de um leve medo quase injustificado de policiais.

– Desculpe fazê-lo esperar – eu disse. – Não sei o que comi para ficar assim.

– Tem um vírus por aí – ele disse. – A minha mulher pegou na semana passada.

– Bom, este vírus veio armado. Quase me pegou desprevenido. O que posso fazer pelo senhor?

Ele parecia sem jeito, apologético, quase envergonhado.

– Às vezes a gente precisa fazer umas coisas engraçadas – disse.

Segurei meu impulso de dizer que existia gente de todo tipo, e ainda bem que segurei, porque na sequência ele disse:

– No meu ramo, a gente encontra gente de todo tipo.

Fui para trás do balcão e chutei a caixa do chapéu de Cavaleiro Templário para fechá-la. Então apoiei os cotovelos no balcão.

Muito estranho. Cinco minutos antes, eu tinha me visto através dos olhos de outras pessoas. Tinha sido preciso. O que tinham visto era importante. E quando veio pela calçada, aquele homem representara um destino enorme, sombrio e sem esperança, um inimigo, um ogro. Mas, com o meu projeto guardado e descartado como parte integrante de mim mesmo, passei a enxergá-lo como um objeto à parte... não mais conectado a mim, para o bem ou para o mal. Ele tinha, acho, mais ou menos a minha idade, mas tinha sido moldado pela universidade, pela educação, talvez por um culto: rosto magro e cabelo cortado bem curto com muito cuidado e espetado, camisa branca de linho grosseiro com o colarinho abotoado e uma gravata escolhida pela mulher, sem dúvida ajeitada por ela quando saiu de casa. O terno era de um cinza-escuro e as unhas feitas em casa, mas bem cuidadas, uma aliança grossa de ouro na mão esquerda, uma barrinha na casa do botão, sugerindo a condecoração que não gostava de exibir. A boca e os olhos azul-escuros eram treinados para ser firmes, o que fazia com que fosse mais estranho o fato de não estarem firmes naquele momento. De certa maneira, um buraco tinha sido aberto nele. Não era o mesmo homem que antes fizera perguntas curtas, como barras de aço espaçadas com perfeição, uma embaixo da outra.

– O senhor já esteve aqui – eu disse. – Qual é o motivo?

– Departamento de Justiça.

– O senhor trabalha com justiça?

Ele sorriu.

– Trabalho, pelo menos espero trabalhar. Mas não estou em missão oficial... nem sei se o departamento aprovaria. Mas estou de folga.

– O que posso fazer pelo senhor?

– É meio complicado. Não sei muito bem por onde começar. Não está nos registros. Hawley, estou neste ramo há doze anos e nunca vi nada parecido.

— Se o senhor me disser o que é, talvez eu possa ajudar.

Ele sorriu para mim.

— É difícil explicar. Passei três horas na estrada vindo de Nova York e vou precisar pegar mais três horas de trânsito de feriado para voltar.

— Parece sério.

— E é.

— Acho que o senhor tinha dito que se chamava Walder?

— Richard Walder.

— Vou ficar atolado de clientes daqui a pouco, sr. Walder. Não sei por que ainda não começaram a chegar. Vou vender muita salsicha e picles. É melhor começar logo. Estou metido em algum problema?

— No meu ramo, a gente conhece todo tipo de pessoa. Difíceis, mentirosos, traidores, brigões, burros, espertos. Na maior parte das vezes, é só ficar bravo com eles, assumir uma atitude e seguir em frente. Percebe?

— Não, acho que não. Olha, Walder, que diabos o está incomodando? Não sou completamente idiota. Conversei com o sr. Baker no banco. Está atrás do sr. Marullo, meu patrão.

— E já o peguei — respondeu baixinho.

— Por quê?

— Imigração ilegal. Não é minha culpa. Jogam um dossiê na minha mão e eu cuido do que me pedem para cuidar. Não sou eu que julgo os apreendidos.

— Ele vai ser deportado?

— Vai.

— Dá para brigar? Posso ajudar?

— Não. Ele não quer. Declarou-se culpado. Quer ir embora.

— Caramba, mas que absurdo!

Seis ou oito clientes entraram.

— Eu avisei — falei para ele e os ajudei a escolher o que precisavam ou achavam que precisavam. Ainda bem que eu tinha encomendado uma montanha de salsichas e de pãezinhos.

Walder perguntou:

— Quanto você cobra pelos picles?

– Está marcado na etiqueta.

– Trinta e nove centavos, moça – ele disse. Então colocou a mão na massa: pesou, ensacou, somou. Esticou a mão na minha frente para abrir a caixa registradora. Quando ele se afastou, eu peguei um saco da pilha, abri a gaveta e, usando o saco como um abafador de panelas, peguei o revólver antigo, levei para o banheiro e coloquei na lata de óleo de motor que estava à sua espera.

– Você é bom nisso – eu disse quando voltei.

– Costumava trabalhar no supermercado Grand Union depois da escola.

– Dá para ver.

– Você não tem ninguém para ajudar?

– Vou trazer meu filho.

Os clientes sempre vêm em comboio, nunca em unidades bem espaçadas. O balconista precisa se organizar no intervalo para poder atender a próxima leva. Outra coisa: quando dois homens fazem alguma coisa juntos, ficam parecidos, as diferenças entre eles ficam menos acentuadas. O exército descobriu que brancos e negros deixam de lutar uns contra os outros quando têm alguma outra coisa contra que lutar em conjunto. Meu medo subcutâneo da polícia se dissipou quando Walder pesou meio quilo de tomates e fez a soma de uma lista de números anotados em um saco de papel.

Nossa primeira onda passou.

– É melhor dizer logo o que quer dizer.

– Eu prometi para Marullo que viria até aqui. Ele quer dar o mercado para você.

– Está louco. Sinto muito, moça. Estava falando com o meu amigo.

– Ah, sim. É claro. Bom, nós somos cinco... três crianças. Quantas salsichas devo levar?

– Cinco para cada criança, três para o seu marido, duas para a senhora. São vinte.

– O senhor acha que elas vão comer as cinco?

– Vão achar que sim. É para um piquenique?

– Ãh-hã.

– Então leve mais cinco que com certeza vão cair no fogo.
– Onde ficam as tampas de pia?
– Lá atrás, com os produtos de limpeza.

A conversa saiu toda truncada, e não tinha como não ser. Se excluíssemos as interrupções dos clientes, ficaria assim:

– Acho que estou chocado. Só faço o meu trabalho e, na maior parte do tempo, lido com canalhas. Quando a gente se acostuma com trapaceiros e mentirosos e pessoas desleais, ah, um homem honesto causa mesmo um choque na gente.

– Como assim, honesto? O meu patrão nunca deu nada de presente para ninguém. Ele é macaco velho.

– Eu sei que é. Nós o deixamos assim. Ele me disse, e eu acredito. Antes de vir para cá, ele já sabia as palavras gravadas embaixo da Estátua da Liberdade. Tinha memorizado a Declaração da Independência em dialeto. A Carta de Direitos era para ele escrita com fogo. Mas ele não conseguiu visto. E veio de todo jeito. Um homem bondoso o ajudou... ficou com tudo que ele tinha e o jogou no mar para chegar à praia à deriva. Demorou um pouco até que ele compreendesse a maneira de agir dos americanos, mas ele aprendeu... ele aprendeu. "A gente precisa ganhar dinheiro! Atenção ao número um!" Mas ele aprendeu. Não é burro. Tomou conta do número um.

Aquilo foi entrecortado por clientes, então não chegou a um clímax dramático... apenas uma série de afirmações curtas.

– Foi por isso que ele não se magoou quando alguém o entregou.

– Entregou?

– Claro. Basta um telefonema.

– Quem fez isso?

– Como saber? O departamento é uma máquina. É só ajustar os botões e tudo segue seu curso, como uma máquina de lavar automática.

– Por que ele não fugiu?

– Ele está cansado, está cansado até os ossos. E desgostoso. Ele tem algum dinheiro. Quer voltar para a Sicília.

– Mas continuo sem entender esse negócio do mercado.

– Ele é igual a mim. Eu sei cuidar dos desonestos. É o meu trabalho. Quando me deparo com alguém honesto, fico estupefato, parece que estou no céu. Foi o que aconteceu com ele. Um sujeito que não tentou enganá-lo, não roubou, não reclamou, não trapaceou. Ele tentou ensinar ao pobre-coitado como tomar conta de si mesmo na terra da liberdade, mas o fulano se recusou a aprender. Durante muito tempo, você meteu medo nele. Ele tentou descobrir qual era a sua jogada e descobriu que o seu jogo era ser honesto.

– E se ele estiver errado?

– Ele não acha que está. Quer transformar você em uma espécie de monumento ao que ele acreditou no passado. Estou com todos os documentos no carro. Você só precisa registrar.

– Não compreendo.

– Eu não sei se compreendo ou não. Você sabe como ele fala... parece milho estourando. Estou tentando traduzir o que ele tentou explicar. É como se um homem fosse feito de um certo modo, em uma certa direção. Quando a gente muda isso, alguma coisa dá errado, o câmbio quebra, ele fica doente. É como... como um tribunal de polícia do tipo faça você mesmo. É preciso pagar pelas infrações. Você é a entrada que ele deu, mais ou menos, para que a luz não se apague.

– Por que você veio até aqui?

– Não sei exatamente. Tinha que vir... talvez... para que a luz não se apagasse.

– Ah, meu Deus!

O mercado ficou enevoado de crianças barulhentas e mulheres molhadas. Não haveria mais nenhum momento calmo pelo menos até o meio-dia.

Walder foi até o carro e voltou abrindo caminho pelo meio de uma onda de donas de casa veranistas frenéticas para chegar até o balcão. Colocou ali um daqueles envelopes pardos rígidos, amarrados com uma fita.

– Preciso ir. Com este trânsito, vão ser quatro horas de viagem. Minha mulher está louca da vida. Disse que isso podia esperar. Mas não podia esperar.

– Senhor, faz dez minutos que estou esperando para ser atendida.

– Já a atendo, senhora.

– Perguntei se queria deixar algum recado e ele me disse para me despedir de você. Quer que eu diga alguma coisa para ele?

– Despeça-se dele por mim.

A onda de estômagos azedos se fechou em volta de mim de novo e já não fazia muita diferença. Coloquei o envelope na gaveta embaixo da caixa registradora e, com ele... desolação.

16

O dia passou rápido e, no entanto, foi infindável. A hora de fechar não estava relacionada à hora de abrir, já fazia tanto tempo que eu nem me lembrava mais. Joey chegou quando eu estava prestes a fechar as portas da frente e, sem perguntar, abri uma lata de cerveja e entreguei para ele, então abri uma para mim, e foi a primeira vez que fiz isso. Tentei contar-lhe a respeito de Marullo e do mercado, e descobri que não era capaz, nem mesmo a história que eu aceitara em substituição à verdade.

– Você parece cansado – ele disse.

– Acho que estou. Olhe só para as prateleiras... nuas. Compraram coisas que não queriam e que não precisavam. – Descarreguei a caixa registradora no saco de lona cinza, juntei o dinheiro que o sr. Baker trouxera e, por cima, coloquei o envelope dos registros e amarrei o saco com um cordão.

– Você não deve deixar isto por aí.

– Talvez não. Vou esconder. Quer outra cerveja?

– Claro.

– Eu também.

– Você é um ouvinte bom demais – ele disse. – Eu acabo acreditando nas minhas próprias histórias.

– Como o que, por exemplo?

– Como as sensações instintivas que eu tenho. Tive uma hoje de manhã. Acordei com ela. Acho que sonhei, mas era forte mesmo, com os pelos da nuca arrepiados e tudo o mais. Eu não achei que o banco seria assaltado hoje. Eu sabia que ia ser. Sabia que ia ser, deitado na minha cama. Deixamos calços embaixo dos alarmes para não tropeçarmos neles por engano. A primeira coisa que fiz nessa manhã foi tirar os calços. Eu tinha tanta certeza, estava pronto para aquilo. Então, como você explica?

– Talvez alguém tenha planejado tudo, você leu a mente dessa pessoa, mas ela desistiu.

– Você facilita o fato de alguém ter um palpite errado e sair com toda a honra.

– Como você tem esses pressentimentos?

– Só Deus sabe. Acho que eu já dei tanto uma de sabichão para cima de você que passei a acreditar. Mas com certeza me deixou abalado.

– Sabe, Morphy, estou cansado demais até para varrer.

– Não deixe o dinheiro aqui hoje à noite. Leve para casa.

– Tudo bem, se você quer assim.

– Ainda estou com a sensação de que vai acontecer algo de errado.

Abri a caixa de couro e coloquei o saco de dinheiro junto com meu chapéu emplumado e fechei a fivela. Joey, sem tirar os olhos de mim, disse:

– Vou para Nova York, alugar um quarto de hotel e assistir à cachoeira de fogos do outro lado da Times Square durante dois dias inteiros, sem sapatos.

– Com a sua namorada?

– Cancelei o encontro. Vou pedir uma garrafa de uísque e uma mulher. Assim não preciso conversar com nenhuma das duas.

– Como eu disse... acho que vamos viajar.

– Espero que vá. Você está precisando. Pronto para partir?

– Ainda preciso fazer umas coisas. Vá indo, Joey. Tire os sapatos.

A primeira coisa que eu fiz foi ligar para Mary para avisar que chegaria um pouco tarde.

– Sim, mas ande logo, logo, logo. Novidades, novidades, novidades.

– Não pode me contar agora, querida?

– Não, quero ver a sua cara.

Pendurei a máscara de Mickey Mouse na caixa registradora pela tira de borracha para que cobrisse a janelinha que mostrava os números. Então vesti o casaco e o chapéu, apaguei as luzes e me sentei em cima do balcão, com as pernas soltas. Um talo de banana seco cutucou a lateral do meu corpo e a caixa registradora encaixou-se embaixo do meu ombro esquerdo como um aparador de livros. As persianas estavam erguidas, de modo que a luz do final da tarde de verão entrava pelas grades de arame entrelaçado, e tudo estava muito calmo, calmo com um som de água gorgolejante, e era mesmo o que eu estava precisando. Enfiei a mão no bolso lateral esquerdo para ver o que a caixa registradora estava empurrando contra mim. O talismã: segurei-o com as duas mãos e fiquei olhando para ele. No dia anterior, achara que precisaria dele. Tinha esquecido de guardá-lo ou talvez o fato de ficar com ele não tenha sido coincidência. Não sei.

Como sempre, exerceu seu poder sobre mim quando eu tracei seu desenho com o dedo. Ao meio-dia, assumia o tom de uma rosa, mas à noite ficava mais escuro, uma cor arroxeada como se um pouco de sangue tivesse começado a correr ali dentro.

Bom, eu não estava precisando de nada mais do que um rearranjo, uma mudança de disposição, como se estivesse em um jardim do qual a casa houvesse sido removida no meio da noite. Algum tipo de improvisação precisaria ser colocada em prática para me proteger até que tivesse condições de reconstruir. Eu tinha me isolado no serviço até ser possível absorver as novas informações lentamente, contá-las e identificá-las conforme iam entrando. As prateleiras, que sofreram ataques o dia inteiro, apresentavam muitas lacunas onde suas defesas tinham sido derrubadas pela horda faminta, dando-lhes efeito de boca desdentada, de parede furada depois de um ataque de artilharia.

– Rezemos pelos nossos amigos que se foram – eu disse. – A fila vermelha estreita de ketchup, desde os picles vistosos e os condimentos até as pequenas alcaparras em conserva de vinagre. Não podemos fazer a nossa consagração... não, não a isso. Melhor falar de nós, os vivos... não, não isso. Alfio... desejo-lhe sorte e que sua dor ceda. Você está errado, é claro, mas o erro pode ser um cataplasma para você. Você fez um sacrifício por ter sido um sacrifício.

As pessoas que passavam na rua tremelicavam na luz dentro do mercado. Revirei os destroços do dia em busca das palavras de Walder e da cara que fez quando as proferiu: "É como um tribunal de polícia do tipo faça você mesmo. É preciso pagar pelas infrações. Você é a entrada que ele deu, mais ou menos, para que a luz não se apague". Era o que o homem tinha dito. Walder em seu mundo protegido de canalhas, abalado por um feixe de luz brilhante de honestidade.

Então, a luz não vai se apagar. Será que Alfio tinha falado daquele jeito? Walder não sabia, mas sabia que era o que Marullo quis dizer.

Passei o dedo pela serpente do talismã e voltei ao início, que era o fim. Aquela era uma luz antiga: os Marulli, três mil anos antes, tinham encontrado seu caminho através das luparias até o Lupercal no Palatino para fazer uma oferenda para o deus Pã, protetor das manadas contra os lobos. E aquela luz não tinha se apagado. Marullo, o carcamano, o forasteiro, o estrangeiro, fizera um sacrifício ao mesmo deus pela mesma razão. Enxerguei-o mais uma vez erguendo a cabeça naquela massa gorda de pescoço e ombros doloridos, vi a cabeça nobre, os olhos ardentes... e a luz. Fiquei me perguntando quanto eu teria que pagar por aquilo e quando me seria pedido. Se eu levasse o meu talismã até o Porto Antigo e o lançasse à água, será que seria aceitável?

Eu não baixei as persianas. Durante os feriados prolongados, tínhamos o costume de deixá-las erguidas para que os policiais pudessem enxergar lá dentro. O depósito estava escuro. Tranquei a porta do beco e já tinha percorrido metade da rua quando me lembrei da caixa de chapéu atrás do balcão.

Não voltei para pegá-la. Seria como a formulação de uma pergunta. O vento estava soprando naquela noite de sábado, uivando com ansiedade do sudeste, como deveria acontecer para que trouxesse a chuva que ensoparia os veranistas. Pensei em servir um pouco de leite para aquele gato cinzento na terça-feira e convidá-lo para visitar o meu mercado.

17

Não sei com certeza como as outras pessoas são por dentro: todas diferentes e todas iguais ao mesmo tempo. Só posso conjecturar. Mas eu sei muito bem que me contorço e faço malabarismos para evitar uma verdade dolorida e, quando afinal não há mais escolha, eu adio, na esperança de que desapareça. Será que outras pessoas dizem, com afetação, "vou pensar nisso amanhã, quando estiver descansado", e então traçam um futuro pelo qual anseiam ou um passado editado como uma criança que luta com violência contra a inevitabilidade da hora de ir para a cama?

Meus passos arrastados na direção de casa me conduziram através do campo minado da verdade. O futuro tinha sido semeado com dentes de dragão férteis. E era natural, portanto, fugir para um porto seguro no passado. Mas, naquele caminho, sentada bem de frente para mim estava a tia Deborah, uma grande asa estendida sobre um bando de mentiras, os olhos brilhando com pontos de interrogação.

Eu tinha olhado na vitrine da joalheria as pulseiras de relógio estendidas e as armações de óculos pela máxima extensão de tempo que parecia decente. A noite úmida e cheia de vento estava nutrindo uma tempestade.

Existiam muitas tias-avós Deborah no começo do século passado, ilhas de curiosidade e de conhecimento. Talvez fosse o fato de serem isoladas de um mundo de semelhantes que impelia algumas delas aos livros, ou talvez fosse a espera infindável, às vezes de três anos, às vezes para sempre, até que os barcos voltassem para casa, que as impelia ao tipo de livro que enchia o nosso sótão. Ela era a melhor das tias-avós, sibila e pitonisa ao mesmo tempo, dizia palavras mágicas sem sentido para mim, que guardavam sua magia mas não sua falta de sentido quando eu as perseguia.

"*Me beswac fah wyrm thurh faegir word*", ela dissera em tom lúgubre. E "*Seo leo gif heo blades onbirigth abit aerest hire ladteow*". Devem ser palavras maravilhosas, já que ainda me lembro delas.

O administrador da prefeitura de New Baytown passou por mim, caminhando meio de lado, de cabeça abaixada, e só me deu boa-noite em resposta ao cumprimento que lhe ofereci primeiro.

Eu era capaz de sentir a minha casa, a antiga casa dos Hawley, a meio quarteirão de distância. Na noite anterior, ela se fechara em uma teia de escuridão, mas naquela noite de relâmpagos irradiava animação. Uma casa, assim como uma opala, assume as cores do dia. Mary, maravilhosa, ouviu meus passos na entrada e abriu a porta de tela como uma labareda.

– Você não vai ser capaz de adivinhar! – ela disse, com as mãos estendidas, as palmas para dentro, como se estivesse carregando um pacote.

Estava na minha cabeça, então eu respondi:

– *Seo leo gif heo blades onbirigth abit aerest hire ladteow*.

– Bom, essa foi uma tentativa muito boa, mas não acertou.

– Algum admirador secreto nos mandou um dinossauro.

– Errado, mas é tão maravilhoso quanto isso. E não vou contar antes de você lavar o rosto, porque precisa estar limpo para ouvir.

– O que eu ouço é a melodia de amor de um babuíno.

E ouvia mesmo: tocava alto na sala, onde Allen importunava sua alma com uma onda de revolta. "Bem quando eu estava pronto para pedi-la em namoro, disseram que eu não sei o que quero. O seu olhar me dá arrepios sempre que estamos juntos, e me dizem que não tenho como saber o que quero."

– Acho que vou tocar fogo nele, minha amada esposa.

– Não, não vai. Não quando ouvir o que eu tenho a dizer.

– Você não pode me contar sujo mesmo?

— Não.

Atravessei a sala. Meu filho respondeu ao meu cumprimento com a expressão de um pedaço de chiclete mascado.

— Espero que você tenha mandado varrer seu coração solitário e cheio de amor.

— Hã?

— Hã, *senhor*! A última notícia que eu tive é que tinha sido arrancado e jogado no chão.

— Número um – ele respondeu. – Número um em todo o país. Vendeu um milhão de cópias em duas semanas.

— Que bom! Fico contente de saber que o futuro está em suas mãos. – Juntei-me ao refrão seguinte e subi a escada. – "O seu olhar me dá arrepios sempre que estamos juntos, e me dizem que não tenho como saber o que quero."

Ellen estava à minha espera com um livro nas mãos, um dedo entre as páginas. Eu conhecia o método dela. Ela me fazia uma pergunta que, segundo achava, eu consideraria interessante, e então deixava escapar o que Mary tinha para me contar. Ellen sente uma espécie de triunfo em ser a primeira a contar as coisas. Não diria que ela é dedo-duro, mas é. Abanei a mão para ela.

— Nem pense nisso.

— Mas, pai...

— Eu disse para nem pensar nisso, meu docinho de ruibarbo, e falei bem sério.

Bati a porta e gritei:

— O banheiro de um homem é seu castelo. – E ouvi quando ela riu.

Não confio nas crianças quando elas riem das minhas piadas. Esfreguei o rosto até arder e escovei os dentes até as gengivas sangrarem. Fiz a barba, coloquei uma camisa limpa e a gravata-borboleta que a minha filha detestava, como declaração de revolta.

Minha Mary estava louca de impaciência quando apareci na frente dela.

— Você não vai acreditar.

— *Seo leo gif heo blades onbirigth*. Fale.

– A Margie é a melhor amiga que eu já tive.

– Uma citação: "O homem que inventou o relógio cuco morreu. É uma notícia velha, mas não deixa de ser boa!".

– Você nunca vai adivinhar... ela vai ficar com as crianças para podermos viajar.

– É algum truque?

– Eu não pedi. Ela que se ofereceu.

– Eles vão comê-la viva.

– Eles a adoram. Ela vai levá-los para Nova York de trem no domingo e passar a noite na casa de um amigo e, na segunda-feira, vão ver a bandeira nova de cinquenta estrelas sendo içada no Rockefeller Center e o desfile e... tudo.

– Não acredito.

– Não é mesmo a melhor coisa que podia acontecer?

– A melhor de todas. E nós vamos fugir para os pântanos de Montauk, senhora ratinha?

– Já liguei e reservei um quarto.

– É um delírio. Vou explodir. Sinto que estou inchando.

Tinha pensado em contar a ela a respeito do mercado, mas muita notícia boa ao mesmo tempo é algo sufocante. Melhor esperar e contar durante a viagem.

Ellen se esgueirou para dentro da cozinha.

– Pai, aquele negócio rosa sumiu da cristaleira.

– Está comigo. Está aqui no meu bolso. Pronto, pode guardar.

– Você disse para a gente nunca tirar dali.

– E continuo dizendo a mesma coisa, sob pena de morte.

Ela a agarrou de mim quase com ganância e a carregou com as duas mãos até a sala.

Os olhos de Mary me fitavam de uma maneira estranha, sombria.

– Por que você pegou aquilo, Ethan?

– Para ter sorte, meu amor. E deu certo.

18

Choveu no domingo, dia 3 de julho, como sempre chove, pingos gordos e mais molhados do que o normal. Abrimos nosso caminho através das minhocas segmentadas e molhadas do trânsito, com uma pequena sensação de grandeza e de impotência e um tanto perdidos, como passarinhos criados em gaiola que foram soltos, assustados ao ver as garras da liberdade. Mary estava sentada com o corpo ereto, cheirando a algodão recém-passado.

– Você está feliz... está contente?

– Eu continuo ouvindo as crianças.

– Eu sei. Tia Deborah chamava isso de felicidade solitária. Saia voando, minha passarinha! Essas coisas grandes nos seus ombros são asas, meu docinho.

Ela sorriu e se aconchegou em mim.

– Está bom, mas continuo prestando atenção para ver se escuto as crianças. Fico imaginando o que estão fazendo agora.

– Quase qualquer coisa possível, menos pensando no que nós estamos fazendo.

– Acho que é verdade. Elas não se interessam por isso.

– Então, vamos imitá-las. Quando eu vi a sua barcaça se aproximando, minha serpente do Nilo, eu vi que era o nosso dia. Otaviano pedirá seu pão nesta noite a algum pastor grego.

– Você é louco. Allen nunca olha por onde anda. Pode se jogar no meio do trânsito com o sinal aberto.

– Eu sei. E a coitadinha da Ellen com o pé torto dela. Bom, ela tem um bom coração e um rostinho lindo. Talvez alguém a ame e mande amputar o pé dela.

– Ah! Deixe que eu me preocupe um pouco. Eu me sinto melhor assim.

– Nunca ouvi uma situação mais bem colocada. Vamos repassar juntos todas as possibilidades mais horripilantes?

– Você sabe do que eu estou falando.

– Eu sei. Mas foi você, alteza, que incutiu isso na família. Vem só da linhagem feminina. Aqueles desgraçadinhos.

– Ninguém ama mais os filhos do que você.

— A minha culpa é a culpa de dez, porque sou um canalha.
— Eu gosto de você.
— Ah, este é o tipo de preocupação que eu aprovo. Está vendo aquele trecho? Veja só como os arbustos de tojo e de urze se seguram e a areia sai de baixo como pequenas ondas sólidas. A chuva atinge a terra e logo sobe de novo na forma de uma névoa fina. Sempre achei que era como Dartmoor ou Exmoor, na Inglaterra, e nunca vi esses lugares, a não ser em gravuras. Sabe, os primeiros homens que vieram de Devon para cá devem ter se sentido em casa. Você acha que esse lugar é assombrado?
— Se não é, você vai assombrar.
— Você não deve fazer elogios a não ser que esteja falando sério.
— Não agora. Preste atenção na beira da estrada. Vai ter uma placa sinalizando "Moorcroft".

Logo a placa apareceu, e a coisa boa a respeito daquela longa extremidade de Long Island é que a chuva é absorvida e não há lama.

Recebemos uma casinha de bonecas só para nós, limpa e toda forrada de xadrez, e duas camas de solteiro anunciadas nacionalmente, gordas como bolinhos.

— Não gostei nada disto aqui.
— Seu bobo... é só esticar a mão.
— Eu posso fazer muito mais do que isso, com os diabos, minha vagabundinha.

Jantamos com dignidade engordurada, lagostas do Maine engolidas com vinho branco... muito vinho branco, para deixar os olhos de Mary brilhando, e dobrei-a com conhaque, cheio de sedução, até que a minha própria cabeça começasse a zunir. *Ela* se lembrou do número da nossa casa de bonecas e *ela* conseguiu achar o buraco da fechadura. Eu não estava tonto demais para dar um jeito nela, mas acho que ela teria conseguido escapar se quisesse.

Então, ansiosa por conforto, ela enterrou a cabeça no meu braço direito, sorriu e fez barulhinhos de bocejo.

— Você está preocupado com alguma coisa?

— Mas que ideia. Você está sonhando antes de dormir.
— Você está se esforçando tanto para me deixar feliz... Não estou conseguindo penetrar em você. Está preocupado?

É uma hora estranha, de vidência, o momento que antecede o sono.

— Sim, estou preocupado. Assim você fica mais tranquila? Não quero repetir, mas o céu está caindo e um pedaço pegou o meu rabo.

Ela tinha adormecido lentamente com seu sorriso de pânico. Liberei meu braço com cuidado e fiquei em pé entre as camas. A chuva tinha parado, mas o telhado continuava pingando, e a lua crescente refletia sua imagem em um bilhão de gotículas.

— *Beaux rêves*, minha querida. Não deixe o céu desabar sobre nós.

A minha cama estava fria e era macia demais, mas eu conseguia enxergar a lua bem definida mergulhando no mar de nuvens. E ouvi o grito fantasmagórico de um abetouro. Cruzei os dedos das duas mãos para me proteger por um instante. Dupla proteção. Só uma ervilha tinha caído no meu rabo.

Se o amanhecer chegou com um trovão, eu não escutei. Estava tudo verde-dourado quando eu me dei conta, escuro de urze e claro de samambaia e vermelho-amarelado da areia úmida das dunas e, não muito longe, o Atlântico brilhando como prata batida. Um carvalho com o tronco retorcido ao lado do nosso chalé tinha perto da raiz um líquen grande como um travesseiro, uma coisa de bordas onduladas de um branco cinzento-perolado. Um caminho curvo coberto de cascalho atravessava o assentamento de casinhas de boneca e chegava ao bangalô coberto com telhas de ardósia que dera origem a todas elas. Ali ficavam o escritório, os cartões-postais, as lembrancinhas, os selos e também a sala de jantar com suas toalhas de mesa de xadrez azul onde nós, as bonecas, podíamos nos alimentar.

O gerente estava em seu escritório, conferindo algum tipo de lista. Eu tinha reparado nele quando fizemos o *check-in*, homem com pouco cabelo e sem muita necessidade de fazer a barba. Era um sujeito furtivo e desconfiado ao mesmo tempo e, devido a nossa felicidade, tinha pensado que estávamos em uma viagem clandestina; tanto que eu quase assinei no livro de registros "John Smith e esposa", só para agradá-lo. Ele farejava o ar em busca de pecado. De fato, parecia enxergá-lo com seu nariz comprido e vermelho, como um espião infiltrado.

– Bom dia – eu disse.

Ele ergueu o nariz para mim:

– Dormiram bem?

– Perfeitamente. Será que posso levar uma bandeja de café da manhã para a minha mulher?

– Só servimos no salão, das sete e meia às nove e meia.

– Mas e se eu mesmo levar...

– É contra as regras.

– Será que não podemos desrespeitá-las só desta vez? O senhor sabe como é.

Lancei o comentário porque ele achava que sabia.

O prazer dele já foi recompensa suficiente. Seus olhos ficaram úmidos e seu nariz tremeu.

– Ela está um pouco acanhada, é?

– Bom, o senhor sabe como é.

– Não sei o que o cozinheiro vai dizer.

– Pergunte a ele e diga-lhe que há um dólar à sua espera no alto da montanha.

O cozinheiro era um grego que achava um dólar algo bem atraente. Em pouco tempo, lá estava eu equilibrando uma bandeja gigantesca, coberta com guardanapos, pelo caminho coberto de cascalho, e a apoiei em um banco rústico para colher um buquê de florzinhas do campo microscópicas para enfeitar o café da manhã de rainha da minha querida.

Talvez já estivesse acordada, mas abriu os olhos assim mesmo e disse:

– Senti cheiro de café. Ah! Ah! Que marido gentil... e... e... flores – todos aqueles barulhinhos que nunca perdem sua fragrância.

Tomamos mais do que um café da manhã, minha Mary sentada na cama, parecendo mais jovem e mais inocente do que a filha. E nós dois descrevemos, com muito respeito, como tínhamos dormido bem.

Tinha chegado a minha hora.

– Fique à vontade. Tenho notícias tristes e alegres para dar.

– Que bom! Você comprou o mar?

– Marullo está encrencado.

– O quê?

– Há muito tempo, ele veio para a América sem pedir permissão.

– Bom... e aí?

– Agora estão pedindo para ele ir embora.

– Deportado?

– É.

– Mas isso é um horror.

– Não é nada bom.

– O que nós vamos fazer? O que você vai fazer?

– A brincadeira acabou. Ele me vendeu o mercado... ou melhor, vendeu para você. O dinheiro é seu. Precisa se desfazer das propriedades e gosta de mim; praticamente me deu de presente... três mil dólares.

– Mas isso é um horror. Você está dizendo... está dizendo que o mercado é seu?

– Estou.

– Você não é balconista! Não é mais balconista!

Ela enfiou o rosto no travesseiro e chorou, com enormes soluços ruidosos, como um escravo deve chorar na hora em que lhe soltam as amarras.

Saí da casa de bonecas e me sentei no toco que havia na frente dela, sob o sol, esperando Mary se aprontar e, quando estava pronta, de rosto lavado e cabelo penteado, de penhoar, abriu a porta e me chamou. E estava diferente, seria sempre diferente. Não precisava falar nada. A posição do seu pescoço já dizia tudo. Podia andar de cabeça erguida. Fazíamos parte da fidalguia mais uma vez.

– Não podemos fazer nada para ajudar o sr. Marullo?

– Creio que não.

– Como aconteceu? Quem descobriu?

– Não sei.

– Ele é um bom homem. Não deviam fazer isso com ele. Como ele está digerindo tudo?

– Com dignidade. Com honra.

Caminhamos pela praia como tínhamos planejado fazer, sentamos sobre a areia, catamos conchinhas brilhantes e mostramos um ao outro, como se deve fazer, falamos com o maravilhamento convencional sobre as coisas naturais, o mar, o ar, a luz, o sol amainado pelo vento, como se o Criador estivesse escutando os elogios.

A atenção de Mary estava dividida. Acho que ela queria voltar para casa com sua nova posição, para ver o jeito como as mulheres olhariam para ela, o tom diferente dos cumprimentos na High Street. Acho que ela deixara de ser a "coitada da Mary Hawley que se esforça tanto". Tinha se transformado na sra. Ethan Allen Hawley, e assim o seria dali por diante. E eu precisava manter aquilo para ela. Atravessou aquele dia porque estava planejado e pago, mas as verdadeiras conchas que revirava e inspecionava eram os dias brilhantes que estavam por vir.

Almoçamos no salão com toalhas de xadrez azul, onde os modos de Mary e sua certeza sobre o lugar que ocupava decepcionaram o sr. Espião. O nariz dele era tão desconjuntado que chegara a tremer ao sentir o cheiro do pecado. Sua desilusão foi completa quando precisou vir até a mesa e comunicar que havia um telefonema para a sra. Hawley.

– Quem sabe que estamos aqui?

– Ah, Margie, é claro. Precisei dizer a ela por causa das crianças. Ah! Espero que... ele não olha mesmo para onde vai, você sabe.

Ela voltou tremendo como uma estrela.

– Você nunca vai adivinhar. Não tem como.

– Posso adivinhar que é bom.

– Ela disse: "Você ouviu o noticiário? Você ouviu o rádio?". Dava para ver pela voz dela que as notícias não eram ruins.

– Você pode contar primeiro e depois voltar para explicar como ela deu a notícia?

– Não dá para acreditar.

– Será que você pode permitir que eu tente acreditar?

– O Allen ganhou menção honrosa.

– O quê? O Allen? Conte tudo.

– No concurso da redação... do país todo... menção honrosa.

– Não!

– Ganhou sim. Só foram cinco menções honrosas... e olhe só, ele vai aparecer na televisão. Dá para acreditar? Uma celebridade na família.

– Não acredito. Você está dizendo que aquela preguiça toda era só para nos enganar? Mas que ator! O coração solitário e cheio de amor dele não foi jogado no chão nem nada.

– Não faça piada. Pense bem, o nosso filho é um dos cinco garotos de todos os Estados Unidos a receber uma menção honrosa... e a televisão.

– E um relógio! Será que ele sabe ver as horas?

– Ethan, se você ficar fazendo piada, as pessoas vão achar que tem inveja do próprio filho.

– Só estou surpreso. Achei que seu estilo de prosa estivesse mais ou menos no nível do general Eisenhower. Allen não tem alguém para escrever por ele.

– Eu conheço você, Eth. Você brinca de colocá-los para baixo. Mas é você quem estraga os dois. É o seu jeito secreto de agir. Eu quero saber... você ajudou na redação?

– Ajudar! Ele nem me deixou ver.

– Bom... então está tudo bem. Não queria que você ficasse de mau humor por ter escrito para ele.

– Não consigo absorver isso. Só serve para mostrar que não conhecemos muito bem nossos filhos. Como Ellen está aceitando?

– Ah, está orgulhosa como um pavão. Margie estava tão animada que mal conseguia falar. Os jornais querem entrevistá-lo, e a televisão, ele vai aparecer na televisão. Você se dá conta que nem temos um aparelho para vê-lo? Margie disse que podemos assistir no dela. Uma celebridade na família! Ethan, precisamos de uma televisão.

– Vamos comprar uma. É a primeira coisa que vou fazer amanhã de manhã, ou então, por que você não encomenda uma?

– Será que nós... Ethan, esqueci que você é dono do mercado, esqueci completamente. Você acredita? Uma celebridade.

– Espero que sejamos capazes de aguentá-lo.

– Deixe que ele aproveite seu dia de glória. Vamos voltar para casa. Eles vão chegar no trem das sete e dezoito. Devemos estar lá, sabe como é, meio que para recebê-lo.

– E fazer um bolo.

– Vou fazer.

– E enfeitar a casa com papel crepom.

– Você não está dando uma de invejoso, está?

– Não. Já superei. Acho que papel crepom cai muito bem, na casa toda.

– Mas não na parte de fora. Pareceria... ostentação. Margie disse para a gente fingir que não sabe e deixar que ele nos conte.

– Discordo. Ele pode ficar encabulado. Seria como se a gente não desse a mínima. Ele deve chegar em casa e ser recebido com vivas e elogios e um bolo. Se tivesse alguma loja aberta, eu compraria fogos de artifício.

– As barraquinhas de beira de estrada...

– É claro que sim. A caminho de casa... se ainda tiver sobrado alguma coisa.

Mary baixou a cabeça por um instante, como se fizesse uma oração de agradecimento.

– Você é dono do mercado e Allen é uma celebridade. Quem poderia pensar que tudo isso aconteceria ao mesmo tempo? Ethan, precisamos voltar para casa. Precisamos estar lá quando eles chegarem. Por que você está com essa cara?

– A coisa acabou de se abater sobre mim como uma onda... como conhecemos pouco as outras pessoas. Fiquei todo arrepiado. Lembro-me do Natal, quando eu ficava com *Weltschmertz*.

— O que é isso?

— Quando a minha tia-avó Deborah falava, eu ficava achando que era algum tipo de bicho.

— Mas o que é?

— Um ganso caminhando por cima do seu túmulo.

— Ah! Isso! Bom, não entendi. Acho que este é o melhor dia da nossa vida inteira. Seria... falta de educação não agradecer, não reconhecer. Agora, sorria e espante esses bichos. Que engraçado, Ethan, uns bichos. Pague a conta. Vou arrumar as coisas.

Paguei nossa conta com o dinheiro que estivera dobrado em um quadradinho bem firme. E perguntei ao sr. Espião:

— O senhor ainda tem fogos de artifício para vender?

— Acho que sim. Deixe ver... Aqui estão. Quantos o senhor quer?

— Tudo que tiver — respondi. — Nosso filho se transformou em celebridade.

— É mesmo? De que tipo.

— Só existe um tipo.

— O senhor está falando de Dick Clark ou algo assim?

— Ou Chessman ou Dillinger.

— Está brincando.

— Ele vai aparecer na televisão.

— Em que estação? A que horas?

— Não sei... ainda.

— Vou assistir. Qual é o nome dele?

— O mesmo que o meu. Ethan Allen Hawley... chamamos de Allen.

— Bom, foi uma honra ter o senhor e a sra. Allen conosco.

— Sra. Hawley.

— Claro. Espero que voltem sempre. Muitas celebridades já se hospedaram aqui. Vêm em busca da... tranquilidade.

Mary ficou sentada com o corpo ereto e orgulhoso durante todo o trajeto pela estrada dourada até nossa casa, no meio do trânsito lento, brilhante e serpenteante.

— Comprei uma caixa inteira de fogos de artifício. Mais de cem.

– Ah, isso tem mais a sua cara, querido. Será que os Baker já voltaram?

19

Meu filho portou-se bem. Estava relaxado e foi gentil conosco. Não se vingou, não ordenou execuções. Suas honrarias e nossos cumprimentos ele aceitou como era seu dever. Avançou para sua poltrona na sala e ligou o rádio antes que os cem fogos de artifício tivessem se reduzido a bastões enegrecidos. Era óbvio que tinha nos perdoado por nossas transgressões. Nunca vi um garoto aceitar a grandeza com tanta graça.

Foi realmente uma noite de maravilhas. Se a ascensão de Allen ao paraíso tinha sido tranquila, a reação de Ellen fora ainda mais surpreendente. Alguns anos de observação atenta e reforçada me diziam que a senhorita Ellen ficaria corroída e atacada pela inveja, de fato buscaria maneiras de minimizar a grandeza dele. Ela me enganou. Transformou-se na maior incentivadora do irmão. Foi Ellen que nos contou como estavam em um apartamento elegante da 67th, depois de uma noite mágica, assistindo sem prestar muita atenção ao telejornal noturno da CBS, quando a notícia sobre o triunfo de Allen foi dada. Foi Ellen quem relatou o que eles fizeram e como ficaram e como era possível derrubá-los com facilidade. Allen ficou sentado, afastado e calmo, enquanto Ellen contava que ele iria aparecer ao lado dos outros quatro homenageados, que leria sua redação enquanto milhões de pessoas olhavam para ele e escutavam, e Mary soluçava de alegria nas pausas. Dei uma olhada de canto de olho em Margie Young-Hunt. Estava absorta como estivera ao ler as cartas de tarô. E uma calma sombria se instalou na sala.

– Não tem como fugir – eu disse. – Isto exige um bom refresco gelado para todo mundo.

– Ellen pega. Cadê a Ellen? Ela entra e sai em silêncio tamanho que parece fumaça.

Margie Young-Hunt levantou-se nervosa.

– Esta é uma festa de família. Preciso ir andando.

– Mas, Margie, você é parte disto. Onde a Ellen se meteu?

– Mary, não me obrigue a confessar que estou um tanto quanto cansada.

– Você já fez muita coisa, querida. Eu tinha esquecido. Nós descansamos tanto, você nem imagina... e graças a você.

– Eu adorei. Não trocaria por nada.

Ela queria ir embora, e rápido. Aceitou nossos agradecimentos e os agradecimentos de Allen e deu no pé.

Mary disse baixinho:

– Não contamos a ela a respeito do mercado.

– Deixe estar. Seria como roubar a glória de Vossa Eminência rosada. É direito dele. Onde a Ellen se enfiou?

– Ela foi para a cama – respondeu Mary. – Muito gentil da sua parte, querido, e você tem razão. Allen, este dia foi longo. Hora de ir para a cama.

– Acho que vou ficar aqui um pouco – Allen disse, simpático.

– Mas você precisa descansar.

– Estou descansando.

Mary olhou para mim em busca de ajuda.

– Nessas ocasiões, os homens colocam a alma à prova. Posso dar uma bronca nele, ou então podemos deixar que tenha uma vitória também sobre nós.

– Ele é só um garotinho, para falar a verdade. Precisa descansar.

– Ele precisa de várias coisas, mas descanso não é uma delas.

– Todo mundo sabe que crianças precisam descansar.

– As coisas que todo mundo sabe geralmente estão erradas. Você já ouviu falar de alguma criança que morreu por trabalhar demais? Não... só adultos. As crianças são inteligentes demais para isso. Elas descansam quando precisam.

– Mas já passa da meia-noite.

– Que seja, querida, e ele vai dormir até o meio-dia amanhã. Você e eu vamos acordar às seis.

– Você está dizendo que vai para a cama e vai deixar ele sentado ali?

– Ele precisa se vingar de nós por termos colocado ele no mundo.

– Não sei do que você está falando. Vingar?

– Quero fazer um acordo com você, porque está ficando brava.

– Estou mesmo. Você está sendo um idiota.

– Se depois de meia hora de a gente ir para a cama ele não se esgueirar para o ninho dele, eu lhe dou quarenta e sete milhões, oitocentos e vinte e seis dólares e oitenta centavos.

Bom, eu perdi, e preciso pagá-la. Passaram-se trinta e cinco minutos entre o momento em que lhe demos boa-noite e quando a escada rangeu sob o peso da nossa celebridade.

– Eu detesto quando você tem razão – minha Mary disse. Ela tinha se preparado para passar a noite toda atenta.

– Eu não estava certo, querida. Perdi por cinco minutos. É só o que eu me lembro.

Ela então foi dormir. Não ouviu quando Ellen se esgueirou escada abaixo, mas eu ouvi. Eu estava observando meus pontos vermelhos se movimentando no escuro. E não a segui, porque ouvi o leve estalo da chave do fecho da cristaleira e percebi que minha filha estava recarregando as baterias.

Meus pontos vermelhos estavam ativos. Disparavam de um lado para o outro e fugiam quando eu me concentrava neles. O velho Capitão estava me evitando. Não tinha falado comigo desde... bom, desde a Páscoa. Não é como a tia Harriet ("que Deus a tenha"), mas eu sei que, quando não estou em paz comigo mesmo, o velho Capitão não aparece com clareza. É um tipo de teste que faço para saber como estou me sentindo em relação a mim mesmo.

Naquela noite, eu o forcei. Fiquei lá deitado com o corpo reto e rígido, bem retirado para o meu canto da cama. Retesei cada músculo do meu corpo, especialmente os do pescoço e da mandíbula, e fechei os punhos sobre a barriga e o forcei, os olhinhos tristonhos, o bigode branco eriçado e os ombros curvados para a frente que comprovavam que ele tinha sido anteriormente um homem de corpo forte e que o utilizara. Até fiz com que colocasse seu quepe azul com o visor curto e brilhante e o H dourado entre duas âncoras, o quepe que ele quase nunca usava. O velho garoto estava relutando, mas fiz com que viesse a mim e coloquei-o no quebra-mar em ruínas do Porto Antigo, perto do Lugar. Fiz com que se sentasse firmemente em um pedaço de pedra de balastro e coloquei suas mãos em cima do cabo da bengala de narval. Aquela bengala seria capaz de derrubar um elefante.

– Preciso de alguma coisa para detestar. Arrepender-se e ser compreensivo... é uma grande bobagem. Preciso de um ódio verdadeiro para aliviar a pressão.

A memória dá muitos frutos. É só começar com uma imagem clara e detalhada que ela entra em ação e, depois que começa, ela é capaz de prosseguir ou voltar atrás como um filminho.

O velho Capitão se movimentou. Apontou com a bengala.

– Alinhe a terceira pedra além do quebra-mar com a extremidade de Porty Point quando a maré está alta, então, naquela linha, a meio cabo de distância, é onde ele está, o que sobrou dele.

– Quanto mede meio cabo, senhor?

– Quanto mede? Ah, meia centena de braças, é claro. Estava ancorado para balançar ao sabor da maré. Dois anos de má sorte. Metade dos barris de óleo vazios. Eu estava em terra firme quando pegou fogo, por volta da meia-noite. Quando o óleo entrou em chamas, iluminou a cidade como se fosse meio-dia, e o fogo no óleo chegou até Osprey Point. Não podíamos trazer para a praia por medo de incendiar as docas. Queimou até a linha d'água em uma hora. A quilha e a quilha falsa estão lá agora... bem sólidas. Eram de carvalho virgem da ilha Shelter, as articulações também.

– Como o fogo começou?

– Nunca achei que começou. Eu estava em terra.

– Quem iria querer incendiar o barco?

– Ah, os donos.

– Você era o dono.

– Eu era meio dono. Não seria capaz de incendiar um barco. Gostaria de ver aquelas toras... ver o estado em que se encontram.

– O senhor pode ir agora, Capitão.

– Esta quantidade de ódio é bem pequena.

– É melhor do que nada. Vou mandar erguer a quilha... assim que eu ficar rico. Vou fazer isso pelo senhor... Alinhar a terceira pedra além do quebra-mar com a extremidade de Porty Point na maré alta, a cinquenta braças de distância.

Eu não estava dormindo. Meus punhos e meus antebraços estavam rígidos e pressionados contra a barriga para impedir que o velho Capitão desaparecesse, mas quando o deixei ir, o sono se abateu sobre mim.

Quando o faraó tinha um sonho, ele chamava os especialistas e eles lhe diziam como estavam as coisas no reino e como ficariam, e estava certo, porque ele era o reino. Quando algum de nós tem um sonho, levamos a um especialista e ele nos diz como vão as coisas no país de nós mesmos. Eu tive um sonho que não precisava de especialista nenhum. Assim como a maior parte das pessoas de hoje, não acredito em profecia nem em magia, mas passo metade do tempo praticando as duas artes.

Durante a primavera, Allen estava se sentindo para baixo e solitário, então anunciou que era ateu para castigar Deus e os pais. Eu lhe disse que não entrasse no limbo, porque assim ficaria sem proteção caso passasse embaixo de alguma escada e não poderia cancelar com uma cusparada o efeito de um gato preto que cruzasse seu caminho e não poderia mais fazer desejos para a Lua nova.

As pessoas que têm mais medo de seus próprios sonhos convencem a si mesmas que não sonham de jeito nenhum. Posso explicar meu sonho com muita facilidade, mas isso não faz com que seja menos assustador.

Veio uma ordem de Danny, não sei como. Ele ia partir a bordo de um avião e queria que eu fizesse algumas coisas, coisas que só eu podia fazer. Queria um chapéu para Mary. Tinha que ser de pele de ovelha marrom-escura com lã por dentro. Tinha que ser da mesma pele de um par de chinelos que eu tenho, tinha que ser igual a um boné de beisebol, com viseira comprida. Também queria um medidor de vento... não aqueles potinhos em metal espiralado, mas um feito à mão com a cartolina dura dos cartões-postais do governo, com suportes de bambu. E me chamou para uma reunião antes de partir. Eu levava a bengala de narval do velho Capitão comigo. Ela fica sempre no porta-guarda-chuvas de pata de elefante no nosso hall de entrada.

Quando recebemos a pata de elefante de presente, eu olhei para as grandes unhas cor de marfim e disse às crianças: "A primeira criança que passar esmalte nessas unhas vai ficar de castigo... entenderam?". Obedeceram, de modo que eu tive que fazer o serviço sozinho, usando o esmalte vermelho-vivo da penteadeira de Mary.

Fui ao encontro de Danny no Pontiac de Marullo e o aeroporto era o posto de correio de New Baytown. Quando estacionei, coloquei a bengala torta no banco de trás e dois policiais com cara de maus em um carro de patrulha disseram:

– No banco, não.

– É contra a lei?

– Ah, então você quer dar uma de espertinho!

– Não. Eu só estava perguntando.

– Bom, não coloque no banco.

Danny estava nos fundos do correio, separando pacotes. Usava o boné de pele de ovelha e examinava o medidor de vento. O rosto dele estava magro e seus lábios muito ressecados, mas suas mãos estavam inchadas como bolsas de água quente, como se tivessem sido picadas por vespas.

Levantou-se para me cumprimentar com um aperto de mão, e a minha mão direita foi envolvida pela massa quente e borrachuda. Colocou alguma coisa na minha mão, algo pequeno, pesado e frio, mais ou menos do tamanho de uma chave, mas não era uma chave: uma forma, uma coisa de metal que parecia ter pontas afiadas e ser bem polida. Não sei o que era, porque não olhei, apenas senti. Inclinei-me para mais perto e o beijei na boca e com os lábios senti os dele, secos e ásperos. Acordei então, abalado e com frio. A manhã tinha chegado. Dava para ver o lago, mas não a vaca de pé dentro dele, e eu continuava sentindo aqueles lábios secos e descascados. Levantei-me de imediato porque não queria ficar lá deitado pensando naquilo. Não fiz café, mas fui até a pata de elefante e vi que o taco maldito chamado de bengala ainda estava lá.

Era aquela hora pulsante do amanhecer, quente e úmida, porque o vento da manhã ainda não tinha começado a soprar. A rua estava cinzenta e prateada, e a calçada, engordurada devido aos resquícios de humanidade. A cafeteria Foremaster ainda não estava aberta. Eu não queria café mesmo. Atravessei o beco e abri minha porta dos fundos... olhei para a parte da frente e vi a caixa de couro de chapéu atrás do balcão. Abri uma lata de café e despejei o conteúdo na lata de lixo. Então fiz dois furos em uma lata de leite condensado e coloquei dentro da lata de café, abri a porta dos fundos e coloquei a lata na entrada. O gato estava mesmo ali no beco, mas só foi até o leite quando eu desapareci na parte da frente do mercado. De lá eu o enxergava, um gato cinzento em um beco cinzento, lambendo o leite. Quando ergueu a cabeça, tinha um bigode de leite. Sentou-se, enxugou a boca e lambeu as patas.

Abri a caixa de chapéu e tirei os recibos de sábado, todos listados e agrupados com clipes de papel. Do envelope pardo do banco, tirei trinta notas de cem e devolvi as vinte restantes. Aqueles três mil dólares seriam minha margem de segurança até que a economia do mercado entrasse em equilíbrio. Os outros dois mil de Mary seriam devolvidos à conta dela e, assim que pudesse fazê-lo em segurança, devolveria também os três mil. Coloquei as trinta notas na minha carteira nova, que ficou bem gorda no meu bolso de trás. Então peguei caixotes e caixas de papelão do depósito, abri-as e comecei a preencher minhas prateleiras depauperadas, enquanto anotava em uma tira de papel de embrulho as mercadorias que precisariam ser reencomendadas. Empilhei as caixas e os caixotes no beco para serem recolhidos pelo caminhão de coleta e completei a lata de café com leite, mas o gato não voltou. Ou estava satisfeito ou só sentia prazer se pudesse roubar.

Deve haver anos diferentes de todos os outros anos, tão diferentes em clima e direção e ambiente quanto um dia pode ser diferente do outro. Aquele ano de 1960 era um ano de mudanças, um ano em que medos secretos vêm à tona, quando os descontentes deixam a passividade e vão mudando gradualmente para a raiva. Não era só eu ou New Baytown. As nomeações presidenciais logo seriam feitas e, no ar, o descontentamento estava se transformando em raiva, e com a transformação vinha a animação que a raiva traz consigo. E não era apenas o país: o mundo todo se agitava com inquietação e desconforto e o descontentamento se transformava em raiva e a raiva tentava encontrar uma válvula de escape na ação, qualquer ação desde que fosse violenta: na África, em Cuba, na América do Sul, na Europa, na Ásia, no Oriente Próximo: inquietação como a de cavalos esperando a porteira abrir.

Eu sabia que aquela terça-feira, 5 de julho, seria um dia maior do que os outros. Acho que até sabia as coisas que iam acontecer antes mesmo de acontecerem, mas como aconteceram mesmo, eu nunca terei certeza se sabia de verdade.

Acho que eu sabia que o sr. Baker de dezessete engrenagens, à prova de choque, que marcava as horas com precisão, apareceria à minha porta uma hora antes de o banco abrir. E foi o que fez, antes de eu abrir ao público. Deixei que entrasse e fechei a porta atrás dele.

– Mas que coisa horrível – ele disse. – Eu estava fora de alcance. Voltei assim que fiquei sabendo.

– Que coisa horrível, senhor?

– Ah, o escândalo! Aqueles homens são meus amigos, meus velhos amigos. Preciso fazer alguma coisa.

– Nem vão ser interrogados antes da eleição... apenas indiciados.

– Eu sei. Será que não podemos fazer uma declaração em defesa deles, no nosso nome? Até um anúncio pago se for necessário.

– Mas onde, senhor? O jornal *Bay Harbor Messenger* só vai sair na quinta-feira.

– Bom, é preciso fazer alguma coisa.

– Eu sei.

Aquilo foi formal demais. Ele devia saber que eu estava sabendo. E, ainda assim, olhou nos meus olhos e pareceu genuinamente preocupado.

– Esses extremistas malucos vão acabar com as eleições municipais a menos que façamos algo. Precisamos apresentar novos candidatos. Não temos escolha. É uma coisa terrível de se fazer com velhos amigos, mas eles seriam os primeiros a saber que não podemos deixar que os extremistas desmiolados tomem o poder.

– Por que o senhor não fala com eles?

– Eles foram prejudicados e estão loucos da vida. Não tiveram tempo para pensar sobre o assunto. Marullo apareceu?

– Mandou um amigo. Comprei o mercado por três mil.

– Que bom. Fez um bom negócio. Está com os documentos?

– Estou.

– Bom, se ele aprontar alguma, as notas estão listadas.

– Ele não vai aprontar nada. Quer ir embora. Está cansado.

– Nunca confiei nele. Nunca soube no que ele colocava as mãos.

– Ele era estelionatário, senhor?

– Ele era traiçoeiro, jogava nos dois times. Vale muito se puder abrir mão das propriedades que tem, mas três mil... é como dar de presente.

– Ele gostava de mim.

– Devia gostar mesmo. Quem ele mandou? Algum mafioso?

– Um homem do governo. Sabe, Marullo confiava em mim.

O sr. Baker franziu o cenho, e aquilo não era típico dele.

– Por que não pensei nisso antes? Você é o homem certo. De boa família, confiável, proprietário de imóveis, comerciante, respeitado. Não tem nenhum inimigo na cidade. É claro que você é o homem certo.

– O homem certo?

— Para ser administrador da cidade.

— Só sou comerciante desde sábado.

— Você sabe do que estou falando. Ao seu redor, poderíamos colocar rostos respeitáveis. Ah, mas seria mesmo a solução perfeita.

— De balconista de mercado a administrador da cidade?

— Ninguém nunca pensou em um Hawley como balconista de mercado.

— Eu pensei. Mary pensou.

— Mas não é isso que você é. Podemos anunciar hoje mesmo, antes de os extremistas malucos se instalarem.

— Vou ter que considerar o assunto da popa à proa.

— Não há tempo.

— Em quem o senhor tinha pensado antes?

— Antes do quê?

— Antes de o conselho pegar fogo. Mais tarde falo com o senhor. Sábado foi um dia movimentado. Eu poderia até ter vendido a balança.

— Você pode fazer uma coisa boa com este mercado, Ethan. Aconselho-o a incrementá-lo e depois vender. Você vai ser importante demais para atender clientes. Teve alguma notícia de Danny?

— Ainda não. Por enquanto, não.

— Você não devia ter lhe dado dinheiro.

— Talvez não. Achei que estivesse fazendo uma boa ação.

— Claro que pensou. Claro que pensou.

— Sr. Baker... o que aconteceu com o *Belle-Adair*?

— O que aconteceu? Como assim? Pegou fogo.

— No porto... como foi que começou, senhor?

— Que hora estranha para esta pergunta. Só sei o que me contaram. Era pequeno demais para lembrar. Aqueles barcos velhos ficavam encharcados de óleo. Acho que algum marinheiro deve ter derrubado um fósforo. O seu avô era o capitão. Acho que estava em terra. Tinha acabado de ancorar.

— Uma viagem ruim.

— Foi o que ouvi dizer.

— Houve algum problema para receber o dinheiro do seguro?

— Bom, sempre mandam inspetores. Não, pelo que eu me lembro, demorou um pouco, mas acabamos recebendo, os Hawley e os Baker.

— O meu avô achava que alguém tinha tocado fogo nele.

— Mas por que, pelo amor de Deus?

— Para receber o dinheiro. A indústria da pesca de baleia estava morta.

— Nunca soube que ele disse isso.

— O senhor nunca ouviu dizer?

— Ethan... onde você quer chegar? Por que está trazendo à tona algo que aconteceu há tanto tempo?

— É uma coisa terrível queimar um barco. É assassinato. Vou recuperar a quilha dele algum dia.

— A quilha dele?

— Sei exatamente onde está. A meio cabo da praia.

— Por que você faria isso?

— Quero ver se o carvalho está sólido. Era carvalho virgem da ilha Shelter. O barco não morre completamente se a quilha estiver viva. É melhor o senhor ir andando, se quiser abençoar a abertura do cofre. E eu preciso abrir o mercado.

Então o pêndulo dele se colocou em funcionamento e ele foi tiquetaqueando para o banco.

Agora acho que também já estava esperando Biggers. Coitado, deve passar boa parte de seu tempo observando portas. E devia estar esperando em algum lugar bem perto dali pela saída do sr. Baker.

— Espero que não vá pular na minha garganta.

— Por que o faria?

— Compreendo por que você se mostrou arredio. Acho que eu não fui muito... diplomático.

— Talvez tenha sido isso.

— Pensou a respeito da minha proposta?

— Pensei.

— O que acha?

— Acho que seis por cento seria melhor.

– Não sei se a B.B. vai aceitar.
– Eles que sabem.
– Talvez cheguem a cinco e meio.
– E talvez você complete o outro meio.
– Caramba, homem. Achei que você era um caipirão. Você joga pesado.
– É pegar ou largar.
– Bom, de que tipo de volume estamos falando?
– Há uma lista parcial perto da caixa registradora.

Ele estudou a tira de papel de embrulho.

– Parece que fui fisgado. E, irmão, estou sangrando. Posso fazer o pedido total hoje?
– Amanhã vai estar maior e melhor.
– Está dizendo que vai passar toda a conta para mim?
– Se você jogar direito.
– Irmão, você deve estar degolando seu patrão. Não vai ter problemas?
– Isto veremos.
– Bom, talvez eu possa dar um jeito na amiga do representante de vendas. Irmão, você deve ser frio como um arenque. Vou dizer, aquela mulher é um pedaço.
– Amiga da minha mulher.
– Ah! Sei! Percebo o que pode acontecer. Perto demais de casa pode causar problema. Você é esperto. Se eu ainda não sabia disso, percebi agora. Seis por cento. Caramba! Amanhã de manhã.
– Talvez hoje, mais para o fim da tarde, se eu tiver tempo.
– É melhor amanhã de manhã.

No sábado, os clientes tinham vindo em ondas. Naquela terça-feira, o ritmo todo estava diferente. As pessoas se demoravam. Queriam conversar a respeito do escândalo, dizendo que era ruim, horrível, triste, uma desgraça; mas, ao mesmo tempo, gostando daquilo. Fazia muito tempo que não tínhamos nenhum escândalo. Ninguém mencionou a aproximação da Convenção Nacional Democrática em Los Angeles... nenhuma vez. Claro que New Baytown é uma cidade republicana, mas acho que as pessoas se interessam mais pelo que acontece perto de casa. Conhecíamos os homens sobre cujos túmulos nós dançávamos.

O delegado Stonewall Jackson apareceu ao meio-dia, com aparência cansada e triste.

Coloquei a lata de óleo em cima do balcão e tirei de dentro dela a antiga pistola com um pedaço de arame.

– Aqui está a prova, delegado. Leve embora, por favor. Isto me deixa nervoso.

– Bom, dê uma limpada, pode ser? Olhe só para isto! É o que costumavam chamar de pistola de dois dólares: um Iver Johnson com trava na parte de cima. Tem alguém que pode cuidar do mercado?

– Não, não tem.

– Cadê o Marullo?

– Está fora.

– Então acho que você vai ter que fechar um pouco.

– O que foi, delegado?

– Bom, o filho de Charley Pryor fugiu de casa hoje de manhã. Tem alguma bebida por aí?

– Claro. Suco de laranja, creme, limão, Coca?

– Quero uma Seven-Up. Charley é um sujeito engraçado. O filho dele, Tom, tem oito anos. Acha que o mundo está contra ele e quer fugir para virar pirata. Outra pessoa lhe daria umas boas palmadas no traseiro, mas não Charley. Você vai abrir isso aí?

– Desculpe. Aqui está. O que Charley tem a ver comigo? Mas, é claro, eu gosto dele.

– Bom, Charley não faz as coisas como as outras pessoas. Acha que a melhor maneira de curar Tom é ajudá-lo. Então, depois do café da manhã, pegaram uma colcha e prepararam um grande almoço. Tom quis levar uma espada japa para se proteger, mas como ela arrastava, ele preferiu uma baioneta. Charley o colocou no carro e o levou para fora da cidade para dar-lhe boa vantagem. Deixou-o perto da campina dos Taylor. Sabe onde é, onde ficava a casa de campo deles. Eram umas nove da manhã de hoje. Charley ficou observando o menino durante um tempo. A primeira coisa que ele fez foi sentar e comer seis sanduíches e dois ovos cozidos. Então atravessou a campina correndo, todo corajoso com sua trouxinha e sua baioneta, e Charley voltou para casa.

Lá vinha. Eu sabia, eu sabia. Era quase um alívio tudo estar terminado.

– Por volta das onze, ele apareceu na estrada e pegou uma carona até em casa.

– Acho que posso adivinhar, Stoney... é o Danny?

– Parece que sim. No fundo do buraco do porão da casa antiga. Um caixote de uísque, só duas garrafas vazias, e um frasco de sonífero. Sinto muito por ter de pedir isto a você, Eth. Está lá há um bom tempo e alguma coisa o atacou, o rosto dele. Talvez gatos. Você se lembra de alguma cicatriz ou marca nele?

– Não quero vê-lo, delegado.

– Bom, e quem quer? E as cicatrizes?

– Lembro de um corte de arame farpado em cima do joelho esquerdo, e... e... – enrolei a manga da camisa para cima – um coração igual a este tatuado. Fizemos juntos quando éramos crianças. Cortamos com uma lâmina de barbear e esfregamos tinta. Continua bem definido, está vendo?

– Bom... acho que vai servir. Mais alguma coisa?

– Tem... uma cicatriz grande embaixo do braço esquerdo, um pedaço extraído da costela. Teve pneumonia pleural antes do remédio novo e colocaram um dreno.

– Bom, se houver uma costela cortada, já basta. Não vou nem precisar eu mesmo voltar lá. O legista que mexa aquele traseiro dele. Você vai ter que reconhecer oficialmente as marcas se for ele.

– Tudo bem, mas não me faça olhar para ele, Stoney. Ele era... você sabe... ele era meu amigo.

– Claro, Eth. Diga, é verdade a história que eu ouvi de que você vai ser candidato a administrador da cidade?

– Para mim é novidade, delegado... será que você pode ficar mais dois minutos...

– Preciso ir andando.

— Só dois minutos, enquanto atravesso a rua e tomo um drinque?

— Ah, claro! Já entendi. Claro... vá lá. Preciso me dar bem com o novo administrador da cidade.

Tomei um copo e peguei mais um para viagem. Quando Stoney foi embora, escrevi "VOLTO ÀS DUAS" em um cartão, fechei as portas e baixei as persianas.

Sentei em cima da caixa de chapéu de couro atrás do balcão no meu mercado, fiquei lá sentado na escuridão esverdeada do meu mercado.

20

Às dez para as três, saí pela porta dos fundos e dobrei a esquina na frente do banco. Morph, em sua jaula de bronze, pegou o monte de dinheiro e cheques, o envelope pardo e os recibos de depósito. Espalhou as cadernetinhas pela mesa e as segurava com os dedos em forma de Y enquanto anotava pequenos números inclinados com uma caneta de aço que sussurrava sobre o papel. À medida que ia empurrando as cadernetas na minha direção, erguia os olhos e me observava disfarçada e cautelosamente.

— Não vou tocar no assunto, Ethan. Eu sei que ele era seu amigo.

— Obrigado.

— Se você escapar rápido, talvez consiga evitar o Cérebro.

Mas eu não escapei. Acho que Morph pode tê-lo avisado com a campainha. A porta de vidro fosco do escritório se abriu e o sr. Baker, elegante e de cinza, disse baixinho:

— Você tem um minuto, Ethan?

Não adiantava nada adiar. Entrei na toca gelada dele e ele fechou a porta com tanta delicadeza que eu nem ouvi o clique da fechadura. A mesa dele tinha uma lâmina de vidro por cima, e por baixo dela encontravam-se listas de números datilografados. Duas cadeiras para clientes faziam posição de sentido ao lado da cadeira alta dele, como bezerros gêmeos mamando. Eram confortáveis, mas mais baixas do que a cadeira da mesa. Quando me sentei, precisei erguer a cabeça para olhar para o sr. Baker, e aquilo me deixou em posição de súplica.

— Que tristeza.

— É.

— Acho que você não pode ser considerado culpado. Provavelmente aconteceria de qualquer maneira.

— Provavelmente.

— Tenho certeza de que você pensou estar fazendo a coisa certa.

— Achei que ele tinha uma chance.

— Claro que sim.

Meu ódio subia pela garganta como um gosto ruim, mais enjoativo do que furioso.

— Além da tragédia humana e do desperdício, suscita uma dificuldade. Você sabe se ele tinha parentes?

— Acho que não.

— Todas as pessoas que têm dinheiro têm parentes.

— Ele não tinha dinheiro.

— Ele tinha a campina dos Taylor, livre e limpa.

— Tinha, é? Bom, uma campina e um buraco de adega...

— Ethan, eu lhe disse que estávamos planejando um campo de pouso para servir a todo o distrito. A campina é plana. Se não pudermos usá-la, vai custar milhões para fazer a terraplenagem para construir as pistas nas montanhas. E agora, mesmo que ele não tenha herdeiros, a coisa vai ter que ir para o tribunal. Vai levar meses.

— Percebo.

A ira dele entrou em fissão:

— Fico aqui me perguntando se percebe! Com as suas boas intenções, jogou tudo por água abaixo. Às vezes eu fico achando que um benfeitor é a coisa mais perigosa do mundo.

— Talvez o senhor esteja certo. Preciso voltar para o mercado.

— O mercado é seu.

– É mesmo, não é? Não consigo me acostumar. Sempre esqueço.

– É, você esquece. O dinheiro que você deu para ele era da Mary. Agora, ela nunca mais vai ver. Você jogou fora.

– Danny admirava muito a minha Mary. Ele sabia que o dinheiro era dela.

– Mas isso vai lhe servir mesmo de muita coisa.

– Achei que ele estava brincando. Ele me deu isto aqui. – Tirei as duas folhas de papel pautado do bolso de dentro do paletó, onde as tinha colocado, sabendo que precisaria tirá-las dessa maneira.

O sr. Baker as alisou em cima de sua mesa com tampo de vidro. Na medida em que ia lendo, o músculo ao lado da orelha direita fazia movimentos involuntários, de modo que o lóbulo tremia. Os olhos examinaram tudo de novo, dessa vez em busca de alguma brecha.

Quando o filho da puta olhou para mim, havia medo nele. Enxergou alguém cuja existência não conhecia. Demorou um pouco para se ajustar àquele desconhecido, mas era ágil. Ajustou-se.

– Quanto você está pedindo?

– Cinquenta e um por cento.

– De quê?

– Da corporação, ou da parceria, ou do que quer que seja.

– Isto é ridículo.

– Vocês querem um campo de pouso. O único terreno disponível é meu.

Ele limpou os óculos com cuidado com um lenço de papel Kleenex tirado de um pacote de bolso e então os colocou no rosto. Mas não olhou para mim. Olhou para um círculo ao meu redor, deixando-me de fora. Afinal, perguntou:

– Você sabia o que estava fazendo, Ethan?

– Sabia.

– Você se sente bem a respeito disso?

– Acho que me sinto como se sentiu o homem que lhe deu uma garrafa de uísque e tentou fazer com que assinasse um papel.

— Ele lhe disse isso?

— Disse.

— Ele era um mentiroso.

— Ele me disse mesmo que era. Ele me avisou que era. Talvez tenha algum truque nestes documentos. — Tirei os papéis da frente dele com suavidade e dobrei as duas folhas manchadas escritas a lápis.

— Tem um truque sim, Ethan. Estes documentos não têm falha nenhuma, estão datados, com firma reconhecida, limpos. Talvez ele o odiasse. Talvez o truque dele fosse a desintegração de um homem.

— Sr. Baker, ninguém na minha família jamais botou fogo em um barco.

— Vamos conversar, Ethan, vamos fechar negócio. Vamos ganhar dinheiro. Uma cidadezinha vai surgir nas montanhas ao redor da campina. Acho que agora você vai ter que ser o administrador da cidade.

— Não posso, senhor. Isso constituiria conflito de interesses. Alguns homens estão descobrindo isso agora mesmo, de uma maneira bem triste.

Ele suspirou: um suspiro cauteloso, como se tivesse medo de acordar alguma coisa na própria garganta.

Levantei-me e apoiei a mão no encosto de couro estofado e recurvado da cadeira do suplicante.

— O senhor vai se sentir melhor quando se acostumar com a ideia de que eu não sou um tolo simpático.

— Por que você não confiou em mim?

— Ter cúmplices é perigoso.

— Então você acha que cometeu um crime.

— Não. Crime é algo que as outras pessoas cometem. Eu preciso abrir o mercado, apesar de ele ser meu.

Minha mão estava na maçaneta quando ele perguntou baixinho:

— Quem entregou Marullo?

— Acho que foi o senhor.

Ele se levantou de um pulo, mas eu fechei a porta atrás de mim e voltei para o meu mercado.

21

Ninguém no mundo consegue entrar no clima de comemoração ou de festa como minha Mary. Não é sua contribuição, mas o que recebe e que a faz reluzir como uma pedra preciosa. Os olhos dela brilham, sua boca sorridente irradia, a risada ligeira se transforma em uma piada doentia. Com Mary na entrada de uma festa, todo mundo se sente mais bonito e mais inteligente do que era, e as pessoas de fato se transformam. Mary não precisa dar nenhuma contribuição além desta.

Toda a casa dos Hawley brilhava de comemoração quando eu cheguei. Bandeiras de plástico coloridas se estendiam do lustre central às paredes, e faixas de plástico também colorido se estendiam pela balaustrada.

– Você não vai acreditar – Mary exclamou. – Ellen conseguiu tudo no posto Esso. George Sandow emprestou.

– Para que tudo isto?

– Para tudo. É uma glória.

Não sei se ela estava sabendo a respeito de Danny Taylor ou se tinha recebido a notícia e preferido esquecer. Com certeza eu não o convidara para a festa, mas ele caminhava de um lado para o outro no jardim. Eu sabia que, mais tarde, teria de sair para ter com ele, mas não o convidei para entrar.

– Até parece que foi Ellen que recebeu uma menção honrosa – Mary disse. – Está mais orgulhosa do que se *ela* fosse a celebridade. Olha só o bolo que ela fez. – Era um bolo branco alto com a palavra "HERÓI" escrita por cima em letras vermelhas, verdes, amarelas e azuis. – Vamos comer frango assado *e* recheio *e* molho de miúdos *e* purê de batata, apesar de ser verão.

– Que bom, querida, que bom. E onde está nossa jovem celebridade?

– Bom, ele também está transformado. Está tomando banho e trocando de roupa para jantar.

– Hoje é um dia portentoso, minha sibila. Você ainda vai descobrir que alguma mula deu cria e que um cometa novo apareceu no céu. Banho antes do jantar. Imagine só!

— Achei que você também ia querer trocar de roupa. Peguei uma garrafa de vinho e achei que poderia fazer um discurso ou um brinde ou algo assim, apesar de ser só a família.

Ela tinha enchido a casa de festa. Mal percebi e já estava me apressando para subir as escadas, tomar um banho e fazer parte daquilo.

Ao passar pela porta de Allen, bati, ouvi um grunhido e entrei.

Estava parado na frente do espelho, segurando um espelhinho, de modo que podia enxergar seu perfil. Tinha usado alguma coisa escura, talvez o rímel de Mary, para pintar um bigodinho preto fino, escurecera as sobrancelhas e erguera os cantos, para ficar com ar satânico. Estava sorrindo com charme cínico e sabichão para o espelho quando eu entrei. E usava minha gravata-borboleta azul de bolinhas. Não pareceu envergonhado por ser surpreendido.

— Estou ensaiando para quando chegar a minha vez – ele disse, baixando o espelhinho.

— Filho, no meio de toda confusão, acho que não disse como estou orgulhoso.

— É... bom, é só o começo.

— Francamente, não achei que você fosse capaz de escrever nem tão bem quanto o presidente. Estou tão surpreso quanto contente. Quando você vai ler a sua redação para o mundo?

— No domingo, às quatro e meia *e* em rede nacional. Vou ter que ir para Nova York. Um avião especial vai me levar.

— Você ensaiou bem?

— Ah, vai dar tudo certo. É só um começo.

— Bom, é mais como um salto o fato de estar entre os cinco escolhidos no país todo.

— Rede nacional – ele disse. Começou a tirar o bigode com um pedaço de algodão e vi, surpreso, que estava com um kit de maquiagem, sombra de olho, pintura, creme.

— Tudo aconteceu ao mesmo tempo para nós. Você sabia que eu comprei o mercado?

— Sabia! Ouvi dizer.

– Bom, quando as bandeirinhas e os outros enfeites forem retirados, vou precisar da sua ajuda.

– Como assim?

– Eu já tinha dito antes, para me ajudar no mercado.

– Não vou poder – ele respondeu, e examinou os dentes no espelhinho.

– Não vai poder o quê?

– Vou participar como convidado de alguns programas e depois de *Qual é a minha frase?* e *Convidado misterioso*. Depois tem um programa de pergunta novo chamado *Jovens inteligentes*. Podem até me chamar para apresentar. Então, percebe, eu não vou ter tempo. – Borrifou alguma coisa pegajosa no cabelo de uma lata pressurizada.

– Então, a sua carreira já está toda definida, não é mesmo?

– Como eu disse, é só o começo.

– Não vou soltar os cachorros hoje à noite. Conversaremos sobre isto mais tarde.

– Tem um sujeito da NBC que está tentando falar com você pelo telefone. Talvez seja sobre o contrato, porque eu sou menor de idade.

– Você pensou na escola, meu filho?

– Quem precisa disso se tiver um contrato?

Saí dali rápido e fechei a porta e, no banheiro, abri a água fria e deixei que gelasse minha pele, permitindo que o frio penetrasse bem fundo para controlar a raiva que me fazia tremer. E, quando ressurgi limpo e brilhante e com o cheiro do perfume de Mary, tinha o controle de volta. Nos poucos momentos antes do jantar, Ellen se sentou no braço da minha poltrona, depois rolou para o meu colo e me abraçou.

– Eu amo você – ela disse. – Não é tudo ótimo? E Allen não é maravilhoso? Parece que ele nasceu para isso. – E essa era a menina que eu considerava egoísta e um pouco maldosa.

Logo antes do bolo, fiz um brinde ao jovem herói e desejei-lhe sorte e arrematei:

– Este é o inverno da nossa desesperança transformado em verão pelo glorioso filho de York.

– Isto é Shakespeare – disse Ellen.

— É sim, meu amorzinho, mas de que peça, quem fala e onde?

— Sei lá – respondeu Allen. – Isso é para gente quadrada.

Ajudei a levar a louça para a cozinha. Mary continuava radiante.

— Não entre em pânico – ela disse. – Ele vai encontrar seu caminho. Vai dar tudo certo. Tenha paciência com ele.

— Vou ter, minha codorninha santa.

— Tinha um homem ligando de Nova York. Acho que é sobre o Allen. Não é emocionante o fato de mandarem um avião para apanhá-lo? Não consigo me acostumar com o fato de você ser dono do mercado. Eu sei... está todo mundo dizendo que você vai ser o administrador da cidade.

— Não vou.

— Bom, ouvi falarem uma dúzia de vezes.

— Tenho um acordo comercial que inviabiliza essa possibilidade. Preciso sair um pouco, querida. Tenho uma reunião.

— Talvez eu vá desejar que você volte a ser balconista. Porque então passava as noites em casa. E se o homem ligar de novo?

— Ele pode esperar.

— Ele não queria esperar. Vai voltar tarde?

— Não sei. Depende de como tudo correr.

— Não foi triste o que aconteceu com Danny Taylor? Leve uma capa de chuva.

— Foi sim, com certeza.

No hall de entrada, coloquei o chapéu e, por impulso, peguei a bengala de narval do velho Capitão da pata de elefante. Ellen se materializou ao meu lado.

— Posso ir com você?

— Hoje não.

— Eu amo você de verdade.

Olhei bem no fundo da minha filha por um instante.

— Eu também amo você – respondi. – Vou trazer-lhe joias... quer alguma em especial?

Ela riu.

— Você vai andar de bengala?

– Para me proteger. – Empunhei o marfim espiralado como se fosse uma espada.

– Você vai demorar?

– Não muito.

– Por que vai levar a bengala?

– Para enfeite, para me exibir, para ameaçar, para colocar medo; é a necessidade atávica de carregar uma arma.

– Vou esperar acordada. Posso segurar a coisa cor-de--rosa?

– Ah, não, não vai não, minha florzinha de esterco. A coisa cor-de-rosa? Você está falando do talismã? Claro que pode.

– O que é um talismã?

– Procure no dicionário. Sabe como soletrar?

– T-a-l-e-s-m-ã.

– Não, t-a-l-*i*-s-m-ã.

– Por que você não me fala?

– Você vai aprender melhor se procurar.

Ela colocou os braços em volta de mim, apertou e me soltou logo.

A noite se fechou em volta de mim, espessa e úmida, o ar pesado com a consistência aproximada de caldo de galinha. Os postes de luz que se escondiam atrás das folhas rechonchudas da Elm Street formavam halos ramificados de umidade.

O homem com emprego vê muito pouco do mundo normal iluminado pelo sol. Não é de se estranhar que receba as notícias por meio da mulher e retire suas atitudes dela. Ela sabe o que aconteceu e quem disse o que sobre qual assunto, mas tudo é peneirado por sua feminilidade e, portanto, a maior parte dos homens enxerga o mundo através dos olhos das mulheres. Mas, à noite, quando seu negócio ou serviço está fechado, então o mundo do homem se ergue... pelo menos durante um período.

O bastão retorcido de marfim de narval encaixava-se bem à minha mão, a empunhadura pesada de prata lustrada pela palma da mão do velho Capitão.

No passado, há muito tempo, quando eu vivia no mundo da luz do sol, e quando o mundo estava farto de mim, eu me enfiava no capim. De rosto para baixo e bem perto dos caules verdes, eu me mesclava às formigas e aos pulgões e aos tatus--bola, deixava de ser um colosso. E, na selva feroz de capim, eu encontrava a distração que significava paz.

Agora, à noite, eu ansiava pelo Porto Antigo e pelo Lugar, onde um mundo inevitável de ciclos de vida e de tempo e de maré era capaz de amaciar minha rudeza.

Caminhei rapidamente até a High Street e só dei uma olhada no meu mercado com persianas verdes quando passei pelo Foremaster. Na frente do posto de bombeiro, o gordo Willie estava sentado dentro da viatura de polícia, com o rosto vermelho e suando como um porco.

– Está passeando de novo, Eth?

– Estou.

– Mas que tristeza essa coisa com Danny Taylor. Um bom sujeito.

– Terrível – respondi e segui apressado.

Alguns carros passaram devagar, provocando uma brisa, mas não tinha ninguém andando a pé. Ninguém queria se arriscar ao suor da caminhada.

Fiz a curva no monumento e caminhei na direção do Porto Antigo e vi a iluminação da âncora de alguns iates e de barcos de pesca longe do cais. Então vi uma figura virar na Porlock Street e vir na minha direção e, pelo jeito de andar e pela postura, percebi logo que era Margie Young-Hunt.

Ela parou na minha frente, não me deu chance de passar. Algumas mulheres conseguem parecer frescas em uma noite quente. Talvez fosse o movimento leve da saia de algodão dela.

Ela disse:

– Acho que você estava à minha procura. – Ajeitou uma mecha de cabelo que estava fora de lugar.

– Por que diz isso?

Ela se virou, pegou o meu braço e, com os dedos, pediu para que eu caminhasse com ela.

– É o tipo de coisa que acontece comigo. Eu estava no Foremaster. Vi você passando e achei que podia estar à minha procura. Então dei a volta pelo outro lado do quarteirão e interceptei o seu caminho.

– Como você sabia para que lado eu ia virar?

– Não sei. Eu sabia. Ouça as cigarras... isto significa mais calor e nada de vento. Não se preocupe, Ethan, vamos estar fora do alcance da luz em um instante. Você pode vir à minha casa se quiser. Eu lhe oferecerei uma bebida... um drinque bem farto e gelado de uma mulher farta e ardente.

Deixei que os dedos dela me guiassem até as sombras de um bosque de mato crescido demais. Alguma espécie de botão amarelo queimava a escuridão rente ao chão.

– Esta é a minha casa. Uma garagem com uma câmara de prazer por cima.

– O que a faz pensar que eu estava à sua procura?

– Procurava a mim ou a alguém como eu. Já viu uma tourada, Ethan?

– Uma vez em Arles, logo depois da guerra.

– Meu segundo marido sempre me levava para ver. Ele adorava aquilo. Acho que touradas são para homens não muito corajosos que gostariam de ser. Se você já viu uma, sabe do que eu estou falando. Lembra, depois de toda a parte da capa, quando o touro tenta matar alguma coisa que não existe?

– Lembro.

– Lembra como ele fica confuso e pouco à vontade, às vezes simplesmente fica lá parado, em busca de uma resposta? Bom, daí precisam dar-lhe um cavalo, ou senão vai ficar decepcionado. Ele precisa enfiar os chifres em alguma coisa sólida, senão seu espírito morre. Bom, eu sou esse cavalo. E esse é o tipo de homem que sobra para mim, confuso e sem saber o que fazer. E se consegue cravar o chifre em mim, é um pequeno triunfo. Daí pode retornar à *muleta* e à *espada*.

– Margie!

– Só um instante. Estou procurando a minha chave. Sinta o cheiro das madressilvas!

– Mas eu acabei de viver um triunfo.

– É mesmo? Agitou uma capa... e depois pisou em cima?

– Como é que você sabe?

— Eu simplesmente sei quando um homem está à minha procura, ou à procura de qualquer outra Margie. Cuidado com os degraus, são estreitos. Não vá bater a cabeça em cima. Ah, aqui está o interruptor... está vendo? Uma câmara de prazer, iluminação suave, cheiro de almíscar... até um mar sem sol!

— Acho que você é mesmo uma bruxa.

— Você sabe muito bem que sou, com os diabos. Uma pobre coitada de uma bruxa de cidadezinha pequena. Sente ali, perto da janela. Vou ligar o vento falso. Vou fazer o que chamam de "vestir algo mais confortável", depois vou preparar uma bebida em um copo bem alto para entorpecer a mente.

— Onde foi que você aprendeu a falar assim?

— Você sabe muito bem.

— Você o conhecia bem?

— Parte dele. A parte de um homem que as mulheres podem conhecer. Às vezes essa é a melhor parte, mas não com frequência. Eu saía com Danny. Ele confiava em mim.

A sala era um álbum de memória de outras salas, pedaços e peças de outras vidas, como notas de rodapé. O ventilador à janela sussurrava um rugido.

Ela voltou logo, vestindo uma peça azul comprida, solta e esvoaçante, e trouxe consigo uma nuvem de perfume. Quando absorvi o cheiro, ela disse:

— Não se preocupe. É uma água-de-colônia que Mary nunca me viu usando. Aqui está sua bebida... gim e tônica. Esfreguei o copo com tônica. É gim, só gim. Se você chacoalhar o gelo, vai achar que está gelado.

Virei goela abaixo como se fosse cerveja e senti a quentura seca espalhar-se pelos meus ombros e meus braços, de modo que minha pele estremeceu.

— Acho que você estava precisando disso – ela disse.

— Acho que sim.

— Vou transformar você em um touro corajoso... vou demonstrar resistência suficiente para você achar que viveu um triunfo. É disso que os touros precisam.

Fiquei olhando para as minhas mãos, cobertas de arranhões e pequenos cortes de abrir caixas, e para as minhas unhas, não muito limpas.

Ela pegou a bengala de marfim do sofá, onde eu a largara.

– Espero que não precise disso para a sua investida frouxa.

– Agora você é minha inimiga?

– Eu, a sua amiga de New Baytown, sua inimiga?

Fiquei em silêncio durante tanto tempo que dava para sentir a inquietação dela crescendo.

– Não se apresse – ela disse. – Tem a vida toda para responder. Vou pegar uma bebida para você.

Peguei o copo cheio da mão dela e meus lábios e a minha boca estavam tão secos que precisei dar um gole antes de falar e, quando o fiz, minha garganta parecia áspera.

– O que você quer?

– Eu poderia me contentar com amor.

– De um homem que ama a esposa?

– A Mary? Você nem a conhece.

– Eu sei que ela é carinhosa, doce, gentil e indefesa.

– Indefesa? Ela é mais resistente do que aço. Ela vai continuar seguindo em frente muito depois de as suas engrenagens pifarem. Ela é como uma gaivota que usa o vento para ficar no ar e nunca bate as asas.

– Não é verdade.

– Se acontecer algo grave, ela vai se portar como se não fosse nada, ao passo que você vai ficar se mordendo.

– O que você quer?

– Você não vai me passar uma cantada? Não vai descarregar sua raiva com o quadril na boa e velha Margie?

Coloquei meu copo meio vazio em uma mesinha lateral e, rápida como uma cobra, ela o ergueu, colocou um cinzeiro por baixo e limpou o círculo de umidade com a mão.

– Margie... eu quero conhecer você.

– Não brinque. Você quer saber o que eu achei do seu desempenho.

– Não vou conseguir descobrir o que você quer se não souber quem você é.

– Acredito que o sujeito está falando sério... um passeio de um dólar. Para conhecer Margie Young-Hunt, pode vir armado com sua espingarda e sua câmera. Eu fui uma boa menininha, inteligente e mais ou menos má dançarina. Conheci o que chamam de um homem mais velho e me casei com ele. Ele não me amava... estava apaixonado por mim. Isto é algo que vem em cima de uma bandeja de prata para uma boa menininha inteligente. Eu não gostava muito de dançar e, com toda certeza, não gostava nada de trabalhar. Quando o dispensei, ele estava tão confuso que nem colocou uma cláusula no acordo de divórcio para o caso de eu me casar de novo. Casei-me com outro sujeito e fui responsável por uma imensa reviravolta no mundo que acabou por matá-lo. Durante vinte anos, o cheque caiu na minha conta no primeiro dia do mês. Durante vinte anos, eu não ergui um dedo para trabalhar, a não ser para receber alguns presentes de admiradores. Não parece que se passaram vinte anos, mas foi o que aconteceu, e eu não sou mais menininha.

Ela entrou na pequena cozinha e trouxe três cubos de gelo na mão, colocou dentro do copo e derramou gim sobre eles. O ventilador murmurante trazia para dentro o cheiro do fundo do mar exposto pela maré baixa. Ela disse baixinho:

– Você vai ganhar muito dinheiro, Ethan.

– Você está sabendo do acordo?

– Alguns dos romances mais nobres de todos não passam de canalhas.

– Prossiga.

Fez um gesto amplo com a mão e o copo saiu voando; os cubos de gelo ricochetearam na parede como dados.

– Meu apaixonado teve um derrame na semana passada. Quando ele morrer, os cheques vão parar de vir. Estou velha, sou preguiçosa e estou com medo. Deixei você na reserva, mas não confio em você. Você pode quebrar as regras. Pode se revelar honesto. Estou dizendo que estou assustada.

Levantei-me e descobri que minhas pernas estavam pesadas, não bambas: apenas pesadas e distantes.

– O que você tem para oferecer?

– Marullo também era meu amigo.

– Sei.

– Você não quer ir para a cama comigo? Eu sou boa. É o que me dizem.

– Eu não a odeio.

– É por isso que eu não confio em você.

– Vamos tentar inventar alguma coisa. Eu odeio Baker. Talvez você possa dar um jeito nele.

– Mas que linguagem. Você não está dando atenção à sua bebida.

– A bebida é para se divertir comigo.

– Baker sabe o que você fez com Danny?

– Sabe.

– Como ele absorveu a notícia?

– Até que bem. Mas eu não daria as costas para ele.

– Alfio devia ter dado as costas para você.

– O que quer dizer com isso?

– Só o que pressinto. Mas eu poderia apostar no meu pressentimento. Não se preocupe, eu não conto para ele. Marullo é meu amigo.

– Acho que entendi: você está construindo o ódio para que possa usar a espada. Margie, a sua espada é de borracha.

– E acha que eu não sei, Eth? Mas coloquei meu dinheiro em um palpite.

– Quer me contar?

– Posso contar. Estou apostando que dez gerações de Hawley vão sair para chutar o seu traseiro e, quando forem embora, você vai ficar com sua corda molhada e seu sal para esfregar nas feridas.

– Se de fato fosse assim... onde você se encaixaria?

– Você vai precisar de uma amiga para conversar e eu sou a única pessoa no mundo que preenche os requisitos. Um segredo é uma coisa terrivelmente solitária, Ethan. E não vai lhe custar muito, talvez só uma pequena porcentagem.

— Acho que vou andando.

— Tome a sua bebida.

— Não quero.

— Não bata a cabeça quando descer a escada, Ethan.

Estava no meio da escada quando ela veio atrás de mim.

— Você deixou sua bengala de propósito?

— Meu Deus, não.

— Aqui está. Achei que seria um tipo de... sacrifício.

Estava chovendo, e isso faz com que a madressilva exale um cheiro doce no meio da noite. Minhas pernas estavam tão trêmulas que eu precisei mesmo da bengala de narval.

O gordo Willie tinha um rolo de toalhas de papel no assento ao seu lado, para enxugar o suor da cabeça.

— Aposto com você que sei quem ela é.

— Você ia vencer.

— Sabe, Eth, passou um sujeito por aqui procurando por você... um sujeito em um Chrysler grande com chofer.

— O que ele queria?

— Não sei. Queria saber se eu o tinha visto. Não dei nem um pio.

— Você vai ganhar um presente de Natal, Willie.

— Diz uma coisa, Eth, qual é o problema com os seus pés?

— Andei jogando pôquer. Eles adormeceram.

— É! Isso sempre acontece. Se eu vir o sujeito, posso dizer que você foi para casa?

— Diga-lhe que passe no mercado amanhã.

— Um Chrysler Imperial. Um filho da puta enorme, comprido igual a um caminhão de entrega.

Joey-boy estava parado na calçada na frente do Foremaster, parecendo desanimado e úmido.

— Achei que você tivesse ido para Nova York para tomar uma gelada.

— Está quente demais. Não consegui me convencer. Entre e tome um trago, Ethan. Estou me sentindo para baixo.

— Está quente demais para um trago, Morph.

— Até para uma cerveja?

— Cerveja me esquenta.

– Ah, comigo é sempre assim. Quando as cartas estão na mesa... não tem lugar nenhum para ir. Ninguém com quem conversar.

– Você deveria se casar.

– Isto não é conselho que se dê.

– Talvez você tenha razão.

– Pode saber que tenho. Não existe ninguém tão solitário quanto um homem bem casado.

– Como é que você sabe?

– Eu os vejo por aí. Estou olhando para um agora. Acho que vou pegar um saco de cerveja gelada e ver se Margie Young-Hunt quer jogar. Ela não dorme cedo.

– Acho que ela não está na cidade, Morph. Ela disse à minha mulher... pelo menos acho que disse... que ia para o Maine até o calor melhorar.

– Com os diabos. Bom... ela perde e o barman ganha. Vou narrar para ele os episódios tristes de uma vida desperdiçada. Ele também não escuta. Até mais, Eth. Vá com Deus! É o que dizem no México.

A bengala de narval batia contra o pavimento e pontuava os meus devaneios a respeito do porquê de eu ter dito aquilo a Joey. Ela não contaria nada. Se não, estragaria o jogo dela. Ela tinha que segurar o pino da granada de mão. Não sei por quê.

Deu para ver o Chrysler parado na frente da antiga casa dos Hawley quando fiz a curva da Elm Street, vindo da High Street, mas era mais um rabecão do que um veículo de carga, preto mas não reluzente devido aos pingos de chuva e aos respingos gordurosos que se erguem das autoestradas. Estava com as luzes ligadas.

Devia ser bem tarde. Não havia nenhuma luz acesa nas casas adormecidas da Elm Street. Eu estava molhado e acho que tinha pisado em uma poça em algum lugar. Meus sapatos faziam um barulho encharcado quando eu caminhava.

Vi um homem com quepe de chofer através do para-brisa embaçado. Parei ao lado do carro monstruoso e bati os nós dos dedos na janela, que deslizou para baixo com um lamento elétrico. Senti o clima artificial do ar-condicionado no rosto.

– Sou Ethan Hawley. Está à minha procura? – vi dentes no meio da escuridão... dentes brilhando ao captar a luz da rua.

A porta abriu sozinha e um homem magro com terno bem cortado saiu lá de dentro.

– Sou do departamento de televisão da Dunscombe, Brock e Schwin. Preciso falar com você – olhou na direção do motorista. – Não aqui. Podemos entrar?

– Acho que sim. Acho que todo mundo está dormindo. Se falarmos baixinho...

Ele me seguiu pelo caminho de pedras através do jardim encharcado. A lâmpada do hall estava acesa. Quando entramos, coloquei a bengala de narval na pata de elefante.

Acendi o abajur de leitura por cima da minha poltrona com assento de mola.

A casa estava em silêncio, mas me parecia o tipo errado de silêncio... um silêncio nervoso. Dei uma olhada escada acima, para a porta dos quartos.

– Deve ser importante, para vir assim tão tarde.

– É.

Agora eu podia enxergá-lo. Os dentes dele eram seus embaixadores, que não recebiam auxílio nenhum dos olhos cansados porém cautelosos.

– Isto deve ficar entre nós. O ano foi bem ruim, como sabe muito bem. A gota d'água foram os escândalos das competições de perguntas e a questão das propinas que chegou às comissões do Congresso. Precisamos prestar atenção em tudo. Esta é uma época muito perigosa.

– Gostaria que me dissesse o que deseja.

– Você leu a redação do seu filho para o concurso Eu Amo os Estados Unidos?

– Não, não li. Ele quis me fazer uma surpresa.

– E fez. Não sei por que não pegamos, mas não pegamos. – Esticou uma pasta azul dobrada para mim. – Leia a parte sublinhada.

Afundei-me na poltrona e abri a pasta. O texto estava impresso ou datilografado por uma daquelas máquinas novas que parecem produzir páginas impressas, mas estava maculado por anotações escuras a lápis nas duas margens.

> EU AMO OS ESTADOS UNIDOS
> por
> Ethan Allen Hawley II

O que é um indivíduo? Um átomo, quase invisível sem a ajuda de uma lupa: um mero ponto sobre a superfície do universo; nem um segundo no tempo quando comparado à eternidade incomensurável, sem começo e sem fim, uma gota d'água nas grandes profundezas que evapora e é carregada pelos ventos, um grão de areia que logo volta à poeira de onde surgiu. Será que um ser tão pequeno, tão mesquinho, tão efêmero, tão evanescente pode se colocar em oposição à marcha em avante de uma grande nação que persistirá durante eras e eras futuras, colocar-se em oposição àquela longa fileira de posteridade que, ao surgir de nossas entranhas, vai sobreviver durante a existência do mundo? Examinemos nosso país, elevemo-nos à dignidade dos patriotas puros e sem interesses, e salvemos nosso país dos perigos que o ameaçam. Qual é o nosso valor – qual é o valor de qualquer homem – se não estivermos prontos para nos sacrificarmos em nome de nosso país?

Passei os olhos pela página e vi marcas escuras em todo lugar.
– Reconheceu?
– Não. Parece que já vi isso em algum lugar... talvez alguma coisa do século passado.
– E é. É Henry Clay. Discurso feito em 1850.
– E o resto? É tudo Clay?
– Não... tem vários trechos, um pouco de Daniel Webster, um pouco de Jefferson e, Deus me ajude, um trecho do segundo discurso de posse de Lincoln. Não sei como isso

passou. Acho que é porque eram milhares deles. Graças a Deus percebemos a tempo... depois dos problemas que tivemos nos programas de perguntas e de Van Doren e tudo o mais.

– Não parece muito o estilo de texto de um garoto.

– Não sei como aconteceu. E teria passado em branco se não tivéssemos recebido o cartão-postal.

– Cartão-postal?

– Um cartão-postal com uma imagem, uma fotografia do Empire State Building.

– Quem enviou?

– Anônimo.

– De onde foi postado?

– De Nova York.

– Deixe-me ver.

– Está guardado a sete chaves, para o caso de haver algum problema. Você não quer causar problemas, quer?

– O que deseja?

– Quero que esqueça essa coisa toda. Nós vamos deixar tudo isso para lá e esquecer... se fizer a mesma coisa.

– Não é algo fácil de esquecer.

– Diabos, só estou dizendo para ficar de boca fechada... não nos causar problemas. O ano foi bem ruim. No ano de eleição, as pessoas desencavam de tudo.

Fechei a capa azul pomposa e devolvi para ele.

– Não causarei problema algum.

Os dentes dele pareciam pérolas enfileiradas.

– Eu sabia. Eu disse a eles. Fiz um levantamento sobre você. Tem uma boa ficha... boa família.

– Pode se retirar agora?

– Precisa entender que sei como se sente.

– Obrigado. E eu sei como você se sente. O que se pode esconder não existe.

– Não quero sair e deixá-lo bravo. Trabalho com relações públicas. Podemos fazer algum tipo de acordo. Uma bolsa escolar ou algo assim... algo digno.

– O pecado entrou em greve para obter aumento salarial? Não, simplesmente vá embora agora... por favor.

– Vamos oferecer alguma coisa.

– Tenho certeza que sim.

Levei-o até a porta, sentei-me novamente, apaguei a luz e fiquei lá escutando a minha casa. Pulsava como um coração, e talvez fosse o meu coração além de uma casa antiga que rangia. Pensei em ir até a cristaleira e pegar o talismã na mão... tinha me levantado para fazê-lo.

Ouvi um barulho de algo esmagado e um lamento como um relincho assustado, passos rápidos no hall de entrada e depois silêncio. Meus sapatos fizeram seu barulho molhado nas escadas. Entrei no quarto de Ellen e acendi a luz. Estava enrolada embaixo de um lençol, a cabeça embaixo do travesseiro. Quando tentei levantar o travesseiro, ela o agarrou e precisei arrancá-lo. Um fio de sangue escorria-lhe do canto da boca.

– Escorreguei no banheiro.

– Sei. Está muito machucada?

– Acho que não.

– Em outras palavras, não é da minha conta.

– Eu não queria que ele fosse preso.

Allen estava sentado na beirada da cama dele, nu a não ser pela cueca. Os olhos dele... fizeram com que eu pensasse em um rato encurralado, finalmente pronto para lutar contra a vassoura.

– Aquela dedo-duro desgraçada!

– Você ouviu tudo?

– Ouvi o que aquela dedo-duro desgraçada fez.

– Você ouviu o que você fez?

O rato enlouquecido atacou.

– E daí? Todo mundo faz isso. É assim que as coisas funcionam.

– Você acha mesmo?

– Você não lê jornal? Todo mundo está mergulhado até aqui... é só ler o jornal. Se quiser se sentir um santo, é só ler o jornal. Aposto que você também se aproveitou no seu tempo, porque todo mundo aproveita. Não vou me dar mal em nome de todo mundo. Não estou nem aí para nada. A não ser aquela dedo-duro desgraçada.

Mary acorda devagar, mas estava acordada. Talvez nem tivesse dormido. Estava no quarto de Ellen. Sentada na beirada da cama dela. A luz da rua a iluminava bem, com sombras de folhas se movimentando sobre seu rosto. Era uma rocha, uma enorme rocha de granito firme no meio da correnteza. Era verdade. Ela era dura como aço, imóvel, inabalável e segura.

– Você vem para a cama, Ethan?

Então ela também estivera escutando.

– Não agora, minha querida.

– Vai sair de novo?

– Vou... dar uma caminhada.

– Você precisa dormir. Ainda está chovendo. Precisa mesmo ir?

– Preciso. Tem um lugar. Preciso ir até lá.

– Leve a capa de chuva. Da outra vez, esqueceu.

– Tudo bem, querida.

Não a beijei. Não podia fazê-lo com aquela figura enrolada e coberta ao lado dela. Mas coloquei a mão no ombro e no rosto dela, e estava rija como um pedaço de aço.

Passei no banheiro e peguei um pacote de lâminas de barbear.

Estava no hall de entrada, com a mão dentro do armário à procura de uma capa de chuva, como Mary desejava, quando ouvi pés se arrastando e correndo e Ellen se jogou em cima de mim, gemendo e fungando. Enterrou o nariz que sangrava no meu peito e prendeu meus cotovelos com os braços. E o corpinho todo dela tremia.

Peguei-a pelos cabelos e ergui sua cabeça sob a luz da entrada.

– Me leva com você.

– Boba, não posso. Mas se você vier comigo na cozinha, lavo seu rosto.

– Me leva com você. Você não vai voltar.

– Como assim, meu amorzinho? É claro que eu vou voltar. Eu sempre volto. Vá para a cama descansar. Assim você vai se sentir melhor.

– Você não vai me levar junto?

– Para onde eu vou, não vão deixar você entrar. Você quer ficar do lado de fora de camisola?

– Você não pode ir.

Ela me agarrou de novo e suas mãos acariciaram e agradaram meus braços, as laterais do meu tronco, enfiou os punhos fechados nos meus bolsos e fiquei com medo de que encontrasse a caixa de lâminas de barbear. Sempre foi uma menina que gostava de pegar, de agradar, e sempre foi surpreendente. De repente, me largou e recuou, com a cabeça erguida, os olhos nivelados e sem lágrimas. Beijei a bochechinha suja dela e senti o sangue seco na minha boca. Então me virei para a porta.

– Não quer a sua bengala?

– Não, Ellen, hoje não. Vá para a cama, querida. Vá para a cama.

Saí correndo com rapidez. Acho que estava fugindo dela e de Mary. Ouvi quando Mary desceu as escadas com passos calculados.

22

A maré estava subindo. Caminhei com os pés dentro da água morna da baía e me enfiei no Lugar. Uma onda baixa, rente ao chão, entrava e saía, atravessando as minhas calças. A carteira gorda no meu bolso inchou contra meu quadril e depois ficou mais fina sob o peso do meu corpo, conforme foi ficando encharcada. O mar de verão estava coalhado de pequenas águas-vivas do tamanho de groselhas, com seus filamentos e suas células de substância irritante. Quando encostavam nas minhas pernas e na minha barriga, eu sentia arderem como pequeninos pontos de fogo, e a onda vagarosa entrava e saía do Lugar. A chuva tinha se transformado em uma névoa rala e tinha acumulado todas as estrelas e as lâmpadas da cidade, transformando-as em uma coisa só: um brilho escuro, cor de peltre. Dava para ver a terceira pedra, mas do Lugar ela não se alinhava ao ponto onde se encontrava afundada a quilha do *Belle Adair*. Uma onda mais forte ergueu minhas pernas e fez com que parecessem soltas e separadas de mim, e um vento impaciente se ergueu de lugar nenhum e conduziu a névoa como se fosse um rebanho de ovelhas. Então pude enxergar uma estrela: erguendo-se atrasada, erguendo-se tarde demais acima do horizonte. Algum tipo de embarcação chegou tossindo, uma embarcação com vela, pelo barulho lento e solene do motor. Vi o farol do mastro aparecer por cima da borda dentada do quebra-mar, mas as luzes verdes e vermelhas estavam abaixo da minha linha de visão.

Minha pele ardia sob o ataque das águas-vivas. Ouvi uma âncora afundar e o farol do mastro se apagou.

A luz de Marullo continuava acesa, assim como a luz do velho Capitão e a luz de tia Deborah.

Não é verdade que existe uma comunidade de luz, uma fogueira do mundo. Cada pessoa carrega a sua, a sua solitária.

Um cardume de peixinhos que vinha se alimentar passou pela praia.

A minha luz se apagou. Não existe nada mais negro do que um pavio.

No meu íntimo, eu disse que queria ir para casa... não, para casa não, para o outro lado, onde as luzes são concedidas.

É muito mais escuro quando a luz se apaga do que seria se ela nunca tivesse se acendido. O mundo está cheio de párias escuros. A melhor maneira... os Marulli da Roma antiga saberiam disso muito bem... chega a hora para a aposentadoria decente e honrosa, que não é dramática e nem serve como castigo a si mesmo ou à família... é apenas um adeus, um banho quente e uma veia aberta, um mar quente e uma lâmina de barbear.

A onda rente ao chão da maré que subia assobiava para dentro do Lugar e ergueu minhas pernas e meu quadril e os balançou para o lado e levou minha capa de chuva dobrada consigo.

Ergui um lado do corpo e enfiei a mão no bolso lateral em busca das lâminas de barbear e senti o volume. Então, surpreso, lembrei-me das mãos da guardiã da luz que acariciavam e agradavam. Por um instante, resistiu em sair do meu bolso molhado. Então, na minha mão, reuniu toda a luz que havia ali e pareceu vermelha: vermelha-escura.

Uma onda mais forte me empurrou bem para o fundo do Lugar. E o ritmo do mar se acelerou. Teria que lutar contra a água para sair, e precisava sair dali. Rolei e lutei e mergulhei até o peito nas ondas e a água me empurrava contra o antigo quebra-mar.

Eu precisava voltar... tinha que entregar o talismã ao seu novo proprietário.

Senão, talvez mais uma luz se apagasse.

Coleção L&PM POCKET (Lançamentos mais recentes)

703. **Striptiras (3)** – Laerte
704. **Discurso sobre a origem e os fundamentos da desigualdade entre os homens** – Rousseau
705. **Os duelistas** – Joseph Conrad
706. **Dilbert (2)** – Scott Adams
707. **Viver e escrever** (vol. 1) – Edla van Steen
708. **Viver e escrever** (vol. 2) – Edla van Steen
709. **Viver e escrever** (vol. 3) – Edla van Steen
710. **A teia da aranha** – Agatha Christie
711. **O banquete** – Platão
712. **Os belos e malditos** – F. Scott Fitzgerald
713. **Libelo contra a arte moderna** – Salvador Dalí
714. **Akropolis** – Valerio Massimo Manfredi
715. **Devoradores de mortos** – Michael Crichton
716. **Sob o sol da Toscana** – Frances Mayes
717. **Batom na cueca** – Nani
718. **Vida dura** – Claudia Tajes
719. **Carne trêmula** – Ruth Rendell
720. **Cris, a fera** – David Coimbra
721. **O anticristo** – Nietzsche
722. **Como um romance** – Daniel Pennac
723. **Emboscada no Forte Bragg** – Tom Wolfe
724. **Assédio sexual** – Michael Crichton
725. **O espírito do Zen** – Alan W. Watts
726. **Um bonde chamado desejo** – Tennessee Williams
727. **Como gostais** seguido de **Conto de inverno** – Shakespeare
728. **Tratado sobre a tolerância** – Voltaire
729. **Snoopy: Doces ou travessuras? (7)** – Charles Schulz
730. **Cardápios do Anonymus Gourmet** – J.A. Pinheiro Machado
731. **100 receitas com lata** – J.A. Pinheiro Machado
732. **Conhece o Mário?** vol.2 – Santiago
733. **Dilbert (3)** – Scott Adams
734. **História de um louco amor** seguido de **Passado amor** – Horacio Quiroga
735(11). **Sexo: muito prazer** – Laura Meyer da Silva
736(12). **Para entender o adolescente** – Dr. Ronald Pagnoncelli
737(13). **Desembarcando a tristeza** – Dr. Fernando Lucchese
738. **Poirot e o mistério da arca espanhola & outras histórias** – Agatha Christie
739. **A última legião** – Valerio Massimo Manfredi
741. **Sol nascente** – Michael Crichton
742. **Duzentos ladrões** – Dalton Trevisan
743. **Os devaneios do caminhante solitário** – Rousseau
744. **Garfield, o rei da preguiça (10)** – Jim Davis
745. **Os magnatas** – Charles R. Morris
746. **Pulp** – Charles Bukowski
747. **Enquanto agonizo** – William Faulkner
748. **Aline: viciada em sexo (3)** – Adão Iturrusgarai
749. **A dama do cachorrinho** – Anton Tchékhov
750. **Tito Andrônico** – Shakespeare
751. **Antologia poética** – Anna Akhmátova
752. **O melhor de Hagar 6** – Dik e Chris Browne
753(12). **Michelangelo** – Nadine Sautel
754. **Dilbert (4)** – Scott Adams
755. **O jardim das cerejeiras** seguido de **Tio Vânia** – Tchékhov
756. **Geração Beat** – Claudio Willer
757. **Santos Dumont** – Alcy Cheuiche
758. **Budismo** – Claude B. Levenson
759. **Cleópatra** – Christian-Georges Schwentzel
760. **Revolução Francesa** – Frédéric Bluche, Stéphane Rials e Jean Tulard
761. **A crise de 1929** – Bernard Gazier
762. **Sigmund Freud** – Edson Sousa e Paulo Endo
763. **Império Romano** – Patrick Le Roux
764. **Cruzadas** – Cécile Morrisson
765. **O mistério do Trem Azul** – Agatha Christie
768. **Senso comum** – Thomas Paine
769. **O parque dos dinossauros** – Michael Crichton
770. **Trilogia da paixão** – Goethe
773. **Snoopy: No mundo da lua! (8)** – Charles Schulz
774. **Os Quatro Grandes** – Agatha Christie
775. **Um brinde de cianureto** – Agatha Christie
776. **Súplicas atendidas** – Truman Capote
779. **A viúva imortal** – Millôr Fernandes
780. **Cabala** – Roland Goetschel
781. **Capitalismo** – Claude Jessua
782. **Mitologia grega** – Pierre Grimal
783. **Economia: 100 palavras-chave** – Jean-Paul Betbèze
784. **Marxismo** – Henri Lefebvre
785. **Punição para a inocência** – Agatha Christie
786. **A extravagância do morto** – Agatha Christie
787(13). **Cézanne** – Bernard Fauconnier
788. **A identidade Bourne** – Robert Ludlum
789. **Da tranquilidade da alma** – Sêneca
790. **Um artista da fome** seguido de **Na colônia penal e outras histórias** – Kafka
791. **Histórias de fantasmas** – Charles Dickens
796. **O Uraguai** – Basílio da Gama
797. **A mão misteriosa** – Agatha Christie
798. **Testemunha ocular do crime** – Agatha Christie
799. **Crepúsculo dos ídolos** – Friedrich Nietzsche
802. **O grande golpe** – Dashiell Hammett
803. **Humor barra pesada** – Nani
804. **Vinho** – Jean-François Gautier
805. **Egito Antigo** – Sophie Desplancques
806(14). **Baudelaire** – Jean-Baptiste Baronian
807. **Caminho da sabedoria, caminho da paz** – Dalai Lama e Felizitas von Schönborn
808. **Senhor e servo e outras histórias** – Tolstói
809. **Os cadernos de Malte Laurids Brigge** – Rilke
810. **Dilbert (5)** – Scott Adams
811. **Big Sur** – Jack Kerouac
812. **Seguindo a correnteza** – Agatha Christie
813. **O álibi** – Sandra Brown
814. **Montanha-russa** – Martha Medeiros
815. **Coisas da vida** – Martha Medeiros
816. **A cantada infalível** seguido de **A mulher do centroavante** – David Coimbra
819. **Snoopy: Pausa para a soneca (9)** – Charles Schulz

820. De pernas pro ar – Eduardo Galeano
821. Tragédias gregas – Pascal Thiercy
822. Existencialismo – Jacques Colette
823. Nietzsche – Jean Granier
824. Amar ou depender? – Walter Riso
825. Darmapada: A doutrina budista em versos
826. J'Accuse...! – a verdade em marcha – Zola
827. Os crimes ABC – Agatha Christie
828. Um gato entre os pombos – Agatha Christie
831. Dicionário de teatro – Luiz Paulo Vasconcellos
832. Cartas extraviadas – Martha Medeiros
833. A longa viagem de prazer – J. J. Morosoli
834. Receitas fáceis – J. A. Pinheiro Machado
835. (14).Mais fatos & mitos – Dr. Fernando Lucchese
836. (15).Boa viagem! – Dr. Fernando Lucchese
837. Aline: Finalmente nua!!! (4) – Adão Iturrusgarai
838. Mônica tem uma novidade! – Mauricio de Sousa
839. Cebolinha em apuros! – Mauricio de Sousa
840. Sócios no crime – Agatha Christie
841. Bocas do tempo – Eduardo Galeano
842. Orgulho e preconceito – Jane Austen
843. Impressionismo – Dominique Lobstein
844. Escrita chinesa – Viviane Alleton
845. Paris: uma história – Yvan Combeau
846. (15).Van Gogh – David Haziot
848. Portal do destino – Agatha Christie
849. O futuro de uma ilusão – Freud
850. O mal-estar na cultura – Freud
853. Um crime adormecido – Agatha Christie
854. Satori em Paris – Jack Kerouac
855. Medo e delírio em Las Vegas – Hunter Thompson
856. Um negócio fracassado e outros contos de humor – Tchékhov
857. Mônica está de férias! – Mauricio de Sousa
858. De quem é esse coelho? – Mauricio de Sousa
860. O mistério Sittaford – Agatha Christie
861. Manhã transfigurada – L. A. de Assis Brasil
862. Alexandre, o Grande – Pierre Briant
863. Jesus – Charles Perrot
864. Islã – Paul Balta
865. Guerra da Secessão – Farid Ameur
866. Um rio que vem da Grécia – Cláudio Moreno
868. Assassinato na casa do pastor – Agatha Christie
869. Manual do líder – Napoleão Bonaparte
870. (16).Billie Holiday – Sylvia Fol
871. Bidu arrasando! – Mauricio de Sousa
872. Os Sousa: Desventuras em família – Mauricio de Sousa
874. E no final a morte – Agatha Christie
875. Guia prático do Português correto – vol. 4 – Cláudio Moreno
876. Dilbert (6) – Scott Adams
877. (17).Leonardo da Vinci – Sophie Chauveau
878. Bella Toscana – Frances Mayes
879. A arte da ficção – David Lodge
880. Striptiras (4) – Laerte
881. Skrotinhos – Angeli
882. Depois do funeral – Agatha Christie
883. Radicci 7 – Iotti
884. Walden – H. D. Thoreau
885. Lincoln – Allen C. Guelzo
886. Primeira Guerra Mundial – Michael Howard
887. A linha de sombra – Joseph Conrad
888. O amor é um cão dos diabos – Bukowski
890. Despertar: uma vida de Buda – Jack Kerouac
891. (18).Albert Einstein – Laurent Seksik
892. Hell's Angels – Hunter Thompson
893. Ausência na primavera – Agatha Christie
894. Dilbert (7) – Scott Adams
895. Ao sul de lugar nenhum – Bukowski
896. Maquiavel – Quentin Skinner
897. Sócrates – C.C.W. Taylor
899. O Natal de Poirot – Agatha Christie
900. As veias abertas da América Latina – Eduardo Galeano
901. Snoopy: Sempre alerta! (10) – Charles Schulz
902. Chico Bento: Plantando confusão – Mauricio de Sousa
903. Penadinho: Quem é morto sempre aparece – Mauricio de Sousa
904. A vida sexual da mulher feia – Claudia Tajes
905. 100 segredos de liquidificador – José Antonio Pinheiro Machado
906. Sexo muito prazer 2 – Laura Meyer da Silva
907. Os nascimentos – Eduardo Galeano
908. As caras e as máscaras – Eduardo Galeano
909. O século do vento – Eduardo Galeano
910. Poirot perde uma cliente – Agatha Christie
911. Cérebro – Michael O'Shea
912. O escaravelho de ouro e outras histórias – Edgar Allan Poe
913. Piadas para sempre (4) – Visconde da Casa Verde
914. 100 receitas de massas light – Helena Tonetto
915. (19).Oscar Wilde – Daniel Salvatore Schiffer
916. Uma breve história do mundo – H. G. Wells
917. A Casa do Penhasco – Agatha Christie
919. John M. Keynes – Bernard Gazier
920. (20).Virginia Woolf – Alexandra Lemasson
921. Peter e Wendy seguido de Peter Pan em Kensington Gardens – J. M. Barrie
922. Aline: numas de colegial (5) – Adão Iturrusgarai
923. Uma dose mortal – Agatha Christie
924. Os trabalhos de Hércules – Agatha Christie
926. Kant – Roger Scruton
927. A inocência do Padre Brown – G.K. Chesterton
928. Casa Velha – Machado de Assis
929. Marcas de nascença – Nancy Huston
930. Aulete de bolso
931. Hora Zero – Agatha Christie
932. Morte na Mesopotâmia – Agatha Christie
934. Nem te conto, João – Dalton Trevisan
935. As aventuras de Huckleberry Finn – Mark Twain
936. (21).Marilyn Monroe – Anne Plantagenet
937. China moderna – Rana Mitter
938. Dinossauros – David Norman
939. Louca por homem – Claudia Tajes
940. Amores de alto risco – Walter Riso
941. Jogo de damas – David Coimbra
942. Filha é filha – Agatha Christie
943. M ou N? – Agatha Christie

945. **Bidu: diversão em dobro!** – Mauricio de Sousa
946. **Fogo** – Anaïs Nin
947. **Rum: diário de um jornalista bêbado** – Hunter Thompson
948. **Persuasão** – Jane Austen
949. **Lágrimas na chuva** – Sergio Faraco
950. **Mulheres** – Bukowski
951. **Um pressentimento funesto** – Agatha Christie
952. **Cartas na mesa** – Agatha Christie
954. **O lobo do mar** – Jack London
955. **Os gatos** – Patricia Highsmith
956(22). **Jesus** – Christiane Rancé
957. **História da medicina** – William Bynum
958. **O Morro dos Ventos Uivantes** – Emily Brontë
959. **A filosofia na era trágica dos gregos** – Nietzsche
960. **Os treze problemas** – Agatha Christie
961. **A massagista japonesa** – Moacyr Scliar
963. **Humor do miserê** – Nani
964. **Todo o mundo tem dúvida, inclusive você** – Édison de Oliveira
965. **A dama do Bar Nevada** – Sergio Faraco
969. **O psicopata americano** – Bret Easton Ellis
970. **Ensaios de amor** – Alain de Botton
971. **O grande Gatsby** – F. Scott Fitzgerald
972. **Por que não sou cristão** – Bertrand Russell
973. **A Casa Torta** – Agatha Christie
974. **Encontro com a morte** – Agatha Christie
975(23). **Rimbaud** – Jean-Baptiste Baronian
976. **Cartas na rua** – Bukowski
977. **Memória** – Jonathan K. Foster
978. **A abadia de Northanger** – Jane Austen
979. **As pernas de Úrsula** – Claudia Tajes
980. **Retrato inacabado** – Agatha Christie
981. **Solanin (1)** – Inio Asano
982. **Solanin (2)** – Inio Asano
983. **Aventuras de menino** – Mitsuru Adachi
984(16). **Fatos & mitos sobre sua alimentação** – Dr. Fernando Lucchese
985. **Teoria quântica** – John Polkinghorne
986. **O eterno marido** – Fiódor Dostoiévski
987. **Um safado em Dublin** – J. P. Donleavy
988. **Mirinha** – Dalton Trevisan
989. **Akhenaton e Nefertiti** – Carmen Seganfredo e A. S. Franchini
990. **On the Road – o manuscrito original** – Jack Kerouac
991. **Relatividade** – Russell Stannard
992. **Abaixo de zero** – Bret Easton Ellis
993(24). **Andy Warhol** – Mériam Korichi
995. **Os últimos casos de Miss Marple** – Agatha Christie
996. **Nico Demo: Aí vem encrenca** – Mauricio de Sousa
998. **Rousseau** – Robert Wokler
999. **Noite sem fim** – Agatha Christie
1000. **Diários de Andy Warhol (1)** – Editado por Pat Hackett
1001. **Diários de Andy Warhol (2)** – Editado por Pat Hackett
1002. **Cartier-Bresson: o olhar do século** – Pierre Assouline
1003. **As melhores histórias da mitologia: vol. 1** – A.S. Franchini e Carmen Seganfredo
1004. **As melhores histórias da mitologia: vol. 2** – A.S. Franchini e Carmen Seganfredo
1005. **Assassinato no beco** – Agatha Christie
1006. **Convite para um homicídio** – Agatha Christie
1008. **História da vida** – Michael J. Benton
1009. **Jung** – Anthony Stevens
1010. **Arsène Lupin, ladrão de casaca** – Maurice Leblanc
1011. **Dublinenses** – James Joyce
1012. **120 tirinhas da Turma da Mônica** – Mauricio de Sousa
1013. **Antologia poética** – Fernando Pessoa
1014. **A aventura de um cliente ilustre** *seguido de* **O último adeus de Sherlock Holmes** – Sir Arthur Conan Doyle
1015. **Cenas de Nova York** – Jack Kerouac
1016. **A corista** – Anton Tchékhov
1017. **O diabo** – Leon Tolstói
1018. **Fábulas chinesas** – Sérgio Capparelli e Márcia Schmaltz
1019. **O gato do Brasil** – Sir Arthur Conan Doyle
1020. **Missa do Galo** – Machado de Assis
1021. **O mistério de Marie Rogêt** – Edgar Allan Poe
1022. **A mulher mais linda da cidade** – Bukowski
1023. **O retrato** – Nicolai Gogol
1024. **O conflito** – Agatha Christie
1025. **Os primeiros casos de Poirot** – Agatha Christie
1027(25). **Beethoven** – Bernard Fauconnier
1028. **Platão** – Julia Annas
1029. **Cleo e Daniel** – Roberto Freire
1030. **Til** – José de Alencar
1031. **Viagens na minha terra** – Almeida Garrett
1032. **Profissões para mulheres e outros artigos feministas** – Virginia Woolf
1033. **Mrs. Dalloway** – Virginia Woolf
1034. **O cão da morte** – Agatha Christie
1035. **Tragédia em três atos** – Agatha Christie
1037. **O fantasma da Ópera** – Gaston Leroux
1038. **Evolução** – Brian e Deborah Charlesworth
1039. **Medida por medida** – Shakespeare
1040. **Razão e sentimento** – Jane Austen
1041. **A obra-prima ignorada** *seguido de* **Um episódio durante o Terror** – Balzac
1042. **A fugitiva** – Anaïs Nin
1043. **As grandes histórias da mitologia greco-romana** – A. S. Franchini
1044. **O corno de si mesmo & outras historietas** – Marquês de Sade
1045. **Da felicidade** *seguido de* **Da vida retirada** – Sêneca
1046. **O horror em Red Hook e outras histórias** – H. P. Lovecraft
1047. **Noite em claro** – Martha Medeiros
1048. **Poemas clássicos chineses** – Li Bai, Du Fu e Wang Wei
1049. **A terceira moça** – Agatha Christie
1050. **Um destino ignorado** – Agatha Christie
1051(26). **Buda** – Sophie Royer
1052. **Guerra Fria** – Robert J. McMahon
1053. **Simons's Cat: as aventuras de um gato travesso e comilão – vol. 1** – Simon Tofield

1054. **Simons's Cat: as aventuras de um gato travesso e comilão** – vol. 2 – Simon Tofield
1055. **Só as mulheres e as baratas sobreviverão** – Claudia Tajes
1057. **Pré-história** – Chris Gosden
1058. **Pintou sujeira!** – Mauricio de Sousa
1059. **Contos de Mamãe Gansa** – Charles Perrault
1060. **A interpretação dos sonhos: vol. 1** – Freud
1061. **A interpretação dos sonhos: vol. 2** – Freud
1062. **Frufru Rataplã Dolores** – Dalton Trevisan
1063. **As melhores histórias da mitologia egípcia** – Carmem Seganfredo e A.S. Franchini
1064. **Infância. Adolescência. Juventude** – Tolstói
1065. **As consolações da filosofia** – Alain de Botton
1066. **Diários de Jack Kerouac – 1947-1954**
1067. **Revolução Francesa – vol. 1** – Max Gallo
1068. **Revolução Francesa – vol. 2** – Max Gallo
1069. **O detetive Parker Pyne** – Agatha Christie
1070. **Memórias do esquecimento** – Flávio Tavares
1071. **Drogas** – Leslie Iversen
1072. **Manual de ecologia (vol.2)** – J. Lutzenberger
1073. **Como andar no labirinto** – Affonso Romano de Sant'Anna
1074. **A orquídea e o serial killer** – Juremir Machado da Silva
1075. **Amor nos tempos de fúria** – Lawrence Ferlinghetti
1076. **A aventura do pudim de Natal** – Agatha Christie
1078. **Amores que matam** – Patricia Faur
1079. **Histórias de pescador** – Mauricio de Sousa
1080. **Pedaços de um caderno manchado de vinho** – Bukowski
1081. **A ferro e fogo: tempo de solidão (vol.1)** – Josué Guimarães
1082. **A ferro e fogo: tempo de guerra (vol.2)** – Josué Guimarães
1084(17). **Desembarcando o Alzheimer** – Dr. Fernando Lucchese e Dra. Ana Hartmann
1085. **A maldição do espelho** – Agatha Christie
1086. **Uma breve história da filosofia** – Nigel Warburton
1088. **Heróis da História** – Will Durant
1089. **Concerto campestre** – L. A. de Assis Brasil
1090. **Morte nas nuvens** – Agatha Christie
1092. **Aventura em Bagdá** – Agatha Christie
1093. **O cavalo amarelo** – Agatha Christie
1094. **O método de interpretação dos sonhos** – Freud
1095. **Sonetos de amor e desamor** – Vários
1096. **120 tirinhas do Dilbert** – Scott Adams
1097. **200 fábulas de Esopo**
1098. **O curioso caso de Benjamin Button** – F. Scott Fitzgerald
1099. **Piadas para sempre: uma antologia para morrer de rir** – Visconde da Casa Verde
1100. **Hamlet (Mangá)** – Shakespeare
1101. **A arte da guerra (Mangá)** – Sun Tzu
1104. **As melhores histórias da Bíblia (vol.1)** – A. S. Franchini e Carmen Seganfredo
1105. **As melhores histórias da Bíblia (vol.2)** – A. S. Franchini e Carmen Seganfredo
1106. **Psicologia das massas e análise do eu** – Freud
1107. **Guerra Civil Espanhola** – Helen Graham
1108. **A autoestrada do sul e outras histórias** – Julio Cortázar
1109. **O mistério dos sete relógios** – Agatha Christie
1110. **Peanuts: Ninguém gosta de mim... (amor)** – Charles Schulz
1111. **Cadê o bolo?** – Mauricio de Sousa
1112. **O filósofo ignorante** – Voltaire
1113. **Totem e tabu** – Freud
1114. **Filosofia pré-socrática** – Catherine Osborne
1115. **Desejo de status** – Alain de Botton
1118. **Passageiro para Frankfurt** – Agatha Christie
1120. **Kill All Enemies** – Melvin Burgess
1121. **A morte da sra. McGinty** – Agatha Christie
1122. **Revolução Russa** – S. A. Smith
1123. **Até você, Capitu?** – Dalton Trevisan
1124. **O grande Gatsby (Mangá)** – F. S. Fitzgerald
1125. **Assim falou Zaratustra (Mangá)** – Nietzsche
1126. **Peanuts: É para isso que servem os amigos (amizade)** – Charles Schulz
1127(27). **Nietzsche** – Dorian Astor
1128. **Bidu: Hora do banho** – Mauricio de Sousa
1129. **O melhor do Macanudo Taurino** – Santiago
1130. **Radicci 30 anos** – Iotti
1131. **Show de sabores** – J.A. Pinheiro Machado
1132. **O prazer das palavras** – vol. 3 – Cláudio Moreno
1133. **Morte na praia** – Agatha Christie
1134. **O fardo** – Agatha Christie
1135. **Manifesto do Partido Comunista (Mangá)** – Marx & Engels
1136. **A metamorfose (Mangá)** – Franz Kafka
1137. **Por que você não se casou... ainda** – Tracy McMillan
1138. **Textos autobiográficos** – Bukowski
1139. **A importância de ser prudente** – Oscar Wilde
1140. **Sobre a vontade na natureza** – Arthur Schopenhauer
1141. **Dilbert (8)** – Scott Adams
1142. **Entre dois amores** – Agatha Christie
1143. **Cipreste triste** – Agatha Christie
1144. **Alguém viu uma assombração?** – Mauricio de Sousa
1145. **Mandela** – Elleke Boehmer
1146. **Retrato do artista quando jovem** – James Joyce
1147. **Zadig ou o destino** – Voltaire
1148. **O contrato social (Mangá)** – J.-J. Rousseau
1149. **Garfield fenomenal** – Jim Davis
1150. **A queda da América** – Allen Ginsberg
1151. **Música na noite & outros ensaios** – Aldous Huxley
1152. **Poesias inéditas & Poemas dramáticos** – Fernando Pessoa
1153. **Peanuts: Felicidade é...** – Charles M. Schulz
1154. **Mate-me por favor** – Legs McNeil e Gillian McCain
1155. **Assassinato no Expresso Oriente** – Agatha Christie
1156. **Um punhado de centeio** – Agatha Christie
1157. **A interpretação dos sonhos (Mangá)** – Freud

1158. Peanuts: Você não entende o sentido da vida – Charles M. Schulz
1159. A dinastia Rothschild – Herbert R. Lottman
1160. A Mansão Hollow – Agatha Christie
1161. Nas montanhas da loucura – H.P. Lovecraft
1162. (28). Napoleão Bonaparte – Pascale Fautrier
1163. Um corpo na biblioteca – Agatha Christie
1164. Inovação – Mark Dodgson e David Gann
1165. O que toda mulher deve saber sobre os homens: a afetividade masculina – Walter Riso
1166. O amor está mal ar. – Mauricio de Sousa
1167. Testemunha de acusação & outras histórias – Agatha Christie
1168. Etiqueta de bolso – Celia Ribeiro
1169. Poesia reunida (volume 3) – Affonso Romano de Sant'Anna
1170. Emma – Jane Austen
1171. Que seja em segredo – Ana Miranda
1172. Garfield sem apetite – Jim Davis
1173. Garfield: Foi mal... – Jim Davis
1174. Os irmãos Karamázov (Mangá) – Dostoiévski
1175. O Pequeno Príncipe – Antoine de Saint-Exupéry
1176. Peanuts: Ninguém mais tem o espírito aventureiro – Charles M. Schulz
1177. Assim falou Zaratustra – Nietzsche
1178. Morte no Nilo – Agatha Christie
1179. Ê, soneca boa – Mauricio de Sousa
1180. Garfield a todo o vapor – Jim Davis
1181. Em busca do tempo perdido (Mangá) – Proust
1182. Cai o pano: o último caso de Poirot – Agatha Christie
1183. Livro para colorir e relaxar – Livro 1
1184. Para colorir sem parar
1185. Os elefantes não esquecem – Agatha Christie
1186. Teoria da relatividade – Albert Einstein
1187. Compêndio da psicanálise – Freud
1188. Visões de Gerard – Jack Kerouac
1189. Fim de verão – Mohiro Kitoh
1190. Procurando diversão – Mauricio de Sousa
1191. E não sobrou nenhum e outras peças – Agatha Christie
1192. Ansiedade – Daniel Freeman & Jason Freeman
1193. Garfield: pausa para o almoço – Jim Davis
1194. Contos do dia e da noite – Guy de Maupassant
1195. O melhor de Hagar 7 – Dik Browne
1196. (29). Lou Andreas-Salomé – Dorian Astor
1197. (30). Pasolini – René de Ceccatty
1198. O caso do Hotel Bertram – Agatha Christie
1199. Crônicas de motel – Sam Shepard
1200. Pequena filosofia da paz interior – Catherine Rambert
1201. Os sertões – Euclides da Cunha
1202. Treze à mesa – Agatha Christie
1203. Bíblia – John Riches
1204. Anjos – David Albert Jones
1205. As tirinhas do Guri de Uruguaiana 1 – Jair Kobe
1206. Entre aspas (vol.1) – Fernando Eichenberg
1207. Escrita – Andrew Robinson
1208. O spleen de Paris: pequenos poemas em prosa – Charles Baudelaire
1209. Satíricon – Petrônio
1210. O avarento – Molière
1211. Queimando na água, afogando-se na chama – Bukowski
1212. Miscelânea septuagenária: contos e poemas – Bukowski
1213. Que filosofar é aprender a morrer e outros ensaios – Montaigne
1214. Da amizade e outros ensaios – Montaigne
1215. O medo à espreita e outras histórias – H.P. Lovecraft
1216. A obra de arte na era de sua reprodutibilidade técnica – Walter Benjamin
1217. Sobre a liberdade – John Stuart Mill
1218. O segredo de Chimneys – Agatha Christie
1219. Morte na rua Hickory – Agatha Christie
1220. Ulisses (Mangá) – James Joyce
1221. Ateísmo – Julian Baggini
1222. Os melhores contos de Katherine Mansfield – Katherine Mansfied
1223. (31). Martin Luther King – Alain Foix
1224. Millôr Definitivo: uma antologia de A Bíblia do Caos – Millôr Fernandes
1225. O Clube das Terças-Feiras e outras histórias – Agatha Christie
1226. Por que sou tão sábio – Nietzsche
1227. Sobre a mentira – Platão
1228. Sobre a leitura seguido do Depoimento de Céleste Albaret – Proust
1229. O homem do terno marrom – Agatha Christie
1230. (32). Jimi Hendrix – Franck Médioni
1231. Amor e amizade e outras histórias – Jane Austen
1232. Lady Susan, Os Watson e Sanditon – Jane Austen
1233. Uma breve história da ciência – William Bynum
1234. Macunaíma: o herói sem nenhum caráter – Mário de Andrade
1235. A máquina do tempo – H.G. Wells
1236. O homem invisível – H.G. Wells
1237. Os 36 estratagemas: manual secreto da arte da guerra – Anônimo
1238. A mina de ouro e outras histórias – Agatha Christie
1239. Pic – Jack Kerouac
1240. O habitante da escuridão e outros contos – H.P. Lovecraft
1241. O chamado de Cthulhu e outros contos – H.P. Lovecraft
1242. O melhor de Meu reino por um cavalo! – Edição de Ivan Pinheiro Machado
1243. A guerra dos mundos – H.G. Wells
1244. O caso da criada perfeita e outras histórias – Agatha Christie
1245. Morte por afogamento e outras histórias – Agatha Christie
1246. Assassinato no Comitê Central – Manuel Vázquez Montalbán
1247. O papai é pop – Marcos Piangers

1248. **O papai é pop 2** – Marcos Piangers
1249. **A mamãe é rock** – Ana Cardoso
1250. **Paris boêmia** – Dan Franck
1251. **Paris libertária** – Dan Franck
1252. **Paris ocupada** – Dan Franck
1253. **Uma anedota infame** – Dostoiévski
1254. **O último dia de um condenado** – Victor Hugo
1255. **Nem só de caviar vive o homem** – J.M. Simmel
1256. **Amanhã é outro dia** – J.M. Simmel
1257. **Mulherzinhas** – Louisa May Alcott
1258. **Reforma Protestante** – Peter Marshall
1259. **História econômica global** – Robert C. Allen
1260(33). **Che Guevara** – Alain Foix
1261. **Câncer** – Nicholas James
1262. **Akhenaton** – Agatha Christie
1263. **Aforismos para a sabedoria de vida** – Arthur Schopenhauer
1264. **Uma história do mundo** – David Coimbra
1265. **Ame e não sofra** – Walter Riso
1266. **Desapegue-se!** – Walter Riso
1267. **Os Sousa: Uma família do barulho** – Maurício de Sousa
1268. **Nico Demo: O rei da travessura** – Maurício de Sousa
1269. **Testemunha de acusação e outras peças** – Agatha Christie
1270(34). **Dostoiévski** – Virgil Tanase
1271. **O melhor de Hagar 8** – Dik Browne
1272. **O melhor de Hagar 9** – Dik Browne
1273. **O melhor de Hagar 10** – Dik e Chris Browne
1274. **Considerações sobre o governo representativo** – John Stuart Mill
1275. **O homem Moisés e a religião monoteísta** – Freud
1276. **Inibição, sintoma e medo** – Freud
1277. **Além do princípio de prazer** – Freud
1278. **O direito de dizer não!** – Walter Riso
1279. **A arte de ser flexível** – Walter Riso
1280. **Casados e descasados** – August Strindberg
1281. **Da Terra à Lua** – Júlio Verne
1282. **Minhas galerias e meus pintores** – Kahnweiler
1283. **A arte do romance** – Virginia Woolf
1284. **Teatro completo v. 1: As aves da noite** *seguido de* **O visitante** – Hilda Hilst
1285. **Teatro completo v. 2: O verdugo** *seguido de* **A morte do patriarca** – Hilda Hilst
1286. **Teatro completo v. 3: O rato no muro** *seguido de* **Auto da barca de Camiri** – Hilda Hilst
1287. **Teatro completo v. 4: A empresa** *seguido de* **O novo sistema** – Hilda Hilst
1289. **Fora de mim** – Martha Medeiros
1290. **Divã** – Martha Medeiros
1291. **Sobre a genealogia da moral: um escrito polêmico** – Nietzsche
1292. **A consciência de Zeno** – Italo Svevo
1293. **Células-tronco** – Jonathan Slack
1294. **O fim do ciúme e outros contos** – Proust
1295. **A jangada** – Júlio Verne
1296. **A ilha do dr. Moreau** – H.G. Wells
1297. **Ninho de fidalgos** – Ivan Turguêniev
1298. **Jane Eyre** – Charlotte Brontë
1299. **Sobre gatos** – Bukowski
1300. **Sobre o amor** – Bukowski
1301. **Escrever para não enlouquecer** – Bukowski
1302. **222 receitas** – J. A. Pinheiro Machado
1303. **Reinações de Narizinho** – Monteiro Lobato
1304. **O Saci** – Monteiro Lobato
1305. **Memórias da Emília** – Monteiro Lobato
1306. **O Picapau Amarelo** – Monteiro Lobato
1307. **A reforma da Natureza** – Monteiro Lobato
1308. **Fábulas** *seguido de* **Histórias diversas** – Monteiro Lobato
1309. **Aventuras de Hans Staden** – Monteiro Lobato
1310. **Peter Pan** – Monteiro Lobato
1311. **Dom Quixote das crianças** – Monteiro Lobato
1312. **O Minotauro** – Monteiro Lobato
1313. **Um quarto só seu** – Virginia Woolf
1314. **Sonetos** – Shakespeare
1315(35). **Thoreau** – Marie Berthoumieu e Laura El Makki
1316. **Teoria da arte** – Cynthia Freeland
1317. **A arte da prudência** – Baltasar Gracián
1318. **O louco** *seguido de* **Areia e espuma** – Khalil Gibran
1319. **O profeta** *seguido de* **O jardim do profeta** – Khalil Gibran
1320. **Jesus, o Filho do Homem** – Khalil Gibran
1321. **A luta** – Norman Mailer
1322. **Sobre o sofrimento do mundo e outros ensaios** – Schopenhauer
1323. **Epidemiologia** – Rodolfo Saracci
1324. **Japão moderno** – Christopher Goto-Jones
1325. **A arte da meditação** – Matthieu Ricard
1326. **O adversário secreto** – Agatha Christie
1327. **Pollyanna** – Eleanor H. Porter
1328. **Espelhos** – Eduardo Galeano
1329. **A Vênus das peles** – Sacher-Masoch
1330. **O 18 de brumário de Luís Bonaparte** – Karl Marx
1331. **Um jogo para os vivos** – Patricia Highsmith
1332. **A tristeza pode esperar** – J.J. Camargo
1333. **Vinte poemas de amor e uma canção desesperada** – Pablo Neruda
1334. **Judaísmo** – Norman Solomon
1335. **Esquizofrenia** – Christopher Frith & Eve Johnstone
1336. **Seis personagens em busca de um autor** – Luigi Pirandello
1337. **A Fazenda dos Animais** – George Orwell
1338. **1984** – George Orwell
1339. **Ubu Rei** – Alfred Jarry
1340. **Sobre bêbados e bebidas** – Bukowski
1341. **Tempestade para os vivos e para os mortos** – Bukowski
1342. **Complicado** – Natsume Ono
1343. **Sobre o livre-arbítrio** – Schopenhauer
1344. **Uma breve história da literatura** – John Sutherland
1345. **Você fica tão sozinho às vezes que até faz sentido** – Bukowski

lepmeditores
www.lpm.com.br
o site que conta tudo

IMPRESSÃO:

PALLOTTI
GRÁFICA

Santa Maria - RS | Fone: (55) 3220.4500
www.graficapallotti.com.br